你好，朋友圈

王洁 著

上海文艺出版社
Shanghai Literature & Art Publishing House

推荐序　朋友圈的秘密

岳雯（小说评论家、中国作家协会创作研究部研究员）

这是发生在我朋友圈的真事。

有一位编辑朋友，有感于微信朋友圈已然成为精神生活的主战场，发微信约请一位作家朋友谈谈对朋友圈的看法，理由是："大家都觉得你发朋友圈还挺多的，应该颇有心得。"这位作家朋友大约是觉得受到了灵魂的暴击，在"深刻反省"之后，促狭地以这位编辑的朋友圈为文本，发挥新批评文本细读的精神，见微知著，嬉笑怒骂，遂成文章。俩人友谊的小船翻没翻，我们不知道，只知道，文章发表之后，这位编辑朋友关闭了朋友圈。心满意足地围观了这场"朋友圈风波"之后，我们这群吃瓜群众得出了一个颠扑不破的真理：朋友圈是重器，亦是瓷器，不可说，也不能说。

现在，王洁写了一本书，就叫《你好，朋友圈》，以大无畏的勇气拉开生活的帷幕，讲述朋友圈的秘密。因为这本书，我们收拾起了戏谑和轻浮的面具，重新以一颗庄重的心对待朋友圈，从朋友圈里辨认他人，也辨认自己。

那个被朋友圈绑住手脚、吸引全副心神的，是我们。有个段子怎么说来着？从早晨睁开眼睛的那刻起，我们就身不由己地开始刷朋友圈，其勤勉程度堪比古代帝王批阅奏折。王洁所描写的贺国璋的生活，就是我们的真实写照呵。在我们看来，那个小小屏幕形构的世界，比我们身处的世界要更丰富、更精彩。我们闻鸡起舞、夜不能寐，我们在朋友圈里与认识或不认识的朋友高谈阔论，却忘了给身边亲人一个实实在在的拥抱，一份嘘寒问暖的体贴。

那个在朋友圈乐此不疲地生产、消费的，是我们。贺国璋兢兢业业地将他事业的前段窗口，转移到了朋友圈。鉴于上一点，这其实没错。他收获了预想中的效果：在短短半年时间内通过微信朋友圈集拢了一群忠实的粉丝，为公司带来一笔可观的收益。这令他在职场上被赋予了更高的价值。同样的，李淑娟与闺蜜谢冰冰开的咖啡馆，也需要在朋友圈渲染热度，进而获得关注度与活力。线上与线下，融为一体。当代经济的活力，也尽在其中。

那个在朋友圈围观热点事件，制造舆论浪潮的，是我们。无独有偶，谢冰冰遭到当街羞辱与贺国璋跳楼自杀，李淑娟都是从朋友圈知晓的。这意味着，即使是最亲密的人，也无法面对面获知一切。互联网的传播效率，远远高于线下。更何况，互联网对戏剧化、耸人听闻的事件更是有着不知餍足的胃口。现实生活越是乏味，我们越是兴奋地加入网络狂欢，扮演肾上腺激素快速分泌、面目模糊的大众。我们没有意识到，朋友圈正在日复一日地塑造我们的生活方式与价值观。

那个在朋友圈发现秘密、抵达真相的，还是我们。互联网犹如一片浩瀚的大海。站在海边，你扔出一个漂流瓶，永远也不知道会是谁拾到。通过朋友圈的接力转发，秦绍东找到了已经消失在茫茫人海的女神。这是互联网时代的伟力。然而，也是因为朋友圈，李淑娟发现了爱人出轨的证据。还是因为朋友圈，李淑娟以为自己所迎接的盛大爱情被证明是一场虚幻。这是一个后真相时代。秘密，在朋友圈似乎没有了藏身之地。可是，当信息如潮水般涌来的时候，有几个人能分得清真与假、实与幻？

《你好，朋友圈》表层是轻松愉快的小甜饼，是李淑娟与贺国璋、李淑娟与林绍峰、谢冰冰与张普仁等几对恋人之间"可盐可甜"的都市爱情。小说的里层是女性成长寓言，事关女性如何穿越重重幻觉的屏障，平衡人生的诸多选择，诚实地面对自己，面对生活。而最深层的，王洁将笔锋指向被媒介深层改写、塑造的现实，或者用术语说，就是媒介化社会。这些年，我们踮着脚尖、兴致勃勃瞻望的元宇宙（Metaverse），无非是这一媒介化社会的升级与加强版。媒介在改变日常生活的同时，也在重新塑造人类。作为一位作家，王洁追问的是，媒介化社会对于每一个人意味着什么？特别是，当情感遭遇媒介化社会时，会发生怎样的化学反应？从这个意义上说，《你好，朋友圈》是记录，也是推演，它保存了普通人遭遇飞速变化的世界时的困惑、惶恐与应对。

小说的主人公李淑娟是一位反潮流者。是的。她不是我们。较之于我们，她更像一位古代的隐士，冷静地在现实与虚拟现实之间筑起高高的围墙，防止自己跌入深不可测的朋友圈。可是，这并不绝对保证她的安全。相反，她的生活还是因为朋友圈荡起层层涟漪。她曾经的爱人在朋友圈五光十色的诱惑下丢盔弃甲、节节败退，拱手交付了爱情与生活的主动权；她最好的朋友放任自己遨游于朋友圈的情山恨海，却成为网络围观、网络暴力的对象；她交付真心的恋人却在朋友圈里暴露了另外一副面容……朋友圈让人与人之间的联系更广阔的同时，也放大了人的欲望，带来了更多的生活难题。显然，面对这样一个世界，李淑娟毫无招架之力。作家王洁只能让她步步回撤，一直退到没有朋友圈的乡村，求得生活的安稳与心灵的宁静。可是，乡村、茶园真的就是一片不被朋友圈波及的净土吗？或者说，关闭了朋友圈，生活就能回到从前吗？这是王洁所感受到的巨大现实，也是我们每个人身处其中无法回避的现实。李淑娟此举或许不过是暂时的逃离，可是，面对这样的现实，除了这样，还能怎样？

愿她安好，也愿我们都能在朋友圈时代得自在。

目 录

上部　贺国璋的朋友圈

003　　第一章　裂痕
023　　第二章　心事
038　　第三章　卧底
056　　第四章　意乱情迷
071　　第五章　锥心之痛
084　　第六章　离居
100　　第七章　劳燕分飞

中部　李淑娟的咖啡馆

119	第八章	88号咖啡馆
137	第九章	出师不利
160	第十章	张普仁其人
176	第十一章	风波
190	第十二章	寻人
205	第十三章	聚会
229	第十四章	常客
246	第十五章	狭路相逢
260	第十六章	说客
275	第十七章	覆水难收
293	第十八章	顺水人情

下部　秦绍东的茶园

309　第十九章　新生
322　第二十章　暖春
337　第二十一章　经理助理
357　第二十二章　桃色新闻
374　第二十三章　发酵
387　第二十四章　谈判
399　第二十五章　假日之行
412　第二十六章　依依恋人
425　第二十七章　露馅
438　第二十八章　分手
446　第二十九章　永诀
456　第三十章　　最后的告白
466　第三十一章　归山

上部　贺国璋的朋友圈

第一章　裂隙

湿润的风轻柔地拂过碧蓝的海,海面荡起层层鳞波。沙滩上,戴着眼镜、呷着冰饮、卧在躺椅或垫子上的人们,在夏日阳光的照耀下,萌生一种无比慵懒的心情。当紫色的霞光从低矮的云朵间挤出,漫射开来,海面上铺展出锦绣般的晚霞。此时,一阵阵潮水陡起,镰刀般地翻卷着,自远而近,不断地扑向海滩,舔舐着那些正在岸边悠然散步的光脚丫。

如此美妙的海岸风光,吸引了来自四面八方的游客。

这是在滨海,南方沿海的一座二线城市,一个闻名遐迩的旅游胜地。

滨海的居民喜欢在闲暇时到海边吹吹海风,打发工作之余的时光。人们在这里漫步,眺望霞光,冲浪,年轻男女互相追逐戏水;等到夜幕降临后,人们在皎洁的月光下喝茶、饮酒、欢笑……尤其是节假日里,懒懒地躺在沙滩椅上享受阳光浴这项活动,最上班的路上，就是夜深人静时赶在回家的路上。"

李淑娟收到后，不以为然地回复道："其实单身的日子还挺不错的，有点后悔结婚太早，你都不知道我现在有多烦，结婚后所受的拘束和要操心的事情远没有单身来得轻松。"

如果没有结婚的话，或许自己现在还沉浸在贺国璋的无限宠爱里。李淑娟深思间，谢冰冰发了个浑身飕飕颤抖的表情，然后又发了这么一大段："别跟我这个快抓不住青春的尾巴的人提这个，姑奶奶我到现在还单着，真想一头撞进南墙。我真羡慕你大学毕业后就结婚了，幸运地嫁了个既帅又事业有成的暖男，不像我啊，还在相亲这条崎岖的道路上披荆斩棘，挥泪大甩卖……"

看谢冰冰话中有话，似乎在责怪自己不知足，李淑娟深深地叹了一口气，她内心深处的失落有谁能懂呢？是不是自己太过小气，不够温柔贤淑，贺国璋工作这么忙应该多体谅包容才是，而不应该整天像个蛮不讲理的怨妇般胡思乱想。这么一想，她的内心倒轻松了不少，她决定下班后好好地为贺国璋做一顿丰盛的晚餐，犒劳他为这个小家庭付出的辛苦。

海后菜市场是滨海一流的菜市场，这里的肉类食品和蔬菜经过严格的质检，不仅新鲜，而且质量也有保证，很多人不顾路途遥远驱车来这里购买。海后菜市场最繁忙最热闹的时间段，是从下午四点到六点这两个小时，六点之后大都是些被挑剩的蔬菜和肉质食品，很难买到新鲜的。为了尽早赶到海后菜市场买菜，李淑娟跟公司领导请了一个小时的假提前下班，匆匆往菜场赶去。

下午五点的菜市场，人潮涌动，熙熙攘攘，李淑娟扭着苗条婀娜的身体挤进了人群，她的美丽和优雅，看起来与这个菜市场格格不入。

"师傅，给我来一斤牛肉！"

"好的！"

"跟以前一样，瘦肉和五花肉各买一斤……"

……

李淑娟是海后菜市场的常客，她经常在周末的时候过来买好能吃一周的菜。像她这么年轻漂亮的上班族经常过来买菜的不多，菜场里的师傅阿姨都非常喜欢这位文静有礼的女孩——她看上去还像刚出校门的女大学生——有的还打趣说要给李淑娟介绍对象。每当这时，她总是腼腆地说自己已结婚了，卖菜的阿姨们免不了啧叹几句，说要是李淑娟没对象，就把自家亲戚的朋友的某某介绍给李淑娟。李淑娟总是微微一笑，心中暗自为自己的年轻容颜骄傲。

回到家，已经六点多钟，李淑娟火急火燎地洗菜、煮饭、炒菜，不到一个小时就将饭菜做好。

李淑娟给贺国璋发了一个微信消息："国璋，饭菜已经做好，等你回来。"

"嗯，忙完手头这点工作就回家。"

"尽快哦。"

"嗯。"

坐在沙发上,她耐心地等着贺国璋回家。可是,时间一分一秒地过去,眼看饭菜渐凉,贺国璋还是没有回来。

李淑娟焦急地给贺国璋拨了一个语音通话,问他什么时候回来。贺国璋回复说在路上,马上就到,但还没等李淑娟把话说完就将语音通话挂掉了。

李淑娟只好默默地坐在沙发上,边刷朋友圈边等贺国璋回家吃饭。

毕业后,贺国璋凭借出众的口才,在一家颇具规模的公司里担任企业文化培训导师一职,做得有声有色。在短短半年时间内通过微信朋友圈集拢了一群忠实的粉丝,为公司带来一笔可观的收益。因此,他自然很受上司赏识,不久便得到了晋升,成为单位里最被看好的潜力股。

潜力股自然是受捧的对象,谁都希望与这位明日之星能攀上点交情。因而贺国璋年纪虽然不大,身边却总是有一帮人簇拥着,可谓春风得意。在职场上如鱼得水的他,与妻子李淑娟享受二人时光的机会,自然也就越来越少了。如今,他心里时时刻刻装着的是他的大事业,与之相比,妻子每天所打理的那个家似乎有些微不足道了。

李淑娟窝在沙发上,百无聊赖地看着韩剧,可是她只看到电视画面在动，至于情节她一点都没有看进去，内心也渐渐变得焦躁起来。

"这越过越无聊的日子，什么时候才是个头啊！"她开始自我抱怨。

又过了半个小时，贺国璋终于到家了。一进门，他说了句"好饿"，径直走到餐桌前，拿起李淑娟盛好的饭埋头就吃。看着贺国璋狼吞虎咽的样子，李淑娟顿时产生了一种对他的辛苦加班的体谅之情，怀疑自己有些不明事理。

她想让贺国璋周末陪自己一起去商场买几件夏季要穿的衣服。谁知，她刚以商量的语气开口问他要不要去，贺国璋就低头看起了手机，手指时不时地打着字，根本没心思听李淑娟说话。

李淑娟的心顿时如潮涌般不是滋味，只觉得自己游离于贺国璋的世界之外。

"国璋，吃饭时间就不要看手机了，这样不利于肠胃的吸收消化，对身体不好。"

贺国璋头也不抬，一边刷朋友圈，一边吃着饭说："客户就是上帝，拉动与客户之间关系最快最直接的方式就是在朋友圈与客户形成有规律的良性互动。能在第一时间关心客户并形成互动很重要，这样容易让客户对你加深印象，久而久之记住你。"他快速地给朋友圈新涌出的信息点赞，草草地扒完饭后，他便坐在沙发上回微信消息。

贺国璋似乎聊得非常专注，正收拾碗筷的李淑娟忍不住说："国璋，你妈今天中午给我打了个电话，叫咱俩抽空回去一趟。"李淑娟刻意提起老家的双亲，希望他能够转移一下注意力，跟自己多说几句话。

贺国璋喝了口茶说："嗯，知道了，只不过最近工作实在有些忙，脱不开身，等忙完这段时间再抽空回去。"抬头看到妻子的脸色不大好，这个粗心的男人才意识到妻子可能不大开心，便起身走到李淑娟面前，温柔地将她拥入怀里，轻轻地说了句："我目前的工作实在忙，你也知道的，体谅一下！"他特意将体谅两个字加重拉长，将嘴贴在李淑娟的额头，然后顺着额头在整个脸部缓缓移动，最后蜻蜓点水般落在李淑娟的双唇上。

李淑娟连日里积满了肺腑的怨气，顷刻间就被丈夫的柔情融化。她把头埋进贺国璋的胸口，只期望这温柔时光可以多停留一阵，谁知贺国璋却敷衍似的戛然而止，伸了个懒腰，打了个大哈欠，一脸困倦的样子说："好累，每天忙得像条狗，我先去洗个热水澡，今晚早点睡觉，明天还得早起。"说完带上手机，快速地往淋浴间走去。

半个小时后，贺国璋从洗澡间里出来了，脸上还挂着水珠，手里拿着手机，手机上的提示音不断，他一边回信息一边说："淑娟，不早了，我去睡了，你也早点睡吧，家务活也不是一时可以做完的。"

李淑娟答应了一声,却还是拿上拖把,清洁一番客厅,然后又去清洗两人当天换下的脏衣服。这时,手机响了,李淑娟一看是母亲发来的视频通话,赶忙接通视频。

视频里,母亲刘佩佩穿着缀满蝴蝶图案的睡衣,坐在床头,一脸和蔼的笑:"娟娟,在做什么呢?"

"在做卫生呢,妈。"

"又是你一人做啊,国璋呢?"

李淑娟迟疑了一下,说:"他忙着呢,他的事多。"

"那你也别要太累了,平时记得多多休息啊。还有,你跟国璋也不小了,也别总是工作工作的,别因为工作就把家庭全丢了。"

"妈,我知道了。"李淑娟笑着说,只是这微笑似乎是刻意逼出来的,因而显得不大自然。

母亲顿了一下,说:"前几天,我去买菜时,你猜我碰到了谁?碰到了小翠。"

小翠是李淑娟的中学同学,后来李淑娟上了大学,她则不幸高考落榜,后来没再复读,就直接踏入了社会,此后便很少联系。然而两人一直关系很好,平时只要李淑娟回老家,两人都会聚聚。

李淑娟问:"小翠还好吗?"

刘佩佩说:"她挺好啊,怀孕了。"

"又怀孕了?她的女儿才两岁吧?"

"是啊,她又怀上了,估计年底就会分娩。她是你同学,现了熟睡状态。

"早上好!"

"群主好。"有人很快在群里回复。

贺国璋一觉醒来,快速洗漱完毕后,便拿起手机在他管理的粉丝群里发起消息,作为群主,他每天第一时间向大家问好,以便带动整个群的气氛。随后,他习惯地在群里发了个金额不大的红包,很快使群里的气氛活跃起来。

"谢谢老板!"

"群主威武!"

"发红包的人是最帅的!"

……

下面一串串恭维的话,自是不用说。

在贺国璋的粉丝群里,杨季兰是互动最积极的人之一,同时也是贺国璋的大客户之一。

"不要红包,要请吃饭,你还欠我一顿饭哦,请问贺大帅哥说好的请客吃饭,什么时候能兑现?"

当群里的其他人跟贺国璋聊开后,杨季兰也就顺势说出了希望贺国璋请她吃饭的话。

杨季兰是国泰集团的文化专员,有大公司背景,手里有很多资源,由于跟贺国璋聊得很投缘,给贺国璋介绍了不少客户。

贺国璋看到杨季兰发出的消息后，快速地发了个举起双手投降的表情符号。

杨季兰紧追不舍地问他这是什么意思，贺国璋回复说："你猜。"两人一言一语聊得十分畅快，以至于贺国璋忘记自己还没出家门去上班，更没有顾及到李淑娟的心情。

此时的李淑娟正火急火燎地冲进厨房，今天她准备给贺国璋做三明治早餐，她快速地打开冰箱，取出火腿、沙拉、番茄酱、生菜、鸡蛋，打开煤气，待火将锅烧热后倒上菜油，油烟冒起时她熟练地将鸡蛋敲碎放入锅里煎蛋，不一会儿就煎好了两个荷包蛋。然后，她用食品袋包好，打算让贺国璋出门前带上。

一看时间不早，她冲进卫生间洗漱，边刷牙边朝着贺国璋大喊："国璋，你什么时候出门？出门前记得把三明治带上……"然后急冲冲地跑出来，想去厨房拿三明治让贺国璋带上当早餐，当她看到贺国璋对着手机眉飞色舞却毫不在意自己的表情时，一下子感觉心里像是被什么堵住似的，兴致大减，愣愣地站在了原地。

贺国璋似乎察觉到了李淑娟的神情不对，马上回应道："我这就出门。"看了看手机时间，已经聊过头，超时了，拿起外套就要出门，走到门口想起晚上不回家吃饭的事。于是，他回头大声地说："淑娟，刚收到通知，晚上要陪客户吃饭，就不回家吃饭了。"

门"砰"地一声关上了，这关门的声音虽然每天已熟悉得习以为常，而今天这声音却像是在李淑娟的心里猛地关上了一扇冰冷的门。李淑娟拿着三明治，呆呆地站在厨房窗口，一脸失落。透过窗户，看着贺国璋风度翩翩翩的身影，她的心也像被这道窗户狠狠地卡住一般，瞬间有种透不过气的感觉。她回了一下神，随手把包好的三明治扔到了蒸板上。

这时，闺蜜谢冰冰突然不合时宜地发过来一个消息："如果有一天，男性的性欲对象被充气娃娃或者机器人替代时，女性如何保住自己的地位？"

李淑娟拿起手机看了后，对谢冰冰的突发奇想感到无语，马上回复："庸人自扰，如果真出现这种情况的话，只能说明一个问题，要么是女人太无能，要么是男人太变态。"然后，她发了个吐槽的表情。

谢冰冰狂笑不止，回复："娟子，你太有才了。"

在这个时候，李淑娟可没有心情跟谢冰冰聊天，倒是谢冰冰发过来的问题让她心里的郁闷一扫而去。遇到谢冰冰的这种非主流又新潮的二次元文化新人类后，她实在无力吐槽，只能以这种撒泼又直接的方式回复，心情霎时像得到宣泄一般感到舒畅。

她拉上门，火速向公司跑去。

到公司后，李淑娟怎么也不放心，她给贺国璋发了个消息，问他晚上几点回来，要不要给他做宵夜。

贺国璋回复说："不用给我留宵夜，谈完业务就回来。"

李淑娟这颗心还是悬着，又问他和客户晚上去哪里吃饭。

贺国璋说他还没有想好。

贺国璋的回答如此缥缈，像天上的云朵一样，难以捉摸，这让李淑娟这一天都心事重重，工作心不在焉，老是出错。

"李大美女啊，你能不能上点心，同一个问题不知错多少次了，你这样还怎么做事啊！"行政经理张春晓生气地埋怨道，由于李淑娟几次在同一个问题上犯同样的错误，行政经理不得不重新审核合同。

李淑娟一个劲地说对不起，张春晓神色渐平缓，无可奈何地叹气说："你工作的细致程度是直线下降啊，是不是你家帅哥老公出远门了，让你内分泌失调？"

李淑娟脸红了，说："你才内分泌失调，今天身体有点不舒服，但很快会调节过来。"

"瞧瞧，脸红了呗。不过，你家那位还真帅，你得瞧紧点。"行政经理倒还不忘打趣她一番。李淑娟不想再浪费口舌继续跟行政经理打诨，也就不搭茬了。

尽管她对贺国璋的工作和应酬什么都不清楚，心中却藏着一百个疑问，她的第六感告诉自己，贺国璋是不是有什么问题？一整天她都情不自禁地神情恍惚，时不时拿起手机看有没有来电，时不时刷朋友圈，尤其是贺国璋的朋友圈。她在等贺国璋主动给自己来电或者发消息，但是都没有。

这一天的工作似乎特别的漫长，李淑娟的大脑不听使唤，工作失误连连，同事看出她今天不对劲，也就没同她计较太多。

在回家的车上，李淑娟一直刷着朋友圈，她想知道贺国璋在干什么，为什么这么晚也不联系自己。她迷茫地看着车窗外，那些五光十色的霓虹灯在她眼前迅速闪过，她无心欣赏。

李淑娟回想着她和贺国璋之间所发生着的微妙改变，从当初的如胶似漆到逐渐平淡，从开始的无话不谈到如今的无话可说。不知道从什么时候开始，他们甚至连微信也很少发了。

是他懒得发信息了，还是不愿跟自己沟通了？我们之间，到底出现什么问题？李淑娟有时会反思自己，是不是自己哪里做得不对，或是没做到让他满意，让夫妻两人的感情渐渐陷入如此尴尬的状态？

贺国璋的朋友圈，在李淑娟面前呈现的全是与工作和职场相关的讯息，比如早上收到某客户的一个问好、一个提问，然后分享到朋友圈，还有很多工作心得和专业内容。李淑娟知道贺国璋有一个微信聊天群，但是她从来不过问贺国璋工作方面的事情。

然而渐渐地，贺国璋的异常行为激起了李淑娟强烈的好奇心，她非常想确定贺国璋是不是因为工作才对自己冷淡。

从杂乱无章的思绪里回过神，她对着沿街的风景拍了张照片，一片正在空中飞舞的落叶恰好被她抓拍到。她觉得，这是个非常好的素材，正好衬托她现在的心情，她把文字编辑好，发到朋友圈："飘零、飘零，找不到落地的方向，只能随风而逝。"

不到10分钟，谢冰冰给李淑娟在微信上发了个消息："看到你在朋友圈发了一张图片，这是个颓废的信号，你没事吧？"

李淑娟："不知道怎么说。"

谢冰冰："怎么了？"

李淑娟："我最近工作老走神，提不起精神，总出错，导致合同延迟执行，被同事责怪了，感觉挺对不住大家的。"

谢冰冰："出什么事了吗？"

李淑娟："还不是夫妻之间那点事，我现在都有点后悔太早结婚，都没有享受够谈恋爱的保鲜期呢。"

谢冰冰用专家评论式的口吻，回复了一大段："得了吧，身在福中不知福，瞧你们家贺国璋多能干啊。不过别怪我没提醒你，千万要看好你们家贺国璋。男人都是下半身动物，不看好容易走火，需要一根绳不紧不松地勒住，而女人就是掌握这根绳松紧度的人。"

李淑娟打趣："没瞧出来你还是个情感专家啊，改天好好教教我。"

谢冰冰故作谦虚："不敢不敢，不过老娘会倾囊相授的。"

李淑娟毫不客气地回复了三个字："不要脸。"

……

到家后，李淑娟像往常一样烧饭做菜，吃饭洗碗，拖地擦桌子，洗衣服……忙完之后，李淑娟看了一下时间，已经是晚上九点，贺国璋还没有回来。她无聊地站在阳台上，眺望不远处滨海沙滩的风景。

夜晚的海风吹乱了李淑娟的长发，她站在阳台上仰望镶满钻石般的星空。她想起自己好久没有去海滩走走了，更不用说跟贺国璋一起去海滩漫步消闲了。

皎洁的月亮有群星相衬，却又孤立高傲地悬在高空，给人一种孤芳自赏的感觉。在李淑娟眼里，孤独的女人都爱赏月，比如嫦娥就是孤独的化身。此时望月，李淑娟联想到自己，突然感到孤独和落寞。

看了看手机，已经晚上十点了，贺国璋还没有回家。她打开手机开始刷朋友圈，这个时候，她看到贺国璋在半小时前发的朋友圈，那是跟客户吃饭的照片，并配了一行简短的文字："一个男人的一天是辛苦和忙碌的，感谢家有贤妻。"

李淑娟看出了贺国璋的用意，贺国璋的这条朋友圈似乎是专为她而发的：世上之事总是难以两全，尤其对于一个男人来说，往往顾了工作就不得不丢了家。有一个贤惠体贴的妻子该是多么幸运的事，一定要好好珍惜。

这若是在几年前贺国璋刚出来工作打拼那会，她看到后一定会很开心。可是，现在的她却快乐不起来，她沉默了一会，在微信上问道:"国璋,几点到家?"

贺国璋迅速回复:"马上。"

李淑娟用温柔的语气回了一句:"对于一个女人来说,最重要的事情是男人的陪伴。"

那边的贺国璋看到李淑娟的回复后,愣了一下,很快回复:"马上就到。"

李淑娟看到"马上就到",以为贺国璋已经在楼下,便急切地问:"已经在小区楼下了吗?"

然而,贺国璋却迟迟没有回复李淑娟,任凭李淑娟刷朋友圈到夜深时分。她蜷缩在客厅的沙发上,无奈地打发着这段安静而空洞的时光,电视机里的娱乐节目没有给她带来一丝的快乐。

待贺国璋回到家,已是晚上十一时,身上散发出浓郁的烟酒味。李淑娟内心像要爆发的火山,想质问贺国璋为什么回来这么晚,但看到贺国璋有些微醉,她强迫自己隐忍下来,替贺国璋倒了杯解酒茶后,语气强硬、表情严肃地说:"国璋,我们能聊聊吗?"

贺国璋抬起头看着李淑娟说:"我知道我因为工作没能顾上你,以后我一定尽量推掉晚上的应酬,一定在家陪你好不好?"

贺国璋眼神真挚,不像是在演戏。在大学时,李淑娟也是名副其实的校园丽人之一,追求她的男生不少,贺国璋当时就是凭着那真挚的眼神打败了众多的对手。想到这李淑娟怨气渐消,转而语气变缓，解释道："我不是这个意思，我的意思是你工作忙得都顾不得家了。"

贺国璋趁机连忙解释："我明白你的意思，只是有时，工作真的很忙，我所做的一切，不都是为我们有个好的未来吗？但我一定改，一定，好不好？"贺国璋用坚定的眼神望着李淑娟，使得隐忍的李淑娟到了嘴边的话给咽了回去。

贺国璋紧接着一边脱下衣裤，一边说："我也累了，真是困了！"安慰李淑娟几句后，就走向淋浴间，草草地洗漱完毕，径直走到卧室，躺在床上呼呼大睡。

看着枕边沉睡的老公，今晚李淑娟又要度过一个难眠的夜。

第二章　心事

这个世上不存在没有矛盾或摩擦的家庭。不过，只要夫妻双方能互相谅解和信任，夫妻间的问题没有解决不了的。李淑娟对贺国璋前番几次略带埋怨的意见和提醒，总算起到了一点效果。

这几天，贺国璋果真如他所说的，推掉了外面所有的应酬，下班后能在一个小时内回到这个小家庭来。返巢后的贺国璋就在家里安安稳稳地陪李淑娟，有时也会主动帮助妻子洗洗碗、拖拖地什么的，这让李淑娟突然感觉时光倒流了，这种难得的亲密无间，仿佛让她重新回到了当年热恋的状态。甚至，两人偶尔也会手挽手去逛夜市，或在晚饭后去海边散个步。不错，此时他们之间是没有距离的，除了手机。

贺国璋已经习惯了机不离身，机不离手，在与李淑娟说话的间隙，他也会不时见缝插针地点开手机，盯着屏幕，熟练地打着字，跟手机另一端的某些人在聊着什么。好像只要手机在手，他就能操控全世界似的。每当李淑娟看到这种情形，她总想趁机说些什么，却又不知如何开口。

顺心遂意的日子，总是难长久。

不几日后，贺国璋故态复萌，沉迷手机的这种"恶习"，越来越严重。

"国璋，吃饭了。"

一旁的这个男人并没有回应。他的眼睛和注意力正盯着手机，似乎毫不在意。

李淑娟连续好几天做好晚饭喊贺国璋吃饭，他毫无反应，兀自捧着手机聊得很嗨。常常需要李淑娟提醒好几遍，他才恋恋不舍地放下手机，坐到餐桌前仓促地吃上几口饭。

每每如此，李淑娟的内心就很不是滋味：这个近在咫尺的男人，仿佛远在天涯。尽管他身在这个家里，许多时候却心不在焉，不去关注她这个眼前人，却跟那些挨不到摸不着的人打得火热，无形中把自己当作透明人。

面对贺国璋对自己和家庭生活再度持续的淡漠，李淑娟整个人渐渐变得郁闷起来。

这天，李淑娟在公司食堂吃过中饭后，绕开那些喜欢喋喋不休的同事，一个人来到公司附近的小公园散步。午后的阳光很强烈，明晃晃地洒在李淑娟身上，行走在林荫道上的李淑娟，不由自主地想到贺国璋。天性善良的她还是给贺国璋的异常行为找了个自认为合理的借口，那就是，他的工作太忙，需要跟线上那些重要客户不断联络打交道，才会无意中疏忽身边的自己，她作为妻子，需要成为他称职的贤内助，应当在他创业的最佳时期给予充分的信任和支持，这才是夫妻之间的相处之道，也是她应当选择的明智之举。

可是，李淑娟越是这么劝自己，心里的疙瘩就越大。各种纷乱的思绪，仿佛让她被包裹在一种厚厚的茧里，无法自拔，也无法逃逸，她忘却了自己正身处这午后美好的阳光下，也忘却了周围这点点滴滴的风景。

走着走着，倦了，她在公园小路旁的一张长椅上坐下来，终于忍不住给谢冰冰发了个微信："冰冰，晚上有时间吗？我们一起吃个饭吧。"

谢冰冰先是很快回了一个愉快的表情。

不一会儿，谢冰冰就回复说："好，地方你来选，到时候直接发个定位给我。"

李淑娟不假思索，回复："好的，老样子，还吃我们最喜欢的麻辣火锅。"

接着，李淑娟又给贺国璋发了个语音："国璋，晚上我跟冰冰一起去小岛火锅店吃麻辣火锅，就不回家吃饭了，家里冰箱有快熟食品和意大利拉面，都是你喜欢吃的。"李淑娟说完后，又不忘给他补充了一些快熟食品和意大利面的做法。

李淑娟马上就收到了丈夫的回复:"好的,吃得开心点。"

傍晚的滨海,在夕阳的余晖下更显浪漫风情,漫步在河堤使人情不自禁地渴望纯真浪漫的爱情,哪怕此时已是余霞散尽的黄昏,深蓝色的夜晚即将降临。李淑娟想到了贺国璋,想起了大学时的美好时光,想起两人刚来滨海时的那几个月,找工作虽然有些艰辛,但却很开心……

对比现状,李淑娟的心情如迎面袭来的海风般一阵一阵地起伏不定,她打了个哆嗦,她心里有一种非常不好的预感,而这种苦恼只能吐露给她的好朋友谢冰冰,希望她能帮自己出出主意。谢冰冰向来果断有主见,且是个现实主义者,在李淑娟看来非常难解决的问题,谢冰冰几乎都能想到应对的办法。

这样想着,不知不觉已经到了小岛火锅店。

小岛火锅店生意好的原因有两点:一是它的地理位置和环境,那座四层楼的火锅店恰好就坐落在水中央,立体式玻璃窗外就是浩瀚的大海,食客们能一边吃着火锅,一边欣赏壮丽的海景。二是,这里的火锅很正宗,辣而飘香,油而不腻。

李淑娟步入店里,选了一个靠窗的位子,熟练地点好菜后,便将位置坐标发给谢冰冰,一边打量着周围喧闹的人们和窗外的海景,一边耐心地等待谢冰冰的大驾光临。

过了一会儿,只见一个齐耳金色卷发的女子扭动着纤细的腰肢,风尘仆仆地朝李淑娟走过来,她手里拎着当下最流行的

CHANEL包。这个女子，就是谢冰冰。

很难想象，谢冰冰这样性格的人会成为李淑娟的好友。然而她们却是比那些男人堆里的铁哥们还要亲密还要铁的闺蜜。

谢冰冰一眼就瞅见了在窗边坐着的美丽少妇李淑娟，她快速走到餐桌前坐下来，对正神不守舍的李淑娟很是关心，一针见血地问："娟子，你怎么看起来失魂落魄的，是不是贺国璋欺负你了？"

果然，一语中的。

看着李淑娟欲言又止的样子，谢冰冰自知猜得八九不离十。

在谢冰冰面前，李淑娟再也装不出没事人一样。她像一个落水的人抓住一根救命稻草似的，皱着眉头说："冰冰，这件事我一点主意都没有，你快帮我想想办法吧。"

店内萨克斯轻快欢愉的音乐旋律在回荡着，但并没有激起李淑娟的食欲和兴致，她一副心事重重、欲言又止的样子。谢冰冰看了后实在忍不住，直截了当地问李淑娟："才几天没见，怎么一脸憔悴，一定是贺国璋出问题了吧，我说的对吗？"

过了一会儿，缓过神的李淑娟才将话茬打开："成天只知道玩手机的男人，还不如个机器人，你都不知道我现在有多么憎恨手机上的那些聊天软件，甚至憎恨手机了。"

听到李淑娟一反常态的话，谢冰冰问："你家贺国璋到底出什么状况了？你说出来，我帮你参谋参谋。"

李淑娟耷拉着脑袋，撇撇嘴，紧皱着眉头点点头说："冰冰，我都烦死了，你帮我分析分析，贺国璋吃饭拿着手机说是在跟客户互动，吃完饭还是对着手机在聊，晚上临睡前也是这样……你觉得这样正常吗？"

谢冰冰用两根手指托着粉腮，摆出一副专家的样子说："绝对不正常，百分之百！从人对喜欢的事物专注性这个角度分析的话，贺国璋对你也太不专注了，身边有一个大美人怎么可能不心动呢？除非这世上有更让他心动的事情，使他忘记并忽视了你的存在。你说现在的社会多复杂，女性更不是古时小家碧玉羞答答不出家门的闺阁女子，对自己喜欢的人会大胆地去追求，何况是微信朋友圈这样鱼龙混杂的世界，什么样的人没有？贺国璋既帅又年轻有为，你可要当心他身边的莺莺燕燕，姹紫嫣红！"

李淑娟听后，不无焦急地说："除了玩手机外，我并没有发现他有什么异常，而且他朋友圈发的都是工作上的事情，怎么可能？"

"你呀，是从外星来的吗，看来是对朋友圈的了解还不够深入，同时也把男人想得太过单纯了！"谢冰冰说，"在我看来过分黏着手机的男人通常都值得警惕，至少是可疑的。再说了，现在微信朋友圈里的花样这么多，而且一个人随随便便就能屏蔽掉不想让你看到的东西，就算他在朋友圈跟别人玩暧昧、搞花哨，想不让你知道的方式多得很。更可恶的是还拿着手机在你面前跟别人若无所事地打情骂俏,把你当作空气,你都不知道,还默默地为他做着一切。男人的这种行为,跟赤裸裸地杀人于无形的背叛,没什么两样。"

这一番脱口而出的剖析,说得李淑娟胆战心惊。

谢冰冰口中的种种描述,完全符合贺国璋的现在的状态,甚至如今的他,很有可能就是这样的典型案例也未可知。贺国璋身上的种种可疑的迹象,似乎都在应验着眼前这位闺蜜的论断。

谢冰冰一边说着,一边拿汤勺从火锅里捞出烧熟的培根放到嘴里,享受地嚼了一口:"好爽,好久没这么吃过了。"突然又大叫,"烫,烫……"她连忙把手放在嘴巴上哈了一口气。

情绪低落的李淑娟看到她狼吞虎咽的样子,还是热心地递过去一杯白开水说:"你就不能慢点吃嘛!"

谢冰冰机关枪一样的舌锋似乎还没完,接过水喝了一口放下,继续摆出小专家的派头,说:"如今这个信息化社会,虚拟的网络主宰着人的现实生活、工作和出行,网络改变着我们几乎每一个人,尤其是男人!依我之见,男人的变坏大都是从网聊开始。这么跟你说吧,结缘于网络,开始蒙眬地接触,深入地了解,最后相见恨晚,甚至发展成恋人。真不好说……"

谢冰冰说完,叹了一口气。

李淑娟焦急又苦恼地表示:"冰冰,你这么一说,我倒也有些担心,但我真的是一点办法都没有了。每天是除了用微信聊天之外，我也没有发现国璋哪里有不对劲的地方。"

谢冰冰叹着气说："哎，有时候太纵容也是一种错啊，你对老公这么好，他该放在心上才对。只能说这个人情寡薄的商品经济时代，一份持久的感情不容易得到。大多数的世俗爱情都可以用金钱衡量，更可以随时转移。外面世界的诱惑那么多，还有很多新鲜刺激的东西等着人们去尝试，所以很多人都不愿意结婚。还有一部分人直接对爱情失去信心，干脆不谈恋爱不结婚。另有一部分敏感的人因为害怕受伤，对爱情也就采取了放弃的态度。比如……像我这么可爱的人，又何尝不是如此呢？一边渴望灰姑娘遇到白马王子的童话爱情，一边囿于残酷的现实不敢谈恋爱，一边又觉得大千世界那么多好玩的东西都还没有玩够。"

谢冰冰说着说着，谈到自己身上，不无感叹地补充了一句："老妈都不知道因为我没有男朋友而打电话催过多少回了！"

谢冰冰说话的时候浅笑盈盈，对李淑娟而言却如一锤重击，但她顿了顿，还是以否定的语气说："我认识国璋那么多年，他绝对不是那样的人。"这话像是对谢冰冰说的，更像是对自己说的，然而显然这话并没有让自己更安心，于是又说："那你说我该怎么办好？我真的是一点办法都没有了。"

谢冰冰从锅里夹了一块浮起的豆腐，咀嚼几口吞下肚后，对李淑娟使了个得意的眼色，笑着说："这个时候，你就该庆幸有个像我这么仗义的闺蜜了。"谢冰冰的眼神一直往火锅盆里瞟，看到烧熟的菜品就赶紧捞出来，拌上酱料吃得津津有味。

李淑娟看着谢冰冰漫不经心的样子，着急地说："快别卖关子了，没看到我都快愁死了嘛！"

谢冰冰"哼"了一声，放下筷子低声对李淑娟建议，可以在微信上侦查贺国璋是否有外遇。

李淑娟连连摇头说："不行，万一没有这回事，岂不是伤了我们夫妻之间的感情？"

"你啊，太傻了！"谢冰冰用手指点了点李淑娟的额头，说："难道我还会直接说是你李淑娟派去侦探他的特务，放心吧，本女侠混迹江湖多年，多少还有点江湖经验。"

"这样做，会不会太小人……"李淑娟还是使劲摇头。

谢冰冰夹了一块豆腐进嘴，嚼了嚼，说："我的大美女，君子你做，小人我做，行吧。就这样定了，我注册个新微信号，然后想办法加入你家帅哥的微信群，然后吧……嘿嘿，希望我是多虑了，希望你家帅哥能在美女堆里坐怀不乱。"

李淑娟沉默了，面前很多美食，她却没有胃口，下意识地看了看手机，希望能突然收到一条消息，当然这消息应该是贺国璋发来的，然而手机始终冰冷地躺在桌上，异常地安静。

吃完火锅，这两个女人来到靠海的沙滩上，此时在海边休闲的人已经渐渐稀少了，除了自远处翻卷而来的晚潮，以及沙滩上那些形形色色的散乱的贝壳。海风呼呼，阵阵海浪声响入耳畔，当空洒下的月光将两人纤细的身影拉得纤长。

夜晚的海风不仅带着海腥味，还有一丝潮湿的寒气，李淑娟哆嗦了一下，她忽然问："冰冰，如果贺国璋真的在精神上已经出轨，我该怎么办？"

谢冰冰一边走，一边踢着沙滩上的海螺和贝壳说："别多想了，大不了像今晚这呼啸而过的海风从我们身上吹过那样，让所有的烦恼也随风而去，想开些吧！再说现在男女平等，女性独立，离开男人，女人照样可以活得很精彩。男人若是不好，对女人来说就是个累赘，还不如不要，你说是不是？"

李淑娟转身望着谢冰冰，突然想起她常说的一句话："生活是一杯苦茶，如果不合胃口，就把它倒掉，换杯合自己胃口的茶。"以前谢冰冰在说这句话的时候，她一直认为她没心没肺，觉得她现实得快掉渣，一点人情味都没有，现在反而觉得谢冰冰活得洒脱。但是她不是谢冰冰，做不到这么现实，她反问："是吗？我可从来没有想过这些。能一辈子跟贺国璋过平凡的生活，这样我就很满足了。"

谢冰冰伸手指了指李淑娟的头说："说你傻，你还真是傻，脑子一点都不开窍，被男人骗了都不知道，甚至还屁颠屁颠乐呵呵地帮人家数钱呢。你要是再不长进点，就真要成为怨妇了。"

我已经是怨妇了吗？李淑娟听后伤心地想，但又不愿承认，她盯着谢冰冰说："没有你说得那么严重吧，还不至于呢！"

谢冰冰无奈地说了句："你呀,不见棺材不落泪!不听老人言,吃亏在眼前!"

李淑娟笑了,说:"你这黄毛丫头几时成老人了,不过这说话的腔调还真像是年过半百的老大娘,跟我妈一样呢。"

"不是我在危言耸听,但这就是现实,我们要学会接受现实,否则到最后受伤的就是自己。"谢冰冰继续说着,一副十足的情感专家模样,绝不会让人想到她竟然还没有恋爱过。李淑娟盯着谢冰冰这张可爱的脸好长时间没有说话,似乎是第一次认识这位闺蜜。

两人沿着沙滩走了一段路,看李淑娟郁郁寡欢的样子,谢冰冰拉着李淑娟走到海水里,大声地对李淑娟说:"娟子,拉紧我。"话音没落,谢冰冰扑通一声倒了下去,等李淑娟反应过来时,她已经全身心放松地仰面躺在海水里。一阵激浪涌了上来,浮在海面上的谢冰冰差点被海水冲走,李淑娟大声尖叫:"冰冰,你不要命了!"

"对,我就是不要命了!"谢冰冰呵呵大笑。

半小时后,两人全身湿漉漉地躺在沙滩上气喘吁吁地望着星空,李淑娟黑色的双眸放出异常明亮的光芒,她喘着气对谢冰冰说:"刚才吓死我了!"

谢冰冰露出可爱的笑脸,呵呵地笑着说:"这样才刺激嘛!"

不过,经过谢冰冰这么一折腾,李淑娟刚才的那股烦恼都在片刻之间消失殆尽,她的心情随之也放松了很多。

两人分别回到家后,李淑娟在临睡前收到谢冰冰发来的一条语音消息:"真不知道你怎么会成为我最好的闺蜜,看来你的脑子可以修修了,等我的消息。"

李淑娟回语音道:"这事我怎么都觉得不妥,要不就算了吧!"

那边又来了一条语音:"看在麻辣火锅的分上,我早已做好赴汤蹈火、万死不辞的准备,你可不能临阵退缩啊。你也不想想看,男人在外面找女人的时候多潇洒,凭什么要女人受这么多委屈。"

李淑娟终于表示投降:"这……让我想想……哎,不管了,可千万小心,别露出马脚。"

谢冰冰随后发了个拜倒的表情,表示对李淑娟前怕狼后怕虎的作风欲哭无泪,然后回复:"遵命,李大美女!"

李淑娟发了个发怒的表情,谢冰冰回了个卖萌吐舌头的表情,然后语音告知,她要先洗洗睡了。

李淑娟道了声晚安。

李淑娟发完消息后看了看手机,屏幕最上端显示已是晚上10点44分。这么晚了,贺国璋还没有回来。她有些生气,给贺国璋打了一个电话。

电话通了,贺国璋气喘吁吁地说:"我现在小区门口,马上就到家。"

李淑娟刚想问他今天为什么这么晚才回家,贺国璋已经挂了电话。这边怔怔的李淑娟,顿时有一种吃了闭门羹的感受。

人与人,尤其是夫妻之间,有时候就像这种情形,如果一方热情过度,而另一方却戛然而止,致使对方措手不及,就像是热脸贴上冷屁股,长此以往,夫妻感情和家庭关系难免会出现裂隙。

爱情犹如脆弱的花瓶,摆放在夫妻卧室的床头。它一旦开始出现裂隙,就注定不可能再完整下去,随着时间的推移,情感的裂痕也会悄无声息地慢慢加大。

从那天之后,李淑娟一改以前的行事作风,只是通过微信联系贺国璋是否晚上要回家吃饭,如果他说有事不回家吃饭的话,李淑娟就回复"知道了",绝不多说一句话。晚上到了睡点,如果贺国璋没有回家,她也不再打电话催问他什么时候回家。她希望用自己的淡漠,来赢得贺国璋的温暖,但没有想到的是,她这种故意装作毫不在意、放任自流的淡漠态度,更像是给了贺国璋送去了新鲜的空气,他反而因为每天不再受妻子的约束和督促而获得一种前所未有的大解放,回家的时间更少。

不过,贺国璋每天开始像打卡似的,在早、中、晚各个时段都会准点发送一条朋友圈,分享自己一天的工作情况,这样做似乎是对李淑娟的一种交代。

李淑娟除了按时在手机上问候一下老公,下班后都会跟闺蜜密切联络。谢冰冰给她灌输的女人应该独立、女人没有男人也可以过得很好等观念，一直浮现在她的脑海里。不过，李淑娟更多地认为这是女人自我安慰的话，世上哪个女人不希望被男人呵护呢。

李淑娟刷着贺国璋的朋友圈，朋友圈的种种迹象表明，贺国璋除了工作以外貌似没有别的不正常的应酬。但是，当她想起谢冰冰的话时，这颗忐忑不安的心怎么也平静不下来。

她突然想到了另外一个朋友，袁天信，于是给他发了一条消息："天信，在忙吗？"

李淑娟之前上中学时在滨海读过书，也有一些关系较好的同学，袁天信更是和她做过几年的同桌。但是上大学后，大家各奔东西，几乎都没有联系过。而袁天信一直待在滨海这里上学，并在职场上发展。贺国璋是外省人，后来才到滨海，两人在滨海的朋友不多，共同的朋友就更少了，袁天信就是其中之一，更准确地说，是他们唯一一个共同的朋友。

大学期间袁天信学的是计算机专业，曾以优异的成绩毕业。此时的袁天信，已经在 IT 行业做了几年，正担任一家中型软件公司的总经理，手底下有一拨勤劳的"程序猿"为他拼命效力。他每天负责各项开放项目，也很少有时间和心思去主动关注这两口子的事情。

现在，李淑娟像是在热锅里茫然乱窜的蚂蚁，找不到出路，而闺蜜谢冰冰又不能直接插手此事，她便想到了袁天信，她想从他那里了解到贺国璋的情况。

正在办公室的袁天信看到了李淑娟发来的信息，忙毕了自己手头的事情，不一会儿就回了一句："我们IT这一行，用'忙得不可开交'描述再恰当不过。看了你的信息，似乎情绪不高，是不是老贺那家伙惹你不开心了？"

李淑娟赶紧解释："不知道怎么说……我们之间没有吵过架，一直和睦相处，可是……我们之间的交流越来越少，少到我都怀疑他把我当成空气。"

袁天信有些敷衍地回复："可能是他工作太忙的缘故，改天我帮你好好劝劝他，唉，老贺啊，就只知道事业事业，竟然冷落了身边的大美人。"

李淑娟有些尴尬和无奈："天信，你笑话我啊，其实我只是觉得，他变得不再是他了。"

袁天信那边一愣，问道："他怎么了？"

"我也说不清楚。"李淑娟只觉得心里又乱如麻了，便草草地结束了聊天。

第三章　卧底

梳妆镜前。

穿着睡衣的谢冰冰正敷着面膜，哼着自编的小曲："城里有个姑娘叫冰冰，她有一双美丽的大眼睛，皮肤白又嫩，人人都叫她冰女神……"她一边哼着小曲，一边想着如何快速有效地成为贺国璋微信群的粉丝。她的眼珠子不停地转着，想象着抓住贺国璋的把柄后可能出现的各种啼笑皆非的画面，一会儿呵呵地笑，一会儿又为李淑娟感到担忧。"哎，女人失去自我，过早结婚总不是什么好事，难保哪天不会成为失败婚姻的殉葬品！"一向独立自信的谢冰冰，不无感叹地自言自语着，对于婚姻这种事物，她始终心存一种不安。

第二天上午，李淑娟正在专心上班，突然收到谢冰冰的消息，她当即吓了一跳，以为有什么不好的事情发生，连忙回复："有什么发现吗？"

对方回复:"瞧你紧张的,哪有这么快,这种事情欲速则不达,当事人一般都很小心谨慎,懂吗?我得慢慢进入贺国璋的圈子。"

李淑娟这才有些放松:"有道理,加油!"

谢冰冰一点也不谦虚:"放心,也不瞧瞧是谁出马,保准他逃不过我的火眼金睛。"

随后,李淑娟提醒了一句:"嗯,记得安全第一,千万别被发现,万一没有那回事,我以后在贺国璋面前抬不起头。"

谢冰冰那边倒还清醒,打包票似的回复:"知道了,我心里有杆秤,如果贺国璋真没有做过对不起你的事,我悄悄退出就是了。"

随后,谢冰冰将自己起的几个网名发给李淑娟参考:"baby需要爱、梨山姥姥、爆胎女王,你说哪个名字比较好?"

李淑娟:"果然符合你的气场,我说该换个文艺点的,否则贺国璋不一定会让你进群。我对贺国璋还是有一定了解的,他对客户的辨识能力很强,如果他认定你不是目标客户,是不会让你进群的,要想给他一个好印象,一定要换个名字!"

谢冰冰:"这可难倒我了,别跟我谈文艺,我可不是搞文学的。"

李淑娟想了一会儿,发给谢冰冰一个网名:"'梦文昭'怎么样?意思是梦里都在想着怎么把文章做好。"

谢冰冰发了个五体投地擦汗的表情，然后回复："没问题，就照你说的办。"

她随即用这个新网名申请了一个微信小号，并很快通过贺国璋的好友验证，果然如李淑娟说的那样，贺国璋在拉她进群前问了她一些问题。

贺国璋先是一番客套地问："您好，这里是国文集团旗下的益文企业文化培训中心，我是一级培训师贺老师，请问有什么可以帮到您吗？"

谢冰冰按照提前设定好的回复："我叫梦文昭，我是慕名而来的，听说您的企业文化培训做得非常好，我们公司正好遇到这方面的难题，专门安排我过来，希望您能给予我们一些方案和建议。"

谢冰冰尽量小心翼翼地回应着，生怕哪里出错被贺国璋怀疑。

对方立即回道："那您是找对人了，我们公司专业解决企业文化相关的问题，能合理诊断并提出有效的针对性措施。"

谢冰冰赶紧表示："那太好了，我对这方面一窍不通，可否发一些案例过来给我看一下呢？"

贺国璋以专业的口吻回答："我朋友圈里面有很多，不过每家企业的实际情况不同，解决方案也是不同的。可否提供贵司的一些信息呢？"

没想到贺国璋还真不是那么好应付的，谢冰冰马上向李淑娟求救，她打了个电话给她："娟子，贺国璋问我是哪家公司的，我该怎么回答，实话实说的话，那不等于不打自招嘛。"

李淑娟手头正好有一个合作企业的名称，挂完电话顺手就发给了谢冰冰，谢冰冰不假思索地转发给了贺国璋。

大多时候，贺国璋在同一时段有很多客户要回复，也就没有那么多时间专门去回答什么都不懂的新人。于是，他习惯性地发送了一个入群邀请给谢冰冰："您先进群了解一下相关的专业知识，之后再慢慢解答，您看怎么样？"

谢冰冰不快不慢地回了一个没问题的手势，就这样，她以梦文昭的身份顺利混入贺国璋的粉丝群。

贺国璋果然是一个实力派培训师，发红包、与客户及时互动，偶尔来点开心的环节，恰当的时候懂得给客户灌输做企业文化必要性的思想，等等。看到这些，谢冰冰不得不羡慕起李淑娟嫁了个有才干的好老公。

偶尔的闲聊和逗趣倒是稀松平常的事情，但是通过几天的细心观察和比较，谢冰冰发现贺国璋在三天时间里共发送出去十个红包，二十条专业知识讲授的消息，二百多条与客户互动答问的消息，而其中互动次数最多、频率最高的是一个叫杨季兰的人。

杨季兰，听这个名字，不用说百分百是一个女人，但是谢冰冰还不清楚她的年龄和身份。不过可以肯定的是，这个叫杨季兰的女人跟导师贺国璋的互动和对话，似乎有些格外不同寻常。

这点很容易看出来，即使是任何一个毫无瓜葛的旁人都能发现。

谢冰冰暗自思忖，微信群是上千个人同在的粉丝群，大庭广众之下即使有不同寻常的关系，也会有所保留，但这个口无遮拦的杨季兰对贺国璋明显是热情得有点过分，甚至有些赤裸裸了。从杨季兰不拘小节的谈吐来看，谢冰冰认定杨季兰属于大胆豪放型的女人，反而是贺国璋与她的对话时刻意有所收敛，生怕被别人看出或发现什么。

仅仅这点就很是让人生疑，这个贺国璋肯定不对劲。谢冰冰并不打算马上把这些蛛丝马迹的疑点告诉李淑娟，她等着收集到更多更可靠的信息，这样可以一举戳破李淑娟对贺国璋抱持的所有幻想。凭着一向准确的直觉和敏锐的判断力，她初步认定贺国璋正走在精神出轨或婚外恋这条不归路上。

李淑娟的心一直绷得紧紧的，生怕谢冰冰会查出什么。她不时发消息给闺蜜："冰冰，你那边情况怎么样？"

谢冰冰发来了一句："现场混乱，分不清，还有待考证。"

李淑娟听后，不知是好消息还是坏消息，不忍多问了一句："到底是好还是不好？"

谢冰冰："目前还不好说，没有确凿证据，我可不敢乱说。"

李淑娟又补充了一句："有什么情况一定要告诉我啊。"

谢冰冰有点无奈："知道了，李大美女，你就别太紧张了。"

李淑娟发了个好基友的表情，然后发了几个字："感动的话不多说。"

"记得长点心眼。"

"明白。"

谢冰冰虽然没有谈过男朋友，但是她的潜意识和她对其他朋友的一些人生观察告诉她：男人对女人的移情别恋，往往都是从冷漠开始，继而发展为忽视，久而久之，就会变成以疏远为标志，最终才在曝光之后万不得已分手的结局。

今天是谢冰冰混入贺国璋微信群的第十天，今天的气氛似乎跟往常不太一样。谢冰冰还在睡梦中，就听到手机不断传来微信接收消息的声音，她用手捂住被子大喊："谁在吵本姑奶奶的清梦？我一定要把他大卸八块……今天可是难得的休息日啊……老天啊！"

谢冰冰拿起手机准备调到静音，突然想起这种情况非同寻常。平时可没有人大清早来骚扰她，她的那些朋友都是跟她一样不会在休息日上午起床的大懒虫。于是，她拿起手机，一看内容，全身的血液立即开始沸腾，快速刺激着她刚才还惺忪蒙眬的大脑神经，瞬间她的睡意全无。

现在是早上八点，贺国璋竟然这么早就开始在群里撩客户。谢冰冰连忙擦了擦眼睛。

"无论你走过千条江河，还是攀过万重高山，总有那么一个人默默地在远方无条件地盼着你一切平安。只要你平安幸福,她便满足。这份情像流水一般绵长滋养着我们的身心,不计付出、不奢求我们的回报。她,是这个世界上最伟大的女人,我们每一个人都应该尊敬她,这个人就是我们的母亲。祝大家母亲节快乐、平安健康!"

谢冰冰看完后差点没吐出来,想不到贺国璋会发这么一段文绉绉的酸话。直觉告诉她,男人刻意文艺起来时,往往就是荷尔蒙爆发之时。谢冰冰暗暗一笑,心想你这是发情的节奏吧。这时,就有人上来搭话了,仔细一看,是那个再熟悉不过的头像,杨季兰,只见他们一言一语聊得很自然。

杨季兰最先回应:"群主早安,不过还是应该照顾一下我们这些每天累得跟哈巴狗一样的人吧,还想睡会儿呢!"

贺国璋赶紧道歉:"抱歉抱歉,忘记今天是休息日了。"

杨季兰:"群主真敬业啊,365天全年无休。"

这时,又有一个名叫"咪咪不见了"的网友加入了群聊之中。

她插了一句:"杨大美女,春心荡漾哦。"

杨季兰回嘴:"胡说什么呢,不说话没人当你是哑巴。"

对方毫不在乎,继续反驳:"我有说错吗?只要群主这里有什么风吹草动,你就会跟着说话。"

杨季兰解释道:"我个人只是比较认可群主而已。"

"咪咪不见了"开始调侃起来:"哟哟哟,还不承认呢,想当年姑奶奶我也是名噪滨海的风流一姐，你也不去打听打听我在外面的名号，这种事情还想逃过我的眼睛？"

贺国璋约莫看到此刻群里这两个女人的话锋有了些火药味，他也不免有些紧张起来，马上从中调解："美人如玉，这份好意收下了，不过没有什么比休息日好好休息来得重要，祝大家过个愉快的周末。"

贺国璋自认为自己是"太极"高手，轻轻一掌能把把话题引到安全区域，但杨季兰更像是一剑封喉的女侠，打开了缺口就不会给你机会了，仍然喋喋不休地缠着贺国璋。

谢冰冰冷眼看了一会，觉得自己该出场拉近跟杨季兰关系了，她马上在群里发了一条消息："美女哪家单位的？"

那边的杨季兰毫不掩饰："国泰集团。"

谢冰冰立即恭维："大公司啊，可是做我们这行的最心驰神往的地方，工作轻松，待遇又好。"

谢冰冰发了一个哇噻羡慕不已的表情。

有国泰集团这个大企业作为背景，杨季兰感觉自己特有面子，就如佛光加持了一般，不过虽然心里乐开了花但表面上还是表现出一副谦逊的样子："那都是外面的传言而已，其实我们忙起来很忙的，大公司压力大啊。"

谢冰冰："俗话说，'瘦死的骆驼比马大'。大美女，有机会的话帮我推荐推荐呗。"

杨季兰爽快地回复："没问题。"

谢冰冰："已经加您微信了，通过一下哦！"

杨季兰矜持了一会，不过还是通过了梦文昭的好友请求。

就这样，谢冰冰转了个弯加了杨季兰的微信，成了杨季兰的微信好友。

眼看事情有新的进展和突破，在好奇心和侦探能手的职业天性的双重驱使下，这一刻，谢冰冰真的把自己当成一名专业的侦探，她快速翻看杨季兰和贺国璋的朋友圈，想找到他们之间是否有暧昧的证据或蛛丝马迹。

结果，正如谢冰冰预料，只要贺国璋发的朋友圈，杨季兰都会点赞和留言，言语上有一定的暧昧和勾搭，贺国璋也会对杨季兰发的朋友圈给予一定的关注。两人如此亲密的互动，谢冰冰确定两人在好几个月前就开始存在暧昧关系了。

于是，谢冰冰给李淑娟发了一个消息："娟子，你托我办的事情现在有眉目了，你什么时候有空，我们见面聊。"

李淑娟最不想听到谢冰冰的反馈情况，却又最希望谢冰冰能发现点什么。此时谢冰冰一反常态的语气，让李淑娟的心顿时沉重起来，她紧张地问谢冰冰："查到什么了？"

谢冰冰："一时半会说不清楚。"

李淑娟："那好，我们晚上下班后，在八十五度咖啡厅见面。"

谢冰冰回了个"没有问题"的表情符，随后将粉丝群里贺国璋和杨季兰的聊天记录截图保存以作凭证，然后做了个大功告成的手势。

整个下午，李淑娟的心中一直忐忑不安，她总是在猜测闺蜜在晚上会给自己带来什么不幸的消息，却又希望她带来的信息只是一些无关紧要的八卦而已。

刚到下班时间，李淑娟就赶紧收拾东西，在公司门口拦了一辆出租，匆匆赶到八十五度咖啡厅。到达后，她将咖啡厅的定位发给谢冰冰，并把座位的图片拍下来一并发了过去。

此时，李淑娟环顾了一下这个并不常来的咖啡厅。这家咖啡厅的环境干净整洁，氛围营造得温馨而舒适，里面的顾客都惬意地享受着忙碌一天后的放松。咖啡厅里的人并不多，除了像她这样年纪的女人，更多的是更年轻的单身女孩，有的一边喝着咖啡，一边欣赏窗外的风景，更多的人边喝咖啡边看手机，她们置身在气氛别致的空间里，用这种方式来暂时舒缓一天的疲倦。唯独李淑娟眉头紧锁，与咖啡厅惬意的小资情调有些不协调，她一口接着一口地喝着咖啡，仅半个小时，就已经喝了两杯咖啡。

谢冰冰风尘仆仆地赶过来，她看到李淑娟有些丢了魂的样子，再看桌上的两个空杯子，有些意外："天哪，你当这咖啡是白开水呢！不怕晚上失眠做噩梦啊！"

李淑娟皱着眉头，一副焦躁不安的样子，郁闷地说："没看到我正烦着嘛！"

"大美女，咖啡确实能提神，但也伤胃啊。"说着，谢冰冰坐了下来，她为李淑娟和自己各点了一杯红茶。然后托着两腮看着李淑娟说："娟子，你跟我以前认识的那个优雅大方得体的李淑娟太不一样了，难道女人结婚后都这样的吗？看到你这样，我都不敢结婚了。"

李淑娟一肚子的苦水，比眼前的咖啡还要苦得多，她说："我跟贺国璋都快成为陌路夫妻了，抬头不见低头见，同在一个屋里住着，却像隔了一个时空，他的心思和关注力几乎全在那个破手机上。"

谢冰冰听后说："这种男人就是贱，不见棺材不落泪，他以为手机就能当老婆呢！"

李淑娟这才想起来要问："冰冰，你都查到什么了？"

谢冰冰将自己这几天看到的和发现的情形，一五一十地告诉李淑娟，然后认真地对李淑娟说："我认为你要重新审视贺国璋这个人。"

李淑娟听了谢冰冰说的，有些不相信地说："为什么我看不到贺国璋跟别人的互动？"

"难不成我还来坑你了？"谢冰冰摆出无辜的表情，拿出手机登录梦文昭这个小号让李淑娟看贺国璋的朋友圈，然后让李淑娟拿自己的微信朋友圈作对比。

同样是在贺国璋的朋友圈，梦文昭这个小号里的与李淑娟微信里的，竟然有很大的不同，不同之处在于梦文昭这小号里看到的内容远比李淑娟微信里的精彩得多丰富得多，也辣眼许多。李淑娟下意识地擦了擦眼睛，没错，有很多条内容是自己看不到的。假如说贺国璋的朋友圈如碧海蓝天般多姿多彩，那他只把灿烂的春光给了其他人，而把孤寂阴暗的角落留给了李淑娟。

"看出来了吗？这是贺国璋有意把你屏蔽，这可不是什么好兆头哦。"谢冰冰见李淑娟的神情很恍惚，意识到自己不该火上浇油，安慰她说，"当然，也有可能只是贺国璋不想让你多心才这么做的……不过，无论怎样，你还有我这个好闺蜜。"

李淑娟低头不语，此刻就像泄了气的皮球般浑身无力，呼吸像被水呛着般变得急促。她无力地握着谢冰冰的手说："冰冰……我该怎么办？贺国璋变心了。"

"这种男人不值得你为他伤心！坚强点，这是个不倒翁的时代，同时也是女人追求自我的时代，谁先认输谁就是最先退场的那个人，女人就该活得既有气焰又张扬。"谢冰冰用力一拍自己的胸脯，眨巴着眼睛继续说，"你看我，一个人不也过得好好的吗！"

李淑娟的注意力一直集中在贺国璋和杨季兰这件事情上，平静了情绪后，她继续向谢冰冰追问杨季兰是做什么工作的，怎么跟贺国璋认识的，等等。谢冰冰表示，细节还没有调查清楚，不过她有杨季兰的微信，有信心拿到更多的实证。

　　李淑娟既伤心又生气，眼里噙着泪水却抑制不住心中的怒火，脑子里浮现出贺国璋拿着手机无视自己的画面，说："一定要查清楚，一定要查清楚……"

　　两人聊到很晚，直到咖啡店快要打烊了才出门作别。

　　走在路上的李淑娟，心里有说不出的寂寥和落寞，贺国璋已然让她寒心，她的脑子里一直浮现贺国璋与杨季兰私下里暧昧这件事。在没有事实证据之前，她不打算找贺国璋谈话，也不想捅破这层关系。在黑暗还没有真正到来之前，她还不想过早地放弃。想到这儿，李淑娟不断地问自己，如果贺国璋做了对不起她的事情，她能冷静下来理智地对待吗？

　　这个时候，她收到谢冰冰的一条消息："开心，乐观，是人生的不二法门。"

　　李淑娟回复了"嗯"，然后发了一个加油的手势。

　　回到家已经很晚了，但屋内仍然漆黑一片，贺国璋还没有回来。开灯之后，她突然想到了喝酒。她已经记不清自己有多久没喝过酒了。打开冰箱，取出冰箱里的一瓶红酒，从杯架上拿起一个酒杯，满满地倒上。

　　灯光下，她的脸看起来很憔悴。刚结婚那会儿在家里喝酒，都是她和贺国璋两人一起举杯庆祝的，那是多么温馨的时刻。而此刻，她独自一个人，怀着前所未有的郁闷，不间断地喝了一杯又一杯，很快一瓶红酒就被喝光了。

她的胃开始翻腾，脑子嗡嗡作响，眼前看到的东西出现重影。她东倒西歪地走向冰箱，想再开一瓶红酒，可是刚走了几步，胃里的食物瞬间像被晃荡得顶到喉咙般，急着要喷出来。她霎时捂住嘴快速冲向卫生间开始呕吐。不知道吐了多久，肠子里的食物似被掏空了，只是头晕，最后她坐在地上伤心地哭了起来。

"淑娟，你还没睡吗？"

李淑娟听到是贺国璋的声音后，连忙将眼泪擦干，看来今天晚上这酒是喝得太多了，竟然不知道他是什么时候回到家的。她快速地从地上站起来，在那一瞬间感觉头晕目眩，定了定神，将衣服上的脏东西拍掉，然后清了清嗓子回答贺国璋："嗯，我刚回来，正准备洗澡。"李淑娟说完后将水龙头打开，装出正在洗澡的样子。

"行，那我在沙发上等你。"

李淑娟洗完澡，从卫生间出来，看到坐在沙发上的贺国璋没有抬头，依旧低着脑袋拿着手机在聊天。她失望地看了贺国璋一眼，然后装作若无其事地说："国璋，我洗好了，你也洗洗，早点睡吧！"

贺国璋正聊到兴头上，轻轻地诺了一声，李淑娟见此情景想起谢冰冰说的话，心里更伤心，强拖着摇晃的身子走进卧室去睡觉了。

第二天早上,贺国璋像往常一样在朋友圈发文:"文化是一家公司的核心,一家没有文化的公司等于没有灵魂。很多企业的高层跟我抱怨说企业缺少凝聚力,实则是缺少企业文化。企业文化作为一个独立的课题被罗列出来,足以说明它在企业发展过程中起着举足轻重的作用。"

贺国璋的这番话刚发出来,杨季兰立刻点赞,她在下面留言:"璋哥指教的是,受益匪浅!"

贺国璋客气了一句:"谢谢!"

杨季兰趁机勾搭:"如果我能当面受教就更好。"

杨季兰见贺国璋没有回复,马上转入私信发送模式,发了一连串的表情符,一副不让她心满意足就不罢休的架势。

"作为璋哥的一枚铁粉,想听你的课简直比登天还难哟。"

"不敢不敢。"

"请问什么时候会有课?"

"周二上午十点有一场培训课。"

"那我可要一定过去聆听受教。"

"到时候见。"

"不见不散。"

第二天就是贺国璋培训课的时间,他在朋友圈中发出通知:"感谢群里和圈内好友的支持,早上十点的培训课,不见不散。"

大家都回复知道了,唯独一条回复格外刺眼:"亲爱的,知道了。"

贺国璋吓了一跳，马上知道这是杨季兰那个妮子，心里暗暗骂道："这个丫头说话也不看看场合。"一时间却又不知道如何办，盯着这几个字发了好长时间的呆，突觉心跳加速，脸颊发烫，他缓缓地在手机键盘上敲了几个字回复杨季兰："待会见！"

杨季兰收到消息后兴奋不已，更是得寸进尺："不介意我这个最忠实的粉丝加学生，跟你索要一个吻吧！"

贺国璋回了一个擦汗加尴尬的表情符。

杨季兰不依不饶："怕了吗？"

在这样公共场合里，贺国璋有些尴尬："玩笑开大了。"

杨季兰更加肆无忌惮："天上的明月代表我的心，它知道我的一片痴心。"

贺国璋就像做贼般忽而欣喜，忽而前瞻后顾，他点开朋友圈可见范围，确定已经屏蔽了李淑娟，这才放心。

但是他潜意识里仍然有点忐忑不安，过了片刻，他给杨季兰回了一条信息："收敛一点，不要太张扬。"刚发了之后却又后悔了，他觉得自己这话给了杨季兰一种不可告人的信号。

果然，杨季兰马上回复："终于承认对我有感觉了？"

贺国璋对此没有反驳，也没有表态，回复："低调低调，安静安静。"

杨季兰步步紧逼："不说？那就是默认咯！"

面对杨季兰的不依不饶，贺国璋心跳加速，任由杨季兰想说什么就说什么。

向来张扬、我行我素的杨季兰是在贺国璋举办的培训讲座上认识贺国璋的，她对贺国璋可谓是一见倾心。贺国璋初次进入她的眼帘时，她就被身穿西装的贺国璋的帅气所吸引。当贺国璋在讲台上侃侃而谈时，她不仅开始欣赏贺国璋的才能，而且还有一种倾慕的感觉。在讲座结束后，杨季兰就热情主动地跑上前去加了贺国璋的微信，并告诉贺国璋自己是他的忠实粉丝。

杨季兰是服装设计毕业，不仅高挑漂亮，而且素来大胆、开放，穿着时尚，打扮艳丽，甚至在接触后显示出来略微泼辣的个性，与李淑娟截然不同。贺国璋从来没有接触过这种类型的女性，杨季兰的每一次主动靠近，他都不忍拒绝。杨季兰对于他来说，就像家门前突然盛开的一朵美艳的罂粟，姿态奇特，横在窗前，可摘可赏。贺国璋虽然心存背叛李淑娟的一丝负疚感，但是却抵挡不住杨季兰的诱惑。

这场企业文化培训课很成功，学员们反响热烈。此时，杨季兰走到前排，朝着贺国璋妩媚一笑，然后对着台下的学员说："各位，今天我们的贺老师的课讲得好不好啊？"

贺国璋愣愣地看着她，不知道这位热情的学生玩什么花样。

"好！""精彩！"学员们很是捧场。

"那我们是不是该奖励一下辛勤的贺老师啊？"

"是该奖!"

"奖什么呢?"

台下学员回答莫衷一是。

不知有谁突然开玩笑似的说了一句:"美女,你就奖给贺老师一个吻吧。"

随后有更多的人起哄说:"美女,你就代我们,奖给贺老师一个吻吧。"

贺国璋脸红了,忙摇手说:"大家别闹了……"

话还未说完,台下这个妖艳的女人却走上前来,突然就亲了一下贺国璋的脸,说:"贺老师,我这是代所有学员奖给你的。"这时台下全起哄了,有人说吻得不够,又有人说这是才子与美女的绝配。

贺国璋愣在那儿,从来还没遇到过这种公众场合,竟不知怎么应付。

杨季兰盯着贺国璋,竟丝毫不慌乱,突然贴在他的耳边小声地说:"璋哥,我觉得我本人才是对你最好的奖励。"说完,她又挑逗地看了一眼贺国璋,才飘然走下讲台。

杨季兰最后那句话声音很小,只有贺国璋听得到,贺国璋只觉得一股不可抵挡的潮水突然间涌到了胸口,把自己都要淹没了。

第四章　意乱情迷

贺国璋回到公司时，已是傍晚了。

公司的李总经理把他单独叫到办公室里，照例是表扬他今天培训课办得很成功，又问了问其他的事。等贺国璋交待完，要离开办公室的时候，李总经理突然似乎是无意地说："小贺啊，听说培训课上有人追你啊，帅哥就是魅力无穷啊，羡慕啊。"

贺国璋霎时脸红了，口才一贯流利的他有些结巴地说："没……没有的事，李总您说笑了。"简单地回应后，他赶紧逃开了李总的办公室。

贺国璋在自己的办公室里，刚要坐下，手机铃声响了，他以为是淑娟打来的，一看却是有段时间未见的好友袁天信来的电话。

"贺总啊，你现在春风得意，日理万机，估计都忘了我啊。"

"哪里，天信，我就是忘了我自己也不会忘了你。"

"那你这段时间忙什么，都没有联系一下我。"

"你又不是不知道,我还是忙培训这些破烂事。这种事挺烦琐的。"

"是不是美女太多让你烦了?"袁天信的口音里,夹杂着一种调侃的笑声。

"我自己都不知道如何烦了,总之是没劲。"贺国璋听到老友的取笑,刻意隐藏自己的想法,只是淡淡地敷衍了一句。

"那这样吧,晚上我们聚聚,喝两杯,我们有些日子没聚了。"

"好啊,那就老地方见。"

贺国璋所说的老地方,是他与袁天信之前经常见面的一个小酒馆,在滨海中山路上。中山路靠海比较近的一段地方,一连聚集了十几家中小型的酒馆,因此也被人们称为酒馆街,其中有家夏威夷酒馆是他们经常去的。

挂了电话后,贺国璋给李淑娟发了条微信:"娟子,我今天约了朋友聚餐,就不回家吃晚饭了。"许久之后,他才收到李淑娟回来的一个字:"好。"而这时,贺国璋已到了夏威夷酒馆。

这里的酒馆,不同于那些高档的大型酒店,大多是男人们茶余饭后短暂休闲的场所,气氛宽松,适合顾客们侃天谈心,卸除心中的苦闷。不少酒馆都特意模仿欧美一些有名的旅游海岛上的酒馆的风格,设计装潢因此具有一些异域风情。夏威夷酒馆算是这里最有特色的一家,面积不大,但里面设计打造得颇为雅致,灯光温和低沉,酒水的种类也丰富繁多,除了市面上的白酒、红酒和特色啤酒外，这里的调酒师即兴调制的五花八门的鸡尾酒，更是备受顾客们的青睐。

贺国璋找了个靠窗的小桌子坐下，刚点上一支烟，袁天信就到了。已经有快半年都没见面了，眼前的袁天信穿着深咖色休闲西装，低矮的身材除了有些微胖倒是没多大变化，满面红光，比以前更加具有大老板的风度和自信。

一番寒暄后，两人点了几个菜，要了几瓶啤酒，就边喝边聊起来了。一杯啤酒下肚，袁天信开口就问："最近怎么样？"

贺国璋有些遮遮掩掩："老样子，上班下班……"

袁天信喝了一口酒，夹了一口菜，然后故意含沙射影地挑起话头："听说某人不仅职场得意，就连私生活也变得多姿多彩，我们这种圈外的人是学也学不来的，只有羡慕嫉妒恨的份啊。"

贺国璋马上意识到袁天信暗有所指，瞄了一眼："别叽叽歪歪了，想说什么，就痛快敞亮地说吧。"

"我抽空翻了一下你的朋友圈，最近你似乎走桃花运啊，兄弟。"

"哪里，"啤酒还没喝几杯，贺国璋的脸色已经开始微微泛红，但很快就以无与伦比的口才为自己辩解："是不是见到我朋友圈偶尔会与女会员互动？这可是工作啊，是我的本职工作的必要内容之一，为了取得客户的好感和信任，适当的沟通和交流也是难免的嘛。"

袁天信自然不相信："工作，你的工作也太香艳了吧，你想过李淑娟看到后的感受吗？"

"她不会看到的。"贺国璋倒了一杯酒，然后补充了一句，"这种工作上的杂事，我也不会让她看到。"

袁天信冷冷地说："保密措施做得很好啊，不过可别怪我没有提醒你啊，拉近与客户之间的方式有很多种，要懂得跟客户保持距离，否则就是在玩火。"

贺国璋尴尬地笑了笑，说："大家都成年人了，这个不用提醒，我自然懂得。再说都什么年代了，谁还这么死板。"

这时，贺国璋手机响了，一看是微信新信息提示，他用指纹解锁，袁天信一瞄，见到是名为杨季兰的微信好友发来的信息，上面几个字："亲爱的贺老师，能聊会吗？"后面是一个爱心与一个嘴唇的符号。

贺国璋脸一红，拿起手机，回了一条信息："别闹了，我在与朋友谈事。"然后放下手机，抬起头对袁天信说："唉，做这工作都是些杂七杂八的事。"

袁天信点点头，一仰头，半杯酒下肚了。

贺国璋端起酒杯，刚要喝，手机又响了，他忙放下杯子，拿起手机，一看还是杨季兰发来的消息："贺老师，你太不地道了，有好吃的也不叫上我，'蓝瘦香菇'。"后面附带着一个委屈的表情。

贺国璋读着杨季兰的信息，不自觉地面露微笑，回信息说：

"别吵，真的有事，晚点聊。"然后把手机屏幕朝下放在桌上，对袁天信说："都是些琐事，我们这种行业的，每天都不得不去处理和应对。"

袁天信默默地看着贺国璋，突然说："我感觉，你都变了。"

"有什么变的，我还不是我自己，怎么能这么说？"

"记得几年前，我们刚认识的时候，那时你与淑娟，现在是叫嫂子了，你们两人，真的很青涩，但感情也很纯粹，当然，或许我也一样。可几年过去了，我们都各自工作了这几年，你也更成熟了，更有社会地位了，可是也没有了过去的那份、那份……我也说不清楚了。那感觉，当时我只觉得，你与嫂子好幸福。可现在你是事业有成了，按理说是该更幸福了，但又似乎找不回那时的感觉了。"

这时，贺国璋手机又响了，他拿起一看，还是杨季兰的消息。这次他没有回，随手按了静音，把手机扣在桌面上，一扬手，一杯啤酒又下肚了，脸微微红。他对袁天信说："是啊，也许是改变了，可改变的仅仅是我吗？我们每个人不都是被生活所碾压着吗？我不也是天天想着能在这个地方有个家吗，我每天出去应酬、汇报、演讲，不就是为了能在这儿有个安稳的家吗？"

"道理倒是没错，不过我只怕，你这样下去，你会迷失了，会丢掉你想要的家。"袁天信说话也有点含糊不清了，不知道是有些酒醉了，还是不知如何表达。

贺国璋喃喃地说："我知道，我自己有底线，作为兄弟，这点你要相信我。"

袁天信拿起酒杯，碰了一下贺国璋放在桌子上的酒杯，仰头喝了一杯酒，低低地说："但愿如此吧。"

这顿酒直喝到了晚上十来点，酒馆只剩下他们两人了，店老板不得不过来，委婉地表示要打烊了。袁天信起身要结账，被贺国璋一把扯住了上衣，说："我来结，我来……你瞧不起兄弟吗？"

袁天信只得由着贺国璋把餐费结了，出来时两人都有点蹒跚。这时刚好过来了一辆的士，袁天信扬了扬手，的士在路旁停了下来，他把贺国璋送上了的士，然后自己等了另一辆车回家了。

贺国璋坐在车座上，脑袋有点沉，眼睛也难以睁开，但还是习惯性地打开手机，看到屏幕上出现了很多条信息。一打开，几乎全是杨季兰那个女人发来的微信，还有另外两条是妻子李淑娟发来的。他先打开了李淑娟发来的消息，照旧是问他何时到家，他及时回道："在路上，马上到。"随后打开杨季兰发来的消息，有十来条。有问他是不是还在喝酒，还说注意别喝醉，还有两条是说很想他。贺国璋看着消息，一时不知道怎么回，打了个饱嗝，想了想，还是没有回，直接把手机装进口袋里了。

到家的时候，李淑娟没有睡，坐在客厅里看电视。见到贺国璋脚步有点踉跄，有点不悦，冷冷说道："今天怎么喝这么多，国璋。"

"喝了点，见到自己的……老朋友……袁天信了，高兴呗。我没喝多……"

李淑娟听丈夫说是跟袁天信聚会去了，倒也放心了许多，随口说："说话都不清楚了，还说没喝多，快洗澡休息吧。"

贺国璋起身就往卫生间里去，李淑娟说："国璋，你把外衣脱了再进去吧。我可以先把你衣服洗了。"贺国璋一把将外衣脱了下来，往洗澡间走去。

李淑娟拿着衣服，摸了摸口袋，把里面的东西取出来，其中一个口袋里放的是手机。看到手机，李淑娟迟疑了一下，她想看看这手机里有没有什么信息，又觉得这样不大好。

正想着，贺国璋从洗澡间出来了，走过来，一把拿回手机，说："手机给我，怕有人找我谈工作呢。"取回手机后又回洗澡间了。

李淑娟看着贺国璋拿手机急促的样子，心里突然间感觉到一丝莫名的苦涩。不过，愣了一会儿后，她还是去洗衣服了。

待李淑娟洗好衣服后，贺国璋已经上床睡觉了，鼾声很响。李淑娟却怎么也睡不着。丈夫近在咫尺，可又那么遥远；多少年来，两人生活在一起，如此熟悉，如今却又那么陌生。她躺在床的这一侧，翻来覆去。在床头柜上，丈夫的手机屏幕朝下放着。她很想过去翻一下他的手机，那手机就如丈夫的器官一样，丈夫片刻不离。那里面，似乎装着太多的秘密。此时，她完全有机会一窥这神秘的物品，她把手伸到了手机上面，想拿起来看看，片刻迟疑，却又缩回来了，如此几回纠结后，最终苦笑："我李淑娟怎么会成这样子呢。"

她决定放弃去探视手机的秘密了，但仍然睡不着，直盯着天花顶发呆。

贺国璋醒来时，天已大亮了，忙看了看时间，竟然九点多了。他起床，脑袋仍然有点沉。坐起来后，下意识地看了看手机，见里面的消息仍然是昨晚的消息，显然没有被妻子看过，也放了心。来到客厅，见茶几上有张字条：

国璋，见你昨晚喝多了，今天早上没有叫醒你。你醒后如果不舒服就请个假吧。冰箱里有三明治。娟。

贺国璋顿时觉得心里暖暖的，一种特别幸福的感觉流遍全身，同时又有点内疚。随后，他匆匆洗漱后，吃了三明治，带上手机，飞奔去公司上班。

当他急急赶到公司，已迟到近一小时了。坐下后，看了看相关培训资料。手机又响了，不出所料，是杨季兰那个女人发来消息了。

"贺大帅哥，昨晚一直不回我消息，是不是沉湎于温柔窝里没空理我啊？"

贺国璋看着杨季兰那迷人而又有诱惑力的头像，沉吟了几分钟后，才回信息："兰兰，我跟你商量件事。"

杨季兰快速问道："什么事？"随后发了个两眼发呆，洗耳恭听的表情。

谁知贺国璋这边犹犹豫豫，欲言又止地只说了半句话："兰兰，其实我……"

对方似乎已经大约猜到这个男人准备会说什么，连忙打断似的回复道："宝宝今天心情不好，什么都不想听。"

杨季兰快速转移话题，问贺国璋打算用什么方式陪她解闷，愿不愿意晚上跟她一起吃饭？

贺国璋借机回复："晚上可以陪你一起吃饭，但是你要答应我一个条件。"

杨季兰内心一阵兴奋："太好了，有饭吃诶，你说什么我都答应。"

杨季兰高兴地使劲发开心的表情符，贺国璋郑重地发了一句："条件就是，记得不要在朋友圈说话肆无忌惮。"

杨季兰装傻地问："为什么？"

贺国璋冷冷地回道："明知故问。别人看到会以为我们之间……"

杨季兰"哦"了一下："为了这顿饭，我答应你。说吧，去哪吃？"

贺国璋大方地表示："地方随便你挑，除了不吃辣的，其他口味任你选。"

杨季兰那边故意逗笑："这年头不吃辣的，可都被认定为稀罕的外星人哟。"

贺国璋有点无奈地解释道："天生命贱呗，我一吃辣就会口腔生疮，会影响培训课程的。"

杨季兰随即回复："那就去吃西餐。"

贺国璋回了一个没有问题的表情符。

下班后，两人如约来到杨季兰精心挑选的一家法国餐馆。这家餐馆占据这条街面的独栋商铺的两层，设计装修极为奢侈豪华，金色的灯光格外绚丽，缠绵的古典音乐在这个空间里悠悠地流转着，中央的小舞台上，一位身穿黑色燕尾服的年轻钢琴师，正演奏着肖邦的一首曲子。这家餐馆规模和面积不小，可里面的顾客并不多，稀稀拉拉地，大约不过五六桌。但从他们的着装和就餐方式来看，大多是些充满闲暇的上层资产阶级人士。

这两个人像一对情侣似的，坐在了一个不起眼的角落的位置上。贺国璋简单地点了两杯十年陈的拉菲红葡萄酒、两人份的披萨和七分熟的安格斯牛肉。

微醺之下，贺国璋看着漂亮的杨季兰的脸颊微酡。杨季兰嫣然一笑，说："璋哥，你这么看着我做什么？"

贺国璋似乎是无意间脱口而出："早点认识你该多好……你

知道吗?"

杨季兰的嘟嘟唇微微翘着,脸色如彩霞般泛起红晕,仰头呵呵地对着贺国璋笑,双手半托着尖俏的下巴上抬,看起来更加楚楚动人。

那一刻,贺国璋体内热血上涌,突然有一种冲动,一种拥她入怀的冲动,他向前俯了俯了身,却又止住了。

杨季兰仍然是任性挑战似的盯着贺国璋,面如朝霞,也俯身过来,说:"国璋,我小时候总是会梦到有个人骑着白马带着我去看路上的风景,但醒来后,却总是忘了那人是什么样子。但现在,梦中那人的样子越来越清晰了。"

"什么样子啊?"眼前的这个男人似乎有些迟钝。

"就是现在你这样的样子啊,傻瓜。"说着,杨季兰用手指轻轻地点了一下贺国璋的额头。

贺国璋如触电般霎时战栗了一下,身体想往后靠,却又一时无力挪开,他一把握住了杨季兰的手,在她手背上轻轻地亲了一下。

杨季兰深情地望着贺国璋说:"你到底是喝醉了。"

贺国璋这才意识到自己当下有些冒失的行为,应当发乎情止乎礼,忙收回紧盯着杨季兰的眼神。贺国璋说:"你真漂亮!"

是的,杨季兰拥有高挑苗条的身材,鹅蛋脸,白皙的皮肤,留着大波浪长发,身上散发着诱人的香水味,男人看了都会心动。

杨季兰听了贺国璋的赞扬，使出百般魅力，噘着小嘴问："那你的意思是我既优秀又漂亮咯？"

贺国璋被杨季兰的话问住，一下子不知该如何回答。如果接着杨季兰的话往下说，不就等于间接承认喜欢杨季兰。如果不承认，又怕杨季兰会不开心。他笑着拿起酒杯对杨季兰说："cheers！"

"cheers!"

两人干杯庆祝难得的约会，贺国璋跟杨季兰说："这是我第三次单独约你出来吃饭。记得第一次是出于感谢，感谢你在工作上给予的支持和帮助。"

杨季兰紧接着问："为什么会想到再次一起出来吃饭？"

贺国璋回答："美女相邀，当然乐意奉陪。"

"那这次呢？"杨季兰又狡黠地问。

贺国璋被问得说不出话来，杨季兰见贺国璋不说话，微微一笑后拿起酒杯，喝了一口红酒。

两人借着沉沉的醉意，聊到夜色深浓之际，才起身离开餐馆。

道路两旁的霓虹灯忽闪忽闪，坐在副驾驶座上的杨季兰，意犹未尽似的，忘情地望着正在专心开车的贺国璋说："前面是椰子林海滨公园，我们顺便过去，看看海滨的夜景吧。"

贺国璋点点头，没有说话，把车径直开到海滨公园。公园依着一段海岸线建立，宛转而狭长。两人下车，沿着沙滩往海边走去。

身边偶尔也有一对对情侣走过。杨季兰头微微依着贺国璋的肩膀，说："你说，我们如果能一直这样该多好。"

"很少来这里，没想到滨海晚上的夜景，还挺漂亮。"贺国璋不知道怎么回答，只好含糊其辞地说了一句。

"是啊，海水很美、沙滩很美、小树林也美……"

"更重要的是，人美。"贺国璋的这句恭维，像是脱口而出。

杨季兰没有再说什么，但心中不禁激动起来，挽着他的胳臂，脑袋倚靠得更紧密了。

一阵风吹来，杨季兰一颤抖，说："国璋，这风有点凉。"

贺国璋不自觉地单臂抱住了她，说："这样暖一点吗？"

"嗯，不冷了。"她一把就把贺国璋抱住了。贺国璋微微抖了一下，想挣扎，却又没有办法挣扎出这温柔的陷阱。

突然，他看到一个身穿长裙的女子在路边徐徐走着，身材纤弱修长，步姿优雅，他的心猛地颤了一下，脸色大变，差点脱口喊出李淑娟的名字。

定睛一看，却什么也没有。不过是一阵幻觉。

虚惊一场，贺国璋像是做贼一般轻舒一口气，过了一会，他对杨季兰坦诚地说："很可惜，我已经结婚了。"

杨季兰眼睛望着前方，说："嗯，知道，一直都知道……可是，我……控制不住自己。如果非要我说一个理由的话，我想，这就是爱吧。"

略微停顿了片刻，杨季兰再次深情地看着贺国璋："你知道吗？我从第一眼见到你，就已经迷恋上你。我也知道自己蠢，最蠢最傻的女人就是爱上一个有妇之夫。我也尝试过要远离你，每当我这样做的时候，我就感到揪心地痛，感觉天都要塌了。国璋，你能明白我的感受吗？"

贺国璋听后不知所措，内心里却非常感动，他只能把这种现象解释为互相吸引的荷尔蒙碰撞到一起的结果，当感情迸发出来时，事情的发展不在他的控制范围内，情有可原。他对杨季兰说："这只不过是荷尔蒙反应的一时冲动，当荷尔蒙趋于平稳，总有一天这种感觉会逐渐减淡，甚至消失。"

杨季兰喃喃低语："这种感觉，我想我的一生只能遇到一次，不会再有了。"

贺国璋感慨地说："可惜我们遇见得不是时候。"

杨季兰笑了，说："不是时候？那上天就不会让我们遇见了，遇见了就是上天的安排。"

夜风袭来，挟带来了海面上的凉气，两人的衣襟都随风摆舞。贺国璋想，这种温馨浪漫的感觉以前只能在电影上看到，可现在他似乎触摸到了这感觉。只是，这感觉真实吗？这场凉风让他有点清醒，说："很晚了，回去吧。"

杨季兰一笑，趴在贺国璋的肩膀上，说："那你背着我上去吧。"

贺国璋没有拒绝。

半小时后，到了杨季兰所在的海河西路的一栋单人公寓楼下，贺国璋提醒说："你到家了。"

"其实，我希望是我们到家了。"也许是爱情之火已然熊熊燃烧，杨季兰的眼睛冒着明亮的光，她凝视着贺国璋，那标准的国字型脸，既帅气又儒雅。

贺国璋眼睛赶紧错开，说："我得回家了。"

杨季兰并没有下车，她的眼睛里仿佛跳动着炽热的火苗，突然她搂着贺国璋的肩，抱着了他的头，双唇紧紧地压到了贺国璋的双唇之上。贺国璋本能地想躲开，却又自然地张开了嘴唇，两人温暖且柔软的嘴唇紧紧地粘到了一起，呼吸也变得急促起来。

一番情深意切的缠绵。

不一会，恢复理智的贺国璋还是推开了身前的杨季兰，说："兰兰，我得回去了，太晚了。"

杨季兰有些不舍地说："好吧，你去吧。"

这个半醉半醒的女人傲然下了车，砰的一声关上了车门。贺国璋掉转车头，慢慢开动，杨季兰朝着车尾大声说："国璋，你应当知道，你终究会回到我这儿的！"

第五章　锥心之痛

当贺国璋回到家时，李淑娟已经睡着了。他洗漱完悄悄地爬上床，躺在妻子的身旁，没过一会，便进入了沉沉的熟睡中。

李淑娟却并没有真正睡着，她在贺国璋上床弄出的轻微响动中警觉地醒了。听到贺国璋的鼻息后，她小心翼翼地睁开眼睛，借着窗外的月光，她侧身看到贺国璋的脸上泛着红晕。对于近在咫尺的枕边人，她有一种既爱又怨的感觉。

李淑娟久久不能入睡。贺国璋酣然的鼻息头一次扰得李淑娟完全睡不着了，她索性起床，穿上外套坐在阳台旁的摇椅上，一边想着前几天闺蜜谢冰冰跟自己说的话，一边百无聊赖地刷着手机。她不知道在眼下的日子里，自己到底应该怎样面对这个男人，怎样跟他像从前那样开心地相处下去。反复思虑的李淑娟再一次失眠，却感到心头难得的清醒。

有些无聊的她下意识地扭头看了看贺国璋放在床头的手机，

又一次产生了一种强烈的偷窥手机里的秘密的欲望。她蹑手蹑脚地悄悄走到贺国璋的床头，小心翼翼地拿起手机，不想这个时候，手机的信号灯突然亮了一下，她吓得一哆嗦，赶忙将手机放回原处，快速地跑到床上睡觉，以免被贺国璋发现。

躺在床上，李淑娟一直骂自己：李淑娟啊，李淑娟啊，你什么时候变成这样了？

第二天早上，李淑娟起床的时候，发现身旁的床头已经空了，贺国璋不知什么时候已经上班去了。她有些懊悔自己昨晚半夜的折腾，内疚自己为什么睡得太沉，没能早早起来提前为他做好早餐。

午后的阳光暖融融地照着，坐在办公室休息的贺国璋打了一个哈欠，伸了一个懒腰，倍感惬意，他拿着手机对着窗外的阳光拍了张照，然后编辑文字准备发到朋友圈："五月的阳光暖洋洋地照在身上，什么活都不想干，我都快成了一只懒猫。"

文字编辑完，在发送之前，贺国璋习惯性地屏蔽掉妻子以及李淑娟圈子里的朋友。

时刻在关注贺国璋动态的杨季兰，马上在下面回复："我能说我是母猫吗？"

在这样的公开场合里，贺国璋赶紧表示："不行。"

已经陷入恋爱漩涡的杨季兰已经毫无顾忌，索性撒娇式地死缠："公猫公猫，我的公猫……你就是我的老公……公猫。"

贺国璋看到杨季兰毫无掩饰地撒娇，心里一惊，悄悄地骂了句：这个疯丫头！他想立即把这消息删除了，一时却又不忍心，愣愣地看了一会儿，最后还是在消息的按钮上按下了"删除"。

刚发的这条朋友圈瞬间从眼前消失，整个过程前后不到一分钟。他偷偷地扫视了一下朋友圈，安静得仿若无人在刷的朋友圈，心想："这个时候应该不会有人看到吧。"

只可惜，世间任何事总会留下被人察觉的痕迹，即使是转瞬即逝的东西。

贺国璋认为自己删得及时，没有多少人会看这条稍带暧昧的信息。看到的人确实不多，但有一个最不应该看到的人却看到了，这人就是谢冰冰。

谢冰冰把自己当成了李淑娟的小侦探，她也确实是个称职的小侦探，这些天她严密地紧盯贺国璋的微信消息。当谢冰冰看到杨季兰在朋友圈直接喊贺国璋"老公"时，她凭着极高的警觉，以迅雷不及掩耳的手速，将这条消息截图保存了下来。

另一个看到这条微信朋友圈的人是袁天信。

那会儿袁天信碰巧在喝茶翻阅手机，在瞬间便看到了贺国璋的这条信息。他看到后先是吃了一惊，接着对贺国璋不计后果的行为感到非常担忧，马上就发了一条消息给贺国璋："老贺，你在朋友圈中意乱情迷了，知道吗？"

贺国璋顿时捏了一把汗，没想到这么短的时间里竟然还有人看到，心想未免太巧了吧，于是试探性地回复袁天信："你怎么了，天信？"

那边的袁天信带着质问的语气："你跟我就装吧。不是我怎么了，而是我看到有人在玩火自焚，你明白吗？你在朋友圈的那些，就不怕嫂子看到吗？"

贺国璋倒还不以为意："有那么严重吗，虚拟网络上的东西怎么能当真？"

袁天信多少有些愤慨："你当大家都是瞎子吗？当虚拟的东西变成真实的感情时，就是在玩火，老贺！"

贺国璋过了一会才回复："感谢兄弟的提醒，我明白你的好意。"

而后，袁天信又给贺国璋发了很多信息，劝贺国璋及时收手。可贺国璋则认为袁天信小题大作，他还没有想过离婚。他拿出不知从哪听到的一条人生格言对袁天信反驳："一个成功男人的背后通常有两个女人，一个是白玫瑰，一个是红玫瑰。"

"这是人家民国的大才女张爱玲说的，跟你现在是两码子事，属于不同范畴。你这是承认自己同时爱上两个女人了？"袁天信曾在一篇公众号文章里看到过这句话，同时清醒地认识到贺国璋的问题。

贺国璋不得不开始狡辩："没有。"

袁天信太了解贺国璋了，于是回消息说："你这是脚踏两只船，瞎搞！好自为之吧！"

谢冰冰对着截图看了又看，有点兴奋又有点悲哀，心想："终于被我逮到，这段时间的守株待兔总算没有白费。只是，当淑娟看到这内容时会怎么应对？"她接着琢磨如何将此事告诉闺蜜，想来想去还是发微信告诉她较为妥当，随后发了个微信给她："娟子，我有了确凿的重大发现，贺国璋就是个渣男。"

此时的李淑娟正对着镜子发呆，看着镜子里的自己，嗟叹岁月无情，自己已被蹉跎得筋疲力尽。她非常想知道谢冰冰口中的那个骚狐狸杨季兰到底有多漂亮，竟然能让贺国璋在这么短的时间里对自己变得如此冷淡。谢冰冰一连发了几个消息，她都没有注意到。

谢冰冰想到李淑娟最近的精神状态不佳，又联想到贺国璋，担心闺蜜会不会出什么事。于是，谢冰冰打了一个电话给她。

李淑娟被手机铃声惊醒，拿起手机，一看是谢冰冰的电话，快速接通，喊了一声："冰冰。"

谢冰冰急切地说："娟子，我发你微信怎么不回？担心死我了！"

李淑娟马上想到贺国璋的事，着急又紧张地问："是不是有什么发现？"

谢冰冰这时才平静下来："娟子，你看了就知道。记住，我家的大门随时为你开着。也记住我之前说的，现在的社会跟以前不一样了，无论发生什么事情一定要坚强。我现在已经有了铁证，贺国璋就是个渣男！"

李淑娟听到谢冰冰的话后，顿时像掉入万丈深渊般，一阵昏眩，强作镇定地对谢冰冰说："我知道了，等我看了再说。"

谢冰冰在电话那头有些宽慰地喊："喂，喂……可别做出傻事啊！"

李淑娟挂掉电话后，将谢冰冰发过来的截图看了又看，反复读了几遍，感觉心就像被针扎一样，瘫坐在床上浑身无力。

果不其然，贺国璋确实出轨了。之前自己的直觉和不安，闺蜜的发现和判断都被证实了。这短短的截图文字，彻底打破了李淑娟心中原本还存留的一丝幻想。

不由自主地，她和贺国璋谈恋爱的情景浮现出来，历历在目，仿佛就在昨天。他怎么会这样呢？她有些恍惚地想，他不是说过会爱我一辈子吗？接着又想起求婚那天，贺国璋跪在自己面前说会照顾她一生一世。结婚当天，贺国璋当着众人的面说："无论贫穷富贵疾病，都愿意守候李淑娟，不离不弃，白头偕老。"

一个男人当初的誓言是如此的脆弱，如今看来，不过是一阵随风吹散的烟罢了。在所有女人心中，违背当初的誓言，不啻是一种感情的诈骗。她内心里有一种遭受心爱男人欺骗的感觉和悲伤。

李淑娟并不是没有想象过贺国璋可能会跟别的女人有暧昧关

系，不过她总会自我安慰，觉得这种几率极其渺小，比中大额彩票更困难。可当这样不幸的事情真的摆在面前时，她怎么都不愿意相信。此刻，她失魂落魄地自言自语："这不会是真的，国璋绝对不是这样的人。"可是，谢冰冰是她最好的闺蜜，不可能拿这种事跟她开玩笑。她一遍又一遍地确认着贺国璋的头像，穿着深色职业装，剃着七分头，笑起来脸上有一对酒窝，双手自信地交叉着，衣服的胸口处贴着国文高级培训师的标签。

李淑娟想起母亲从前告诫自己的话："如果男人移情别恋，问题多出在女人身上，要么是家里的女人太纵容，要么是外面的女人手段太高明。"

李淑娟就这样傻傻地浮想联翩，木然地望着前方，可前方是什么，她一点都看不清楚，只觉得一片迷茫。

谢冰冰给李淑娟发过那张出轨截图后，就后悔了，觉得自己太冒失，万一淑娟一时想不开……她马上不停地给李淑娟一连发了好几条消息。

"娟子，事到如今一定要让贺国璋交待清楚。"

"贺国璋就是个人渣，杨季兰臭不要脸。"

"想开点，为这种人伤心太不值得，晚上到我这儿睡吧！"

"有什么事记得来我家。"

……

消息发得越多，谢冰冰越发现自己说得太乱，最后干脆不说了，又连续发了很多个捂住嘴巴的表情符。

李淑娟努力让自己平静下来，最后还是按捺不住，她带着一种决绝的口气回复闺蜜："我一定要找贺国璋问清楚。"

就在这个时候，门嘎吱一声开了，贺国璋站在门口边脱鞋边大喊："唉，跑了一天，有个客户真是难应付。"

"怎么难应付了，是不是要陪着上床啊？"这句出乎意料的反问，从一向温柔善良的李淑娟口中冷冷地飘了出来。

贺国璋一愣，觉得这话不像是从妻子嘴里说出来。仔细看了看，家里确实只有李淑娟。贺国璋原本就有些做贼心虚，李淑娟的话更让他心里不免发慌。他走进卧室看到李淑娟的脸色非常不好，小心翼翼地问："淑娟，发生什么事了？"

一脸忿然的李淑娟一把将手机扔给贺国璋，大声地说："贺国璋，我真是错看你了，没想到你是这样的人！"

砰的一声，贺国璋没有接住手机，手机掉在了地上。

李淑娟温柔贤淑、性格温和，贺国璋从来没有看到她这么生气过，愣了一下，马上心虚地想到自己和杨季兰的事情。但是他们两人之间的几次约会交往都是在妻子完全不知情的情况下进行的。他左思右想也想不出来哪里不对劲。这事自己隐藏得极深，她绝对不可能知道。过了片刻，他这才若有所思地突然想起中午发的朋友圈，杨季兰叫他"老公"的事。想到这儿，贺国璋紧张地捡起李淑娟扔在地上的手机，果然是中午发的朋友圈被人截图了，上面有杨季兰跟他的全部对话。

贺国璋怔住了，内心有股极大的恐惧，是那种暴风雨将来之前的恐惧。但一分钟之后马上意识到李淑娟在偷偷地调查他，冷冷问道："你派人暗中调查我？！"

"贺国璋，麻烦你跟我解释，这是怎么回事，你跟那个叫杨季兰的女人到底什么关系？"李淑娟根本就没听到贺国璋的话，她现在只想解开答案。

"她……她是我的客户。"

"你的客户叫你'老公'，这就是你的客户？"

"淑娟，那只是玩笑的话，她真的只是个普通客户。"

"哈哈，"李淑娟怒极而笑，说："普通客户都可以叫你老公，那特别客户该如何称呼你呢？"

"你就别钻牛角尖了。"

"我还有必要钻牛角尖吗？我本就无路可走了！"李淑娟有点声嘶力竭。

"我……我不是那意思，没你想象得那么严重。"

"还要多严重，是不是叫那个狐狸精过来，把我赶走啊？"

平时，李淑娟比较文静，也并不是很善于言辞，而贺国璋则口才甚佳，在校时就是辩论队主力，往往几句话就能把李淑娟驳倒，可是今天，他发现自己语言竟然特别的无力，甚至于无法招架住李淑娟狂涛般的责问。

他突然大声说:"李淑娟,不管你信不信,我们到现在也只见过几次面,也只是正常的业务往来,不要把我想得那么……"不知道如何说,他卡住了。

此时李淑娟反而渐渐平静下来了,问:"只见过几次面?仅此而已?没有其他?没有暧昧?你们之间什么都没有,那女人会那样称呼你?"

"我……我,可能是喝酒了吧,但真的没有你想得那么不堪?"

贺国璋欲言又止。李淑娟继续盘问:"那你对她有没有动心?没有一点亲密的行为?"

"我……可能是喝酒了,我……我只是亲了一下她,我承认可能我当时是有点心动了。"在李淑娟的步步紧逼下,贺国璋最终还是缴械投降了,诚恳地供认不讳。

如果说语言确实有杀伤力的话,那此时贺国璋的这番"口供"就是重磅武器。贺国璋的确不擅长撒谎。假如他能一口咬定自己跟那个女人没有亲密行为,那么,眼前的李淑娟可能就放过他了,只是给他敲一个警钟而已,他们之间的关系还会有复合的余地,这个原本温馨的小家庭还会持续下去。然而,心存愧疚的他最终承认了与杨季兰有过暧昧和亲吻行为,这一下子击垮了李淑娟的最后期待和幻想,哪怕明明知道这期待是虚假的,她也不愿意这么快就被现实击穿。

听完贺国璋的话后，李淑娟瘫坐在沙发上，却一言也不发了，与刚才的暴风骤雨全然不同。贺国璋却更害怕了，他感觉这种平静比刚刚的暴风雨更让人窒息。

"娟子，你说话啊，我知道是我不好，我以后一定不会再这样……"这个男人开始以低沉的语气道歉。

李淑娟还在沉默，呆呆地坐着，眼睛木然，竟不知是看向什么地方，仿佛这世界与她无关了。这种安静，是一种死寂。因而当贺国璋微信上来了消息的提示音响起时，在这个小小的房间内，显得那样的刺耳。贺国璋很希望此时有手机的声音来打破这死一般的宁静，又最不愿意听到微信的提示音，因为那可能是杨季兰那个丫头发来的。果然，是杨季兰发了信息来，贺国璋瞄了一眼，见到杨季兰的名字后，连忙把手机按成静音了。

李淑娟冷冷地瞅见这一幕，这时开口说话了："你不用再按静音，你自由了，贺国璋。"

"娟子，你什么意思？"贺国璋有些不明白地问。

"我说，从现在起，你自由了，我离开这里。"

贺国璋感到非常意外，仿佛一阵霹雳陡然降临在这个家庭上空。他完全没想到自己小小的出轨行为，会引起妻子这般巨大而决然的反应。"你疯了，娟子，我……"他不得不挽回，却又不知怎样去说。

李淑娟却没有说话，起身进房，打开行李箱，然后打开衣柜开始收拾衣服及其他随身用品。贺国璋走过去,想拦住她收拾,拿过她的行李箱,却被她狠狠地一把扯了回来。见此,贺国璋再也不敢去夺她的行李箱,任凭这个毅然决然的女人把行李衣物一件件地装进箱子。

半个身子陷入沙发里的贺国璋,只是呆若木鸡地看着这一切。

约莫半小时后,李淑娟把随身衣物和其他行李都收拾好了,便拖着行李箱向大门走去。贺国璋这才慌忙走到大门,站在大门前,央求道:"娟子,原谅我吧。"

李淑娟仍然没有说话,只是一把将贺国璋推开,平时也没有见她有这么大力气,贺国璋竟然被推了个踉跄。李淑娟开了门,把行李箱拉到门外,对着这个住了两年的小屋,突然生出无限的留恋,仅仅十几秒后,她对着呆在屋里的贺国璋说了句:"保重吧,国璋。"就拎着箱子下楼了。

贺国璋拖着拖鞋走到了门外,大声说:"娟子,你听我说,你现在这么晚去哪里啊?"

贺国璋再也没有听到李淑娟的回答,她已拎着行李箱到了楼下的马路边。这时过来一辆出租车,司机开车窗问道:"美女,你是去哪里?"

李淑娟想了一会,说:"去青翠居,江东大道那边。"

司机下车把她的行李箱放到车后备厢里后,却发现李淑娟呆呆地望着楼上。司机心想,这个乘客真奇怪,说走却又待在这儿。

司机小声地说："美女，还不走吗？"

李淑娟回过神来，喃喃地说："走啊，不走又能如何。"说着，打开车门上车了。出租车冒着白烟向前而去。

李淑娟没有看到的是，当出租车发动后，贺国璋正慌乱跑到了楼下，他看到了出租车红得刺目的尾灯，也听到了发动机刺耳的响声。贺国璋软绵无力地杵在楼下，看着出租车远去却没有勇气去追。也不知道呆立了多久，他又木偶似的上楼回到屋里。霎时间他觉得这屋子空了，空荡荡的一无所有，他瘫坐在沙发上。突然，听到了手机震动的响声，打开一看，是杨季兰发来的信息。

再一翻览，杨季兰已发来了十几条信息，都是问他在干什么、有没有想她之类的话。此时的贺国璋已经没有多余的心思跟手机里的这个女人打情骂俏了。他把手机随手放在沙发上，斜靠着沙发靠背上，心里尽是想着李淑娟，不知她会去哪里。

第六章　离居

　　李淑娟坐在出租车上，感到自己像是一根漂泊的浮萍，茫然不知此后的人生该去向哪里。刚刚与贺国璋吵架时，她出奇地冷静，冷静得让她自己都认不出自己。但一上车，眼泪就哗哗地下来了，越来越止不住，仿佛决堤的洪水。

　　司机是位上了年纪的大叔，看起来比较和蔼，满是皱纹的额头与脸，看得出他曾经历过诸多的生活风霜，而在这辆出租车上，也曾遇见过不少类似的人间悲苦的故事。他从前镜瞧见后面这乘客在哭，也有点戚然，不无宽慰地开口说："姑娘，你是不是有什么不愉快的事，其实世上的事大多如此，人人都有难念的经，想开点就好。"

　　李淑娟哽咽地说："谢谢，我没事，大叔。"

　　她刚才随口说去青翠居，那是闺蜜谢冰冰居住的地方，这时才想起来还没有提前告诉冰冰自己要去她那里。想到这，拿出手机，打开微信，给谢冰冰发了条信息："冰冰，在吗？"

谢冰冰马上回道："在呢，我还在担心你呢。你在做什么？"

"我去你那儿待一下，好吗？"

这信息发出去不到三秒钟，谢冰冰就给李淑娟打来了电话，急促地问道："娟子，发了什么事吗，什么事啊？"

李淑娟尽量地平静了一下心情，说："冰冰，我去你那待待吧，好吗？"她尽最大力气来平静自己，但哽咽的语音仍然让谢冰冰听了出来。

那边的谢冰冰有些慌了神，着急地问："娟子，怎么了？是不是被欺负了？贺国璋那个混账！好好，你过来我这。别难过，过来我这，我这空得很。"

出租车开了约大半小时，才到了青翠居。这是一处环境清幽的花园小区，李淑娟对这儿很熟悉，她指挥着司机开车直接来到谢冰冰所住的三单元楼下。刚打开车门，就听到谢冰冰的声音："娟子，来了？我在等你呢。"

李淑娟一看，谢冰冰穿着睡衣在楼下等着呢，也不知是等了多久。虽然是夏末时分，但滨海的夜风仍然较凉，谢冰冰在风中有点瑟瑟。看到此情，李淑娟突然觉得心里无比暖和，眼泪再次飙了下来。

谢冰冰赶紧奔过来，用手掌帮她抹了一下泪，说："是贺国璋那混账欺负你了吗？姑奶奶我去找他。"

李淑娟忙说:"别胡闹。"

这时,司机从后备厢里取出了行李,谢冰冰急忙争着付了钱,然后她提着行李,两人走进电梯上了楼。谢冰冰在三楼,租住的是一间小公寓,一室一厅,还比较整洁,显然是刚刚打扫过的样子。

谢冰冰把李淑娟的行李箱放好后,从冰柜里取出一瓶饮料,亲自拧开盖后,送到李淑娟的手上,说:"娟子,先喝点饮料,说说情况。"

李淑娟喝了几口冷饮,稍微平静了一些,说:"今天我找他谈了,问了情况,他也跟我坦白了,确实跟那个女的有不明不白的关系。我忍不住跟他吵了……"

"嗯嗯,贺国璋就是混蛋,杨季兰那个贱女人哪点比得上你,真是的,什么玩意,渣男……"

"也别这样说他,我现在也想安静一下,我们为什么会这样,国璋为什么会这样?在学校时,他对我真的很好,刚结婚那两年也一样,下班总是第一时间回家,叫他多与同事走走他都不愿意,为什么现在会变这样,我都觉得他陌生了,陌生得我都不认识了。"说着,李淑娟又默默地流泪了。

"你呀,"谢冰冰喝了口水说,"这个世界每天都在变化,人也都是会变的,我的大美女。世上的爱情都是有保鲜期的。刚结婚那会,两人是新鲜劲还未过,等新鲜劲一过,就会开始慢慢变质,情况也就不同了。你平时文静贤淑,可杨季兰那狐狸又一个劲地勾搭、撩拨,那些男人的内心城堡就是纸糊的,你家那位啊,几乎就是不攻自破,就轻而易举地红杏出墙了。"

"看来,我真的是人老珠黄了。"李淑娟这个可怜的女人反倒自怨自艾起来。

谢冰冰说:"别这样轻贱自己,娟子。你可是男人梦中情人的标准类型,美丽、优雅、大方,都说男人贱,这句话一点都不假。不过……"谢冰冰将话锋一转继续说:"还是朋友圈惹的祸啊!"谢冰冰说完翻出自己发在朋友圈的照片说:"好看吗?"

谢冰冰发的那些照片里的女人张张妩媚动人,李淑娟看了后直截了当地说:"真漂亮,不过不像你。"

谢冰冰说:"没错,不过这样容易引起男人的注意。"

还没等李淑娟开口,谢冰冰突然反问起李淑娟:"我就不信你从来都没有在朋友圈上跟异性有过互动?"

李淑娟想了想说:"还真没有,都是普通朋友之间的正常互动。尤其结婚后,我基本不发朋友圈,只与关系比较好的几个朋友有较多的联系,包括你在内。说实在话,我这个人平时比较懒散,不喜欢也不习惯在虚拟的世界里跟那一大堆看不到、摸不着的人打交道。我还是习惯在现实生活里跟自己熟悉的人和朋友打交道,那样才踏实。"

谢冰冰指了指李淑娟的头说:"所以才说你傻呀,难怪被人抢走老公都不知道!现在流行一句话:看好自己的男人,得先管理好他的朋友圈。"

"我也不管他的朋友圈了,安安静静一个人也挺好的。"

"娟子,那你现在是如何打算?"

"我想静一下心,我们还是先分居一段时间再说吧。冰冰,我想过两天就出去找房子。"

"娟子,你找房子干什么?"

"搬出去住啊!"

谢冰冰瞪着眼,盯着李淑娟说:"说什么呢,娟子,搬出去住干吗啊?就住我这儿,我一个人住正闷得慌,以前是你们两口子,我不好意思叫你过来,现在好不容易你有机会单独生活一段时间,我可不放你走啊。"

李淑娟还要说,谢冰冰拦着说:"你别说了,反正我是不放你走。"

淑娟只得答应:"那好吧,别嫌我烦就行啊。"

"应该是你别嫌我烦才对!"说着,谢冰冰扮了个鬼脸,引得李淑娟破涕为笑。

次日早晨,待李淑娟醒来时,谢冰冰已买了早点过来,豆浆、油条及蔬菜包。李淑娟头有点晕,还是强行起床了。

"快去洗漱,我的大美女,你这样都憔悴了。"谢冰冰催她去洗漱。

"本来就人老珠黄了。"说着,李淑娟懒洋洋到洗漱间去了。约十来分钟后才出来。

谢冰冰说:"娟子,来吃早点吧。"

"你吃吧,我不想吃。"

"瞧你那德性!"谢冰冰过来,一边拉着李淑娟的手来到餐桌边,一边说道:"什么大不了的,不就是吵个架呗,吃好才有精力跟贺国璋斗。"

李淑娟在她的劝导下也跟着吃了点早餐。谢冰冰一边吃一边翻着手机看,突然间她像发现了新大陆似的,说:"那骚狐狸精又发情了。"

李淑娟说:"你说什么呢,冰冰?"

"那个贱女人杨季兰又有情况了。你看,她发了条朋友圈,分明是在撩勾男人嘛。"说着,她把手机递给李淑娟看。

果然,李淑娟看到,杨季兰发了一条朋友圈:"人生若只如初见,何事秋风悲画扇。你是我的命中注定,也是我的在劫难逃。无论怎样,悲喜与共……"

谢冰冰说:"你看,说话这么骚情,难怪你家大帅哥抵挡不住啊。我看得去教训一下这骚女人。"

李淑娟看了这条信息后,别过头说:"不看了。苍蝇不叮无缝的蛋,这事就是贺国璋自己风流才招蝶,没有杨季兰还会有赵季兰、钱季兰、张季兰、刘季兰……"

谢冰冰说："瞧你那样子，倒是越来越大度了。"却没有注意到李淑娟眼里含着泪水。

李淑娟说这是贺国璋风流所至，倒有点冤枉他了。她只是出于气愤随口这样说说而已。贺国璋的秉性还算老实，也很少去风月情场中鬼混，还不至于被归入"风流浪子"。他只是一个普通的雄性动物罢了，从没经历过这种家庭感情之外的诱惑，又没有足够的定力，一旦碰到这种主动投怀送抱的妖艳女人，难免会心旌摇荡，心中的那道薄弱的道德堤坝很容易会溃败。

贺国璋还是很在乎自己的家庭的。李淑娟昨天的大发雷霆，也让他深感自责，内疚了一个晚上。他在李淑娟打的离家之后，断断续续给她打了十几个电话，但都没接通。他也因此一宿都没睡。直到第二天天亮，贺国璋的心里也乱如麻。

不想，今天一大早，贺国璋就收到了杨季兰的信息："亲爱的，心情好点了吗？你就是我的晴雨表，爱你的兰兰。"

由于昨晚没有睡好，贺国璋还躺在床上睡觉。这个时候手机发出振动的响声，贺国璋迷迷糊糊地睁开眼，打开手机看到杨季兰发过来的消息，心里触动了一下，轻轻地舒了一口气，心情比昨晚好多。他客气地回复杨季兰："好多了，谢谢。"

杨季兰发了一个语音，声音温柔极了："能告诉我发生什么事了吗？我真的非常担心你。"

贺国璋随之语音回复："谢谢你关心我，我没事。"

杨季兰又问了一句："是不是跟我有关？"

贺国璋没有回复，他现在心烦意乱，打开微信，盯着李淑娟的头像，几次想发消息给她，却又止住了。

杨季兰紧追不舍，又发了一条消息："国璋，今天能见面吗？"

贺国璋还是没有回复，那边的杨季兰像打翻了五味瓶般，不是滋味，想了一会，于是发了上面那条朋友圈。

面对家庭和情感的这场变故，李淑娟现在根本已经没有了上班的心情了。待在闺蜜家里的李淑娟，自然而然地想到了辞职旅行。

"旅行是疗伤的最好方式。"这是李淑娟在一本书上看到的，此时的她也这么认为。自从与贺国璋蜜月旅行后，近几年来，她再也没有尽情地出去旅行过。

许多时候，一个人的旅行是一场自我的释放，旅行是一个人从日常家庭的狭隘与苦闷中回归真实自我的方式。但大多时候，我们都被现实里的种种人和事牵绊住，久而久之，渐渐冷却了远足的激情，也失去了外出旅行的欲望。

有段时间，网上沸沸扬扬地炒作了一段很火的辞职信："世界那么大，我想去看看。"李淑娟想到这里，更加下定了决心。世界确实很大，可我为何就总局限于这小小的空间里，我的生活就只有贺国璋吗？一番冷静的思忖之后，加之闺蜜在身边不断的开导，李淑娟心中的阴霾渐渐消散，心头也明朗起来，她决定出去旅行一次。于是她把这个想法告诉了闺蜜，谢冰冰也非常赞成，说："这就对了嘛，与其整天闷在家里，还不如出去好好散散心。"

"其实也不只是散心，我这段时间也没有心思工作了。我想辞职出去好好走走，也好好考虑一下未来。"李淑娟解释说。

"你要辞工，也很好，冷静一阵。辞工也需要一个月吧。"

"但现在这样，我也不知道如何工作。这段时间以来，我都没有安静地工作，领导总是批评我，说我不专心。现在公司人挺多的，本来领导就有考虑裁员，我想我辞工应该会很快被批准。"

"好吧，娟子，我支持你，你也应该出去走走，或许可以找到更好的自己。"

第二天，李淑娟就向公司的唐总经理提出了辞职，经理很敷衍地挽留了一下，果然顺势也就同意了李淑娟的辞工。

李淑娟说："唐总，这段时间我是因为个人原因，影响到了工作，我想我可能需要一段时间整顿自己，才能安下心来进入工作。"

唐总带着神秘的微笑，小声地说："是不是因为跟你丈夫之间……说出来我看看能不能帮你做个参考。"

"也没什么，"李淑娟叹道，"都过去了。"

"我不只是你的领导，其实也是你的大哥，有什么事可以告诉我。"唐总笑着,露出一口黄牙,像苍蝇在眼前飞旋,让她感觉有点恶心。

李淑娟连忙婉拒,并且希望能立即离岗:"谢谢了。我估计现在这状况,我需要一段时间才可以走出来。我想,我辞工就从今天开始算吧,这样公司也可以节约点开支。"

"节约开支,当然公司也不在意这一点开支,只是你现在这状况,确实需要去安静地调养一下。我同意了。"唐总愉快地答应了。

收拾完自己的私人物品,从公司出来,李淑娟长舒了一口气,突然间觉得空气是如此的清新,头顶的天空是如此的空阔。

说到做到,整个下午的时间里,李淑娟就在闺蜜那里,整理起旅行的衣物行李,并且做好了旅行的路线和计划。次日天一亮,闺蜜谢冰冰还没起床上班,她就背着包,一个人轻松地出门了。

从滨海,一路向西,李淑娟乘着高铁径直去了丽江。

去云南丽江旅行,是她长久以来的心愿,只是一直没能实现。之前蜜月旅行时,她就想到丽江,而贺国璋则力主去三亚,因为那儿是天涯海角。后来拗不过贺国璋,还是去了三亚,果然到了那著名的"天涯海角",原来只是两块大石头,多少有点失望。不过在那里望着面前茫茫的海,一派烟波渺渺,倒是一种难得的体验。那会儿,两人特意来到了天涯巨石下面,信誓旦旦地许下了海枯石烂的爱情诺言,当时只觉得,这一生就只有对方,这个世界就只有两人是最完美、最幸福的一对。当初美好的誓言与愿望被冰冷的现实打败后，蓦然回头，才发现从前的自己多么天真。那段幸福的往事历历在目，如今却已经不再属于她。想到这里，李淑娟不由得苦笑了。

丽江是一座有名的西南古镇，充满着异域的民族风情。虽然已是晚秋，但这里山清水秀，气候温暖，环境幽雅，朱栏翠竹、青砖蓝瓦间，没有城市钢铁森林的压抑感，加上这里的民风淳朴，走在任何一个角落，都给人一种古色古香的味道。这里不再有工作的压力，也没有家庭的烦恼。

走在丽江的青石板上，穿梭在形形色色的人群中，看着广场上的大妈拉手跳着民族舞，听着街头的老者拉着优美的二胡，旁边店里的美丽少女则悠然地打起手鼓，李淑娟突然觉得，生活本来就充满着七彩阳光，而在自己狭隘目光的过滤下，它变成了灰色。

走得有些累了，趁天色还早，黄昏还未到来，李淑娟在一条街面上就近选了一家客栈，住在二楼。虽然白天丽江的阳光可以射进她的心底，但到了夜晚，星光灿烂的时候，那隐藏于内心深处的寂寞还是会渗出来。她会不经意地打开微信，不经意点到贺国璋的头像，其实她已打开过无数次了，只想看看，这个头像会不会突然发来新的消息。没有，那英俊的头像带着帅气的微笑，就那样冷冷地躺在那儿。

这天午后,已是来丽江的第五天了。李淑娟跟着一个人数较少的旅行团刚刚从玉龙雪山上回到客栈,觉得筋疲力尽,倚靠在床沿,刷着微信公众号。突然,有条信息提示音,是贺国璋发来的。李淑娟觉得心跳突然加速了,这是自她离家出走后,第一次收到贺国璋的微信。

李淑娟不由自主地点开,不过是简短的询问:"娟子,你在哪里?"

李淑娟看了许久,眼睛里噙着眼泪,却不知道怎么回答。

接着贺国璋那边又发来了一句:"如果缺钱的话,记得跟我说。"

李淑娟看到后有些失望,便冷冷地回道:"你只会说这些吗?"

之后,便是一阵长长的沉默,贺国璋没有回复。淑娟拿着手机,望着窗外,直看到月色西斜也没有睡意。她不明白,自己为何会与曾经夜夜相拥而眠的男人走得如此陌生了。

这夜,贺国璋也没有睡,他辗转反侧,睡不着。大脑里,有两个女人的身影在晃来晃去,一个是漂亮贤淑的李淑娟,还有一个是性感开朗的杨季兰。在李淑娟离开的这段时间里,他与杨季兰见过三次,每次都是杨季兰主动相约,而他每次都想拒绝,可又总没有勇气拒绝,或者说在杨季兰野性的笑声中,所有的抵抗都显得那样的无力。

这天下班后，他又一次没能拒绝掉杨季兰的约请。

杨季兰特意预定了一个包间，并吩咐服务员关掉灯点上蜡烛，播放一首轻松舒缓的音乐，点了几个贺国璋最喜欢吃的菜。一切安排就绪坐下后，她依偎着他，紧紧抱着不放，生怕遗失什么。通过微弱的烛光，可以清晰地看到杨季兰脸上洋溢着一圈红晕，眼神里闪烁着兴奋的光芒。她的眼睛盯着前方，脑海里浮现着和贺国璋在一起幸福美满生活的画面。

她温柔地注视着贺国璋，开始了一番深情款款而又坚定地表白："国璋，我喜欢你很久了，看到你的第一眼就认定你。正如我朋友圈发的，你是我的命中注定，也是我的在劫难逃。我最大的梦想就是能跟你携手相伴一生，现在老天给了我这次机会，我不想轻易放弃。无论如何，我都想争取一下。"

贺国璋只觉得心跳加重，感动地说："兰兰，你太傻了，我不值得你这么做。"

这个野性的女人靠在贺国璋的肩膀上，满足地笑了。

……

半个月后，李淑娟从丽江回来了，径直回到了青翠居，仿佛她跟贺国璋之前那个家庭已经是一处不再涉足的禁地了。当晚，谢冰冰热情地做了好几个菜，算是为她接风洗尘。口里说是大半月不见，得小小的庆祝一下。李淑娟笑着说："冰冰，你对我这么好，那我以后就长期赖在你这儿不走了。"

谢冰冰自是求之不得，开玩笑说："好啊，娟子，我还真看上你这美女了，不如我们结婚得了。"

李淑娟有些哭笑不得："我可不是'拉拉'啊，我只对你的美食有兴趣，还有，你这个野丫头，又有那么多鬼点子，能解闷。"

"瞧，跟我在一起还委屈你了，本美女也不是没人要的。"谢冰冰摆了个妩媚的姿势，把李淑娟逗乐了。

忽然，谢冰冰托着腮，呆呆地望着李淑娟，像是发现了新大陆。李淑娟被望得心头发毛，说："丫头，你这么望着我干么？"

"嘿嘿，我发现，某个女人完全变了。"谢冰冰故弄玄虚地说。

"你是说我变了？"李淑娟有些莫名其妙。

"是啊，我都好久没有看到你这么开心地笑了。嘿，你是不是在外面瞧上中意的了？"

"中意的？我还没有那么快就移情别恋。不过，我也想通了。"李淑娟撇撇嘴说。

"你想通什么了？"这次轮到谢冰冰有点疑惑了。

"与其这样不明不白稀里糊涂地过下去，我还不如独自一人过呢。"

"你什么意思啊，娟子，你是不是想……"

"是的，我要离婚。"李淑娟斩钉截铁地回答。

一听这话，谢冰冰马上一收刚刚的嘻嘻哈哈，认真地说："娟子，这可不是开玩笑的，你真的想清楚了？"

"我真的想清楚了。"李淑娟加重了语气说,并讲了一番自己在丽江的感受,"在玉龙雪山,我听到了很多殉情的故事。当时我听了真的羡慕啊。那种山盟海誓的爱情,当年贺国璋对我也是这样,可现在咋就变这样了呢。也许,他真的就不是我的真命天子。在丽江的街道上,我看到了很多流浪艺人,有个胡子拉碴的中年男人,在街边吹着唢呐,穿得也破破烂烂的,摇头晃脑的。如果在几年前,我看到这样子的人,心里会同情他,这过的是什么日子,没好吃的,没好穿的,没好住的,这人生还有啥意思。然而现在我觉得是他应该同情我,他可以去自己喜欢的地方,可以做自己喜欢的事。我看到店里的那些女孩子,她们欢快地打着手鼓,很是自在逍遥,听着她们哼着小调,忘我地沉醉在自己的音乐世界中,那感觉,就像是全世界就在手中那一面鼓里面呢。我反过来想,这几年我真的迷路了。婚后我的世界就只有我和贺国璋两人了,其他的似乎全都抛下了,我与之前的同学也很少联系,与小时候的好友们也极少联系,在滨海这个地方,似乎只会与你讲讲心里话。我的生活,都被一纸婚约改变了。但是他呢,他天天可以在外面潇洒,可以用工作的名义来风流,可以野花飘飘家花不败,我们女人就这么吃亏吗?"

谢冰冰直盯盯地凝视着李淑娟,这时才说话:"不得了啊,娟子啊,你出去旅行一趟都成人生导师了。不过,离婚这样的大事,我还是希望你能慎重点,我感觉你是很爱他的。"

"这事我想了很久,不错,当年贺国璋聪明帅气,对我也很好。我爱的是当年的贺国璋,但现在的贺国璋已不是当年的贺国璋了,他变了,变得我都不认识了。这些时间我在丽江,他也仅仅是给我发过一条信息,还是不冷不热地问我需不需要钱。这哪是我当年认识的贺国璋啊。我一定要走出来,重新找回当年的自己。"说最后一句话时,李淑娟似乎非常自信的样子。

谢冰冰走过来抱着她说:"大美人,反正只要你作了决定,本宫一定是支持你。谁叫我是你的铁杆闺蜜。"

李淑娟掐着谢冰冰的脸说:"好啦,我真是前世拯救了臭水沟,才认识了你这疯丫头。"

第七章　劳燕分飞

夜深了，谢冰冰已酣然入睡。如水的月光从那扇未拉窗帘的落地窗口洒进来，心事重重的李淑娟悄悄地披衣起床，来到大厅，斜躺在沙发，眼睛望着窗外的一钩冷月发呆。手机上的微信，她已点开不知道多少次了。看着微信上贺国璋的俊朗的头像，点开了，又关上了，又再点开，她不知道已经反复点过多少回了。在某种潜意识的驱动下，李淑娟也不知道自己为什么会有如此无聊的行为。

这时，她发现朋友圈突然多了新消息，点开一看，竟然是贺国璋发了朋友圈。

贺国璋发了一张夜色深沉的图片，一如既往地配了一段文字："晚安，全世界。忧伤的或快乐的，美好的或丑陋的，真诚的或虚假的，纯净的或浑浊的……都晚安吧。"

贺国璋的这条朋友圈，让李淑娟凝视良久。她固执地想从这段文字里发现些什么。可是，她实在不清楚这个男人写的这句话里包含着怎样的情感态度，以及任何对自己和家庭的什么暗示。她确实看不清这个男人，这个曾跟自己耳鬓厮磨生活过十几年的男人。

她又忍不住翻看了贺国璋近十来天的微信朋友圈，大都是有关培训的事，偶尔也有些是讲讲生活感悟，所有的这些内容都展示着这个男人的温文尔雅和成功。

李淑娟又情不自禁地想，可惜这只是我能看到的一部分内容，而还有一部分是我看不到的，那里面的内容很可能是与那个骚女人的甜蜜，或是与其他人调笑，于是她的心蓦然又隐隐作痛了。

沉吟了一会儿，她鼓起勇气给贺国璋发了条微信："国璋，方便谈谈吗？"

约半分钟后，她收到简短的回复："好的。"

"那明天下午两点，海后大街的蓝调咖啡馆见吧。"李淑娟想了想，选了这个地点。

那边依旧是简短的两个字："好的。"

这段日子里，杨季兰几乎要跟贺国璋同步似的，一直在朋友圈发些骚情的句子，比如"真爱永恒""两情若是久长时，又岂在朝朝暮暮""我想我前世曾在佛前苦苦求了五百年，终于等到今世的你""我们共享雾霭、流岚、虹霓，仿佛永远分离，却又终身相依""此生愿意默默相守陪伴"之类。她所有的这些情话无疑都是对贺国璋说的，或者说这是一个热恋女人的宣告。

每次谢冰冰看到后，都将朋友圈的内容逐一发给李淑娟，并提点她："娟子，看到了吗？这种方法可以快速俘猎一个男人的心，学着点，说不定以后用得着。"不过，李淑娟对此并不在意。

阴沉的天气正如此刻李淑娟的心情，李淑娟并没有告诉谢冰冰自己今天要去见贺国璋，更没有告诉她今天要跟贺国璋商量离婚的事情。谢冰冰跟往常一样起床后就去上班了，李淑娟也很早就醒了，原本准备把自己打扮得跟结婚时一样光彩夺目，可是打开自己的化妆袋一看，空空如也，她想不起自己已有多久没有化过妆了。自从结婚后，她就没再用过化妆品，认为夫妻之间最后那层纱已被掀开，没有必要每天刻意打扮自己。对比眼下糟糕的现状，她想起谢冰冰经常挂在嘴边的那句至理"名言"："不懂得收拾自己的女人，除了败给岁月，还会败给外面的小妖精。"

于是，她匆匆赶到滨海商厦买化妆品。她想，即使离婚也绝不在气场上落得下风，绝不让贺国璋看出自己的难过。今天，她想在这最后的日子里以笑着的方式，结束这段已经千疮百孔名存实亡的婚姻。

"小姐，给我来一套女士化妆用品。"

"你要买哪款？我们这里有老款、升级款、限量版。"

李淑娟这才想起自己几年前买这款化妆品的时候只有一款套装，没想到这个曾经几十年没有换过产品包装的牌子在短短几年里顺应市场变化做了一系列的创新调整。她倒吸了一口气,心想自己真的是与世隔绝太久了。

"这些都有什么区别?"她在做选择前,还是问了问。

"最大的区别就是新产品同时还有滋润保湿的功能,还有就是……"服务员礼貌地回答。还没等服务员讲完,李淑娟就下定主意了:"那给我来这款限量版的吧!"

李淑娟想也没有多想就要了最贵的限量版,她只想在这个特殊的日子里奢侈一回。

"您好,一共1580元,前面50米收银台付款,谢谢。"服务员微笑着伸了伸右手,给她示意了方向。

"嗯,好的。"李淑娟手提装着新款化妆品的纸盒,转身去了收银台。

李淑娟买好化妆品回到家后,凭借自己读书时的绘画功底,画了整整一个小时,给自己画了个满意的妆容。化完妆后,她对着镜子转了个身,灰色的过膝长裙搭配浅色的跛跟鞋,看上去优雅大方,楚楚动人。她自信地笑了笑,然后拍了几张自拍照发到朋友圈:开启自信人生的第一天。

这条朋友圈发出还不到一分钟,谢冰冰就及时地发来一个略带调侃的信息:"朋友圈发的照片完美逆袭,让我想起刚来滨海时的你,找回好基友的感觉。"

李淑娟苦笑了下反问:"难道之前都不是吗?"

那边的谢冰冰迅即回复:"以前也是,只是近两年有点沉沦了。"

李淑娟发了个无语的表情。

"我看好你!"谢冰冰再次鼓励,随后又连续发了几个紫气东来、否极泰来的表情符。

"先不聊了。"回了这句后,一身轻松的李淑娟关了手机,出门去了。

李淑娟到达蓝调咖啡店,看了看时间,一点五十分了。这家咖啡店除了稍稍扩大了门面之外,里面的装饰风格并没有多大变化。刚来滨海的时候,贺国璋常常带她来这里。如今,李淑娟选这个地方,似乎意味深长。

这个时候,店里几乎没有什么人,空荡荡的,很安静。一位身穿制服的年轻女服务员走到跟前,她点了一杯美式咖啡,一杯拿铁咖啡,然后看着街景发呆。

突然,听到有人从背后叫了一声"娟子",吓她一跳,才发现贺国璋竟然已来到咖啡馆了。

贺国璋依旧还是那么帅气儒雅,但瘦了一点,说起话来似乎保持着一种刻意的彬彬有礼。

才半个多月时间未见面,此刻两人却觉得,面前的人何其遥远。

贺国璋开口说:"娟子,抱歉我迟到了!"

"别叫我娟子！你还是那样，不守时。"李淑娟刻意保持距离。

贺国璋有点不自在地在李淑娟对面坐了下来，看着眼前跟自己已经分居多日的妻子，今天的她似乎比往日里更加妩媚动人，也更散发着一种优雅成熟的气质。他有些后悔从前对妻子那么冷淡，不然两人也不会分居这么久。不过，此时的他却不知该说什么好，看到面前放的一杯热气腾腾的咖啡，便随口说："这是我喝的吧？"

"当然，你不是最喜欢拿铁咖啡吗？"李淑娟颇感失望地回答。

久违的夫妻两人见面，贺国璋开口谈的竟然是一杯咖啡，而不是关心自己最近的生活如何。看来自己在这个男人心目中已经没有什么分量了。

"是啊，还是你最了解我。"贺国璋端起咖啡，品了一下。

"可我只了解之前的你，现在的你我不了解了。"李淑娟有些冷冷地说。

"你怎么这么说？"

李淑娟并没有回答，话题一转，怀着一种不可追的回忆问："国璋，你还记得我们第一次来蓝调喝咖啡是什么时候吗？"

贺国璋眼前似乎一亮，有点兴奋地说："当然记得，我们刚来滨海的时候，第一次喝咖啡，就是在这儿，那是我第一次喝咖啡。"

"那也是我第一次喝咖啡，当时很穷啊，喝个咖啡都是个大事。我见过很多人喝咖啡，样子很优雅，总觉得喝咖啡是件很高雅的事。似乎我当时是无意中说了下，你还就真放心上了，硬是找了个机口，把我骗到这儿来，喝了我生平第一次咖啡。"李淑娟回忆中有一种不易察觉的甜蜜。

"你说的事，我能不放心上吗？"贺国璋羞涩地笑了。"你不知道啊，为了那一次喝咖啡，我是省吃俭用了一个月啊。"

"我也是自那次咖啡之后，对你的印象改变了。"李淑娟喃喃地说。

"一次咖啡赢得了一个美女女友，我赚了。"此时的贺国璋已没有刚进来时的拘谨。

"你痞了。"李淑娟喝了一口咖啡，接着问："那第二次在这儿喝咖啡你记得吗？"

"记得，是我过生日时，你问我要如何过，我就说来蓝调喝咖啡，然后我们就来喝咖啡了。那是我们结婚后的第二年。"对于这些陈年往事，甚至种种细节，贺国璋似乎记忆犹新。

"是的，当时我还奇怪呢，你为什么会选择在蓝调过生日，这儿似乎不是很适合过生日的地方啊。"

贺国璋带着一丝自豪解释道："我当时想的是，你喜欢喝咖啡，平时你也舍不得过来，就借着我过生日的机会，来享受一下；同时，我也希望是我们俩在这儿安安静静地度过我人生的特别日子。"

"谢谢啊,国璋,那时你对我真好!可自那之后,我们就再没有来过了。"李淑娟抱怨的口气里略含遗憾。

"后来,杂七杂八的事多,来的机会也少了。"

"我想,不全是这些原因。可能还是人变了。后来你喝咖啡的次数还少吗?但是有没有想到会来这儿喝咖啡?"

贺国璋低着脑袋想了一下,说:"你说的也有道理,可能是人改变了,人也是因为生活而变吧。现在想来,这个咖啡馆还盛装了我们不少的重要过往呢。"

"国璋,今天,我也要在这儿,作个重要的决定。其实,也算是我们要作重要的决定吧。"李淑娟抿了一口咖啡说。

"什么决定啊?"有些疑惑和担忧的贺国璋,也不自觉地嘬了一口咖啡。

"国璋,我们分开吧。"李淑娟以平静的语气,终于说出了这句话。

贺国璋身体一震,吃惊地说:"娟子,不,淑娟,你说什么?"

李淑娟不愿正视贺国璋的逼人的目光,又端起了咖啡,放缓语气,说:"我们离婚吧。"

"你疯了!"突然贺国璋大声吼出来了,大分贝的声音顿时吸引了咖啡厅其他人的注意,店里的服务员们也都被吓了一跳。片刻间他似乎感觉到自己的失态,声音转小却不失严肃,说:"娟子，你说什么呢？我知道我不好，我这段时间是冷落了你，但我真的是想为我们的未来打拼。"

"为未来打拼，为未来打拼，我这几年就听你说这句话了，难道这就是你远离家庭的理由，这就是你在外风流的理由，就是你出轨的借口吗？"李淑娟突然间控制不了自己的情绪，她无比哀怨地说："贺国璋，当年我们在一起的时候，你不是很穷吗，我在乎过吗，我要过你什么？当时学校里，我也不缺追求的人吧，比你家世好、有钱的人多着吧，我在意过吗？国璋，我当时就希望有个安全结实的肩膀依靠啊。"

"是，我承认，这些我也都知道，我也一直很感激你对我的信任。对清贫的日子，淑娟，你可以这么想，但我是男人，是家里的顶梁柱，我不能这么想，我要让我们的家变得更舒适更安逸。我看着别人开着豪华小车，拿着最新最时尚的手机，住着高档豪华的房子，吃香的喝辣的，我怎么想呢？我就不是男人吗，娟子，一个男人没有自己充实的事业算男人吗？一个男人不能给自己的女人过上幸福生活，能算男人吗？"贺国璋第一次在李淑娟面前倾倒着自己的苦衷。

"好吧，你追求你的财富，你是顶天立地的男人，我知道。我只是小女子，我要的是个安稳的家。还有，你出轨也是因为你是男人，需要男人的面子吧？"李淑娟把头别过另一边。

"娟子，我真的跟她没有什么，唉，只是工作上的交流。"

贺国璋的辩解态度明显有些虚弱。

"贺国璋,我又不是傻子,我能感觉得到。你真的变了。我已经想好了,我们分开吧。那样你就自由了,可以去追求你的幸福,我也自由了,不再天天为了你那些破事而伤心。"

贺国璋没有说话,沉默,冰冷的沉默。

李淑娟望着窗外,贺国璋望着角落,两人的目光都小心翼翼地避免交错。许久之后,贺国璋才平静地吐出一句,像是征求对方最后的确认:"你真想清楚了?"

"是,我想清楚了。"李淑娟咬了咬牙说。

"那好吧!"这三个字,带着无奈和勉强意味的应允,无异于一份口头离婚协议的签订。

尽管李淑娟确实是希望离婚,可当贺国璋同意的离婚的话一出口,仍然是觉得心底被冰冷地刺痛,只有她自己明白,她仍然是希望贺国璋能尽量反对甚至是严厉拒绝自己的离婚要求,至于为什么她自己也不明白,但现在,她只得噙着眼泪说:"谢谢啦,国璋。明天是周一,明天我们去民政局办手续吧。"然后拿起手提包,匆匆走出蓝调咖啡馆,只有悠扬的音乐还从身后的咖啡馆里传出来,像是对她的送别。

第二天,天清气朗,明媚的阳光洒在这座城市的每一个事物上。两人在约定的时间里走进了民政局。几年前,他们也是在这儿盖上红章子,那是结婚证,而今他们要领的却是离婚证。

由于是协议离婚，事情办得很顺利，尽管民政局的工作人员几次嗟叹惋惜，但还是在离婚证上盖上了鲜红大章。

走出民政局大厅，临分手时，李淑娟转头看了看贺国璋，猛然间觉得心痛，这种心痛在刚刚办理离婚时都没有。霎时眼泪就在眼眶里打转，她有些哽咽地说："国璋，以后我不在你身边，你保重。"说着，便用手捂住了眼睛，但泪水又从指缝里溢出来了。

贺国璋看得心如刀割，随即说："我们，回去取消这离婚证。"

"不去，我……我只是为我这几年的时光难过。"

贺国璋呆呆看着这位柔如弱柳的女子，心里充满了愧疚。呆了一会儿，说："淑娟，我把目前所有的存款全存到你的银行卡上了。"

"我不需要，你……你保重，以后一定会找到比我好的。"这个女人说着，嘤嘤地哭着向路边走去。

"淑娟，你听我说，我一个男人，到哪都能活得下去，你比我更需要钱。我也知道，是我的错，就当我内心的一点愧歉吧。"贺国璋在后面一边说着，一边小跑跟着。最后还是停下了脚步，看着那个熟悉的背影渐渐远去，最后在一个转角消失。他怅惘地在路边站立了半天，直到傍晚才懊丧地回家去了。

李淑娟回到家时，谢冰冰还没有回来，她便一个人到里屋上床睡了。等到谢冰冰回到家时，已是华灯初上。

谢冰冰进门之后，看到李淑娟的鞋子在门口，便叫道："娟子，人呢？"没听到回音，开门进里屋，见到李淑娟在床上躺着，身躯还在微微抖动，觉得奇怪，问："娟子，咋这么早就睡了？"说着，一边开灯一边过来，坐到床头一看，只见李淑娟头朝里面，小声呜咽。

谢冰冰很是吃惊："怎么了，娟子？"伸手一摸，枕头长发全都湿了。闺蜜被吓着了，忙说："娟子，你没出什么事吧？"她使劲把李淑娟扳过来。

李淑娟突然呜呜大哭起来，说："今天，我们把手续办了……呜……呜……"

"娟子，别哭，别哭。都会好起来，都会好起来的。"她努力在宽慰闺蜜，然而自己也忍不住眼眶红了。

此时，已入初秋，南风吹来已有些许的凉意。坐在大排档外的贺国璋端了一杯啤酒，仰头倒入腹中，坐在他对面的袁天信也倒了一杯酒，替他惋惜："我没见过你这样的傻子，还真与嫂子离了。"

贺国璋把杯子往桌上重重一放，砰地一声，委屈地反驳道："我想吗，你以为我想吗，是她要离。"

"她要离，难道不是你伤了她的心吗？"袁天信瞪着他，声音高了八度："我提醒了你多少次啊，贺国璋，我提醒过你多少次啊。你是混蛋，有个好女人在身边，你不知道去珍惜！"

贺国璋的眼眶里，泪水在打转，他没有说话，又倒了一杯酒，咕噜一声饮了下去。

袁天信把酒杯里的半杯酒喝了下去，说："我说你呀，跟朋友圈的那些女人有什么好聊的，就那些女的，跟嫂子有得比吗，真不懂你，你都什么眼光啊。你啊，真是瞎眼了啊瞎眼了啊。你知道吗，你从前跟嫂子挽胳膊在一起时，让我们多羡慕啊。"

贺国璋还是没有说话，又是一杯酒下肚。

袁天信也仰头一杯灌下去，用力地拍着贺国璋的肩膀说："你个混蛋，我打赌，你这一辈子再也找不到比嫂子更好的女人了。"

贺国璋把酒杯往桌上一摔，懊恼地说："你别说了，行吗？"

"不行，你就是大混蛋！"袁天信还在为李淑娟鸣不平。

贺国璋摇摇晃晃站起来，说："这酒我不喝了，闹得慌。"迈步想向前走，一个重心不稳，便栽倒了下去。

第二天，贺国璋醒来时，只觉得头痛欲裂，努力地睁开眼睛，发现是住在一家宾馆里。再看旁边的床，袁天信也在旁边的床上睡着。

贺国璋疑惑地说："我怎么会在这儿？"

"不能喝酒就别喝了呗，昨天才喝了那几瓶，就醉得人事不醒了。"袁天信立即醒了坐起来，点了一根烟，冷冷地说。

"唉，可能是喝得急了点。"贺国璋揉了揉脑袋。

"你打算怎么办？"

"什么怎么办？"

"以后呢，你是不是要与那朋友圈的那娘们在一起啊，真的不打算把嫂子追回来啊？"

"我追得回吗？我也想啊。"

正说着，贺国璋的手机响了，拿起手机一看，是杨季兰打来的。他稍一犹豫，还是接通了电话。

电话里传来杨季兰焦急而责怪的声音："国璋，你怎么一天一夜都不接我电话啊？"

"不好意思，我有点不舒服。"贺国璋尽量压低了嗓音，像是怕被别人听到。

"哦，那现在呢，现在好了吗？你在哪里，我去看你吧？"那个女人着急地说。

"不……不要，我在朋友这儿。"贺国璋赶紧表示拒绝，有袁天信在，这会儿他确实不方便见她。

"那晚上，我们在海滨公园见面，我想见你。"

"哦，哦……好吧。"

坐在旁边的袁天信自然听见了他们的电话，叹了口气，又猛地抽了一口烟。

周末的青翠居比往日热闹了不少，那些上班的男男女女，在周末时，大多会出来走走，但也有部分人想趁着周末的时光，窝在家里，好好休息一番，把一周的辛劳与疲倦都抚去。今天的谢冰冰就这样，没有出门，除了自己想休息之外，还想陪陪情绪低落的李淑娟。

李淑娟坐在沙发上，玩着手机，打开微信，不自觉地又点到了贺国璋的头像，把贺国璋的头像放大，仔细看了又看。再又点开微信朋友圈，翻看了许久。

谢冰冰走过来，一把把李淑娟的手机夺走了，说："娟子啊，你这样下去，都要成精神病了。你们已经离了，而且是你主动提的，你还这样整天念念不忘地关注人家的消息，你不觉得可笑吗？"

"可我忍不住啊，我想看看他现在如何了。刚刚看到他在朋友圈说要出门远行，可能是要与那狐狸精度蜜月了。"

"娟子啊，你现在不能再这样了。你自己作的离婚决定，就应该彻彻底底地一刀两断，要往前看，走进敞亮的角落，而不是待在原来的阴影里！"谢冰冰凭借清醒的理智果断地说着，开导眼前这个可怜的女人，"你这样胡思乱想，大脑会崩溃的。我看了看杨季兰的朋友圈动态，没有发现什么特别的啊，估计是你瞎想的。再说，现在不管贺国璋是不是与人出去度蜜月，都与你无关了。我看你啊，还是了断得不彻底，你应该把他微信删了。"

"好吧，我也是该走出来了。"李淑娟沉默了一会，思索后镇定地说，"冰冰，你把手机给我吧。"

谢冰冰看了看李淑娟，见她神色认真，便把手机给还了她。

李淑娟拿过手机，点开贺国璋的微信，久久地凝视着，良久，食指一划，点开上面的菜单，在删除选项上按下了手指，随后闭着眼睛躺靠在沙发。

　　谢冰冰拍着她的肩膀说："娟子，别这样，如果真难过就哭出来吧。"

　　李淑娟并没有哭，她的脸色反倒出奇的平静，她顿了顿说："冰冰，你也把他跟杨季兰的微信都删了吧，还有那企业文化微信群也退了吧。我不想再知道他们的任何消息。"

　　谢冰冰已经相信她了，默默地打开手机，按李淑娟所说的做了。

中部　李淑娟的咖啡馆

第八章　88号咖啡馆

料峭的倒春寒一过，滨海市的天气已慢慢转暖，春天的气息也越来越浓。

自从离婚后，李淑娟很少出去，大部分的时间里都待在青翠居，除了极少的几次被谢冰冰拉出去逛街。

今天天气好，谢冰冰一大早就出去了。李淑娟考虑到自己没有什么秋冬季的衣服，现在天转凉了，打算趁着天气晴朗，出去买几件衣服。她随意穿了一件格子长衫，也没化妆，便出门了。

一连好些天没有出门，这时出门感到阳光非常刺眼，连忙眨了眨眼睛，眼眶瞬间湿润。一阵和煦的微风吹过，触碰全身的每一根神经，李淑娟顿感神清气爽。不禁感叹：若是没有阳光，地球将是多么冰冷的世界啊。人若是一直将自己封闭起来，躲在阴影的角落里，久而久之，你会开始害怕阳光的照耀，那些美好的事物只会离自己越来越远。

想到这儿，李淑娟忍不住拿起手机，对着高楼大厦上面的蔚蓝色天空和身后的一角树梢拍了一张照，然后发到微信朋友圈："晴朗的日子，万里无云，清风拂面，心情像这天气般舒畅。"

海东前路是滨海市主要的商业区，各种服装店、餐饮店、超市、电影院、游戏娱乐场所等一应俱全，平常比较热闹繁华。李淑娟乘公交车来到海东前路，下车后，在这条商业街上信步闲逛。

前面有一家服装店装修得颇为精致，李淑娟站在店门口向里面张望。这是一家大约百来平米大小的门店，店里有六七个女员工，穿着清一色的工服。有一个扎着马尾辫，化着淡妆，看上去比自己年纪还小的女孩在店门口揽客。见到李淑娟过来，那女孩热情地说："美女，进店看看，本店昨天晚上刚到了一批新品。"

李淑娟进去，打量着一件浅色的连衣长裙，那开店的小妹过来了，说："美女，这连衣裙可是今年新上市的款，我看你个头高挑，身材曲线好，穿在你身上，应该挺合身的，并且你的气质与这衣服也很搭，要不要我给你取下来试一下？"这女孩子脸上似乎天生就镶嵌着纯真的微笑，每时每刻都让人感受到春风拂面的感觉。

李淑娟微微一笑，说："你真会说话，那我试一下吧。"

女孩取下衣服，李淑娟拿着到试衣间，穿好后，走出来。女孩忙说："美女，这衣服穿你身上太合身了，像是为你定制的呢。"

李淑娟低头提了提裙摆，说："你嘴真甜，难怪会做生意。"

小姑娘担心她只是试试看而已，赶紧解释："美女，我这可绝对不是瞎说的。如果你穿得不好看,我也不会随便给你推荐的,是吧。不信你自己看看,这儿有镜子。"

李淑娟来到镜子前,这浅粉色的连衣裙织着淡雅的花色和花边。两人边试着衣服边攀谈起来。一问才知道,这女孩竟然就是本店的老板,叫珍珍,经营这家店竟有两三年了。

"你好厉害呀,一个小女孩开这么大的服装店。"李淑娟有些惊讶。

"我不小了,我都28岁了。"

"哦,那看上去还像个大学刚毕业的学生呢。"

"那是你没有看到两年前的我,两年前我跟前夫离婚时,又黄又瘦,我家人都说我像个老妇女了。"女孩毫不隐晦地说起自己的往事,一脸轻松,无所谓的样子,仿佛之前家庭破裂、离婚的不幸没给她带来过任何影响。

"你?你也离婚了?"李淑娟突然感觉这样问话有点不妥,改口说:"你离婚了?"

"是啊,不离能咋样,当初追我时,山盟海誓,什么九百九十九朵玫瑰啊,什么大横幅示爱啊,每个节假日都会有惊喜,每次送的礼物都是最贵重的,让我在同学中特有面子。然而,那又怎么样,所有的热情都经不起时间的冷却。才几年时间,等我生了小孩子之后,他就像变了一个人。"

"他怎么了?"李淑娟忍不住问道。

"反正我从没有见过一个人变脸变得这么快。就像是两个陌生人，婚后我们就再没有看过一场电影，没有一起出去吃过饭，他再也没有把我介绍给他朋友。等我生孩子后，我就大半年都见不到他了。偶尔见他一次，还会揍我。"女孩说得很冷静，倒像是说别人的故事。

李淑娟脱口说道："渣男！"

李淑娟想着贺国璋，也是婚后变了，只是没有变得没有珍珍前夫那样厉害，心里倒也有些戚戚然，也对眼前的这个店主感到一丝同情。

珍珍斜倚在店里柱子上，说："不错，他就是典型的渣男，百年一遇的那种，而我偏偏中选。那些时间，我天天流泪，眼睛都肿了一大圈，几个月时间就瘦了二十多斤。"此时她的表情和眼神里却没有任何不快，她已经完全将那些糟糕的经历抛诸脑后了。

"那后来你如何走出来了？"

"后来我想通了。这世间那种天长地久的爱情可能只存在在电视剧与虚构的小说里供我们瞻仰吧。但没有爱情，我也要活出我的精彩。我主动离婚了。再后来，我就在我家人的帮助下，开了这服装店。走出来后，才发现，原来从前是我自己把自己限制到里面了。如今，我觉得自己活得很开心的，自己一个人没心没肺的，也挺好。"

李淑娟听着珍珍的话，竟有着醍醐灌顶的感觉。她果断买下了那件连衣裙，然后默默地付了款，就离开了。

那个叫珍珍的店主的婚姻遭遇和她如今的生活态度与方式，很明显感动了李淑娟，同时也给了李淑娟很大的启发和思考。那个小女孩甚至成了她的生活榜样。一路上，李淑娟都没怎么花心思和注意力去打量商业街上的风景，也忘了自己还需要买其他秋冬衣服了。

她想好好的静下心来思考一些问题。街头有一家咖啡店，走进去，却发现人特多，队伍都排了好几米，穿过中间的走廊，快延伸到门口了。喝个咖啡还得等许久，只得摇摇头回家了。

谢冰冰下班回到家时，李淑娟正一边看着电视一边哼着小调，还不时地笑着。简直是奇迹，这可是这个离了婚的少妇闺蜜近两个月来从未有过的状态。谢冰冰放下手提包，说："哟，娟子，今天咋这么悠闲啊？说出来也让老娘乐呵乐呵！"

"哦，冰冰，我看电视呢，这里面的小蚯蚓太可乐了。"李淑娟盯着电视屏幕，没有转头地回答。

谢冰冰扔下包，走到跟前，看到电视画面，说："哦，《欢乐颂》，我这些天也正在追这剧呢。还别说，这片子真好看。邱莹莹，情商为负数呢。"

"其实我觉得挺可爱的。"

"是啊，她推销咖啡就挺成功的啊。日后说不定还是个商场高手呢。"

"说到这事啊,我还有个想法,想与你商量一下。"李淑娟说到这里,才扭头转向谢冰冰,略带严肃地说。

"哟,什么事啊?娟子,看来是有好事了,还神神秘秘的。"看着闺蜜郑重其事的样子,谢冰冰有些疑惑,也感到有点意外。

"是不是好事,现在还不知道呢,只能说希望是好事吧。"李淑娟突然话头一转,"冰冰,你对现在的工作感觉满意吗?"

"你还不知道吗,娟子,不就是这样,能混饭吃,但真谈不上好。"谢冰冰认真地看着李淑娟,"你今天这是怎么了,是有什么情况?"

"经过这次婚姻变故,我感觉,女人啊,还是得要有个事业。你说成天地以男人为中心,把所有的情感都倾注在小两口那方寸空间里,实际上是把自己封闭了,或者是囚禁在一个狭隘的天地里。那叫什么成语?'作茧自缚'啊。所以我想,自己做点事儿。"李淑娟的这番话让谢冰冰顿时对她刮目相看,惊讶地看着她。

"娟子,"谢冰冰一拍大腿,说:"你终于开窍了,太好了,娟子。以前我说这话,你还得说我呢,说什么女人就是以家庭为重啦,女人要相夫教子啦……整个一马王堆出土的女人。"

"可别编排我了!"李淑娟轻轻地掐了谢冰冰一把。

谢冰冰吓了一跳:"掐我干吗?"

"听我说下去,我想自己做点生意,你觉得如何?"李淑娟继续说。

"好啊,娟子,你想做什么生意?"

"我想开一间咖啡店,你觉得如何?"李淑娟看着闺蜜,期待她的意见。

谢冰冰一听,完全同意,几乎是十万个支持,随口表示赞成:"咖啡店,嗯,好,开咖啡店还有情调。老妹子我支持你。只是,娟子,我也入一点股如何?"

"你不说,我都想问你呢,我是想能跟你合伙弄呢,但是呢,又怕你现在工作……"李淑娟带着一丝商量的语气。

闺蜜的想法正合谢冰冰之意,兴奋地表示:"怕什么怕呀?那地方我早就不想待了,天天看那些老娘们臭爷们的脸色,我受够了,你快带我脱离苦海吧。娟子,一个好汉三个帮,一个女王还要三根葱呢。"

李淑娟被逗笑了,说:"什么乱七八糟的。以后如果亏了,也别怪我把你拉入火坑了啊。"

"瞧你说的啥话,李淑娟,老娘我有这么不仗义吗?"谢冰冰笑着,手指自己的胸口,加重了语气强调说。

"话虽这么说,但是,这要开个咖啡馆,这资金也需要不少,我们得好好筹划一下。开个小咖啡馆,估计也得四五十万吧,就以五十万来计吧。冰冰,你说你愿意合伙,不知道你手上能有多少钱。"在开店这方面,经过深思熟虑的李淑娟,明显冷静而谨慎。

谢冰冰稍一脸红，说："一谈钱就伤感情了，哈哈。娟子，你不是不知道，我嘛就是乐天派的疯子，基本上月光族。虽然上班有好几年了，现在能拿出来的，我算算啊……最多能有十五万吧。"

"那就有点紧张了。我自己身上能拿得出来的，也只有十来万。"李淑娟在心中盘算了下，又稍微顿了顿说，"不过……"

"不过什么？"谢冰冰说："别吞吞吐吐了，娟子。"

"离婚的时候，贺国璋把他身上的钱转了给我，说是作为补偿。我之前看了一下，他转了四十多万过来。本来我是不想用这笔钱的，总觉得有些不好。"李淑娟迟疑地说。

谢冰冰听了，立即来了神气，一个劲地怂恿闺蜜说："那有什么不好，本来他就欠你的。娟子，你别傻冒了。这钱你完全可以光明正大地使用。为什么不呢？而且一个出轨男，赔偿给你这点钱，压根就不够你这些年来对他的付出，还浪费了你大好的青春年华……"

"也别这么说他，算了，都过去了。这事翻篇了。好吧，那这样如何，冰冰，你那出 15 万，我这儿出 35 万，前期准备资金就这么多了。我们合伙，股份就算一人一半吧，怎么样？"

谢冰冰听了，觉得自己占了便宜，不答应："娟子，我出 15 万，你 35 万，股份怎么能一人一半呢。我这便宜也占得太明显了。

那可不行！"

"我们之间什么关系啊，冰冰，还需要较这点真吗。你就听我的吧。"

"娟子，你也不容易，我不能这么占你便宜。还是按股金比例来，我占30%，你70%。就这么定了。"

谢冰冰说的这个比例，李淑娟又不同意，觉得两姐妹，不应该有这么大的区别。再说她自己现在住在谢冰冰家里，并且第一时间得到了闺蜜开店资金支持，这都给了自己莫大的帮助。于是，两人一番扯锯后，后来商定了个折中方案，李淑娟出资35万，占股60%；谢冰冰出资15万，占股40%。

合伙开咖啡店的事就这么敲定了。李淑娟还没显得多么激动，闺蜜谢冰冰倒兴奋地摆出胜利的 pose，以一种无比畅快的心情宣告："终于可以跟那个整天摆着张臭脸，像谁都欠了他似的财务主管说 good-bye 咯！呵呵……"

但谢冰冰目前还有工作，辞职出来至少还得半个月的时间。两人谈好后，便急着尽快地把店开起来。于是，前期筹划的事，就以李淑娟为主，谢冰冰只能利用工作之余来帮忙。

两人各自分工，分别将滨海的咖啡店都列了出来，同时将网上公布的要转让的咖啡店也找出来，再通过地理位置、店铺转让价格、人流量、附近的消费水平等方面的对比，最后一致认为，滨海新区88号一家正打算转让的咖啡店，非常理想，值得盘下来。

还没去看店呢，谢冰冰就开始出谋划策："要不，到时候咱们这店就索性改名叫'88号咖啡'，怎么样？既简单明了，又吉利。"

李淑娟听后，觉得确实也没有其他更好的名字，当即便赞同谢冰冰的看法。保持咖啡口感的最佳温度是85度，所以才有85咖啡，而她们的店叫88咖啡，一来说明咖啡口感不会差；二来同类相似名字的品牌效应会带给人一种熟悉感；三来88是个吉祥的数字，大家都喜欢。

当下，李淑娟就打电话联系到滨海新区88号咖啡店的老板，表示想接手这家咖啡店，她们相约第二天亲自过去看店。

第二天刚好是周六，一大早，李淑娟和谢冰冰两人就直奔滨海新区88号。这里属于商业休闲区，街面的人流量确实不小，到处能看到络绎不绝的人影，尤其以年轻人居多。她们按照地址，进入了一家已经歇业的咖啡店。一位中年男子正抽着烟，在店里等着，看样子是老板。

李淑娟和谢冰冰环顾了一番，面积不小，整个里面的格局也都还不错，大致觉得满意，便开门见山，希望老板能便宜点。咖啡店老板一看是两个年轻的女孩想要接手，刚一来就比较爽快，也愿意以较便宜的价格转让。价格谈妥，成交之后，她们当即就完成了店铺转让手续，整个过程不到一个小时。

她们终于如愿以偿地盘下了这家咖啡店。

那个中年卖家刚一离开，李淑娟和谢冰冰两人忍不住高兴地跳了起来。"太好了，我们有自己的店铺了！"谢冰冰情不自禁地说，"相信在不久的将来，90后创业成功的美女榜上，有我们的大名。"

李淑娟的眼神里，闪烁着美好的憧憬说："生意好的话，我们还要开连锁店。"

此时，谢冰冰也已经正式辞职，彻底离开了之前的公司。在接下来的一个月内，李淑娟和谢冰冰两人为咖啡店开张的事情忙得不可开交。

从咖啡店的扶梯上去，有一个小阁楼和洗漱间，阁楼里还有一张双人床。两人就商量搬到咖啡店里住，既方便照顾店里的生意，又可以节省一笔开支。很快，她们就退了租，将行李一股脑地搬到了咖啡店二楼里，布置了一番，从此就在店里打拼和吃住了。

为了提高创业激情，更为了扩大影响力，李淑娟和谢冰冰两个人每天都会将咖啡店装修的点滴进度，及时地发布到朋友圈里。

第一天：88号咖啡店，顺利完成转让手续，进入装修第一天。

第二天：88号咖啡店，我们在装修过程中添加了现代年轻人喜欢的各种潮流元素，高端大气又时尚。

第三天：为88号咖啡店选择咖啡桌犯难,该选哪款比较好呢?这么多款看得眼花缭乱，宝宝实在选不出哪款比较好，请朋友圈眼尖的帮忙选选，谢谢。

第四天：根据咖啡店的整体风格，对比多家店的装修，最后确定属于我们自己特有的风格。开业那天，一定会让各位眼前一亮。

第五天：一个字，累！但开心着！

第六天：万能的朋友圈，最好的咖啡仪器去哪里买？

第七天：今天阴天有雨，出门记得带雨具，你说头痛不头痛？不多说了，为了美好的明天要风雨无阻，采购材料去了。

第十五天：88号咖啡店装修进入一个新的阶段，继续努力，为正在接近完美的88号咖啡店点赞。

第二十八天：为了88号咖啡店，所有的辛苦都是值得的，看着它一天天更加完善，一天天地成为我们想要的样子，心里真的很开心。

第二十九天：88号咖啡店已完成所有的创意整改，我们将带给你意想不到的惊喜。感谢各位这么长时间以来对88号咖啡店装修进度的关注，谢谢在朋友圈点赞和留言的朋友，敬请各位等待正式开业通知！

第三十五天：品尝特殊工艺制成的咖啡是一种享受，我们正在精益求精，力求让每一位来店的消费者都品尝到最纯正的咖啡。

谢冰冰发的朋友圈内容，李淑娟都会复制照搬，她不得不承认谢冰冰太会做营销，是继贺国璋之后的又一个朋友圈玩家高手，还没有开张，就能宣传得有模有样。

每当谈到这事，谢冰冰总乐呵呵地说："必须的，据说每个做生意的老板都使劲拿出绝活在拼，你说像我们这种零基础的能不努力吗？"

李淑娟听后表示赞同："很有道理，看来我们以后还得靠朋友圈拉生意。"

谢冰冰一副胸有成竹的样子，说："孺子可教也！网络时代，当实体店逐渐被网店取代时，我们就该醒悟和清楚地意识到，会玩手机是赚钱的必要且非常重要的手段。"

李淑娟也开始满怀未来的憧憬，说："希望我们一切顺利。"

谢冰冰走到跟前，抱住李淑娟，自我鼓励："预祝我们后天的试营业，马到成功！"

为了把开业庆典筹办好，李淑娟和谢冰冰分工合作。李淑娟负责购买花篮、红毯、咖啡色条幅、剪刀、托盘等剪彩仪式所用的物品，谢冰冰则负责联系客户、朋友作为到场嘉宾。

开业前一天，李淑娟和谢冰冰各自郑重的向对方汇报准备工作，双双按时完成。

向来爽朗的谢冰冰接着说："我这边已四处撒网呼朋唤友了一遍，基本只要我认识的，我都厚着脸皮联系一遍了。"

李淑娟笑笑说："盛大的开业庆典可就看你了，谢大老板。"

谢冰冰哈哈一笑，信心满满地说："也不看看谁出马！"

此刻，88号咖啡店里的陈设已经大致完备。距离店门两米处是一座收银台，收银台前放置一台电脑，前置3.5米长的吧台式原木桌，旁边放置一台1米高的冷藏展示柜，附带出售蛋糕、甜品等食品。制冰机、烤箱、半自动意式咖啡机、冰箱、冰沙机、微波炉、搅拌机、自来水净水器过滤器和消毒柜等全新设备也是一应俱全，安置在店内最深处。墙面设计等运用了国内外一些浪漫而流行的爱情电影海报元素和风格，咖啡店的正中央还特意预留了一块1.5平方米大小的玻璃绿板，用于粘贴客户对咖啡店满意度的评分留言。里面摆放的几行整齐的咖啡桌椅，看上去舒适、简洁，给人以温馨的感觉，跟咖啡店的整体设计风格融为一体。

临近结束时，李淑娟又将所有的清单仔细核对了一遍。谢冰冰拿着手机不停地拍照，她说要给88号咖啡做宣传用。做完这一切，她们才在附近的小吃城里吃了晚饭，然后安心上楼休息。

晚上，躺在床上谢冰冰激动得睡不着觉，她一边刷着朋友圈，一边跟明天要来的人聊天。突然，她想到了什么，推醒了已经迷糊了的李淑娟，说："不如我们建个88号咖啡店客户群吧，说不准还能带来不少生意呢，你看贺国璋做得多好啊！"

谢冰冰提到贺国璋，看到李淑娟的脸色大变，马上意识到自己说错话了，连忙补充了一句："我的意思是大家都在这么做，我们不做的话，有可能会失去很多商机。"

谢冰冰的话让李淑娟回想起贺国璋玩微信朋友圈的情景，她犹豫了一下，但目前为止似乎找不到更好的方式，来快速的吸引和维护更多的客户。她微微点头说："不过，我可有三点要求，如果做不到的话，我们还是不组建微信客户群了。"

谢冰冰急切地问："快说，哪三点？"

李淑娟想了想说："第一点,为了维护88号咖啡店的整体形象，群里只能发布跟店铺有关的消息，其他跟业务无关的消息一概不许出现。"

谢冰冰连忙说："这个简单，没问题。"

李淑娟接着说："这第二点呢，不能在群里跟客户胡扯八扯，不能出现其他不良勾当……"

还没等李淑娟说完，谢冰冰抢着说："懂懂懂，这是为了维护咖啡店的形象。"

李淑娟解释道："可以这么理解，不过这也是为了大家好，你说朋友圈多乱啊，什么样的人都有，所以我觉得，保持清醒的头脑，真的非常重要。"

谢冰冰不服气地说："就你明白，我当然懂。快说，快说，第三点呢？"

李淑娟反倒过了很久才慢慢地开口："这第三点啊，也是最重要的，就是不能强拉客户进群，对于入群，要事先征求客人的意见。我们是服务行业，客户满意才是最重要的。强拉客户进群会扭曲我们服务的初衷，你觉得呢？"

谢冰冰想了一会儿,似乎有些不耐烦:"你的道理可真多,哪里来这么多条条框框的。一个愿打一个愿挨,不就得了。"

李淑娟一脸认真地说:"这可不行,做生意还是得讲规矩。"

谢冰冰看着李淑娟有些严肃的样子,连连点头说:"好好好,我的大老板,你说的太有道理了,就依你说的做。"

两个人在床上聊到很晚,直到夜很深了,才慢慢睡去。

她们还没有来得及做梦,一晃天就亮了。李淑娟还蒙在被窝里,就被谢冰冰那刺耳的嗓音吵醒了。

"啊……不好了……"谢冰冰突然间大喊,好像地震前夕般惊慌。

李淑娟揉了揉眼睛,懒洋洋地说:"冰冰,吵死了,人家还没有睡醒呢!"

谢冰冰拿起手机指着上面的时间说:"你看现在都几点了?"

李淑娟看到后喊得比谢冰冰还要大声:"啊……昨晚怎么不定闹钟?"

"都怪昨晚的回忆杀。"

"是我太粗心大意了。"

两人都有些自责,开始紧急穿衣服。

"距离我们通知的时间还有一个小时。"

"快,赶紧的!"她们一边穿衣,洗脸,一边说。

"你先去开门,我把今天要用的东西拿出来摆好。"谢冰冰吩咐说。

"哦,别忘了烧水。"李淑娟赶紧去开店门,回头对闺蜜补充。

"对,幸亏你提醒!"

……

上午金灿灿的阳光刚好从对面的楼顶射进来,咖啡店门口一片亮晃晃的。街面上已经三三两两地出现了往来的人影,对面和旁边邻近的其他店面早已开张了。

李淑娟和谢冰冰两个人忙得手忙脚乱。俗话说:越乱越错,该放冰块的却倒进了热水,应该先把咖啡磨成粉末状再装进容器里的,她们却直接把咖啡装进容器……

谢冰冰感叹:"还是没经验。"

李淑娟安慰道:"别急,熟练了就好。"

豆大的汗水从她们的额头流了下来,她们都顾不上擦。不过一番紧张准备之后,总算一切就绪。此时,门口已经聚集了不少前几天受邀的朋友和来宾。李淑娟和谢冰冰面带微笑地迎接出席88号咖啡店开业庆典的嘉宾。

这个时候,谢冰冰又大呼小叫地冲进咖啡店去拿手机。李淑娟问怎么回事,她说忘记最重要的事情,那就是发朋友圈。然后,谢冰冰拿起手机就开始哒哒哒地敲起来。李淑娟则站在门口迎接嘉宾们进店。

"今天是特殊的日子,经过一个多月的努力,终于迎来88

号咖啡开业庆典。88号咖啡店的特色是咖啡、美食、美女、帅哥……应有尽有,包各位满意!今天开业大酬宾,买一送一活动火热进行中!"

谢冰冰发完朋友圈后,做了个胜利的手势,然后赶紧进店去帮忙。

不用说,在这非常特殊的日子,她们度过了忙碌而辛苦的一天。

第九章 出师不利

上午热热闹闹的开业庆典和酬宾活动很快结束，送走所有受邀嘉宾，李淑娟和谢冰冰收拾完毕后，开始开张做生意。

令她们不安的是，时间一分一秒地过去，整个下午竟不见有人进咖啡店。傍晚时分，好不容易进来一个人，却是问路的，白天的生意令她们有些失望。直到路灯亮起，附近商区的白领阶层下班吃完饭后，咖啡店开始渐渐有了人流量。

有些路过的年轻人得知是第一天开张，不无好奇地走进来，在李淑娟和谢冰冰的热情招待下，一番品尝罢，临走时倒也客气地表示以后还会光顾。

每个进店喝咖啡的客户，李淑娟和谢冰冰都会仔细观察他们的表情，她们非常担心因为手艺不够成熟导致咖啡做得不好喝。同时，她们俩也会不时地主动询问那些顾客对咖啡口味的感觉，并认真地记录在小本上，谦虚地表示自家新店会不断改进，让大家享受到最佳品味。

夜色渐深，街上的人影已经非常稀少。等到晚上 10 点打烊后，一天的客人比预想的要少很多，几乎屈指可数，简直可以用"冷清"两个字形容。

李淑娟着急地刷起朋友圈，正如谢冰冰提醒的，说不准还能在朋友圈里发现商机。于是，李淑娟在手机上发了一条类似总结和感谢之类的信息："88号咖啡店试营业第一天，顺利开张，虽然忙碌却很开心，感谢亲朋好友捧场，愿以后的每一天生意爆棚。"

晚上，两人坐在阁楼的沙发上，李淑娟情绪有点低落，说："冰冰，今天的生意不大理想啊。"

"是啊！"谢冰冰扭了扭了屁股，斜着身子，摆了个很酷的造型，似乎并没有太在意，宽慰闺蜜说："不过阳光总在风雨后嘛。这不才第一天嘛？"

第二天，天还蒙蒙亮，两人就早早起床，利索地把咖啡店里里外外地打扫好了，然后开门迎宾，眼巴巴地等着客人。可惜，整个上午不过四五个人进店，下午的来客也是稀稀拉拉，附近小区的人，头一次得知这个新店，有一些过来了，总算是让这间并不是太大的新咖啡馆多少有了点生机。

随着暮色降临，傍晚时分，尽管大街上人流不少，络绎不绝，可店里依旧没有什么人，李淑娟在里间吃饭，谢冰冰在外面看着店。这时有一个看上去二十六七岁的青年，穿着黑色西装，夹着个公文包进来了。谢冰冰连忙上前招呼："您好，先生，请问你需要喝什么咖啡，这是我们的菜单。"她随手递来了一张精心制作的新品菜单。

青年笑了笑，并没有看菜单，放下公文包，说："给我来杯摩卡吧。"

谢冰冰赶紧去动手，熟练地做好咖啡，很快就把热腾腾的一杯咖啡端到他面前。谁知，这位客人刚抿了一口，突然问了一句："请问一下，李淑娟在这儿吗？"

谢冰冰顿时一愣，充满疑惑地说："你找李经理？你怎么知道她的名字？她在，不过请问，你是谁？"

对方并没有说出自己姓名身份，有些神秘地说："是啊，我是找她，你就说她老朋友来了就行，谢谢。"说着，那个青年端着咖啡，换到了靠窗的桌上去。

李冰冰说了声"那你稍等"，然后走进了里间。

听到谢冰冰说有朋友找她，有些纳闷的李淑娟心想，这会儿会有谁突然来找她呢？这几年她跟许多老朋友都没联系过了。不过，带着一丝疑惑，她还是很快从里间出来了。店里就只有一人坐在靠窗的桌边，正背对着她，不过身影有点熟悉，一时却又不能确认是谁。李淑娟走了过去，小声咳嗽一下，那人回过来头，李淑娟不禁叫了出来："天信，袁天信！"

袁天信笑着说："嫂子。"

"你说,你过来也不先给我打个招呼!"意外的李淑娟有些兴奋地说。

　　"我这不是想给你个惊喜吗?我们也有段时间没聊了。嫂子,开店了也不告诉我一下,我还是在你朋友圈看到消息了。"

　　淑娟微微笑了笑,转头对在操作台的谢冰冰说:"冰冰,也给我来一杯咖啡吧。"然后坐了下来:"你也知道的,我都不大愿惊动之前认识的朋友,总想着大家都在忙自己的事业,也就不敢打扰和麻烦咱们老朋友了。"

　　"我知道,所以我也没有惊动你,直接就过来了。"眼前的袁天信说话的风格,似乎比以前绅士了许多。

　　"突然袭击啊。"李淑娟难免有些感动,便问起了他的近况,"你咋样,工作生活都还好吗?"

　　"唉,也就那样呗。"袁天信随口回应了一下,并没打算讲自己的事,而且这段日子里,自己的生活确实也没什么重要的事发生。

　　这时,谢冰冰调好一杯咖啡端了过来,递给了淑娟,说:"我的美女老板,这位帅哥是你的朋友啊。"

　　"是啊,天信,我来给你介绍一下,这是我合伙人,也是个疯丫头,叫谢冰冰!"李淑娟又转头,笑着介绍,"冰冰,这是我的朋友,袁天信。"

　　谢冰冰故意撒娇似的反驳道:"嘿,美女老板,我哪里疯了,成天这么说，难怪我连男朋友都找不到了。"

李淑娟扑哧一笑，一口水喷出来了。

"不耽误你们聊了，我去里面做一下卫生。"说着，谢冰冰知趣地扭身而去。

窗外夜色渐浓，灯火煌煌，一些携手的男男女女不时打从眼前路过。坐在窗口的他们，一边欣赏着夜色，一边继续聊着天。

"天信，我记得你公司离我这儿比较远，你怎么会来这儿喝咖啡了。"

"我不是前两天见你在朋友圈发了要开咖啡店的消息吗，今天恰好有点时间，就特意过来看看。你开店，其他人可以不告诉他们，作为老朋友，至少得通知一下我吧。"

李淑娟有些不好意思地说："你清楚的，我前阵子经历了婚变，所以不大愿意惊动以前的那些人。本来想过一阵子，生意发展好些了，再慢慢告诉大家的。"

"这个我知道，家里那件事对你影响太大了，这件事的确是老贺不好。因为这事，我多次说他了。其实老贺对你是真心，只是有时，我也说不清楚，可能是外面的诱惑太多了吧。"

"你别帮他解释了，"李淑娟冷静地说，"天信，诱惑是出轨的理由吗？"

"这件事，他也很自责。这段时间，他也瘦了不少，并且因为这事，他也辞去了之前的那份工作。你也知道，他的工作原本干得还挺不错,也算是他那个行业里的翘楚。"袁天信这才说起了贺国璋最近的事。

"贺国璋辞工了?他干吗要辞工呀?"听到贺国璋的工作变故,她有些意外。

这段日子里,贺国璋辞职后,几乎每天都会去找袁天信喝酒解闷,也跟他倾诉了自己的失意和悲伤,所以袁天信在听说李淑娟开咖啡店的消息后,第一时间就过来找了李淑娟,跟她说说这个消息:"因为这件事,他有一段时间比较消沉,还经常喝醉,也没有心思去上班,而公司领导对他也有微词。后来,他就干脆辞工了。"

"混账,辞工了,那他做什么事,现在?"袁天信看到李淑娟那有些责备的话语中夹杂着一丝关心。而这种关心的流露,李淑娟本人也许并没有意识到。

"我听他说,他想炒股。"袁天信顿了顿,说。

"炒股,他之前从没炒过股啊。怎么突然想起炒股了。"李淑娟大感意外。

袁天信坦诚地说出他的判断:"我也不知道他是怎么想的,我只是感觉,他希望能暴富,所以选择了这条路。"

"炒股——以贺国璋的性格,肯定不满足于小打小闹,他有那么多的钱吗?"李淑娟明显有些焦虑不安。

"我听他说,他已经把自己老家的房子卖掉了,好像身上有

100多万，目前他是用这100多万来炒股吧。"袁天信摇了摇头，叹息着说。

李淑娟把咖啡杯放桌面上一放，狠狠地说："疯子，他就是疯子，卖房来炒股！难道他不知道股市有多大风险吗？"

"嫂子，你也别生气，你们不是已经分手了吗，老贺的事他自己负责吧，毕竟每个人都有自己的选择。"袁天信喝了一口咖啡。

"是啊，我也犯不着生气，我现在与他是两条路上的人，我与他没有关系了。"袁天信的话似乎提醒了李淑娟，她问："天信，有件事，你得如实告诉我。"

"什么事，嫂子？"

"他……他与那个女的，现在有没有在一起了？"李淑娟问这话的时候，声音有些不自然，音量也明显有些降低。

"我也说不清楚，好像是在一起，又好像不在一起。有时我问起时，他也挺烦的，说起这事总是闪烁其辞。但有一点可以肯定，他过得并不幸福。"袁天信坦白说。

"与他所爱的女人在一起，咋还不幸福呢？"不大相信的李淑娟恨恨地反问。

"嫂子，你这样说就是误会老贺了。"袁天信不以为然地说，"我想，他可能以前曾经喜欢过那个女人，但是说爱的女人，可能只有你一个了。"

"你别安慰我了，如果像你所说，他又怎么会与那女的混到一起？"李淑娟感觉袁天信今天像是做说客来的。

"这事我也说不清楚，嫂子，但我知道他真的不爱那个女人。你看他的朋友圈，内容也比较消沉。"袁天信再次解释。

"我删他微信了，所以也没有他朋友圈了。"李淑娟冷冷地说。

"嫂子，那又何必呢？好吧，你看看他的朋友圈。"说着，他拿出手机，打开微信，看贺国璋发的朋友圈，递给李淑娟看。

李淑娟有些不好意思地接过手机，翻了翻，看到贺国璋近两个月内发的内容确实比较消极低沉，一副失魂落魄的样子，跟之前所发布的意气风发的状态迥然相别。此外，她在朋友圈里也根本没有看到他与杨季兰之间的互动和暧昧。而在昨天的朋友圈，贺国璋所发的信息是："人生若只如初见，何事秋风悲画扇。"配的图则是一对情侣在晨曦下的背影。

她默默地把手机递还给袁天信，久久没有说话。

袁天信接过手机，说："嫂子，老贺确实是有过错，但是你在他心里的地位，仍然是其他人不可取代的。"

"天信，你这是在帮贺国璋做说客吗？"李淑娟终于忍不住说。

"没有，嫂子，我只是说了事实。"袁天信脸一红，有些尴尬。

"唉，不管是不是事实，之前的事都过去了，也回不去了。"

"你们两人啊，我也说不清楚，明明心里都还装着对方，却又装得如此倔强。"说到这里,一脸无奈的袁天信只好作罢,"好吧,嫂子,你在这儿开店了,如果有什么需要我的地方,可以随时联系我。我的微信、电话,你可不能删啊。"

"那怎么会,你可是我的老朋友呢。"李淑娟笑着说。

"好,我祝你新店今后生意兴隆,财源广进。"

两人又聊了一会,已到晚上八点半,这时店里也渐渐来了几个人喝咖啡。袁天信看了看手表说:"哟,我都坐了两三个小时了,嫂子,那我就先回去,你忙你的。"说着,就站起来往外要走。

"稍等一下,"李淑娟叫住他,特意提醒说:"天信,刚刚听你说,贺国璋把老宅卖了来炒股。这太危险了,你一定要叫他注意风险啊,最好是先小试一下。这,这就算我作为以前的朋友的一个忠告吧。"

袁天信叹了一口气,说:"好吧。"然后大步走出店去了。

一连几天下来,88号咖啡店的生意并不如预期的那么好,谢冰冰当初要建立微信客户群的提议也一直实施不了,大部分客户表示有空会过来喝,不想加群。于是,李淑娟和谢冰冰经过分析,初步得出这样一个结论:喝咖啡的人通常是有一定生活品位和追求的人,这类人往往喜欢安静,希望有充足思考的时间,不会计较一杯咖啡的价格,更不关心折扣等。还有一类人是纯粹喜欢喝咖啡,但是这类人往往对喝咖啡的要求很高,或只热衷于喝某一款咖啡。

每天来88号咖啡店的客人寥寥无几，谢冰冰发朋友圈的热情大不如前，最近她只发一张不带任何文字的咖啡图到朋友圈。一些朋友留言问生意怎么样，她只用一个伤心的表情符来回复。一些关心她的朋友鼓励她，创业初期大都是这样的，坚持到最后就是胜利。

闲坐在店里的谢冰冰，无聊地托着下巴问李淑娟："娟子，我们是不是处于亏损状态？"

李淑娟对了下账单后点点头说："嗯，我们这个月的预算快不够了。"

谢冰冰听后摸着心脏，故意夸张地大叫："啊，我的小心脏快受不了了。万能的主啊，发发慈悲，给点生意吧！"

李淑娟也有些叹气地说："我们开这个咖啡店，是不是有些冒失？"

一周过后，咖啡店的生意还没有明显起色，两人难免有些失望。每天她们两人无聊地待在店里，大多时候盯着路口往来的路人，恍恍惚惚，不知如何才能招揽到更多的顾客。不过，她们也在不断反思和探究其中的原因，看怎么调整和改变这个现状。

谢冰冰最近跟不少网上的客户聊过，他们表示，平时会喜欢到不同的地方喝咖啡，体验不同空间环境的不同氛围，以给自己带来不同的体验。两人经过多方面多渠道的分析得出结论：如今的咖啡店市场竞争很激烈，不仅是国内大大小小的咖啡店，还包括为数不少的国外品牌联盟咖啡店，它们这些年纷纷进入国内市场。想要在这个激烈的市场环境下做出一定成绩，或者做到一定规模甚至打造出自己的品牌的话，需要占尽天时地利人和，还要进行有效的广告宣传才行。

李淑娟在总结完后说："可惜我们的咖啡店，目前这几样，似乎都没占到。"

谢冰冰附和说："现在只有死马当活马医咯，说不定会有转机呢。"

李淑娟叹了一口气说："才刚开业就这样子，说明周边的人爱喝咖啡的人不多，即使有，也不大愿意来这边。"

谢冰冰不太愿意接受这个事实，想了想说："可能是许多人都不知道这里有咖啡店呢！"

"但愿如此！"李淑娟一边刷着朋友圈，一边跟谢冰冰商量，"看来，我们还得多做些广告宣传试试。"

"那好，我们说做就做！"谢冰冰表示赞同。

这几天，为了让88号咖啡店的生意有转机，李淑娟和谢冰冰想出了新招，并积极付诸行动。

她们不仅在朋友圈上发布，还跑到街上发传单，甚至转了附近好几个街区，但还是收效甚微。谢冰冰记起李淑娟擅长绘画，就想出了另一招：购咖啡送手绘画。李淑娟在一番犹豫后，最后还是同意了闺蜜的这个建议。

于是，两人商量在店门口贴一张海报，设计好的海报上，文案这样写着：88号咖啡店让你坐拥海岛，品尝漂洋过海带来的纯正浓味，悠闲、浪漫、舒适、时尚。活动期间，购买本店招牌咖啡一杯，即赠美女店主温馨手绘风景画一张。

不过，李淑娟在贴这张海报前还是犹豫再三，可是抵不过谢冰冰的一再恳愿和糖衣炮弹。

她摊开双手对谢冰冰说："你知道做一张手绘多累吗？"

谢冰冰呵呵地笑着说："你难道不觉得这是一个很好的创意吗？这未必不是一个留住客户的好法子，我觉得可行。"谢冰冰边说边走到李淑娟的背后，双手放在李淑娟的肩膀上帮她按摩。

谢冰冰力度拿捏得当，过了一会，李淑娟闭着眼睛惬意地享受着，谢冰冰见时机成熟，马上说："有劳美女店长辛苦一下了，我会犒劳你的。"

李淑娟睁开眼睛问："比如……"

谢冰冰想了想说："比如我会给你敲背啊，我的按摩手艺可是一流的，那些按摩店的老师傅也不见得有我这水平。"

李淑娟看到谢冰冰自夸，故意摇摇头说："就这点啊，手绘可是要花很多时间的。"

谢冰冰看着李淑娟一脸严肃且不悦的样子，怕她反悔，连忙加码，说："大不了我吃亏点，以后店里的杯子全都由我来洗。"

"还有呢？"李淑娟似乎觉得还不划算。

谢冰冰无奈地表示："能做的我都做了，难不成还让我给你洗衣服啊。"

李淑娟指着谢冰冰大笑说："这话可是你说的哦，谁赖皮谁是小狗。"

谢冰冰大声喊："李淑娟，真没想到才做了几天生意，你就变得猴精猴精的。"

谢冰冰追着要打李淑娟，李淑娟忙说："手绘，手绘……"

谢冰冰哼了一声说："姑奶奶看在你为本店创造劳动价值的份上，饶你一回。"

李淑娟手指着谢冰冰故意批评说："唉，好你个现实主义加资本主义思想，我该拿什么拯救你俗不可耐的思想。"

两个人在咖啡店里你一句我一句地互相扯皮，消磨没生意的时间。

白天店里没有生意的时候，李淑娟就手绘滨海风景图来消磨时间。谢冰冰的这个建议还挺不错，虽然有些累，但她觉得这样倒可以让心里更平静，不用去想其他让人焦虑的琐事，以及贺国璋的事情。谢冰冰看到李淑娟在认真地手绘风景画，也乐意做些洗杯子擦桌子的杂活。

不知不觉大半个月过去了，88号咖啡店的生意依旧惨淡。李淑娟在没有生意的空闲里，就用手绘打打时间，也已经画出了七八幅风景画。谢冰冰的兴趣则在朋友圈,她会在朋友圈发一些为店铺招揽生意的宣传文字。

有一天,谢冰冰突然仰头咆哮似的感叹:"为什么偌大的朋友圈,提到喝咖啡就没有几个冒泡的!"

李淑娟却显得挺平静,说:"你这样天天发几乎一样的广告,人家自然会视觉疲劳,没屏蔽你就知足吧。"

谢冰冰闹心地说:"你对咱们的店就这么没信心吗?"

这个时候,一个身穿西装脸戴墨镜的中年走了进来,绅士地问:"你好,请问有人吗?我要点单。"

"来了!"谢冰冰听到生意来了,赶紧走出里间,兴冲冲地大步跑上前去说:"请问想喝点什么?"

中年人摘下墨镜,微笑地说:"一杯招牌咖啡、一块抹茶蛋糕,再给我一杯拿铁咖啡,记得打包。"

谢冰冰边打单,边偷看了中年客人一眼,他剃着平头,方脸,留着八字须,依旧微笑地看着自己,谢冰冰不好意思地低下了头,然后轻声说:"好的,打包带走,马上给您做。"

那人摇摇头说:"不好意思,可能我没有说清楚,我在这里吃,拿铁咖啡是帮我朋友带的。"谢冰冰听完后连忙帮他改单,重新打了一张订单递给他:"您拿好,请找个位子坐下,您点的咖啡稍后送到。"

中年人接过单子后没有立即找位子坐下,边上正在手绘的李淑娟引起了他的注意，他情不自禁地走了过去。

正在专心画画的李淑娟，并没有注意到有陌生人走过来。那个中年人拿起李淑娟放在一边的手绘看了又看，赞叹说："画得很不错，好漂亮！"

李淑娟这才抬起头，发现有人正站在身后的一侧。

这个时候，谢冰冰已做好咖啡，连忙端过来，她见那人对着画看得如此出神，笑着说："先生，您点的咖啡好了，您现在看的是我们88咖啡店的老板娘亲自画的手绘，若您喜欢的话，可以送您一份。"

中年人夸赞道："好，真是不错。对了，你别总是'先生''先生'的，我叫张普仁。"谢冰冰和李淑娟听后惊奇地看着张普仁，不知道他为何要自报姓名。

张普仁看到两人的表情后，连忙解释说："我觉得这家咖啡店看起来很有自己的特色，而且手绘的风景也很吸引人，所以才临时起意，看能不能认识下两位店老板，以后可能会经常来哦。"

谢冰冰和李淑娟互相看了看，不过秉着顾客至上的原则，也只好礼貌地说了各自的名字。

张普仁捧起咖啡品尝了一下，连连点头说："这是我喝过最好喝的咖啡，这家咖啡店也是我来过最别具一格的一家。整个咖啡店的装修融合了各种时尚元素，但又不互相排斥，有相得益彰的美感，可见店主是个有品位的人。"

自开业以来，谢冰冰听客人头一回这么面面俱到地夸赞自己的咖啡店，脸唰地红了起来，低声说："谢谢你的认可，你这么说，我都不好意思了。"

张普仁很绅士地对谢冰冰笑了笑，说："我以后会常来这里喝咖啡的。"张普仁说完这句话后，用眼睛快速地瞟了李淑娟一眼，见她依旧如刚才作画时那么平静。相反，一直忙到现在的谢冰冰倒是截然不同的另一种态度，不仅殷勤招待，热情活跃，打起交道来又懂人情世故，给人一种舒适的感觉。

张普仁喝完咖啡后，拎起谢冰冰已经帮他打包好的拿铁咖啡，径直往外走。谢冰冰跟在他身后送至门口后说："请慢走，欢迎下次光临。"

张普仁礼貌地说："好的。"

这个时候，他的手机响了一下，他打开一看，笑了笑后转身对谢冰冰补充了一句："老板娘，我还要冰红茶、绿茶、焦糖玛奇朵、美式咖啡各一杯，麻烦都打包带走。"

谢冰冰听后高兴地差点跳了起来："好的，我这就给您准备。"走进店里时，她得意地朝李淑娟挤了挤眼，示意她来帮忙。

李淑娟忙跑到收银台打单子，而谢冰冰麻利地去制作咖啡，她得到张普仁的夸奖后心里甭提有多开心，对自己做咖啡的水平越来越自信。

李淑娟把几杯咖啡饮料打包好后，正准备去递给张普仁，谢冰冰快速抢过李淑娟手里的袋子说:"还是我来吧。"

站在一旁的李淑娟愣了片刻,对刚才发生的情形似乎有些还没有反应过来,她觉得谢冰冰今天的举止有些奇怪。等她想说什么时,谢冰冰已经热情地跑到张普仁面前,将他点的咖啡递给他说:"您好,让你久等了,总共五杯,都做好了,请拿好。"

"好的,谢谢。"那人接过咖啡袋,依旧礼貌地回应。

"小心烫!"谢冰冰不失时机地提醒道。

"好的,Bye!"张普仁挥了挥手。

"Bye!一定要常来喝咖啡啊!"谢冰冰看着对方转去的身影,还不忘补充一句。

"下次见!"

"下次见!"

谢冰冰一直盯着张普仁的身影消失在路尽头,依旧站在门口不肯进去。李淑娟走过来拍着她的肩膀说:"犯花痴了?"

谢冰冰的脸红了起来,有些慌张地辩解:"胡说什么呢,我是看到财神爷了。你说咱们开店以来,你见过谁出手这么阔绰?"

李淑娟想了想后说:"没有。"

"没有就对了,我得伺候好这个客人,说不定咱们店以后的生意就靠他了。"说这话时,谢冰冰似乎还在回味刚才的情景。

"说你花痴,还不承认。"李淑娟一针见血地笑着指出。

"没有这回事。"谢冰冰已经找不出其他借口反驳了。

"咱们咖啡店每天的支出这么大,光靠这么一个客人可撑不起来。"李淑娟冷静地说。

"你就知足吧,那至少也可以少亏点。"

"好吧,你说的有点道理!"

……

打烊后,收拾好了店内的桌椅和卫生,已经是晚上十一点了。李淑娟冲完凉只觉得上眼皮与下眼皮打架。没开店前她的生活作息都很规律,晚上十点雷打不动的睡觉,现在终于开了心心念念的咖啡店,才知道生活艰辛生意难啊。洗完澡后还要对一下今天的账,盘点一下明天的进货清单,杂七杂八的事情加起来,等到睡觉,往往都是晚上十二点后了。李淑娟每天感觉自己睡眠严重不足。她擦着湿漉漉的头发走回房间,只见谢冰冰一反常态!平常早就睡得跟头猪似的她竟双目炯炯有神的盘腿坐在床上。

李淑娟好奇地问:"这么晚,不睡觉发什么呆啊?"

谢冰冰来了兴趣,爬到李淑娟身边,一脸兴奋地说:"你说,今天来我们店里消费那么多的那个客人,你觉不觉得他长得很有范啊?"

李淑娟根本就没有仔细看那个人的长相,再说了,如今一个男人帅不帅,根本就不在她关心的范畴。谢冰冰在旁边叽叽喳喳地像只小鸟,一会问张普仁明天还会不会来,一会问他是不是有钱人,甚至猜他做什么职业……李淑娟假装已经睡着,心不在焉地说了句："别想那么多了,明天还起来开店呢,赶紧洗洗睡吧!"

谢冰冰捂脸佯装幽怨地说道:"哼!你是不是外面有别的狗了,你是不是嫌我烦了?人家辛辛苦苦在家洗衣做饭做卫生,好不容易你回家,想跟你多说几句话,你竟然叫人家洗洗睡!"谢冰冰越装越来劲,活脱脱一个惨遭嫌弃的小媳妇模样。

李淑娟"噗嗤"一下没忍住:"你这招绝学应该早点教教我,或许我在和贺国璋离婚前还用得上,他那时候就是天天捧个手机,理也不理我,简直把我当空气!"

离婚小半年了,这是李淑娟第一次拿自己离婚的事打趣。

"拉倒吧你,即使你会这招你也不会用啊,我还不知道你,你要是能学会这些一哭二闹的手段,怎么会干脆利落地和那个臭男人离婚!"

谢冰冰说得对,李淑娟不会也不屑用这些手段。在她看来,既然那个男人已经变心,与其同床异梦,那不如一拍两散,给各自留一些体面。

"睡吧,明天还早起呢。"李淑娟摁下床头的灯,声音有些淡淡的。

黑暗里,只听见谢冰冰又轻轻地问:"你说,那个人明天还会来吗?"

李淑娟"啪"的一巴掌拍在谢冰冰身上:"睡觉!"

"睡觉睡觉!哎哟,这么用力干什么,死鬼,迟早跟你分床睡！哼！"

因为前一晚太过兴奋，迟迟没能入睡，等到第二天一早起床，谢冰冰喜提两个大黑眼圈，她拖着耷拉的眼皮，干活一直提不起劲，李淑娟坐在一旁画着风景画，她却在一旁不时地打呵欠。只要一有客人进来，她的眼神立即像被点亮般闪烁着，一看不是张普仁，她的眼神马上变得黯淡，只是淡淡地招呼生意。

一连过了五天，张普仁没有再来88号咖啡店。

终于，谢冰冰这颗受着煎熬的心再也憋不住了，又不知道去哪里发泄情绪，想来想去发了一条朋友圈："食不知味，夜不能寐，梦见江郎正朝我走来……"

不同的季节里，总会如期盛开着不同的花。谢冰冰这枝"花"似乎在这一刻要绽放了。可是，她缺少阳光的照耀。在这样的阴天里，向来活泼开朗的谢冰冰已经明显消沉了，毫无疑问，她正陷入一个无可救药的爱情季节。

尽管目前每天的顾客量比最初的一周稍微增加了些，甚至偶尔也会碰到一些团购的大单，但88号咖啡店的生意整体上还是比较冷清，亏损的程度和速度超过她们的想象。李淑娟每天对着账目总会叹气："再这样下去，过不了两个月咱们就得关门大吉。"

谢冰冰也开始泄气地说："没有想到开一家咖啡店这么烧钱，

光是电费、水费，我们一个月就要交不少。真不甘心这么快就要关门，喝咖啡的人到底都去哪儿了呀？"

这天，谢冰冰还在跟正在手绘的李淑娟闲聊，感叹店里的人气不足、生意冷淡时，却没发现从外面走来了一个顾客。

"请给我一杯招牌咖啡。"

谢冰冰正说着，突然听到熟悉的声音，她快速地转过头看了一眼，原来是张普仁。

谢冰冰全身僵死的细胞似乎瞬间全都被激活，她赶紧抢着去打单子，制咖啡，一反这几天失魂落魄的状态。李淑娟看得有些呆住。只见谢冰冰动作麻利地打好单子，微笑着递给张普仁说："请在位子上稍等片刻，咖啡马上就到。"

"好的，没问题。"张普仁依然礼貌地笑着说。谁也没发现，他与谢冰冰四目相对的瞬间，谢冰冰的整个身心似乎感觉到一阵融融暖意。

谢冰冰看到张普仁迈着稳健的步子在位子上坐下，一边制着咖啡，一边却偷偷观察着张普仁。他今天穿着休闲运动套装，脸颊微红，似乎刚刚在附近运动完毕。这也难怪，今天周末，人们多半是空闲的。

她做好咖啡后，居然趁着一小会的空档，背着身子迅速给自己补了一下口红，然后将自己的衣服理了理，对着手机里的镜子照了照，带着满意的笑容向张普仁走去。

"张先生，您的咖啡已经好了。"

谢冰冰甜甜地说完，正准备转身，张普仁问："这是巴西产的咖啡豆吗？"

谢冰冰眼前一亮，没想到他竟然能品尝出咖啡豆的产地，像是遇到知己般连连点头，不忘趁机夸赞说："是的，是的，果然是行家，那您一定对咖啡挺有研究的。"

"不敢说有研究，只不过经常喝而已，喝多了就能品尝出产地不同的咖啡之间的区别。"张普仁倒镇定地娓娓道来，"入口甘滑顺口，而且带有一丝淡淡的青草芳香，这就是巴西咖啡的特点，每次喝完这种咖啡后，都让人感觉神清气爽，精神百倍。所以这款咖啡也是我平时经常喝的一种。"

谢冰冰当即自豪地说："我们家的咖啡，可是巴西咖啡中少有的品种哦，完全可以满足你的口味。"

张普仁脱口而出："准确地说，是巴伊亚咖啡，不知我说的对吗？"

谢冰冰更是惊讶，张普仁连这都能品尝出，对他更加另眼相看，甚至暗地里有了一丝膜拜，竟忘乎所以地在张普仁对面坐下说："你太识货了，我跟你说，你是我们店里第一位品尝出咖啡品种的客人。我对你真是崇拜得五体投地。"

张普仁哈哈大笑，谦虚地表示："不敢不敢，我家里正好有朋友送的巴伊亚咖啡，凑巧而已。"

谢冰冰听了张普仁的话后,表情顿时僵住,心想:家里有咖啡的话,他以后就不会经常来这里喝咖啡了吧。

张普仁接着说:"我喜欢在咖啡店里喝,就像现在这样,跟你聊天很轻松,让我感觉喝咖啡是一种享受。"这番话瞬间打消了谢冰冰的担忧。

谢冰冰听后心里甜滋滋的,说:"谢谢,张先生以后可要常来哟。"

第十章　张普仁其人

张普仁离开的身影消失在人群里,谢冰冰的目光依旧盯着门外,久久没有收回来。

"嘿,回神啦!"李淑娟拿肩膀撞了一下她,手在她面前晃了晃,开玩笑似的说:"你这花痴又升级了,以前是花痴,现在倒好,魂都要被勾走了。"

被说中心事的谢冰冰脸色一红,她嘴里嘟囔着,理直气壮地说:"你少打击我了,我还不是为了我们店的生意,好歹也算钓到了一个长线顾客啊,慢慢地,我们就可以培养忠实客户群体了。"

"还忠实客户群体的,你想得倒是挺长远的。"李淑娟嘴一撇。

"那是自然,我可是高瞻远瞩!为了事业必须的!"谢冰冰叉着腰,作得意状。

"应该叫他加入我们88号咖啡馆的客户群。"

"对,我刚才怎么就忘了这茬!下次再来,我就让他加入群里，反正里面也没几个人，大家都是老熟人，娟子，我发现一个问题，如果是你推荐客户加群，成功率会高一些，他们多半愿意掏出手机加群。"

"谁说的，我怎么没觉得？"

"嘿嘿，当局者迷、旁观者清呗，一个大美女让你加联系方式你会拒绝？男人这种生物，啧啧！"谢冰冰甩掉手里的抹布，表情夸张地耸耸肩，流露出一丝难以察觉的精明与狡黠。

李淑娟笑骂着说："邪门歪道的，赶紧好好干活吧，别想那些有的没的，今天的新品记得在群里和朋友圈发一下。"

为挽救冷清的生意，除了送手绘风景画，李淑娟与谢冰冰想出来更多的招，比如研发新品，丰富菜单。李淑娟参照一些网上的教程，专门调制出一款"网红咖啡"，里面用了三分的原产非洲的黑咖啡，然后用七分的鲜奶调和黑咖啡的苦味，最重要的是上面用鲜奶打出来的奶盖，咸甜口感，一口抿下去，先是柔软的海盐冰淇淋，紧接着是醇香的咖啡和浓郁的奶味。

两人在几番尝试和改进后，终于确定了这款全新特色咖啡的口感。谢冰冰提醒说："该给它起个什么名字呢？"

李淑娟略微想了一下，给这杯新品取名为"恋爱初体验"，并解释说："咱们这款新品咖啡简单纯粹，滋味却有甜有咸，像极了眼泪与纯纯的爱意以及带点青涩的苦味的初恋。"

谢冰冰马屁精上身似的赶紧夸赞道："妙啊！我们的大才女，

这个名字绝对诱人。我这就发群里和朋友圈。"

在李淑娟的指点下,谢冰冰手指飞快地在数字键盘上敲击,写下这款特色啡的宣传文案:

"一杯纯恋,一场年少青春最美好的梦,在这个五月,浓浓的牛奶与醇香的黑咖啡相遇,这注定是初恋的味道,如牛奶的醇香、如咖啡的苦涩,还有一丝,是眼泪的咸,88号咖啡馆新品——'恋爱初体验',温馨上市,欢迎大家前来品尝(笑脸)。"

此外,她们也没忘配图。配的图片是李淑娟精心拍摄的,蓝色的桌布上放着一杯造型精美的骨瓷杯,里面升腾起几缕袅袅的咖啡热气。

下面标注了咖啡店的地址。

发完这则新品宣传文案,谢冰冰很快就收获了开店以来最多的赞,几乎每一个看到的人都慷慨地点了赞,不少人还认真地评论了一番。群里反应也很不错,大家纷纷表示要来尝尝。

"哎呀,我们简直是天才,一个做新品,一个打广告,简直配合得天衣无缝啊!"谢冰冰情不自禁地自夸起来。"那你说,我们这款卖多少钱好?"

李淑娟想了想:"18块吧。"

"啊?才18啊,会不会太便宜了?刨去成本,我们都没赚钱,我们用的可是非洲原产最好的黑咖啡诶!"谢冰冰有些不大同意这个标价。

李淑娟解释说:"嗯,的确是有点便宜,但是这款口感好、市场效果好的话,可以当做引流,让大家习惯性地来我们这里不断消费。"

谢冰冰听了,又觉得李淑娟说的有道理,嘟了嘟嘴,只好勉为其难地答应了。

88号咖啡馆渐渐热闹起来,有了些人气,每天进入咖啡馆的男男女女络绎不绝,两人也开始忙碌起来。没错,李淑娟的方法有点奏效了,因为这款新品的推出,最近的客流量明显增多了。

两周以后,李淑娟对着账本再一次发起呆来——上门的顾客是多了一些,可整体亏损的状态并没有扭转啊。客户多了,可是单价低啊,基本上每单都只能维持成本,尤其是新品"恋爱初体验",点选的人虽然比较多,但它并没有给店里带来明显的利润,或者简单说,它并不赚钱。

谢冰冰捧着账单哀嚎般地叹息:"生活啊,赚点钱怎么就这么难啊!"

至此,这两个天真又满腔热血的女人终于意识到,做生意真的并不像她们当初想象的那么轻松如意。

"我们第一次开店,难免有点经验不足,再等等吧。"李淑娟既是安慰自己,也是安慰谢冰冰。开店几个月就亏了几个月,每天晚上睡觉前都不忍去盘算账目,望着账本上的赤字,李淑娟在内心里开始怀疑起自己的能力,以至于这两个年轻的合伙人渐渐有些浮躁不安。

谢冰冰的创业激情大打折扣，开始无精打采起来。现在，也许只有一个人能让她稍微提起点兴趣，那个人就是几天没来的张普仁。

"唉，你说，这个张普仁多少岁了？看着年纪也不大，我估摸着就三十来岁的样子，你觉得呢？"在没有顾客的时候，谢冰冰总是忍不住跟李淑娟八卦张普仁。

李淑娟太了解谢冰冰了，当她对一个男人感兴趣时，话题总是喜欢围绕着他。她忍不住正色提醒道："你怎么对他那么上心啊？眼下这个时候，你应该一门心思去关注和考虑的，是我们的咖啡店的生意，这才是正事。我可跟你说，不管是不是三十多岁，我看着他可是结了婚的，平常玩笑可以，你可别当真了。"

"嗯，我知道啦。"谢冰冰虽然口头答应，但心里却不以为然。

新品出来以后，张普仁来捧过几次场，在谢冰冰含羞带怯的指引下，那个男人爽快地加了店里的微信客户群。

因为谢冰冰，最近一直在她耳边聒噪念叨，李淑娟总算是仔细观察了一番张普仁，可她本人对他却始终没什么好感。李淑娟总感觉这个看不透的男人一双眼睛滴溜溜地莫名其妙地围着她转，还有意无意地总是冲着自己笑。这样的人身份和品位都还不错，做顾客当然可以，甚至当朋友也没关系，但是真当作未来的交往对象，在她看来是万万不可取的，所以她不得不时常规劝谢冰冰这个有些被冲昏头脑并渐渐丧失理智的闺蜜，希望能尽早浇一浇她发热的脑袋，打消她不切实际的念头和心思，尽量冷静下来。

"你看你，我也就是随口问问你，也没想着要跟他有什么关系……再说，你怎么知道他结婚了？"不过谢冰冰还是忍不住好奇地问，闺蜜是怎么看出来张普仁是已婚男人。

"我那天坐在侧面画画的时候，看见他拿咖啡的手上，无名指戴了一枚戒指，没结婚谁手上戴戒指啊，还是无名指。可他这次来的时候，手上竟然没有戒指了。还有啊，感觉他每次来，都很刻意跟我们打招呼、刻意亲近……"

"是吗？你对他怎么看得这么仔细啊，我怎么没发现？是不是你也开始关注人家了？"没法辩驳的谢冰冰，故意在搅混水。

"我呸，老娘我还不至于，对这样的男人我一点都没兴趣，我只是因为你才留意他的而已。"李淑娟含笑嗔怒地骂了一句，然后郑重其事地说，"倒是你呀，你能发现什么，每次他来我们店的时候，你两只眼睛恨不得都放在人家脸上了。还有你那百般奉承招呼人家的样子，我简直都不忍看了。"

李淑娟向来是心细如发，而且从来不乱说话，她说瞧见了，那必定是真有其事。谢冰冰心里有些黯然，可仍是死鸭子嘴硬，反驳道："戴了戒指又怎样？兴许人家就是带着玩呢，再说了，你有没有听过爱情至上？这年头，结了婚也不一定是真感情，貌合神离的夫妻多了去了，没有感情的那个才叫小三……"谢冰冰想到李淑娟就是因为小三插足而离婚，瞬间住了嘴。

李淑娟倒没有多想，她看着谢冰冰，再次严肃地规劝说："戴戒指还怎么样？冰冰我可告诉你啊，结了婚的男人不能碰，最好保持距离，不然肯定讨不着好，甚至还会弄得自己身败名裂，后悔莫及。"

"知道啦，知道啦，我又不是刚出校门的小姑娘，哪容易那么被骗，你就把心放到肚子里吧。"

李淑娟看着好友一脸无所谓和不耐烦的样子，心里叹了一口气，知道多说无用，她只好不再言语。

谢冰冰无聊地刷着朋友圈，看着周边的同学和朋友们流水账似的展示和记录着点滴生活，却感觉自己什么都提不起兴趣。正当她郁闷至极的时候，突然通讯录那一栏冒了一个小红点，有人加她微信！

她本能地点开，只见添加信息上写着"张普仁"三个字，谢冰冰感觉心跳突然慢了一拍，兴冲冲地转过头想跟李淑娟分享，可张了张嘴又立即闭上了，想起闺蜜刚才的义正词严，谢冰冰决定先不跟她说。

她手指飞快地点了通过，须臾，张普仁那边发过来一个笑脸。

谢冰冰简直是心花怒放，她赶紧也回了两个笑脸。

"美女老板娘，在忙什么呢？"那边开始寒暄起来。

"没什么,就是在看店呀,你怎么想起要加我微信了?"

"看你这话说的,美女的微信在群里那么方便,不加白不加呢,哈哈,不过你们店有两个美女老板娘,我应该没加错吧?"

谢冰冰在群里颇为活跃,一看就是店里那个爱笑又活泼的美女老板娘,而李淑娟无论是群里还是店内,都是闲静寡言的模样,很容易对号入座,却没想到张普仁会这么小心地问。

谢冰冰有些疑惑地反问:"这我可就不知道了,要看你想加哪个了?"

"巴伊亚咖啡果然不错,我要感谢老板娘,让我有机会品尝这么美妙的咖啡。"这可是她跟张普仁两人曾多次聊过的话题。

谢冰冰望着手机屏幕,嘴角不住的往上弯起,他果然知道是自己,这种只可意会的感觉真是太妙了,谢冰冰把手机贴在自己的胸口,激动地跺起了脚,引得李淑娟一阵侧目:"你怎么了?"

"咳咳,"谢冰冰赶紧止住了脚,她不自然地拨了一下额角的刘海,若无其事地说:"没什么,你忙你的吧。"

她嘴角含笑地在微信里回着:"你喜欢就好,我们店最近又出了新品,有空过来品尝啊,我请你!"

"怎么能让你请客,你们开个店也不容易,咖啡味道极好,哈哈,我这个资深客户应该多支持支持。"谢冰冰看着张普仁发过来的话,心里漫过一阵暖流,客户那么多,能体谅自己的却是没几个,懂得欣赏的,更是没几个,看来自己与李淑娟这番心血没白费。

"听到你这么说,我很开心,太多人挑我们的毛病,却没有几个会这么体谅和欣赏我们。"谢冰冰回复道。

张普仁发来一个"加油"的卡通表情,胖乎乎的小熊猫对着谢冰冰握拳说"加油",谢冰冰"扑哧"一声就笑了。

谢冰冰对于张普仁的感觉,简直可以用"相见恨晚"来形容,自此两人开启了"微信网聊"之路。有时两人聊得正欢,店里生意的事情,只要不是很紧急的话,她便丢给了闺蜜李淑娟一个人了。

即使谢冰冰并没有透露,李淑娟也明显感觉她最近的状态很不对劲,老是抱着个手机笑啊笑的,眼角眉梢含情,让她这个旁观者不免有些纳闷。

已是五月底,临近初夏时节,滨海的天气逐渐炎热起来,幸好刚刚下过一阵雨,让这座城市郁积的闷热得到一丝释放,空气里难得地带着几分清凉。

一阵清脆的"叮铃铃",门口的风铃响了,有人推门走了进来,是张普仁。

谢冰冰正在后面清理操作台的水槽,只李淑娟一人在前面看着。今天张普仁打扮得很精神,一头短发理得清清爽爽,还特意打了一层发亮的发胶,一件棕色皮夹克配上墨镜,下面是一双机车靴，李淑娟一晃眼还以为这个店破天荒地进来了某个明星大腕呢，直到张普仁摘下墨镜，才看清楚来人。

张普仁左右张望，看见只有李淑娟一人立在前面，他故作一副气派的样子走上前。李淑娟扬起一抹笑，轻声地礼貌问道："张先生，下午好，您喝点什么？"

已经熟悉这里的张普仁不回答，既不看桌面的菜单，也不点咖啡，他两只眼睛盯着李淑娟的脸，看着她秀气娇美的侧脸线条。

李淑娟的脸型生得极好，白而圆润，像极了古代仕女图中的样子，左看右看，横看竖看，都让人赏心悦目，偏偏她还有一双可以入画的眼睛，扇形的双眼皮，浓密的睫毛，眼角更显狭长，盈盈秋波，透露着天然的娇媚。

相比活泼开朗的谢冰冰，李淑娟不仅生得好看，而且性格温婉，人如其名，称得上娟秀淑女，别有一番恬静知性的味道。

李淑娟见张普仁不说话，还以为他没听清自己的问话呢，于是又客气温柔地问了一遍。

"哦，我看看……"张普仁急忙把眼光挪到菜单上，可似乎半点没回神，他坐在吧台前的高脚椅上，半卷着的袖子，露出左腕上那支手表，表盘上镶了满满一圈钻石，简直要闪瞎人眼；身上的棕色皮衣在柔和的灯光下，闪着细腻的光，他微微倾着上半身，对面的李淑娟闻到了一股别致的香水味，这让她不由得想起了贺国璋。以前贺国璋常常取笑那些喷香水的男人，说他们一个个都是卖弄风骚的大尾巴狼，表面上装得绅士气派，实际上最是满肚子的男娼女盗。可没想到，后来他自己也喜欢上了喷香水，成了他当初所不屑和批判的人。

李淑娟对于眼前张普仁这样的男人，流露出一丝不易察觉的不屑。不过，此时她并没有惊动正在里间的闺蜜谢冰冰，不然让她知道张普仁来到了店里，她还不知道会激动成什么样，那可就是另一番招呼场面了。

张普仁接着笑了笑："你就推荐一个吧，你们家的咖啡确实做得不错，比上次我去英国喝的还好些。还有，我都光顾你们这么多次了，也是老朋友，就别一口一个'您'，听着多生分，你要是不习惯喊我'普仁'，可以直接喊我——皮特。"张普仁那个"皮"的发音拉着很长，上下两唇分开，音调长到李淑娟甚至能看见他带点烟渍的门牙。

"好的，皮特先生，要不你今天可以品尝下我们店里的卡布奇诺，怎么样？"李淑娟接受了他的建议，客气地推荐道。

张普仁借机有些卖弄地说："前两年我在英国的时候，最喜欢的就是他们的卡布奇诺，美女既然都推荐了，看来本店里的也不会差，那就尝一下你们家的吧。"

"好的。"李淑娟温和地回应。

下完单以后，李淑娟低头安静做咖啡，张普仁几次想挑个话头，无奈李淑娟就是不搭话，不是抬头对他温和一笑，就是干脆装作没听见。美则美矣，就是太清冷了，不如谢冰冰有趣，张普仁暗暗地想着。

可想归想，张普仁还是不愿意错过这个跟李淑娟独处的机会，他把手中的金属外壳的打火机抛在手中把玩着。当他正绞尽脑汁想找点什么话题的时候，谢冰冰从后面的操作台钻出来，瞅见了张普仁的身影，眼神瞬间一亮。

"你来了？怎么没跟我说一声呢？"一脸兴奋的谢冰冰赶忙快步走到前台这边，问道。

张普仁急忙不着痕迹地收回前倾的身体，对着谢冰冰绽放了一个自认为含蓄又内敛的笑容。见谢冰冰果然娇羞地低下头，张普仁自是一阵得意，开始笑呵呵地搭起腔："我想着你肯定很忙，就没着急打扰你，直接来你店里打包一杯咖啡。"

"我来我来！"谢冰冰迫不及待地挤开了李淑娟，自己站在点单台前。

"我跟李小姐说过了，点杯卡布奇诺就好。"

谢冰冰听后特兴奋："你还喜欢喝卡布奇诺啊！"继而谢冰冰有点害羞地坦诚说："不过我们拉花拉得不是很好，见谅哈！"

张普仁摆摆手，微微一笑说："没事，口味的好坏跟上面的拉花并没有什么关系，而且咱们又不拍照来展示。"

谢冰冰哈哈一笑，她打量着张普仁一身，坦率地夸赞道："你今天这身很酷诶，拉风死了，特别像那个、那个香港的谁来着？

就是我在微信里跟你说的那个！"

张普仁刻意谦虚了一下，笑说："冰冰美女谬赞了，我哪里能跟人家大明星相比啊。"

微信都加了？都不知私聊了多久了，他们俩什么时候变得这么熟了？李淑娟听了，心中满是疑惑和惊讶，侧目看着张普仁和谢冰冰熟络地聊着，她按下心里的纳闷，装作无所谓的样子，低头专心地做着咖啡。

"这怎么会是谬赞呢，我说的可都是实话。我看啊，你穿这一身，比那些男明星都帅，特别有魅力，现在呀，小姑娘都喜欢帅大叔型。"谢冰冰靠着收银台，双手托着下巴，发出一阵银铃般的笑声。

李淑娟从来没有听见谢冰冰这样的笑声，心中一阵恶寒，鸡皮疙瘩差点掉了一地，她怀疑眼前的谢冰冰是假的，今天这种种表现，跟平时相比，像变了一个人似的，仿佛不是从前的那个闺蜜了。

张普仁故作高深地摆摆手说："皮囊这样的东西都是外在的，我觉得做人啊，还是要讲内在，只有修养、品格、担当，才是一个男人更应该关注的事情。"他说完，余光悄悄瞟向李淑娟，只见她专心地把牛奶倒进杯子里，丝毫没有听他说话的样子。

谢冰冰的眼睛里闪着崇拜的光芒："我就觉得普仁哥你很有品位啊，你这样有品位又成熟的男士，应该很受女孩子欢迎吧？"

"我平常工作忙,也很少有时间跟女性接触,不过聊天这种事,当然是和有共同语言的人聊,才算作聊天。"张普仁别有深意地看了谢冰冰一眼。谢冰冰心领神会,如今,他们不正是两个有着"共同语言"的人吗,她想再说点什么,突然被李淑娟的声音打断:"张先生,您的卡布奇诺好了。"

谢冰冰对着李淑娟怒目而视,悻悻地心中抱怨:这个女人,真没眼力见,没事做这么快干吗?没看见人家还在聊天吗!

"好的,谢谢,"张普仁不忘再次提醒,"其实你可以喊我'皮特',我的英文名。"

李淑娟苦涩地笑笑,并没答话。

"皮特,慢走啊!"谢冰冰很殷勤地把张普仁送到店门外。

"微信联系。"他转头时跟她说了一句。

"嗯嗯,好的,微信聊!"谢冰冰连忙笑嘻嘻地答应。

谢冰冰目送那个男人走远了,才转身蹦跳着进了店里。

"啊!娟子,你说他是不是对我有意思?"谢冰冰捂着发烫的脸颊,还沉浸在张普仁温和的笑脸和那磁性的嗓音里。

李淑娟凉凉地泼来冷水:"不见得吧,我看他对所有女孩子都比较好吧。"

"瞎说!你是没有看见他刚刚对我说话的那神情、那语句,啊,我感觉我是不是在恋爱啊……"谢冰冰陶醉地倒在李淑娟肩头。

李淑娟把她的头摆正，严肃起来："我说你最近怎么老抱着个手机笑呢，还微信联系呢，他什么时候加你微信的？快说，坦白从宽，抗拒从严啊。"

"就前两个礼拜吧，他突然主动加我微信，我自然没有拒绝，他毕竟是我们的资深客户嘛。我们在微信上聊过几次，谈了一些共同话题，我总感觉跟他有种似曾相识的感觉……"

"只聊过几次？"李淑娟冲她翻个白眼："我看你们的熟悉程度，不像是才聊几次天的人吧？"

"哎呀，聊得比较投机吧，他说跟我聊天很享受，就像是多年未见的老朋友，哈哈哈哈……"谢冰冰毫无遮掩地坦白着，忍不住一阵乐呵。

李淑娟不以为然，这些年，用这种借口跟她示好的男人，没有几十也有一打了，作为从小便拥有无数追求者的校花，同时又是一段失败婚姻的经历者，李淑娟对男人这种生物，至少有一种比较清醒和理智的认知。

"他不是说他很忙吗？"李淑娟突然提醒似的问。

"哎呀，你怎么这么讨厌，对别人他自然是没有空呀，可跟他聊天的是我诶。我是谁？人称圈内一枝花，'咖啡西施'，这能一样吗？"谢冰冰摆了一个臭美的姿势，得意地对着李淑娟扮鬼脸。

李淑娟看她这副样子就想笑，不忍打破让她感到无比幸福的幻象,却又希望能把她从满腔的天真热忱里拉出来:"得得得,你以为你真是那个冰冰了?还臭美上了。"

"那是,你不知道吗,叫冰冰的都是美女!我要感谢我的爸爸,当初给我取了这么个名字。"谢冰冰一挺胸脯,十足骄傲地说。

看来,这个女人已然中毒很深了。看着闺蜜洋洋自得的样子,李淑娟无奈地苦笑了一声。

第十一章　风波

　　咖啡馆的生意,这两个亲密的女人每天都在忙忙碌碌地经营着,准备材料,磨制咖啡,招待客人,又不得不注意改善口味,每天还得收拾打扫,不得不想各种法子宣传,招揽更多的顾客。然而生意时好时坏,来的顾客也断断续续,即使算不上冷清,却是不温不火,整体上一直不怎么尽如人意。两人有时甚至感觉,开店还真不如上班来得轻松,不用这么起早贪黑,也不用那么操心。

　　幸好,这个新开的店似乎多少还有一些"铁粉"经常来光顾,尽管并不是很多。张普仁算是其中之一,而每次几乎都是谢冰冰主动热情地来招呼。自这之后,"张普仁"这个名字更是频频出现在李淑娟的耳朵里,耳朵都快生出茧来。谢冰冰每天捧个手机,不是天南海北地闲聊瞎侃,就是风风火火地打情骂俏,乐得七歪八倒的同时,还指给李淑娟看。

"你看你看，张普仁还说自己是'宝宝'，哼，真不要脸！"谢冰冰说这话时，故意带着一种撒娇般的嗔怨。

"他都已经大叔了，居然这样自称，我这全身的鸡皮疙瘩都落了一地！"李淑娟看到他们的聊天，一阵反胃。

"张普仁还发表情包撒娇呢，这个表情包可爱，我要收藏。"谢冰冰看着那个扭着屁股吐舌头的兔子表情，乐呵地说。

"你中毒了吧。"李淑娟摇摇头，无奈地表示。

"他说他明天又要出差去日本，好羡慕啊，我都还没出过国。"

"别羡慕了，先干活吧。"李淑娟冷淡地说，"人家出国，跟你有什么关系。"

李淑娟不胜其烦，平时优雅贤淑的她，差点要暴走似的拎着谢冰冰的衣领吼："不要再跟我说那个男人了，烦人！"

但没有用，过不了几分钟，谢冰冰就跟失忆了似的，又乐滋滋地抱着个手机靠过来，指着张普仁发来的内容说："你看，你看……"

"死远点！离我远点……"李淑娟不耐烦地挥挥手。

谢冰冰依旧死性不改，最终李淑娟像泄了气的气球，只好被迫知晓了张普仁那些乌七八糟的事。

闺蜜跟那个男人的事情，她也不愿插手搅扰了，其实，她压根也插手不了。李淑娟的任何规劝和提醒都是徒劳的，只能让自己徒增烦恼罢了。天要下雨，娘要嫁人，谁也没能力和心思拉住一头失控了的母牛。

咖啡馆的生意，如今谢冰冰已经帮不了多少忙，大多时候只能靠李淑娟一个人来尽力维持了。

夏天来临，天气一热，咖啡店的生意又日益冷清起来。李淑娟不得不赶紧跟谢冰冰商量，咖啡店的菜品够丰富了，口感也是经过老客户认证过的，那为什么现在的生意还会下滑呢？

分析来分析去，她们得出的结论，似乎是店铺位置的原因。咖啡店虽然紧邻一条商业大街，但距离拐角却有五百米左右，这里本来人流量就不多，门口还有两颗粗壮的梧桐树挡住了视野，使得咖啡店更不显眼。所以当下，客户引流是最关键啊。

于是，两人开始了拯救咖啡店行动。谢冰冰负责"线上宣传"，其实就是更加卖力地发朋友圈吆喝；李淑娟则负责"线下引流"，就是端着现煮的咖啡，分装在一次性的小杯子，发给门口经过的人免费品尝，然后吸引他们进店购买。被拦住的路人打量李淑娟气质不俗，柔美娟秀，大多数都会停下脚步，一般也都不会拒绝品尝，可惜进店购买的人，却寥寥无几。

结果，"线下引流"的效果不佳，还平白起了一个大风波。

这天，散完第一批的免费咖啡，李淑娟端着剩下的几杯咖啡刚要进店，只见一个壮硕的大妈怒气冲冲地找来咖啡店门口，一副来者不善的样子。

"站住！"

大妈雷霆似的嗓门，把李淑娟吓了一跳，手还抖了一下，几杯咖啡差点洒地。

"这位阿姨，您有什么事吗？"疑惑不解的李淑娟，还是礼貌地问了一句。

这位约五十来岁的中年妇女，大着嗓门吼："哼！我有什么事？！我事情大着呢，我今天就是来找你们算账的！"

李淑娟莫名其妙："算什么账？"

"昨天喝了你们家的咖啡，我一宿没睡着，你们到底是卖咖啡，还是卖失眠药的！"

李淑娟站在大妈面前，细细地打量她，看她花白的头发烫着小波浪卷，一身凉快居家的褂子，加上那不知什么料子的俗艳披肩，这种打扮一般该在菜市场抢特价菜才对，怎么看都不像是习惯喝咖啡的人。

"阿姨，您确定是喝了我们家的咖啡吗？"她耐心解释道："如果您平常不常喝，偶尔喝一次，可能会有这样的情况。因为咖啡里面含有一定的咖啡因，咖啡是提神的，您太晚喝的话会有点影响睡眠，但不至于整晚睡不着的。"

大妈根本不管这些，她一手顿住李淑娟的衣服，生怕她跑了似的，大嗓门地嚷嚷："反正我就是昨天晚上一宿没睡着，就是喝你们咖啡闹的，你得给我个说法吧。"

李淑娟以为自己听错了，喝个咖啡睡不着也来找自己算账，这年头都是些什么人啊。她惊讶地看着眼前这个一脸愤怒的大妈，然后看着来来往往的人，她怕把事情闹大，于是更加轻声细语地解释："我们家的咖啡是没有问题的，这样吧阿姨，外面说话不方便，我们进店说吧？"

"进什么店，我就要在这说，哦，你们家咖啡有问题，还不让人说啊？"大妈一边紧紧扯住李淑娟，一边扭头对着周围的行人，大喇叭似的叫着，"大伙看看啊，就是她们家的咖啡，喝了不舒服，大家以后可别买了！"得，这还赖上了！

第一次开门做生意的李淑娟，还是头一回遇上这样的人，饶是她性子再温婉，被大妈这样胡搅蛮缠也是手脚无措，不免急躁起来。本来生意就冷清，这样一闹怕是以后更没人来了，她急忙跟眼前这个粗鲁的女人争辩起来："大家不要听她胡说，我们家的咖啡，用的都是最好的咖啡豆，绝对不会有问题！"

"放屁！我喝完她家的咖啡，一晚上都没有睡着，今天早上胸口还堵得慌！我看就是你们家的咖啡有问题！大家可别买，喝了要中毒的！"

大妈的嗓子很有穿透力，眼看店门口看热闹的人越集越多，纷纷交头接耳起来，李淑娟气得脸都涨红了："你怎么能这样，我们的咖啡用的都是最好的咖啡豆，我用自己的名誉保证，绝对不可能出现问题，你怎么能平白无故地冤枉人！"

"我怎么冤枉人了！我喝了你家咖啡一晚上没睡着，你得赔我那啥、那啥……"大妈一时脑子短路，想不起那个词来，围观的小声提醒，她才激动补充道："对！就是精神损失费！"

周围发出一阵哄笑声，路过这里吃瓜的群众也越来越多，大家看着美丽优雅的女老板那张白皙的脸上由白转红，额头沁出小汗珠。

李淑娟一副尴尬无奈的样子，她总是明白了秀才遇到兵的感觉，她的温声细语被大妈的嗓门彻底镇压，发挥不了半点作用。

听见门口一阵嘈杂的谢冰冰，总算从与张普仁的微信聊天中回过神来，她推门出来，看到这个场景，吃了一惊，立即问："怎么了？怎么了？"

"怎么了？你是这家店的老板是吧？"誓不罢休的大妈眼见来人，立刻准备开炮。

"是又怎么了！你凭什么拉扯人家女孩？"谢冰冰这才看清这个中年女人在闹事，毫不妥协地质问。

"你们家的咖啡，差点喝死人，你说怎么办吧？"大妈可真敢说，一张嘴差点把李淑娟与谢冰冰气死，谢冰冰简直想撸起袖子就上手削那张丘壑纵横的脸，转念一想，还是忍住了。

谢冰冰目光在大妈脸上打转，直把大妈看得有点心虚，她直截了当地问："你说我们店的咖啡有问题，那你什么时候来我们店消费过？小票呢？还说我们店的咖啡让你睡不着，证据呢？"

那女人不甘示弱："就是你们家在这发的咖啡，说是不要钱，还要什么小票？"

"哦，"谢冰冰这才了解了，一把打开大妈紧拉着李淑娟衣角的手，她冷冷地说："无凭无据的，阿姨您就赖上了，你是早有准备来讹我们的吧？赶紧走！不然我报警了！听到没有！"

大妈没想到碰到一个硬茬，平生练就的撒泼骂街的本领还没施展开，竟然抢先被对方来了个下马威！可惜大妈也是见惯大场面的，不是三言两语就能喝退，她一手叉起腰，一手指着咖啡店的招牌，活像个暴躁版的博物馆讲解员，开始添油加醋地说起了自己"中毒"的经过，并以精湛的"演技"，说到关键处还不失时机地洒落了几滴泪，俨然一个因为喝了不良咖啡而引发失眠、胸闷等身心伤害的可怜"消费者"。

对面的谢冰冰气得胸口一鼓一鼓，恨不得抢起拳头对着这个老女人太阳穴捶几下。一旁的李淑娟从来没碰到过这号人，今天遇到这种场面，顿感手足无措，不知如何是好。

围观的一些好事者，甚至开始拿起手机拍起视频。

谢冰冰意识到，这些无聊的人如果把视频发到网上，对咖啡馆不利，指着他们喝道："干什么？拍什么拍！赶紧给我把手机关了！"

李淑娟有些担忧，她对着谢冰冰悄声说："咱们得注意下说话态度，他们这样拍下来发朋友圈不好吧，回头传出去了，没事也成有事了，我们这店怕更是没人来了。"

谢冰冰听了着急起来，也顾不上语气态度了，拿出当初在学校时斥退一群流氓地痞的架势据理力争："我说你这人怎么回事啊？我们店怎么着你了？哦，您说喝了一口咖啡就睡不着了，谁知道你是不是更年期睡不着的啊，再说，我们家咖啡又没收你钱，我们逼你喝了吗？真是得了便宜还卖乖，就你这样的人，都该枪毙八百回，最好阎王爷都收回去，省得出来祸害人！呸！"

"你！你！你……"大妈手指着谢冰冰，一阵气结："你个没家教的东西，你就这样跟上了年纪的长辈说话？"

谢冰冰更是被惹毛了，针锋相对地大声怼了回去："你是个什么东西，我自然就是什么口气！嫌态度不好是吧，那您就别没事找事啊，赶紧回家歇着去！大家伙评评理啊，我们咖啡店向来都是坚持品质，绝对不以次充好，可这个阿姨呢，非说是喝了我家咖啡睡不着，睡不着也想来找我们赔钱，这叫什么事啊，难道你走在马路上不小心摔了一跤，嘛事没有，还要找路政局赔您精神损失费啊？那我每天躺在路上装摔跤都能发大财了。大伙说，这人要脸不要脸！"

周围围观的人发出阵阵嗤笑声，还有几个明白人干脆插嘴说道："阿姨，这就是你的不应该了，人家好心让你免费品尝，你倒讹上人家了。"

"就是，自己睡不着还来找人家算账，真是奇葩！"群里一些人在听清楚之后，也开始为谢冰冰的咖啡馆鸣不平。

"她大吵大闹,该不会是想红想炒作吧?"

"说白了,这种老女人其实就是想趁机占点便宜罢了。"

人群里议论纷纷,不少人开始指责这个挑起事端的女人。小战告捷,谢冰冰心里洋洋得意,脑子反应快的她灵机一动,为什么不趁着人多打个广告呢,想到这里,她张嘴就对门前的吃瓜人们说:"顺便让大家伙做个见证,欢迎大家进我们店免费品尝,我敢保证,我们店的咖啡绝对正宗,都是国外进口,也感谢大家发朋友圈帮我宣传一下,感谢大家!"

李淑娟端着托盘,看到这里,悄悄地对谢冰冰竖起了大拇指。

"你们两个不要脸的小蹄子,我今天跟你们拼了!"被谢冰冰挤兑得灰头土脸又被晾在一旁的大妈,终于恼羞成怒,腰一躬就将头往李淑娟肚子上顶去。

众人被眼前的突变弄得措手不及,尤其是李淑娟,等她反应过来的时候,只感觉肚子上被猛烈一撞,整个身体不受控制地向后倒去,手中的托盘在头上滑过一道陡险的抛物线,盘子里的几小杯咖啡横空飞落下来。

谢冰冰急忙拉住李淑娟,两人顺着托盘落地的方向看去,只见几杯咖啡好巧不巧偏偏都洒在一个人身上!

她们蹲在地上,最先映入眼帘是一双看起来很贵的皮鞋,再往上,嗯,是一条笔挺的深色西裤,再往上,是一件高级定制版的极昂贵的白西装!然后!褐色的咖啡水珠正顺着白色的布料往下滴!

老天爷啊!谢冰冰捂着脸,她尴尬地不忍去看那个倒霉的男人,仿佛能想象到对方在下一秒大发雷霆和索赔的样子!

这个刚好打此路过的男人,名叫林绍峰。也许今天出门没看黄历,他压根就没想到,会在这里遇到这场不幸的意外。然而,世上的事无不出于机缘巧合,也正是因为这次倒霉的遭遇,却让他的人生有了一次出乎意料的邂逅。

李淑娟愣了一下,霎时间反应过来,她掏出身上的纸巾连忙过去一边道歉,一边蹲下去擦鞋:"不好意思,不好意思,我帮您擦擦吧!"

"不用了。"突然被无妄之灾击中的男人一脸的无奈,自己走个路也能被泼到一身咖啡,但他没有发脾气,只是有些烦躁地皱着眉头。

可是下一秒,林绍峰在一瞬间似乎发现了什么,眉头不自觉地舒展开。

他低头看到眼前蹲在面前为自己擦鞋的"女店员",一身咖啡色的围裙,乌黑的秀发披散在肩头,一张莹白的脸,五官说不上多精致,却格外耐看,这是一位像清泉一般纯净的女人,林绍峰感觉自己的心跳顿时漏了一拍,"怦怦"起来。

李淑娟一仰头的时候,也注意到了。

被咖啡泼到的是一个年轻的男士,一身西装革履,气质出众,这样的人，这一身服装一定很贵吧。李淑娟的想法与谢冰冰不谋而合，她惴惴不安地想着。

"我没事，不过，我刚刚看你失衡的时候脚扭了一下，你没事吧？"林绍峰绅士的言行让她们两人倍感意外，他甚至主动伸出手把李淑娟扶起来，不但丝毫没有因无端受害而恼怒，还温声地询问李淑娟。

李淑娟当下心里暖暖的，很是感激，她顺势站起身，笑笑说："我没事，我没事。"

"你们怎么说？赶紧赔钱！"被眼前这一变故弄得有点愣神的大妈很快反应过来，依旧不依不饶，纠缠不休，一副不给钱我就跟你斗到底的样子。

"你！"谢冰冰挥着手冲上去简直想打人。

"冰冰！不要冲动！"李淑娟赶紧叫住闺蜜，她已经不想把事情弄得太复杂了。这个老女人免费喝了咖啡尚且这样难缠，要是动手打了她，还不知道后面怎么收场呢。

"既然这样，阿姨，那我们就报警吧，让警察来解决。"谢冰冰只好选择换一种方式解决。

"来就来，等警察来了，我就说你们黑心店卖缺德货，还企图打长辈，让警察把你们店查封，把你们统统关起来！"这位看来是在鱼龙混杂的市井社会中混迹大半辈子的，毫不退缩的样子。

听到这里，林绍峰总算明白了前因后果。他迟疑了一会，像是在做什么思考，很快，他往大妈的方向走了几步，旁边围观的人见状纷纷给他让出一条道。

"这位阿姨，既然您说口口声声说她们咖啡有问题，你可有证据？有没有做过什么检验？有没有医生签字的报告证明？"林绍峰的声音朗朗而清明，声量虽然不大，却掷地有声。

"这，反正就是喝了身子感觉不好，她们两个人黑心肝的卖假货！"大妈一时被问得语顿，却还嘴硬地回答。

"既然无凭无据，你就敢诬陷别人？你在人家店门口大吵大闹，影响人家生意，还对他人进行人身攻击，撞伤这位小姐，这两位小姐完全可以告你诽谤还有故意伤害罪，搞不好判三年以上有期徒刑，这个你知道吗？"

"这，这……"大妈明显地后退了两步："你少吓我，我就是找她们理论理论，怎……怎么就要坐牢了。"

谢冰冰赶紧站出来说道："怎么不算？你还撞了我们！还不赶紧走，一会我们可真要报警了，或者你继续闹也行，姑奶奶奉陪到底，不过这位先生身上的西装挺贵的，看着也要好几万块，这咖啡是你泼的吧？还有我朋友的脚也扭到了，说不定肚子也受伤了，刚好去医院检查检查，然后一起赔……"

大妈听了不免有些心虚，又听说要赔钱，赶紧脚底抹油地溜了，周围的人渐渐散去。

"真是太感谢你了，没有你出面解围，我们还真是不知道怎么办呢。"李淑娟对着眼前的男人弯腰鞠了一个躬。

"就是，就是，我们两个也是第一次遇到这种事，一时慌了神，多亏了你！"谢冰冰也附和说着。

"小事而已，你们两个女生，恐怕也是头一回遇这事吧，遇到这种难缠的粗鲁女人，难免有些不知所措。"林绍峰微笑着，平和地安慰说。

"不知道您怎么称呼？你的衣服和裤子，都被咖啡泼脏了，我们帮你干洗吧，要是洗不干净，我们赔你也行……"李淑娟话还没说完，就被谢冰冰撞了一下，她狂使眼色，脸上就差点写上"你赔得起吗"五个字了。

林绍峰见状笑了笑："没事，不用担心，我自己拿去洗洗就好了……另外，我叫林绍峰。"

谢冰冰听他这话一说完，心里顿时一块石头落地，脸上立马喜笑颜开地说道："那我们请你喝杯咖啡吧，就当是我们感谢你为我们解围……那啥，顺便问下，这样的事情真的要坐三年牢吗？"

"当然不用，我就是随口吓吓她。"林绍峰笑着说，他看了一眼李淑娟，这个女人翘着的嘴角暗含着一丝温柔，一双杏仁般的眼睛看着他，温和而又真诚地说："冰冰说得对，林先生要是不赶时间的话，就请进店里，顺便喝杯咖啡吧。"

他本想接受这个好意，可惜眼下有个紧急会议，他看了看手表，还是咬牙婉言拒绝道："我今天赶时间，改天有时间的话，一定光顾。"

李淑娟听后，也就没有强留，与谢冰冰目送着他离开了。

"唉！总算是圆满解决了，也不知道哪里来的疯婆子，真是一朵奇葩，要不是怕对我们店影响不好，我还真想把她那副撒泼的嘴脸发到朋友圈，让大家一起转发，然后让整个城市人的都唾弃她、鄙视她！"谢冰冰还在忿忿不平。

"好了，别说了，这件事是我不好，发放免费咖啡，反倒惹出一段祸事。"李淑娟有些自责。

"怎么能怪你呢，我们店生意不好，你还不是为了吸引人流吗……"谢冰冰善解人意地表示，并且关心地问，"对了，你的脚怎么样？"

"没事，就是轻轻崴了一下，不影响走路。"

"唉，这叫什么事啊，以后还是取消免费品尝的活动吧，我们再想想其他的办法。"

"嗯，好吧。"

这场小小的闹剧过后，咖啡馆的生意倒没有受到什么负面影响，那一两周内反而还吸引和增加了一小波顾客量，这不得不说是一种意外的收获。不过，这种回光返照局面却极其短暂，像不可预测的股价似的，在稍稍上升了一段日子后，很快又跌回去了。

第十二章　寻人

不论是在生活还是在职场上，许多时候，让人恼火和泄气的不是每天的多么艰辛和劳累，而是连续不断付出了诸多努力，到头来却徒劳无功，甚至最终事与愿违。这很容易打垮那些逐梦的人们。

这阶段，李淑娟和谢冰冰依旧努力在线上和线下忙里忙外地做着各种活儿，新品也推出了，宣传也试了，然而似乎老天在捉弄她们，她们的一番昼夜辛苦，并没有带来相应的客户量和效益，咖啡店还是毫无起色。

大半个月过去了，这两个女人忙忙碌碌，谁知最后兜兜转转，日子又回到最初的老样子——冷冷清清的惨淡生意，让她们几乎每天都处于入不敷出的状态。李淑娟和谢冰冰被一种无形的"命运"打垮了。

两人再无力去做这种徒然的拼命了，干脆破罐子破摔，每天睡觉前也不对账了，看着亏损的数字，不仅是一种打击，而且影响睡眠。她们两人早上起床时，都吃惊地发现对方已经憔悴了一大圈。

李淑娟干脆把空余时间都花在绘画上，除了帮寥寥无几的客人画画，就是画画自己喜欢的主题。李淑娟的设色也十分简单，她把水彩画在定制的小木板上，竟然格外优雅，韵味十足，碰到自己满意的，李淑娟就简单裱一下，挂在咖啡店墙上当作装饰品，用来展示。

李淑娟有画画打发时间，谢冰冰就只有靠化妆和玩手机打发时间了。

张普仁现在算是咖啡馆里唯一的一位常客了。他每隔三五天就会光顾一次，每次谢冰冰都能激动上半天，屁颠屁颠地招呼着，眼睛也有了神采，带着亮光那种。他没来的时间里，谢冰冰就经常跟他在微信里聊天，没及时联系上的话，偶尔也会通个电话。她每天捧个手机，几乎一刻都不能离，就连洗澡都要带进浴室，一天到晚神神秘秘的，与之前相反，如今李淑娟随口问问，她却不愿多说，李淑娟也就懒得问了。

其实，前些日子里，张普仁私下里也加了李淑娟的微信，时常发微信给李淑娟，内容无非就是问她在干吗，要不要一块出去吃饭之类的，李淑娟从来没有回过。一次，张普仁来买咖啡，趁着谢冰冰不在的时候，偷偷问李淑娟为什么不回他微信。脸色凝重的李淑娟语气冷淡地称自己在工作时不经常看手机。张普仁碰了个没趣，后面他的微信就渐渐少了。

其实，在李淑娟的心里，偶尔还会想起那个已经跟她离婚了的男人贺国璋。不知为什么，尽管是她自己提出了离婚，也对那个男人有过极大的失望和怨恨，但是他们之间一些美好的前尘往事，依旧还会在她的梦境里出现。当然，她也清楚他们要复合是不可能的，那些回忆和梦境，只不过是对她如今的苍白生活的一点慰藉罢了。

再说贺国璋，自从离职后，没有了工作兴趣的他，便开始沉迷于股市，甚至卖了房子。大多数时间都在炒股。这是上次袁天信告诉给李淑娟的。

如今，贺国璋的股票生意，一直起起伏伏，赚的几率少，而且数额并不大，相反，大多时候都是亏的状态。每次亏的时候，他都会去找袁天信倾诉苦闷，寻找主意。一连亏了几笔，袁天信一再奉劝他，贺国璋却不肯罢手，总想象自己会翻盘，会遇到一个大的牛市。他就像一个十足的赌徒似的，输了总想着赢回来，赢了却还想着再赢几把大的。在股市的漩涡里，贺国璋已经不可自拔了。

而杨季兰那个女人，也曾一度跟贺国璋联系了大半年，甚至还主动出钱帮了他好几次，挽回他股市的损失。然而，贺国璋的窟窿却像是个无底洞，根本填不完，她要求贺国璋放弃炒股，回归正常的职业角色，贺国璋心灰意冷，并没有听从，两人为此大吵起来。

杨季兰终于没有耐心了，她发现贺国璋已经沉沦了，没有了体面的职业，也没有很好的经济收入，他已经不是当初那样的成功人士了，最后也悄悄离开了他。从此以后，贺国璋的生活更不如意了。

贺国璋和袁天信喝酒解闷时，袁天信有时也会跟他提到李淑娟的咖啡馆的事。贺国璋知道这事，也清楚她的咖啡馆生意并不怎么样。但他总是沉默，没有任何表态。

"你说实话，还爱娟子吗？"袁天信试探着问。

贺国璋耷拉着脑袋，喝着酒没有回答。

袁天信再次苦口婆心地劝贺国璋："要不，你回去找下娟子，跟她真诚地认错，然后帮她一起打理咖啡馆，说不准咖啡馆的生意好了，到时在海滨市再开几家连锁店，到时说不定你成了一个大老板，也未可知。"

贺国璋低着脑袋，苦笑了笑："老袁，你可扯远了，别说咖啡馆的事了，娟子那个女人，什么性格，我是清楚的，你就别打我们的主意了。"

"任何人都在改变，你不试试怎么知道？"袁天信都觉得自己有点婆婆妈妈了，"你拿出十二分的诚意试了，假如她不答应，至少你这辈子没有后悔吧。"

"算了吧,我们现在都各做各的事情,不是挺好的吗。"看来这个男人在职场和婚姻中已经灰心了。

这天,滨海遇上一场大台风,外面到处刮风下雨,有些行道树和户外广告牌被吹刮得断枝满地,碎片零落,所有的大街上空荡荡的,一整天店里也不见一个人。张普仁自然也不会冒着这风险来,谢冰冰正气闷地趴在桌子上刷微信,突然她惊呼一声,把李淑娟手中的画笔吓得一抖。

"天啊,娟子!我没看错吧,我看到我的朋友圈里有人在找你!"

"你的朋友圈里?找我?"李淑娟很是疑惑地问。

李淑娟没明白她什么意思,这种事怎么可能。

"就是有一个人发朋友圈,他是这样写的,我读给你听:寻找高三六班的老同学们,多年未联系,不知道你们是否安好,近期我们高三六班决定办一场同学聚会,还请以下同学:马晓敏、任晓东、田甜、李淑娟……当你们看到这条消息的时候,麻烦加我微信号 qinli,也请各位朋友能帮忙转发这条朋友圈,帮助多年老同学相聚,感谢!"

谢冰冰一字一顿的念完,李淑娟有点觉得匪夷所思:"不会吧,找我的消息,怎么会出现你的朋友圈里,我们俩又不是高中同学,那个消息里的人跟我是同名同姓的吧?"

"这边还配了一张集体照呢,上面写了临安中学高三六班合影,你看看,这是不是你母校?"谢冰冰把手机图片放大给李淑娟看。

李淑娟将信将疑地把头探过去,竟然还真是自己的高三毕业集体照,她一时有些懵了。

"这是谁发起的找人消息呢?"惊讶的李淑娟纳闷起来。

"别急,我问问。"擅长八卦的谢冰冰热心地帮忙。

谢冰冰点开那个发朋友圈的朋友的头像,给他发了一条消息:"嗨,请问你朋友圈那条找人的消息是谁发的呢?"

对方很快回答:"我也不知道。"

"不知道你就转发了?"谢冰冰不解地问。

"对啊,我看见别人发在朋友圈找人,我就顺手转发了,希望能够帮到他们。"

"那你能帮我问问你发这条消息朋友,看看他知不知道是谁发的。"

"可以啊,我帮你问问。"

过了一会,对方又回消息:"他说他也不知道是谁,只是帮忙转发。"

"那好吧,谢谢你!"谢冰冰无奈地回复。

"不客气。"

李淑娟与谢冰冰看着聊天记录,大眼瞪小眼,果然是个信息时代啊,发一条朋友圈,消息几经传播,竟能莫名其妙地传到那个要找的人眼前！整件事情都透着一股不可思议。

"看来大家都不知道发起者是谁，不过也是神奇，在我朋友圈竟然刷到了找你的信息！看来这年头信息果然传播神速，以后做点什么丢脸的事说不定就被传得沸沸扬扬，天啊！"谢冰冰拍着胸脯满脸的感叹。

李淑娟没有回应谢冰冰的感慨，她想的却是从前上学的那些人和事，努力在脑海里搜索起来，却一时又实在想不起来："我毕业以后，就很少跟以前的同学联系了，谁会在这个时候突然来找我？"

"诶，上面不是有微信号吗？你加这个微信号问问，不就知道啦。"闺蜜提醒道。

李淑娟有点迟疑："不好吧，我不想随便就加那些陌生人的微信，你不感觉那很奇怪和尴尬吗，就是那种生活被窥视的感觉。"

"哎呀，这有什么奇怪的，这是多有趣啊，你就不好奇找你的人是谁吗？"谢冰冰一个劲地怂恿，好像这事跟自己有很大关系似的，"再说，人家费了老鼻子劲在找你，这消息转了又转，好不容易兜兜转转到我这里，你就好意思浪费这么多人的一片苦心啊。"

李淑娟之前在上中学的时候不显山不露水，性格又文静内向，虽然说长得好看，但存在感确实不强，既没有什么要好的朋友，也没有什么特长，跟全班的关系大都平淡，所以对于这类老同学聚会，向来敬谢不敏，所以想了大半天，她实在想不明白，到底会有谁在找自己。

"都说是班级聚会啦，肯定是以前的班长什么的，你就加了微信问问呗，反正又不会少块肉。"谢冰冰撞了撞李淑娟的肩膀。

见李淑娟还有些迟疑，谢冰冰干脆抢过李淑娟的手机："哎呀，这么纠结，干脆我帮你加得了！"

"别！我自己加吧。"李淑娟赶紧妥协了。

李淑娟按着那个微信号，搜索到了对方，只见对方是一个蒙脸的男性头像，微信名很简单，就"qin"三个字母，李淑娟点击了好友申请，没过一会，对方就通过了。

在谢冰冰兴致勃勃的督促下，李淑娟给对方发了一个笑脸，对方马上也回了一个笑脸。

看到对方回复了，谨慎的李淑娟这才试探性地问："你好，我是李淑娟，看见朋友圈找人的那条消息，就加了你的微信，请问你是哪位？"

"你是李淑娟？！"对方并没有自报家门，似乎先是吃惊地确认后，才激动地表示，"那真是太好了，我一直都在找你。"

李淑娟隐隐有些怀疑对方："额。"

对方这才自报姓名："我是秦绍东，以前班上的班长，你还记得吗？"

接下来，微信另一端的那个人又解释了一大串，说出自己上学时的种种特征,让李淑娟在回忆里找到关于他的身份和印象。

"我就是坐你后排那个。"

"上学那会我还戴了个眼镜。"

"有次还带你去医务室看病来着。"

"你不记得我了?"

"果然是班长!我就说吧,我真是冰雪聪明!"一旁偷看聊天的谢冰冰惊呼,为自己的直觉洋洋自得。

对方似乎很兴奋,消息发得飞快,李淑娟上一条还没看完,下一条就来了。

"哦,记得的,班长怎么会忘呢。"李淑娟一阵意外后,这才反应过来,想起了这个叫秦绍东的班长。

说起高中的同学们,李淑娟如今的脑海中,对他们大多数人只剩下模糊的印象,甚至不少连名字都叫不上来。她原本就不是一个喜欢跟人打交道的人,尤其是和贺国璋结婚以后,她一心沉浸在自己的小家庭里,与外界的社交几乎完全隔绝了。

今天突然冒出的秦绍东,是李淑娟在高中生涯中,为数不多有印象的人,并不是因为他是班长,而是他曾经做过一件令她印象深刻的事。

上学时,一个周末,其他同学都出去玩了,留在宿舍的李淑娟突然发高烧了,她打电话给班长。秦绍东得知后,赶紧过来,背着她下楼,一路跑了几百米,去医务室,帮她找医生,并陪她挂吊瓶，当天她就很快退烧消炎了。自从那次之后，李淑娟整个上学生涯里，一直非常感激班长。毕业后，同学们不得不各奔前程，他们也就自然而然很少联系了。

秦绍东开始道出了寻找她的缘由："我们打算最近办个同学聚会，想把大家聚在一起吃吃饭，聊聊天，互相联络一下，甚至可以在职场中互相帮扶一下。目前，许多同学都联系到了，只有你，班上没有同学能够联系得上你，所以才在朋友圈找你，没想到还真把你找到了！！！"

秦绍东连打了三个感叹号，来表示他的激动。

凑着脑袋一起看屏幕的谢冰冰，对后面的老同学寒暄环节不感兴趣了，她截了那张寻找中学同学的图，赶紧把这富有戏剧性的事件发到自己的朋友圈里。

她唰唰唰地打了一行字："谁能想到，世界上能有这么巧的事情，我闺蜜高中同学找人，竟然都转到我的朋友圈来了，在我的帮助下，他们多年老同学顺利会师！哈哈，真是无巧不成书！"

没一小会，一大堆人在底下评论点赞，纷纷对这件事表示惊讶，谢冰冰喜滋滋地回复他们，忽然她一张脸又垮了下来，气鼓鼓地说："这群人，平常发咖啡宣传就没有人捧场，装作没看见，这会倒是一个个的都冒出来了！不够义气的家伙们！鄙视他们！"

秦绍东邀请李淑娟去参加同学聚会，多年没有联系的一帮同学突然见面，她多少觉得有些尴尬，那种场面不知怎么应付，因此李淑娟原本想着拒绝。可是秦绍东看了她的朋友圈，知道她就在本市，还开了一家咖啡店，就直说要过来捧场，并且到时候接她一块去聚会的酒店，更巧的是，偏偏那个酒店离咖啡店不远，相距只有两三里地，李淑娟想拒绝都找不到借口，只好在秦绍东异常强烈的热情下答应了。

"哎呀，瞧你那不开心的样子，不就是一个老同学聚会吗，又不是刀山火海，搞得跟上刑场似的。"谢冰冰这种人来疯，自然不会理解李淑娟的心情。

"我只是有点不喜欢，哪有你说得那么严重。"李淑娟淡淡地解释，明显对这种事并不上心。

"还嫌我说得严重呢，你的大脑门上就差刻上'烦人'两个字了，"谢冰冰一个劲地唠叨着，"你不就是去凑个热闹，看看老同学都变成啥样，然后吃个饭就回来了。"

"再说，我这刚离婚呢……"李淑娟似乎对此还耿耿于怀。

谢冰冰不禁侧目端详了一下，她看了一眼皮肤白皙、脸上光滑得跟水鸡蛋似的李淑娟，马尾高高扎起，一身粉白的T恤显得十分青春有活力，她恨恨地想，眼前这个女人，真是美得犯规啊，说是刚毕业的大学生都有人信，哪里像离过婚的女人。

"瞧你那点出息，别担心那么多啦，离婚了怎么了？你还是那么的美。"谢冰冰大大咧咧地把手搭在李淑娟肩膀上，稍微停顿了下，给她出主意，"再说，你要是不说，谁知道你离婚了啊。我就不信，你那些同学都是成双成对的。所以放心地去吧，万一有哪个不长眼的惹你不高兴了，一个电话把我 call 过去，姐们替你撑场子。"

李淑娟笑着把她的手拍下去，两人闹作一团。

"叮铃铃"，门口风铃响起，店里的门被推开，一个顾客走了进来，谢冰冰立马跳过去招呼去了。李淑娟看着她，知道她这是在给自己打气，她心里有点暖暖的。

明明还没到聚会的时间，可秦绍东这些天给李淑娟发微信几乎停不下来。原本李淑娟可以把手机放在收银台，自己专心画画，可现在，她不得不把手机放在绘画的桌上，每画几笔就停下来回秦绍东的微信。

话题都是一些无关痛痒的，按李淑娟的想法，这有什么好聊的，还不如安安静静地坐着。多年没见过面的秦绍东却乐此不疲，一个劲地约李淑娟出来坐坐。

这天，李淑娟再一次婉拒了秦绍东的邀请，谢冰冰像个小媳妇似的蹭到自己身边，期期艾艾地开口："娟子，你看一下店呗，我出去一趟，下午就回来。"

李淑娟看她一眼，随口问道："干吗去？"

"我……我出去有点事。"谢冰冰有些支支吾吾。

"什么事？"

"就是就是,哎呀,就是有点事嘛,你就说行不行吧?"谢冰冰刻意在遮掩着回答。

李淑娟狐疑地看着她,才注意到她头发是刚刚洗过的,穿着一套小V领的紧身连衣裙,还化了一个精致而淡雅的妆,脸上的腮红都打得恰到好处,略微凑近一闻,竟然还有一股淡淡的香水味。

"你你你……干吗用这种眼神看着我?"谢冰冰还是头一次被李淑娟看得有点不自然。

"嗯,看你这身装扮确实是有事,是不是约会相亲的这种人生大事?"李淑娟笑着调侃。

"哎呀,好啊你,娟子你学坏了,现在还会一本正经地调侃人了!你好坏哦。"谢冰冰撒娇嗔怪。

"那是,少给我岔话题,说,跟谁约会?"李淑娟好奇地想从闺蜜嘴里撬出点八卦。

"秘密。"谢冰冰含羞带怯地说道,怕李淑娟不答应,又急急地补充道:"哎呀,放心,我一定早早回来,保证不让我的美女老板娟娟一个人累着了。"

既然谢冰冰不想说,李淑娟也没打算多问。

"注意安全,早点回来。"李淑娟叮嘱说。

谢冰冰像得了一道释放的敕令,一蹦三尺高:"得嘞!我三点就回来!辛苦我家娟子了!"

"去吧去吧,把我一个人扔在店里,你还知道我辛苦!哼!"李淑娟故意摆出一副厌弃的样子,挥了挥手说。

"等我回来,给你带好吃的!"谢冰冰说完,一阵风似的出门去了。

李淑娟擦着桌子,看着谢冰冰像个欢乐的小鸟蹦出了门,她失笑地摇摇头。

有时候,她真羡慕谢冰冰这样,明明和自己一样的年纪,可洒脱又随性,活泼、灵动得像个少女,而自己,经历过一次失败的婚姻,就感觉人生已经走完了,许多东西她都不再那么有兴致了,世上那些美好的事物仿佛都离自己远去了,像傍晚消散的烟云一般,她不得不感叹自己:年纪不老,心却老了。

谢冰冰自然没有信守诺言,直到黄昏时刻,暮色将临,她才匆匆赶回来。

李淑娟故意笑话她:"某人可是保证三点回来的。"

谢冰冰自知理亏,赶紧从袋子里掏出栗子糕:"噔噔噔,你看,你最爱吃的城南栗子糕。"

"哼,大骗子!"李淑娟有些不屑地嗔骂。

"别生气嘛,娟子,我其实是想回来,但是临时又有点事嘛。"谢冰冰求饶似的解释说。

"算了,看在栗子糕的份上,原谅你了。"

谢冰冰殷勤而利索地送了一个栗子糕到李淑娟嘴边,脸上挂着的笑怎么看怎么谄媚。

"行啦行啦，无事献殷勤，你该不会又有什么事吧？"李淑娟有些疑惑地问。

"没有啦，就是想对你好嘛。"谢冰冰的表情却似乎掩饰着什么。

咖啡馆的玻璃门上，倒映着川流不息的红色车灯，已是傍晚时分，窗外的光线已经暗下来，两旁的路灯一盏一盏地亮起来，橘黄的灯光里交织着流动的车灯、闪动的红绿灯，构成了一个灯红酒绿的喧嚣世界。沉沉的夜色，降临在这座被海风吹袭的城市，也降临在这条人影幢幢的大街上。

突然，一个顾客推门进来。很明显，店里来了一单生意。

一声"欢迎光临"，正在谈笑的两个女人瞬间恢复了正形，笑意盈盈地去招呼顾客。

第十三章　聚会

上午,一抹金色的阳光已经洒遍了整条街道,所有的写字楼、社区都沐浴在这温和的晨光里。不过,光线昏暗的卧室里,厚厚的窗帘遮住了外面的明媚阳光,李淑娟和谢冰冰还沉浸在睡梦中,床头柜上的手机接二连三地震动起来。

"嘟……嘟……嘟……"

谢冰冰翻了个身,烦躁地拿枕头捂住耳朵。

"嘟……嘟……嘟……"

又是一阵响动,谢冰冰忍不住了,拿脚踢了一下李淑娟:"真烦人,你看看是谁,大清早的不消停!"

李淑娟爬起来,拿起手机,看着屏幕上面的微信一条又一条地滚动着。发信息的是秦绍东。李淑娟从上到下一条条地浏览着。

早上好!

今天下午两点是咱们同学聚会,别忘了哦。

我一会过来接你。

需要我给你带点什么？

……

李淑娟敲了敲睡得有点懵的头，半天才反应过来，原来今天是同学聚会的日子。李淑娟下意识地断定秦绍东的"本体"是个大妈，絮絮叨叨，即使不理他，他一个人也能讲半天。被吵醒的李淑娟发出一声认命般的哀叹，看了看手机，已经是上午十点了。

"冰冰，起床了，已经十点了！"李淑娟赶紧叫嚷着。

"不要，我起不来，你再让我睡一会！"被窝里慵懒的谢冰冰蒙着头磨蹭。

"不行，我们还得去店里准备准备，不然又到很晚才能开门。"李淑娟用手戳了两下闺蜜的屁股，催促说。

"那就晚点呗，我实在不想起……"谢冰冰拉下被子，眯着双眼，依旧偷懒。

"赶紧起来！"李淑娟不由分说地把谢冰冰的被子掀开，露出谢冰冰狂野的睡姿。

"天啊，自从开店以来，我就没有一天自然醒过！"谢冰冰趴在床上哀嚎似的诉苦，"晚上十点打烊，早上十点开门，睡得比狗还晚，我两个黑眼圈越长范围越大，最重要的是，每个月还亏钱，呜呜呜……这日子没法过啦！"说着，她还扮起了哭相。

"行啦，别抱怨了，"李淑娟一边干净利索地扎头发，一边嘱咐谢冰冰，"我今天下午要去参加同学聚会，你记得把昨天的账再清点一下，还有那些咖啡豆，有几个品类的快用完了，你记得下单再买点。"

谢冰冰无精打采的"哦"了一句，瞬间又一个鲤鱼打挺翻起来。

"你今天要参加同学聚会啊？那赶紧的，我给你参谋一下衣服、鞋子。"刚才还睡眼惺忪的，不想现在就神采奕奕地坐起来，给闺蜜做起参谋来。

"不就一个同学聚会吗，什么衣服鞋子的。"李淑娟有些惊讶地盯着她，不屑地表示，"再说，这事跟你有什么关系啊，看你积极的样子。"

"你傻啊，你们这么多年没见了，不打扮得漂漂亮亮的，那就是对同窗友情的一种亵渎。你想象一下，伴随着一阵音乐和花瓣，如果你白衣飘飘地入场，像仙女一样，所有人的目光都向你望去，那画面，那感觉，那气场……"

李淑娟扑哧一声笑了："还花瓣、音乐，你以为我是明星歌手啊，就一个同学会，吃个饭就回来了。"

"没跟你说笑呢，"谢冰冰突然正色道，"你跟贺国璋已经离婚了，你也应该走出以前的圈子，多出去认识一些人，就像同学聚会，没准能遇到合适的。"

没想到这个时候，谢冰冰却给她打的这个主意。闺蜜对自己如此关心，她不由得内心一阵感动。李淑娟有些迟疑，委婉地说："我现在还不想这些，我就想好好的开店，做好咱们的生意。"

"这又不冲突，来，我帮你挑衣服。"谢冰冰执意帮忙。

谢冰冰把衣服铺了一床，还时不时地把李淑娟抓过去比划。李淑娟不禁觉得好笑又无奈，李淑娟的同学聚会，谢冰冰竟然比她自己还起劲。

"这件太碎花，不显档次，不行！"

"这件颜色倒是可以，就是款式有点过时，不好看！"

"这件嘛，一般般……"

谢冰冰嘴里念念有词，不厌其烦地一件件评选。

一连换了好几件衣服的李淑娟有些不耐烦了，忍不住埋怨："到底是你去参加同学会，还是我啊，你怎么比我还上心，现在可快要 11 点了，我们得去开门了。"

"哎呀，一天不开门也没什么，你别打岔，过来试试这件红裙子。"谢冰冰对着闺蜜赶鸭子上架似的，依旧不依不饶地说。

李淑娟接过裙子，一边往身上比划着一边说："这可不行，怎么能一天不开门呢，虽然我们现在是自己做生意，但也不是自由职业啊，赶紧收拾一下，我得走了。"

"你急什么，等等嘛，去把这条红裙子试试，你要是不试，我就不去店里了。"谢冰冰撒娇般地威胁说。

"真是拿你没有办法。"无计可施的李淑娟叹了一口气，不得不妥协地说，转身拿着裙子去了卫生间，还不忘回头指着谢冰冰说："你赶紧收拾啊！"

"行了，我知道啦，赶紧去吧！"谢冰冰这才乐呵呵地答应。

李淑娟穿着红裙子出来的时候，谢冰冰眼前一亮。

"哇！不错不错，身材凹凸有致，颜色又正，很显气质，绝对是焦点！"谢冰冰兴奋地夸赞道。

李淑娟听了闺蜜的这番评语，略显羞涩地说："这……会不会太招摇了？"

"怎么会，就要这种效果。"谢冰冰补充道，"看你身上有点素，我这里有一对香奈儿的耳环，正好给你戴！这同学聚会呢，虽然不能穿一身名牌跟暴发户似的，但也不能一点名牌都没有，可以在细节之处彰显一下，这样既不刻意，又没有人敢看轻。鞋子嘛，就穿那双尖跟的吧。还有包包，我那个爱马仕的小信封包，真是跟你这身绝配啊，姐们今天大方一点，统统借给你吧！"谢冰冰嘴上念叨着，手上一直没停，把李淑娟推在穿衣镜前，像装扮洋娃娃似的装扮起来。

李淑娟实在不适应，她平常穿的那些衣服大都是简单的黑白灰三色，也都是经典款，向来不会像今天这么花里胡哨，看着镜子中的自己，好看是好看，也贵气，但她总有一种别扭感，她觉得自己全身上下每一个细胞都不适应。

"这红色裙子也太扎眼了吧，我还是换一条。"李淑娟照着镜子看了好几遍，最终还是忍不住说。

"扎什么眼，挺好看的啊，就听我的吧。"谢冰冰霸道女总裁似的，全力阻止。

最后在李淑娟拼命反对之下，她总算同意她换了一条黑色的裙子，浅浅开着的小V领，中间系了一根同色系的腰带，细腰显得盈盈一握，简素的裙子穿在李淑娟身上却也显得分外的优雅。

李淑娟再简单地化了一个淡妆，把头发打理了一下，散开的秀发微卷，皮肤晶莹透亮，眼神妩媚动人，眼前的李淑娟把谢冰冰看呆了，她咽了一口口水，真诚地赞许道："娟子，你真是天生的衣服架子啊，早知道这样，我还给你挑什么衣服啊。"

一直折腾到快中午12点，李淑娟收拾打理完，两人才下楼开了店门。

"冰冰，我刚刚跟你说的都记得了吗？"李淑娟提醒说。

"知道了，你就放心的去吧，我一个人能搞定的！"谢冰冰拍着胸脯，打着包票。

"好，那我待会1点就要出门了。"李淑娟这才放心说。

"诶？不是说你那个同学来接吗？"谢冰冰忽然想起了闺蜜的那个班长。

"我跟他说了别来了，但他好像执意要来的样子，所以我待会提前一点去酒店。早点到，到时候跟他说我已经到了。"

"原来你是故意躲人家！"谢冰冰满脸意外，指责道。

李淑娟长得好看，气质又佳，从前向她献殷勤的男人如过江之鲫，即使结了婚以后，也能不时遇到一些这样的人，久而久之，李淑娟习惯了不轻易接受对方的好意。可到现在，明明已经单身了，但这还是成为了她的人际交往，尤其是与异性交往的原则。

秦绍东为班级建了一个微信群，根据里面发的酒店定位，李淑娟很顺利就到了酒店门口。一看表，离聚会的时间还有半个多小时，李淑娟就走进了旁边的星巴克，暂且坐着等候。

无聊的她刷着朋友圈打发时间，她看到秦绍东发了几条老同学相见的照片，配文中无非是多年未见，大家还是老样子之类的话。看来不少人都已经到了，李淑娟收拾好包包，正打算往酒店走，秦绍东的微信消息就到了。

"淑娟，你准备好了吗？我现在过去接你吧？"

李淑娟立即回复："不用了，我已经到了。"

早有先见之明的李淑娟，就这样轻松地拒绝了班长的好意。

秦绍东听后，有些意外，急切地问："啊？这么快，不是说好我来接你吗？那你知道怎么到酒店吗？我过来门口接你吧？"

"好的。"李淑娟回复道。

秦绍东有些怏怏的，只好把去李淑娟店里接她的计划，改成了去酒店门口接。

这么多年不见，作为老班长的他内心却止不住的紧张，不免有些忐忑起来。此时，秦绍东站在酒店门口张望着，他整理了一下西装的袖扣，又忍不住整理一下头发，他不确定自己是否还能认出李淑娟，比起认不出，在内心深处他更不愿看到的是一个平凡发福的妇女站在自己面前，他怕自己会接受不了。

但在下一秒，他却发现自己真是多虑了。李淑娟一走上酒店台阶，他就认出了她。

像电影里的慢镜头，李淑娟缓缓地撩了一下侧脸的秀发，微风把它们扬起，高挺秀气的鼻尖，殷红如花瓣一般的唇，渐渐走近班长的跟前。他看见李淑娟的侧脸，与记忆中的完全重合在一起，又好像……完全不一样，眼前这个久违了的女人，五官是昔日的她，可整个人浑身上下透着陌生——她分明是一个举手投足优雅成熟的女人。

不知为什么，连他自己也不清楚，秦绍东感觉到自己心跳加剧。他不得不按住狂乱的心跳，他强迫自己镇定下来，然后走向李淑娟。

"嗨，淑娟！"他表现出一种与老朋友多年未见的那种热情。

李淑娟条件反射地抬起头，她打量起眼前这个已有些陌生的年轻男人，上身是剪裁合体的商务西装，下面是卡其色的休闲裤，她在脑海中仔细地搜索着关于他的信息，可惜一无所获。那么，他应该就是多年前的老班长了。除了刚刚跟她微信联系的他，李淑娟还真想不到谁会站在酒店门口接她。

"秦绍东？"李淑娟半是疑惑地问。

"没错，是我。难得你还记得我这个班长。"秦绍东笑了笑说。

李淑娟艳光四射，秦绍东却紧张得不敢直视李淑娟那双玻璃球似的明亮的眼睛，他比了一个请的动作，带着李淑娟往酒店大堂走去。

"多年不见，你没怎么变，还是那么好看。"秦绍东坦诚地搭着腔，感觉自己紧张得有点哆嗦，他极力地控制着自己才能不磕磕绊绊地讲话。

今天的李淑娟确实很美，谢冰冰不让她摘那对耳环，更不让她换掉那双高跟鞋，身材高挑婀娜的她，一路走来收获了不少目光，也让眼前的班长有些目眩神动。

"谢谢。"李淑娟听完礼貌客气地道谢。也是，这样的赞美，她已经习以为常了。

"小心，前门有台阶！"秦绍东伸出手臂，绅士地让李淑娟搭在他手腕上，李淑娟稳稳当当地走着，秦绍东的手臂落空了，他有些失落。

推开酒店的玻璃门，里面坐着或站着的，是三三两两聚在一块聊天的同学们，李淑娟粗略环视了一下，那些男男女女的面孔大都陌生。

"哎呀，看这是谁到了？"这么一声，把所有人注意力吸引到了门口，几十双眼睛纷纷转了过来，刚刚热闹的大厅渐渐安静下来。

他们盯着走进门口那个气质又美丽的女人,想不起来这是班上的哪一号人物,一时不敢上前。大家惊疑不定,寂静了几秒。秦绍东见状赶紧站出来介绍:"这是咱们班上的李淑娟同学,大家欢迎啊。"

有些人似乎开始有了印象,不约而同地窃窃私语着。

"李淑娟啊,原来是李淑娟……"

"那可是好多年不见了。"

"我突然想起来了……"

"没错,记得她可是我当年的同桌呢。"

……

大厅一改刚才的寂静,变得叽叽喳喳起来,大家仍旧盯着李淑娟,盯得李淑娟实在有点招架不住,只好主动对着大家绽放了一个微笑,简单地问候道:"嗨,大家好久不见。"这句话像是按动了某个开关,气氛顿时又活跃起来。大家蜂拥过来,纷纷打招呼,自报名字,开始了同学重逢的寒暄模式。

李淑娟被众星拱月似的包围着,一群人缓缓往酒店里面移动着,李淑娟感觉自己脸皮笑得都快要僵了。

说是同学聚会,其实就是吃喝玩乐一条龙,一群人转到了一个大的KTV包厢,之前班上关系特别要好的坐一块,谈生意的坐一块,还有班上混得最好的几个坐一块,李淑娟有幸坐在事业有成的那拨人里,好处是大家彼此谈些她听不懂的话题,例如商场、政策,她乐得不用交谈,坏处是事业有成的多半是男同学,李淑娟夹在一群男人当中,时间一长,她感到十分憋屈,不知所措。还好旁边坐着秦绍东,他时不时体贴地给她一杯果汁、一块西瓜,李淑娟默默地吃着,倒也勉强不太难熬。

这时,有人在点周杰伦的《东风破》。熟悉的旋律让李淑娟的思绪仿佛一下子就回到了自己高中时代,那会这首歌可是传唱至大街小巷,乃至整个校园的学生们几乎人人都会唱。

昏暗的KTV包厢里,只有五彩灯光在闪烁,那个同学唱得很投入,包含着几分离愁的味道,让在座的人们包括李淑娟在内,都不免生出一番岁月不饶人的感慨来。

李淑娟不禁感叹,时间过得真快,转眼间,自己的人生岁月已经又过了快十年了,当初还是少年时代,如今却已开始渐渐走向苍白的中年,而自己的婚姻家庭和事业,却双双没有着落。

"你会不会有点无聊啊?"趁着音乐的空档,秦绍东突然凑在李淑娟耳边悄悄问她。

"还好。"李淑娟客气地回答。

"如果闷的话,可以出去走一走,酒店后面有一个特别大的喷泉……"秦绍东提议说。

旁边的几个同学看到这一幕,立即开玩笑似的说:"老秦你怎么回事啊,老是跟李大美女说悄悄话,来,有什么话用话筒说,咱们一起听听!"

"就是！就是！李美女可是我们大家的班花！"

"你要是想一人吃独食，我们可不答应！"一些人开始起哄。

"吃独食"三个字带着一种心照不宣的暧昧，全场一阵哄然大笑。

原本因为许久未见放不开的同学们，在几杯酒下肚后，气氛渐渐活络起来。几个见着李淑娟但一直搭不上话的男同学眼红了，纷纷跟着打趣。

"可别瞎起哄啊！吃的都堵不上你的嘴！"秦绍东笑骂回去。

还好一个男同学和一个女同学合唱起《今天你要嫁给我》，众人纷纷转移了注意力，换了打趣对象，刚刚还有些尴尬的李淑娟，松了一口气。

在喧闹嘈杂的KTV待到五点钟，大家移步到楼上的包厢吃饭，一张大圆桌，坐了将近30个人，不够位置就叫服务员加了一些椅子，这样一来，原本不太宽裕的位置就更加紧凑了，大家几乎是手臂挨着手臂坐在一起。

有意无意的，班长始终就在李淑娟的身边。吃饭时，李淑娟右手旁坐着秦绍东，左手是一个微微发福的男同学，据说是最近刚刚升了科长，正满面春风地大侃特侃。再往两旁数，都是男生，有些敏感的李淑娟，感到自己所在的位置，与对面扎堆坐的女同学形成鲜明对比，从别人眼中看，倒颇有万绿丛中一点红味道。李淑娟尽量缩着身子，夹着胳膊吃饭，她怕自己一侧身就不小心戳到那个科长肥硕的肚皮。

班长秦绍东主动站起来跟大家伙一起举杯，庆祝今天难得的聚会。坐下来后，李淑娟刚吃了几口菜，突然旁边一个洪亮的嗓门开口："淑娟！我记得以前大家都叫你阿娟，这么多年不见，你还是这么漂亮！这杯酒我得敬你！"

原来是一旁胖科长当仁不让地与李淑娟喝起了第一杯酒，满面红光的他显得有些激动，被点名的李淑娟礼貌地笑笑，也端起杯子，跟他的酒杯轻轻碰了一下。

这一举动可给其他几个开了头，李淑娟一连被灌了好几杯，喝到后面，浅浅地抿一口都被说是不给面子。结果一轮酒下来，李淑娟两颊起了淡淡的红晕。

秦绍东有些担心地问："你还好吧？"

他有些后悔让李淑娟来参加这个同学聚会，这哪是同学聚会，分明是在狼窝聚会。李淑娟轻声说没事，确实没事，工作这些年，她的酒量也不至于三杯倒。

"要说咱们班的女生啊，现在就淑娟保养得最好，你看人家那脸上，一点皱纹都没有，哪像咱啊，结婚几年，都成黄脸婆了！"对面的一名女同学冲着李淑娟有些羡慕地开口自嘲。

"人家好命，你也好命啊？人家不用干活有人养着，唉，我们就是操劳的命！"

"就是，你看现在，同样是参加同学会，人家一堆男同学捧着。你再看我们，坐半天也没人搭理，你说气人不气人！"这话一出来，旁边几个不愿多事的女同学也掩着嘴跟着帮腔取笑说。

李淑娟有点如坐针毡，这么多年过去了，她还是学不会推杯换盏，左右逢源，依旧是那般矜持羞涩。

"哎呦，我倒是想跟刘大美女喝一杯，就不知道刘美女赏不赏脸。"几个机灵的男同学，纷纷端起酒杯给那些女同学灌酒。

刘玫，就是刚刚开口的女同学，对着李淑娟问道："说起来，淑娟这么多年都没和咱们联系了，我们都不知道你过得怎么样，你结婚了吗？"

不知道是不是错觉，李淑娟老感觉她在针对自己，她放下手中的酒杯，有点不知道如何回答，说自己结过婚？然后又离了？她不愿说起这种遭遇。最后只得言简意赅地回答说："还单身着。"

这一回答，可如一滴水掉进油锅，席间顿时七嘴八舌地讨论上了。

"不是吧，淑娟你这么漂亮，竟然还单着呢？"

"是不是太挑了？"

"也不一定要结婚啊，现在很多人同居，不用工作有钱花，又不用生儿育女，多好啊！"最后一句话是一个女同学说的，话里话外都好像李淑娟被人包养似的，李淑娟听了，脸上更是难堪，一时不知怎么回应这种尖酸刻薄的话。

旁边的秦绍东有些火大,站起来,正准备打圆场:"话不能乱说……"

李淑娟稍稍淡定后,截断了他的话,笑着对大家如实说:"说的是,现在人单身和结婚都挺好,我现在自己开了一家咖啡店,就在离这里不远的地方,虽然是小生意,但也算一份工作吧,大家有空可以去我那边坐坐,我请喝咖啡。"

听说李淑娟自己开店了,刚刚呛声的几个女同学也不吭声了。有个同学出来打圆场:"原来李大美女还是一位女老板啊!改天有时间,一定过去捧捧场,尝尝你家的咖啡。"

"欢迎,欢迎!"李淑娟客气地回应。

秦绍东开始有意将话题引向当年的学生时代,气氛重新融洽起来,一桌人笑嘻嘻地聊了一阵,眼看快九点了,大家说了几句就开始散了。另外还有一些要好的同学,则转战夜宵摊去了。

李淑娟喝得有点上头,脸颊通红,几个男同学为抢送李淑娟回家,吵得不可开交。李淑娟干脆都拒绝了。在与一群同学告别之后,她打算慢慢走回咖啡店。走出酒店大门,凉风袭来,人也顿时清醒不少。

突然背后有人叫住她,李淑娟回头,只见秦绍东手里拿着外套追过来。

"淑娟,太晚了,我送送你吧。"秦绍东殷勤地提议。

"不用了,我看刚刚不是有几个喝多了吗,你去送送他们吧。"李淑娟婉言推辞。

"他们已经走得差不多了，没事，我送你过去吧。"秦绍东依旧执意坚持。

李淑娟有些敏感地继续推辞："真的不用了，我离得不远，打算走回去！"

"走吧，"秦绍东不由分说地走在李淑娟旁边，把她拉到马路内侧，斩钉截铁地解释道："你刚刚也喝了不少酒，一路上车多，那我也走路，就当是散步，也顺便送送你吧。"

李淑娟不好再拒绝，只好默默地与秦绍东走在路上。

在这座适宜生活的城市里，没有太多热闹混乱的夜生活，晚上八九点，马路上的人流和车流就少了许多。空旷的马路两侧，成行的挺拔的香樟树枝繁叶茂。走在安静的人行道上，逃离了刚才那个嘈杂又觥筹交错的场所，李淑娟才感到一阵惬意自在。

好几分钟，李淑娟没有主动说话，只是低头沉默着。一旁的秦绍东刚开始也不敢冒失，不知说什么好，最后还是忍不住要打破这种有些尴尬的沉默。

"你还好吧？"秦绍东轻轻地问了一句，开口搭腔。

"什么？"李淑娟侧脸，有点不明白。

"刚才聚会酒桌上，她们女同学的那些话，不是很好听，但我们都知道是嫉妒你的，你不要放在心上。"秦绍东半天憋了这么一句类似安慰的话，可是刚说出口，立即又觉得自己有些唐突。

"哈哈，这个啊，我没什么，本来跟大家关系一般，以前上学的时候也没多少交情，所以现在谈不上什么难过。"李淑娟不禁乐了一下，解释说。

她说的是实话，对于刚才女同学一些讥讽的话，她并没放在心上。

"早知道我就不该让你来参加同学聚会。"秦绍东还是有些自责地说。

"没事，这不是也有收获嘛。"李淑娟指的是临走前他们塞在她手心的一大堆名片，还有微信列表里加了一列的微信好友。

说起这个，秦绍东似乎更焦急了，他看得出来那些男同学的殷勤，临散场了还围着李淑娟玩笑，偏偏他只能干着急，又不好发作，要是眼神能杀人，他恨不得把那一群有家有室还不安分的老同学砍得稀巴烂。

秦绍东犹豫了一会，最终有些磕磕巴巴地说："其实……我发起的……同学聚会，是为了……找你。"

"嗯？"感到意外的李淑娟，心里不由得有些吃惊，侧目看着他。

"毕业这么多年，我一直在找你，你之前的 QQ 早就不用了吧？我给你发了很多消息，你从来没回过。还有电话，你也换号了，我问他们，他们没人知道你的联系方式，所以我想借着办同学聚会的由头，在朋友圈发消息找你。结果没想到，我真的能够找到你,当你跟我说你是李淑娟的时候,你都不知道我有多高兴,我攥着手机在原地蹦了好几圈,我应该私下里约你出来见面,而不是说服你,让你来参加这个同学聚会。"秦绍东把心事一口气讲完,在讲这番话之前,他一直有些忐忑,可讲完以后,他心里奇迹般地平静下来了。

李淑娟感到十分诧异,她不知道聚会的内情竟然是这样的,对于班长这么多年在寻找她的事情,她既意外又感动,她一时找不到话来回答秦绍东,只好沉默以对。

李淑娟的沉默,似乎给了秦绍东再一次表白的机会,他继续补充了一大堆。

"我不信你不知道,这么多年,我一直喜欢你,"秦绍东说到这句时,李淑娟怔了一下,看着他那诚恳的表情,似乎没有说谎,"以前是,现在也是,你说你单身的时候,我就觉得老天是在眷顾我,不仅让我顺利地找到你,更让我还有机会,站在你身边,这么多年,我遇到过很多人,但是再没有像你这样让我心动的人,我……我想简单的介绍一下我的情况,我现在在一个物流公司做区域经理,赚的不算多,年薪大概35万,名下有一套房,全款,还有一辆车。"有些激动的秦绍东,跟竹筒倒豆子似的,把自己的情况说了个遍,他几乎是想到哪就说哪,完全没有一点章程。

李淑娟看得出他的紧张,加上他那一番不算表白的表白,她颇为感动,昔日里那个青涩少年的面孔,在尘封的记忆里一点点浮现，与眼前这张脸重合。

整个高中生涯里，李淑娟有印象的人不多，可秦绍东，却是为数不多让她记忆深刻的人。因为，他是唯一一个手捧着亲手叠的999颗星星跟自己告白的人。

她想起，高考过后，那个少年，捧着一罐子五彩斑斓的星星，生涩地跟自己告白。有人告白会送花，送情书，甚至是昂贵的礼物，但只有他，亲手叠了999颗小星星。

当时的李淑娟深受感动，可不知为什么，也许是因为年少的胆怯羞涩，或是因为家庭的教导不敢早恋，最后还是拒绝了他。后来，秦绍东去了遥远的北方的一所大学，她也上了另一所大学，相隔天涯的两人便再没有了联系。

马路上一辆飞驰的汽车经过，留下两声短暂的汽笛，在这夜晚，在这两个互诉衷肠的人之间，显得有些尖利刺耳。

"这么多年过去了，我总想着我还能再遇到你。说实话，高中的时候你拒绝我，我很伤心，也灰心过一阵，后来再想与你联系的时候，却发现已经联系不上了。"秦绍东略带伤感地讲述起了过往，李淑娟尽力克制着，静静地听着。

时间随着记忆的转动，回到了那年高中。

那时候，秦绍东坐在李淑娟的后面，有一年圣诞节，刚从师范分下来的年轻代课老师想了一个有趣的新提议，他要求班上同学互换圣诞礼物，全班抽签，抽到是谁便与谁交换。没把这个活动当回事的秦绍东恰巧抽到李淑娟,当李淑娟把她准备好的一本蓝色笔记本送给他时,秦绍东手足无措,他并没有准备礼物。几个女同学凑过来,笑嘻嘻问李淑娟收到了什么礼物,秦绍东有些心虚地看着她,结果李淑娟却扬着头颅,淡淡地说:"好礼物。"

"什么好礼物?拿出来给我们看看。"大家纷纷好奇地问。

"既然是好礼物,怎么能随便给别人看呢。"李淑娟巧妙地掩饰说。

一旁的秦绍东听了,心下一动。

他第一次认真地打量着眼前这个女孩,她那时穿了一件高领的墨绿色毛衣,纤细的脖子只露出小小一截儿,扎着高高的马尾,宽大的眼镜后藏着一双极为美丽的眼睛,她有一种有别于常人的美丽,他知道她长得好看,可这一刻,他发现了她不为人知的,更为细腻的美。

他在那一瞬间便爱上她,这一爱,便是心心念念的这么多年。

"还有这件事吗?我不太记得了。"听完秦绍东的讲述,李淑娟更加羞赧地摇了摇头。

秦绍东不免有些失望,他以为她会记得,没想到竟然忘得一干二净。

"淑娟,我的事情,你竟是一点都不记得了。"秦绍东怀疑地问。

"还是有一点的,但确实是不多。"李淑娟坦诚地回答。

"我以为我在你心目中和别人不一样,看来是我太自恋了。"秦绍东无不失落地说。

"记得记不得,又有什么关系,这么多年了,以前那些事,经历了种种生活中的起伏,应该早就不重要了。"李淑娟淡淡地说。

"不,对于我来说,这一切,都很重要,也都还有补救的机会。"他目光灼灼地看着李淑娟,目光里所饱含的热度,似乎要把李淑娟融化。

李淑娟叹了一口气,她停下脚步,正色看着秦绍东,跟他说了实情:"我现在是单身没错,但其实我结过婚了,只是现在离婚了,所以我现在不是你想的那样。"

"你结过婚了?"秦绍东怎么也没想到,事情还有这样的走向。

尽管她说自己已经离婚了,可就算这样,他心里还是忍不住愤懑和难过,甚至酸酸地想,究竟是哪个臭小子,竟然有这样的好运气,竟然先他一步,夺走了自己心中的女神,而且竟然又把她抛弃了。

李淑娟神色认真地点了点头。

她不仅离过婚,还在上一段婚姻中狼狈退场,如果可以选,她宁愿自己这一生不要再经历这样的事情,那样如噩梦般的过往,只要回想起,她就如喉咙被扼住般,一阵呼吸困难。

秦绍东不知道她究竟有怎样的过往,毕竟自己错过她那么多年，眼前的女人还是一如既往地美丽。可细看，在她的眼眸深处，却好像藏着一团化不开的迷雾，慌乱、伤痛，甚至是不知所措。秦绍东注视着她，刚刚那点愤懑瞬间无影无踪，取而代之的，是从内心深处升起的一股怜惜之心。这股感情，比以往来得更强烈，他只知道，自己是如此地渴望熨平她眉宇之间的那股哀愁。

像是下定决心似的，他伸手想握住她的手，李淑娟貌似不经意地抬手撩起额边的碎发，秦绍东落空的手定在半空。

秦绍东还想继续说："其实，我……"

"今晚的空气真好啊，你说呢？"李淑娟打断了他，满足地吸了一口，扭头对着他笑。

"淑娟……"秦绍东刚开口又被打断了。

"你不用说了，我们之间不可能的。"李淑娟严肃起来，斩钉截铁地表示。

"为什么？"秦绍东脸上的表情很受伤，被同一个女人，前后拒绝了两次，他的内心几乎有些接受不了这个现实。

"没有为什么，我现在这样很好。"

"可……"

"我到了，谢谢你送我回来！今天很晚了，就不请你喝咖啡了，再见！"见咖啡店就在眼前，李淑娟看着他，刻意挤出淡淡的笑。

"哦，好吧。"秦绍东失落至极。

他看着李淑娟的身影，终是忍住了心中那股冲动。在店门口伫立了小半天，流血的心中止住了悲伤的情绪后，他暗暗对自己说，也像是对进去的那个女人说："没关系，我会等你到接受我的那天。"

正靠在收银台打盹的谢冰冰听见了动静，睁开眼，见是李淑娟，顿时来了精神，急切地问："这么早就回来了？同学聚会怎么样？"

"不怎么样，就是受了一堆女同学的白眼，还有男同学的殷勤，一个字，累！"李淑娟故作抱怨地回答。

"哈哈，习惯吧你，叫你穿得光鲜亮丽点去，这同学会啊，就是个炫富装×大赛，一不小心就被人挤兑！"谢冰冰为自己的先见之明感到得意。

"依你说，穿得好，身份高贵就能叫人高看一眼了？"李淑娟没好气地反驳。

"那当然啦，不是有句话说——物质基础决定上层建筑！该攀比就得攀比。"谢冰冰继续宣传着自己的价值观。

李淑娟翻个白眼："拜托，那叫经济基础决定上层建筑吧。"

"都一样，都一样嘛，"谢冰冰转口问，"你今天有跟男同学女同学合照吗？"

李淑娟想了一下："有啊，怎么了？"

"嘿，我跟你打赌，保证没有人将与你一起的合照发朋友圈，男同学女同学都没有。"谢冰冰自作聪明地断定。

"为什么？"李淑娟不解地问。

"不信你就翻翻你的朋友圈！"

李淑娟打开朋友圈，看刚才添加的高中同学们，果然，满屏关于老同学聚会的照片刷屏，就是没人发与她的合照，男同学是，女同学更是。

李淑娟很是奇怪。

"因为啊，你今天太美啦，女人不喜欢把比自己美的女人发朋友圈，而且还是合照。至于男人嘛，当然是不敢发啦，怕家里母老虎看见，哈哈。"谢冰冰得意地大笑。

听了闺蜜的这个推论，李淑娟哑然失笑，说了声："洗一洗，赶紧睡觉吧。"

第十四章　常客

这天过后，88号咖啡馆很快又多了一位频频光顾的常客。这个常客就是李淑娟老同学兼班长——秦绍东。

每次准备来咖啡馆前，秦绍东都会把自己精心打扮一番，洗脸刮须自是必不可少，衣服鞋子几乎都是一尘不染，虽说不上是多么光鲜高贵，整个人看起来却也格外精神，平添了一份赏心悦目的年轻帅气。

走进咖啡馆，秦绍东每次都点一杯咖啡，除了点单和结账外，也不多说话。不管是谢冰冰还是李淑娟来招待他，拘谨的他都不敢主动搭话，去聊些其他话题，生怕自己会说错什么似的。这个多少有些闷骚的男人，既没有张普仁那样的油腔滑调，更没有任何勾搭年轻女孩的撩妹本事，每次只是静静地坐在店里，看起来好似一个外形比较精致的闷葫芦，一边喝着咖啡，一边瞧着咖啡馆的里里外外，时而看看咖啡台后忙碌的李淑娟，时而看看玻璃窗外面的风景，等到那杯已经有些发凉的咖啡喝完了，最后有些留恋地坐上一小阵，便悄悄地离开了。

谢冰冰一开始还饶有兴趣地打探着八卦，围着李淑娟问东问西，他家是农村的还是城里的？有没有房？工资多少啊？李淑娟烦不胜烦，直接把秦绍东的微信推给了她。

谢冰冰心里简直一万个暴走！

这傻姑还以为自己对秦绍东有意思？谁看不出来秦绍东一双眼睛都长在李淑娟身上啊，她竟然直接把微信推给了她，还善解人意地当着秦绍东的面，指着谢冰冰说她想加他微信。拜托，谁想加他微信了，我明明是为你在考察未来对象的！李淑娟就是一个猪头！谢冰冰恨恨地埋怨起闺蜜。

然后她不得不在李淑娟那督促的目光下，加了秦绍东的微信，然后尴尬不失礼貌地对着秦绍东干笑。谢冰冰依稀看见秦绍东心碎了一地的样子，毕竟没有比"我喜欢你，而你却把我介绍给你闺蜜"更让人心痛的事了。

等秦绍东离开店内，谢冰冰用蹩脚的广东话疑惑地说："我求下你啦，你同学明显就是对你有意思啊，你还介绍给我是几个意思？"

"我知道啊，我觉得我们不合适，如果你喜欢的话，我倒是觉得他人还不错。"李淑娟一边画画一边说。

"还不错，那你还不自己留着，这么大公无私地奉献出来？"

谢冰冰不解地质问。

"我觉得他适合你,而我现在还不想考虑这些事情。"李淑娟说话时并没有抬头。

"拜托,你还要为贺国璋那个狗东西守身如玉,呸,守寡不成,再说我也有喜欢的人了,哼!"谢冰冰还是一如既往地毒舌和讨厌贺国璋。

"你喜欢谁了?"李淑娟突然抬起头来问了这么一句。

面对李淑娟的询问,谢冰冰干脆傲娇的一甩头:"不告诉你!"

不过在经过这一茬之后,谢冰冰再也不敢对着李淑娟问东问西了,生怕她误会自己对秦绍东有意思,又起了撮合的意思,要是早几个月前,谢冰冰没准屁颠屁颠地答应了,可现在,她已经有喜欢的人了,总之就是,不需要。

李淑娟参加完那场同学聚会,还为店里带来了一批"小流量",还真有一些高中的老同学光临咖啡店,一开始李淑娟还认真地招待着,后来发现来来回回无一例外都是男同学,他们借着喝咖啡的名号,环绕在李淑娟身旁,用一些并不高明的玩笑,和不怎么绅士的风度,企图表现自己的男性魅力。如果说拒绝人是一门学问,那从小开始实践的李淑娟已经是这门学问里的高手,她三三两两地搞定了他们,干脆利索断了他们的非分之想,那些男同学看她是朵难采摘的高岭之花,也就识趣地止步了。不过,其中也不乏几个越挫越勇、甩不掉的"苍蝇",比如那个新任的胖科长李帅。

"胖科长"是谢冰冰为他取的外号,因为李帅一来店里就不放过任何一个能炫耀他科长身份的机会,再加上肥胖得有些笨拙的身子,走起路来一摇一摆,像只重心不稳的企鹅。

李帅对自己,有点自信得过了头,尽管他结婚了,而且还有一个三岁的女儿,但这些似乎一点都不妨碍他的自信,毕竟,他是班级里唯一一个当官的,还是个不小的官。

这天,出差回来的李帅,给李淑娟带了一份礼物,高级缎面的礼盒装着。李淑娟还没接受,他就主动打开盒子,里面是一串晶莹剔透的水晶珠子手链。李帅把打开的礼盒拍在收银台上的时候,那气魄像极了饭后抢着买单的土大款。

这是一串施华洛世奇的水晶手链,李淑娟一眼就看出来了,她不动声色,假装没有看见。

旁边的谢冰冰一脸看好戏的表情,估计这个李帅很快就会被上一课了。

李淑娟最反感的就是男人这种砸钱、砸物的追求方式了,别看她温温柔柔,但在拒绝人方面,狠着呢,擅长的招式是直接戳人的心肝肺管子,因此,闺蜜谢冰冰有时跟她开玩笑时称她为"温柔一刀"。

李帅这种不知天高地厚又目中无人的家伙,看来免不了"挨刀"了。

"淑娟。"李帅觍着一张脸呵呵笑着。

"什么事？"李淑娟手里擦着洁白的骨杯，淡淡地问道。

"这次去上海出差，给你带了点礼物，你看看喜不喜欢。"李帅肥肥的脸上，浮现谜之自信，满满一副"你不要太感动"的神情。

"李科长不愧是国家栋梁，还经常出差呢。"谢冰冰旁边故意奉承地插了一句，李帅的脸上笑得更明显了，仿佛是一朵肥硕的菊花。

李淑娟瞪她一眼，谢冰冰缩了一下脖子，比了一个闭嘴的动作。

"李科长说笑了，无功不受禄，我们只是卖咖啡的，没你们那边那个规矩。""温柔一刀"李淑娟面无表情地说道。谢冰冰吐了一个舌头，她知道，现在是磨刀预热环节。

李帅怔住了，刚才一脸的得意慢慢转为尴尬，他摸摸鼻子说道："看你说哪去了，我只觉得这串珠子晶莹剔透，很适合你。"

李淑娟听完莞尔一笑，李帅以为自己眼花，一时间有点受宠若惊。

"那好，我问你，你是以什么身份送这串珠子给我？"李淑娟又好笑又好气地问道。

"当……当然是亲密的好朋友啊……只要你愿意，你想什么身份都可以。"李帅的回应开始有些尴尬地结巴起来。

"首先,我们也算不上亲密的好朋友,之前不熟,毕业之后更是没有交集。再然后,什么叫做只要我愿意,什么身份都可以?"

"就是……就是那种……"李帅抹了抹额头上的汗,看了一眼旁边的谢冰冰,又不好直接明示,只好眼神看着李淑娟,疯狂地暗示,肥肥的一张脸生动地跳跃着,呃,像是在夹苍蝇。

除了朋友,当然还能是情人啊……

相信李淑娟已经明白自己的意思了,李帅为自以为是地看着她。

"扑哧",谢冰冰实在忍不住笑出声,她马上把自己的嘴巴捂住,她实在不想打断接下来的精彩好戏。

果然,李淑娟脸上的笑意依旧不变,温声问道:"好,冒昧问一下,李科长多少工资一个月?"

李帅有点莫名其妙,但还是如实地回答道:"到手八千吧,有时候还会有福利,例如过年过节会有购物卡,然后还有一些奖金什么的,加一块大概就有……"

"好,我就算你一万一个月。"李淑娟快速地截断李帅的话,"一年就是十二万的工资,算上你七七八八以及各种灰色收入,你虽然是个科长,但也不算很有实权,撑死了也就三十万吧,听说你有个女儿三岁了,正是上幼儿园的年纪吧,一年的吃喝拉撒加学费少说也要五万起吧,现在养个小孩可不少花钱,你太太全职在家没有工作，日常买化妆品、衣服包包也是不少钱吧，你家的车的保养费、水电费、柴米油盐，双方的老人赡养费，这样算下来，估计你那一点收入还不够吧，你哪里来的自信再养一个女人？靠施华洛世奇九百块就能买到手的廉价水晶手串？这样不切实际的想法我劝你还是早点打消好，还有就是，现在灰色收入查得很严，最好还是小心一点为妙。"

李淑娟声音清晰明亮，每讲完一句，李帅的脸上就变一个颜色，由红转青，又由青转白，再听到李淑娟说灰色收入的时候，他恨不得上去捂住她的嘴。

"你别胡说！根本没有的事！"李帅明显开始气急败坏。

"有没有胡说我不是很清楚，但我想你比我清楚，我只知道一个每天想着包养女人的官，可不太像为民作主的清官啊。"

"你！含血喷人！"李帅差点要跳起来，"你以为你是谁啊，谁要包养你了，我警告你最好别乱说话！否则我有的是办法。"

"李科长注意措辞！"李淑娟正色道，"你要是再这样玷污我的名声，诽谤我，我会考虑上法院解决。"李淑娟这时的语气与表情太过严肃，没有一丝一毫的玩笑意味。

李帅怔怔地看着眼前这个美丽而又威严十足的女人，俨然一朵神圣不可侵犯的雪莲花，他突然意识到自己好像太过低估她了，她哪里像是温婉好摆布的样子，惹急了她真敢上法院告自己。李帅不禁地战战兢兢，那点邪念早就飞到九霄云外去了，万一李淑娟真的揭发自己灰色收入的事情，这可影响到自己的前程。有些事情吧，要是说太明了，就等于坐实了自己有灰色收入这件事。

"李科长，真是抱歉，看来今天店里没有你喜欢的咖啡呢，要不，你改天再来。"见局面差不多了，在一旁看戏的谢冰冰，恰到好处地出言提醒，笑眯眯的神情莫名地让李帅起了一身冷汗，他"嗯嗯"了两声，不敢再看李淑娟，转身就走了。

"哎！等一下！"李淑娟突然又叫住了他。

李帅的背影一顿。

"你的东西忘拿了。"谢冰冰再一次笑眯眯地出言提醒，李帅折回拿了东西，逃兵似的离开咖啡店。

"这人真是，对他笑，他怎么还一脸见鬼的表情，简直浪费我一片好心。"谢冰冰对着李帅肥胖的身影做了个鬼脸。

"不过娟子，你这功力还是一如既往的了得，人家堂堂一个科长，被你一吓，成了一个毛头小伙子了。"

"被我说中了，做贼心虚呗。"李淑娟心里不免有些自得。

"他们都被你这表面给骗了，以为是个温顺的小猫咪，哪承想，他们惹上的可能是只老虎！真不知道当初贺国璋是怎么追到你的，要经历多少磨难，才能幸运地当上你男朋友，我现在都有点同情他了。"嘴上说着同情，可谢冰冰夸张的语气，怎么听都是一股幸灾乐祸的味道。

想起以前，李淑娟嘴角浮起一抹笑意，刚想说点什么，突然就被一道温和的男声打断:"没想到,你还有这一面啊。"

李淑娟与谢冰冰循着声音一看,只见进来一个身姿高大又修长的男子,一身深色的西装,头发整齐地梳到脑后。

"您好,请问喝点什么?"谢冰冰招呼着问。

"你不记得我了?"眼前的男子带着和煦的笑,看着收银台旁边的李淑娟反问道。

"您是……"李淑娟一时没记起来,有些纳闷。

"呀!你不是那天的'天价西装哥'吗!"记性好的谢冰冰快人快语,抢先回答道。

"天价……西装哥?"林绍峰听到这个词,对自己的这个外号可是"惊喜"得很!

谢冰冰急忙捂住嘴:"不好意思,不好意思!"不慎说漏嘴了,谢冰有点尴尬起来。原来,这个绰号是谢冰冰私下给他取的,也是背着他才在闺蜜或其他人跟前说的。

那天林绍峰走后,两人都对他英勇的行为表示钦佩,为了方便称呼,谢冰冰干脆戏谑地给他取了一个外号,叫"天价西装哥",以表示以为要赔偿那件天价西装带来的心悸。

不想,今天她一时嘴快,直接对着本尊,说出人家的外号,一阵惊愕之后,两人同时都感到一丝尴尬。

而刚才这位突然出现的林绍峰,也不知道他站在门口多久了,也不清楚他偷听了多少她们闺蜜俩的聊天。

李淑娟有些不自然,被不熟的人窥见自己的另一面,如同假面被拆穿。

　　"你怎么来了?你在那里,站多久了?"李淑娟怯怯地问。

　　"我怎么不能来,难道你们店不欢迎长得帅的人?站的时间嘛,也不长,就在你说人家灰色收入那个时候。"林绍峰一边走过来,一边开玩笑道,"现在官员灰色收入都这么高吗,早知道就应该去考公务员啊。"那种熟稔的口吻,像是相识许久的老朋友。

　　"我也只是随口说的,千万不要当真。"李淑娟尽量平和下来,想掩饰自己刚才的不安。

　　"你分析得挺好的,鞭辟入里,清晰缜密地杀人于无形,你以前在学校里不会是辩论队的吧。"林绍峰眼里闪着光亮,冷静地推测着,饶有兴趣地注视着李淑娟。

　　李淑娟笑了笑,避开了这个话题。

　　"林先生说笑了,您喝点什么?"李淑娟微笑着打招呼,原本杏仁眼弯成了纤细的月牙,两只梨涡也若隐若现。

　　"来一杯美式咖啡,不加糖,谢谢。"林绍峰客气地点完餐,风度翩翩地靠在收银台边上等,店内暂时安静下来。两个年轻的女孩叽叽喳喳地推门进来,看见靠在前方的林绍峰,不约而同地齐齐噤声,脸色通红,神态拘谨地走近收银台,用蚊子般的声音点完餐以后,双双拿眼神上下偷瞄着林绍峰。

　　"好帅哦。"

"对啊，长得好看，身材也不错，像一个模特。"

"就是就是。"

……

两个女孩不时地小声交谈着，自以为声音很小，其实店内的其他三人听得一清二楚。

谢冰冰在与李淑娟对视的时候，用口型对李淑娟轻声说道："花痴！"

两个小女生接过奶茶，有些不舍地转身出门。

"等一下！"不想，素昧平生的林绍峰突然叫住了她们。

"诶？怎……怎么了？"女孩们齐齐回头，也不知道是惊喜还是紧张，说话都结巴了。

"你们吸管忘拿了。"林绍峰温声提醒。

"哦哦，谢谢啊。"一个女孩小跑回来拿了两根吸管，含羞带怯地看了林绍峰一眼。

"哇，腿也太长了吧！"

"好暖啊！"

"好想要个微信啊……"

两个小姑娘低头窃窃说着，碎步跑出去了，临走时留下满店的"花痴语录"。

经那两个小姑娘这么一出，谢冰冰这才仔细打量林绍峰，嗯，长相确实是韩国欧巴的范儿，大长腿加上俊朗的脸型，活脱脱一副招蜂引蝶的源头。她耸耸肩，还好，不是自己的菜，不对！应该是还好自己已经有菜了！不过张普仁自从出差后，已经有好些日子没来店里，谢冰冰和他尚在发酵的私情也只是通过微信和电话进行联络和维系。不过，一想到那个男人，谢冰冰感觉一颗心要飞起来，还哼上了小曲。

"林先生，您的美式咖啡。"李淑娟脸色如常，平静地递上咖啡。

"哦，好的，多少钱？"林邵峰依旧客气地问。

"不用了，这杯我请您吧，感谢上次您为我们解围。"简单的白色工作服，穿在李淑娟身上却像量身定制似的合体，修长的玉颈，绸缎般的秀发，林绍峰感觉自己有些挪不开眼，想起刚才她言辞激烈怼人的样子，竟有另一番韵味呢。

"那就——"林绍峰接过咖啡扬了扬，没有丝毫的客气，"恭敬不如从命，不过，礼尚往来，还请两位美女老板赏脸，我请吃饭，不知明晚有时间吗。"

谢冰冰一听急忙转过脸："不不不，不用客气了，我明天晚上有事，我就不去了。"她把手摇得跟电风扇似的，看得出来，她真有一场很重要的约会，不像是因为不想去找出的借口。再说，谢冰冰又不傻，怎么会看不出来林绍峰想约的是李淑娟呢，她可不想充当那个不知趣的电灯泡。

"哦，那真是有点可惜，李小姐您呢？"表面上说"可惜"，其实正中下怀的林绍峰，语气上已经掩饰不住那份暗暗的欣喜了。

"林先生太客气了，我们请您喝杯咖啡是应该的，也是感谢您上次的解围，我们甚至还弄脏了你的衣服，一直过意不去，所以哪能劳驾您请吃饭呢。"李淑娟习惯性地拒绝了。

"李小姐才是太客气了，这杯咖啡这么好喝，很值得我请一顿表示谢意。"林邵峰并没有退却的意思，依然绅士般地再次邀请，"要是李小姐不为难的话，请不要推辞，说实话，我也是咖啡爱好者，也是想借吃饭的机会，向二位探讨一下咖啡的知识，这个忙，不知道李小姐愿不愿意帮？"

林绍峰的这个理由，抑或说是借口，却也十分妥帖，将她们的工作与私人邀约融合在一起，很难让身为咖啡馆老板的她们再推辞。

真正的社交高手，会轻易化解掉眼前的任何阻碍。这位林绍峰绅士，在目睹了李淑娟言辞犀利的拒绝了某个追求者的示好之后，竟然还有胆量对李淑娟发出邀约，真是勇气可嘉啊，再说林绍峰可是一位名副其实的高富帅，一旁的谢冰冰决定帮他一把，也是帮闺蜜一把，为了她的将来和下半生。

"林先生，"李淑娟显得有些为难，"我明晚还要看店，所以实在有点不方便……"

"方便的，方便的！"李淑娟的话还没说完，就被谢冰冰打断了，"明天晚上我看店，我一个人可以的，娟子你就放心吧！"

"你不是有约会吗？"李淑娟惊讶地反问。

"呃……"谢冰冰词穷了片刻，又反应迅速地解释道，"我改后天了，你就放心地去吧。"

"既然这样，我就先谢过谢小姐了！"林绍峰很懂得把握时机，顺着谢冰冰的话头接下去，丝毫没有给李淑娟拒绝的机会，他直接转头看向李淑娟道："明天晚上六点，我来接你可以吗？"林绍峰目光灼灼地看着李淑娟。

要是再拒绝，倒显得自己有点矫情。被赶驴上磨的李淑娟不得不妥协，同时在林绍峰看不到的角度，狠狠地瞪了始作俑者谢冰冰一眼，对方毫不在意地回了一个鬼脸。

"那好吧。"李淑娟勉为其难地答应道。

"那就明晚见喽！"林绍峰嘴角翘得高高的，露出一排洁白的牙齿，笑得很爽朗。

"好，明晚见！"没等李淑娟回应，一旁的谢冰冰赶紧替闺蜜答应了。

谢冰冰为了把自己的闺蜜"推销"出去，或者说是给她的将来寻觅一个稳妥的归宿，自己可是特意推迟了约会啊，也算是一次大公无私的付出了。可惜李淑娟半点没领情，林绍峰前脚刚踏出店，她就对着谢冰冰发出了死亡咆哮："谢冰冰！"同时抓起台子上的干抹布，朝谢冰冰脸上扔过去。

"死冰冰，你干吗啊？！"李淑娟一脸忿忿地咆哮。

谢冰冰一边闪躲，一边嘻嘻哈哈地笑："没什么啊，我只不过助你一臂之力！哈哈哈哈！"

"你还笑，看我不撕烂你的嘴！"李淑娟恼羞成怒。

"别啊别啊，我可是你亲闺蜜，再说我也是为你的幸福着想啊，以后你成了阔太太，你得感谢我才对啊。"

"你哪回不是这么说？我看你不去做媒婆真是可惜了！别跑！"李淑娟一边嗔责，一边在桌椅间追撵着谢冰冰。

"别介啊，你听我仔细跟你分析啊，"谢冰冰喘着气停下来，两人之间隔着一张桌子，她摆了摆手说，"你看啊，林先生呢，长得比贺国璋好看，然后还比秦绍东有钱，年轻有为事业有成，关键还长得还帅，横比竖比都是一个不错的人选。要不是老娘我这边有其他人选了，我还真的挺心动的，这不姐们忍痛割爱，只要你们好好发展，也不辜负姐妹这一片谋划之心啊。"

李淑娟哭笑不得："你这都是什么跟什么啊，我跟人之间什么都没有，你还是操心操心你自己吧。"

谢冰冰像是开了闸的水，止不住地继续分析说："现在没有没关系啊，主要是以后有机会啊。我跟你说啊，你现在是觉得单身一个人不错，不去想这些事情，但你以后肯定还要找一个人，携手共度下半辈子吧。你也已经单身这么久了，不可能就这样一直单下去吧！千万别拿逃避当借口了，你还能逃避几年呢？三年？五年？还是十年？既然迟早都要找，那还不如早作打算。

娟子,我是真心为你好,希望你找一个好男人,一个优秀的男人,过上安稳的生活。现在除了老娘我,谁还这么关心你的终身大事?"

谢冰冰平日里不着调,竟然也有严肃的时候,虽然有些观点不同意,但有几句还是戳中了李淑娟的内心。是啊,自己到底要逃避到什么时候呢,因为一个贺国璋,自己像鸵鸟一样躲了起来,跑到偏僻的一角,与朋友开个小店度日。可惜,天不遂人愿,这么长时间,咖啡店的生意一日比一日差,这终究不是长远之道。

况且,她对爱情,还有一份向往。

想到这里,李淑娟耸耸肩,有些不好意思地笑了:"确实,我得感谢你,冰冰。你说得对,我逃避得是够久了。"

"对嘛,对嘛,按我说,世界男人千千万,何必吊死在一棵树上呢。这个不合适的,再换一个就是了。如今的女人跟男人是平等的,我们女人同样对男人有主动选择权的嘛。我觉得你离婚以后对所有男人几乎都冷淡了,你这恐怕就是所谓的离婚后遗症啊!"

"没有吧?有吗?"连李淑娟自己都没察觉自己对待男性的态度上有什么不正常。

"当然有啦,你看你对你那个高中同学,完全就是一副拒人千里的冰块模样,一张脸上写满了公事公办。还有这个林先生啊,那么帅的帅哥约你吃饭,你竟然一点面子都不给!平常对女顾客都温柔可亲、热情周到的，可对男顾客呢，不是敷衍笑笑就是没表情，搞得人家都以为我们不欢迎顾客呢。"

"我……我有吗？"谢冰冰的这番批评，让李淑娟有些意外。

"有！简直不能再明显了！"谢冰冰肯定地回答。

好吧，李淑娟不知道原来自己对男性还真有点偏见和态度异常了。的确，她们闺蜜俩天天在一起，谢冰冰是旁观者清，李淑娟的一举一动，一颦一笑她都看得清清楚楚。而李淑娟则是当局者迷，自然压根就意识不到自己婚后的变化，以及对异性的各种冷淡与拒绝的态度。

"或者，你该不会是离婚以后性情大变，然后开始喜欢上女人了吧？"谢冰冰开玩笑地把手护在胸口，"你可别喜欢上你姐们我啊，我已经有喜欢的人了！"

李淑娟听了，哭笑不得，毫不客气地抬手在她头上赏了一个板栗。

据说，回去后的李帅，提心吊胆了一阵，常常打听有没有人去信访局举报自己，几个月都没有什么动静，他才渐渐放下心来，不过同学李淑娟的那个咖啡店，他是再也没敢去了。

第十五章　狭路相逢

第二天六点，一辆红色的大切诺基缓缓停在了88号咖啡馆门口，从车上下来一个戴着墨镜西装笔挺的男人。林绍峰果然应约前来。

英气逼人的林绍峰朝着咖啡馆走来，看见了站在门口等候着的李淑娟，立即取下了墨镜，林绍峰感觉自己有点挪不开眼睛。

尽管这只是他们的第三次见面，但林绍峰只要看到这个女人，靠近她一点点，都会情不自禁地心神荡漾，这种无法克制的感觉让他不得不确认，自己已经爱上了眼前的这个女人。

而此时，站在门口的李淑娟打扮得比之前更美丽动人。刚刚洗完，飘散在肩头的秀发，一袭米白色的连衣裙，配上尖头裸色小高跟，整个人既清新又淡雅。林绍峰何止是眼前一亮，简直就是惊艳。

原来昨晚回家，经过谢冰冰在耳边一阵狂轰乱炸，李淑娟心里也犯嘀咕,难道自己真的对男人没兴趣了?为打破谢冰冰的"谬言",在今天约会时,李淑娟刻意打扮了一番。刚才在店里谢冰冰摸着下巴看了半天也没挑出丝毫毛病。就连这个闺蜜也差一点就拜倒在李淑娟的石榴裙下:"娟子,看着你我都忍不住要亲你一口,嘿嘿,你这一身保证让他眼前一亮。"

林绍峰走到跟前,伸出右臂,说了一句"请",跟她向车前走去。到了车跟前,林绍峰又不失时机地快速绕过去,绅士地为李淑娟打开车门。系好安全带,两人径直去了他早已预定好的那家餐厅。

那是一家格调精致的西餐厅,位于五星级酒店的一侧。

当他与李淑娟并肩出现在餐厅门口的时候,林绍峰敏锐地发现在场男人的视线若有若无地盯向旁边的李淑娟,在几乎所有男人艳羡的目光中,两人在侍者的带领下落座。林绍峰的虚荣心得到了极大的满足,作为男人,简直没有比这更让人心生优越感的了。

李淑娟并没有注意到他人的目光,她打量着餐厅的环境,有点不安地说道:"这个餐厅很贵吧?怎么能让你破费,我们还是AA吧。"

林绍峰爽朗地笑了:"吃什么食物,都只是为了填饱肚子而已,哪有什么贵贱之分,再说你愿意来,就是我的荣幸,说AA就有点折煞我了。"

林绍峰打了一个响指,一个穿西装带着领结的侍者走向前来,双手戴着洁白的手套，捧着高脚杯与早已醒好的红酒，他行云流水地倒好酒，就识趣地离开了。

李淑娟不是没有见过世面，但眼前这家餐厅，却是比她从前去过的都显得高级。

"这是布利白葡萄酒，里面有淡淡的蜜糖花香味的麝香，我想你们女孩子会喜欢，尝尝吧。"林绍峰刻意简单地介绍了一番。

李淑娟拿起酒杯，向内摇晃，然后把酒向内倾斜，低头嗅了一下，果然味道香浓适当，一闻就知道是好酒。

林绍峰观察着李淑娟的一举一动："看得出，李小姐也是懂酒的行家。"

"说不上行家，平常也会喝一点。"李淑娟礼貌地谦虚道。

"这家餐厅很不错，雪花牛排很新鲜，李小姐是咖啡店的老板，应该是个喜欢咖啡的人，喜欢咖啡的人向来也是喜欢西餐的，所以我私自做主，选了这家西餐厅，李小姐吃得惯吗？"林绍峰这才说明了选这家酒店餐厅的缘故。

"还好，其实我不常吃，以前还是学生的时候，吃不起西餐。"李淑娟淡淡地回答，"后来工作了，能吃得起的时候，你知道的，又没有那份闲情逸致了，所以我吃的次数也不多。"

李淑娟的话让林绍峰微微有点意外，看李淑娟喝酒的姿态很娴熟，还以为她会是在朋友圈深夜晒一张浴缸配红酒的女人呢，谁知她竟然说自己不习惯吃西餐。

"那我们还是换一家店吧,旁边也有一家很好吃的杭帮菜。"林绍峰殷切地提议。

"不用了,刚好今天就好好享受一下林先生的推荐,说起来,自从开店以后,我很长时间没有跟朋友出来吃过饭了。"李淑娟轻轻摆了摆手表示。

"李小姐平常很忙吗?也不和男朋友出来浪漫一下?或者和朋友们一块放松一下?"林绍峰试探地问。

"我单身,之前有过一段婚姻,后来因为种种关系,我们……我们离婚了,于是我与朋友合开了那家咖啡店。我不太爱交际,生活圈子也不大,所以,你知道的。"李淑娟自嘲般地笑了笑。

"这么说,李小姐还没有男朋友?"终于套出了底细,尽管知道眼前的这个女人结过婚,不过还好已经离婚了,林绍峰看着李淑娟又问了一句,笑得莫名酣畅的样子。

李淑娟有点错愕,这是什么思路,重点难道不是她离婚的事情吗?怎么是她有没有男朋友?

"你不应该问我怎么离的婚吗?"李淑娟忍不住问道。

"谁没一点过往,一段婚姻也不代表什么,况且,这是李小姐的私事,如果你愿意自然会讲,我又何必多问。"林绍峰的回答,让李淑娟第一次正视起眼前这个俊秀挺拔的男人。

对别人说起自己的婚姻,大多数人总会用或好奇或怜悯或惋惜的目光看着她,唯独眼前这个男人,从他没有丝毫惊讶的脸上,看得出他真的不在意,不是伪装,李淑娟很感谢这样的目光,这种看待常人似的眼光,才是她最需要的啊。

"你好,打扰一下。"服务员端着摆盘讲究的各种盘子,一一摆放,原木的托盘上是刚刚烤炙好的五分熟牛排,雪白的桌布,泛着银光的刀叉,每一个细节,都透着高级两个字,李淑娟拿起刀叉准备开动。

"你,不拍照吗?"林绍峰突然地打断李淑娟的动作。

"拍照?现在餐前都需要拍照的吗?"李淑娟不解地问。

"嗯,也不是,如今一般的女生不是都喜欢拍照发朋友圈吗。"林绍峰尴尬地笑了笑。

"哦,食物是真的很精美,只是我向来没有这样的习惯。"李淑娟如实回答。

不为李淑娟离过婚惊讶的林绍峰,竟然为李淑娟不拍照而有点小惊讶,他已经习惯与不同的女性吃饭,她们通常都会拿着手机对食物拍个不停的样子,就像是进餐前必须的仪式,然后兴致勃勃地花上十分钟,修图,最后发朋友圈。今天碰上不拍照的李淑娟,他还真有点奇怪呢,同时也松了一口气,终于不用等相机先吃、朋友圈先吃了后,自己再吃了。

"你跟我见过的那些女孩都不一样,她们都喜欢拍照发朋友圈。"林绍峰一边慢条斯理地切着牛排,一边对李淑娟说道。

"因为我是一个吃货,看见美食,就没有了理智,根本想不起还有拍照这回事。"李淑娟畅快地回答。

"吃货一般都不会愿意说自己是一个吃货,可见你是一个假吃货。"林绍峰笑了笑。

"非也,'吃货'这个称呼更像是一个荣誉,尤其是那种爱吃还不胖的女孩,她们喜欢把自己是吃货挂在嘴边,但胖人确实不喜欢这个称号。"李淑娟辩驳。

林绍峰想了想,表示肯定:"李小姐说得很对。"

"你叫我淑娟吧,朋友们都这样叫我。"林绍峰看见李淑娟笑得有点小俏皮,长长的睫毛闪动着,又是一种他从未见过的美,只见她切牛排的动作娴熟且优雅,一点都不像她说的很少吃西餐。她到底是个怎样的女人,年纪轻轻却经历得不少,不爱炫耀自己,也不爱吹嘘自己,低调而内敛,林绍峰突然对眼前这个女人,有了一股探究的冲动。

"淑娟,正式认识一下,我叫林绍峰,你可以叫我绍峰。"林绍峰举起酒杯,李淑娟从容地应和着,也举起杯子与他轻轻碰了一下。

谢冰冰说得没错,人嘛,就需要早做打算,一味地沉湎于过去,还不如放下,开始新的生活。李淑娟许久都没有如此轻松的感觉了,喝到微醺,她整个人都感觉轻飘飘的。林绍峰很幽默,也很擅长调节气氛,一顿饭下来,他们关系拉进了不少。

这场算是约会的两人会餐,持续了大约一个半小时。这期间,总体上他们相谈甚欢,中间几乎没有出现什么尴尬或别扭的"翻车"情形,而李淑娟对面前的这个男人也多少有了一丝亲切感。

林绍峰半扶着微醺的李淑娟的胳臂,走出餐厅。当林绍峰提出送她回家的时候,李淑娟没有再拒绝,她仿佛心安理得地坐上了他的车。

不过,就在李淑娟享受这场约会的时候,谢冰冰可没那么轻松了。咖啡馆这边该来的张普仁没来,倒来了一个秦绍东。他进店以后没有看到熟悉的身影,只好站在几幅画前,假装看得很专注,实际却在搜寻李淑娟的身影,环视一圈,不见李淑娟踪迹的秦绍东按捺不住,终于对谢冰冰开了口。

"淑娟,今天不在吗?"秦绍东急迫地问。

"啊,对,她今天不在。"谢冰冰一边如实答道,一边看着他的表情。

"她怎么了?她是生病了吗?"秦绍东很焦急地问道。

"不是,她晚上和朋友出去吃饭了。"谢冰冰盯着他有些窘迫的脸说。

"哦。"秦绍东脸上焦急刚降下去,取而代之的,却是另一种焦虑。

谢冰冰吐了吐舌头,她怎么忘了她家大美人娟子还有这一个护花使者来着。可惜啊,秦大"护法"今天扑了一个空。谢冰冰不免有些心虚,毕竟那个约会,可是她撺掇着李淑娟去的。

秦绍东没再追问，只是点了一杯咖啡，拿了一本闲书，静静地坐在咖啡店的老位置上，看样子是要等李淑娟回来。

等秦绍东一口口抿着喝完了咖啡，李淑娟还没回来。看他还在固执地等下去，谢冰冰不忍心地走过来对他说："呃，秦先生，娟子可能很晚才回来，你还是下次再来找她吧。"

秦绍东的目光从书刊上挪开，抬起头说："没事，我今天正好没什么事，就是坐坐。"

谢冰冰心里叹了一口气，心里祈祷着，等会千万别碰上啊，千万别让林绍峰送她回家啊，这要是碰上，就有点尴尬了。

可惜，谢冰冰的祈祷刚结束，一道车灯闪过来，透过玻璃门，那辆抢眼的红色大切诺基稳稳当当地停在店门口。一个男人下了车小跑着，转到另一侧，优雅地开了车门，这不是晚餐后回来的李淑娟和林绍峰还能有谁。

更惨的是，秦绍东坐的那里可谓是最佳视角啊，连李淑娟脚上穿的高跟鞋都看得一清二楚。谢冰冰亲眼看到秦绍东的脸色瞬间凝固冻结，然后一张脸上的血色褪得干干净净。

这都是哪门子的冤孽啊，这么好巧不巧的，谢冰冰捂着脸，走到了店门口。

"娟子娟子，你回来了。"不管，自己总算能松口气了，谢冰冰一边大声地说着迎接，一边使着眼色，给闺蜜示意店里有熟人来了。

李淑娟并没有领会，带着笑应了一声，等走进店里，才瞥见了那个熟悉的背影，竟是秦绍东，她有点意外，这个点，没想到店里还有人，她温声道："班长，你来了。"

秦绍东站起身，走到李淑娟跟前，故作镇定地说："嗯，晚上不加班，过来喝杯咖啡。"

正当李淑娟想开口说点什么的时候，"叮铃铃"，一阵风铃响起，原来是林绍峰推门进来了。

"淑娟，你的包忘在我车上了。"话音刚落，他才发现店里还站了一个男人，与李淑娟四目相对着，似乎是老相识。

"这位是？"秦绍东毫不避讳地打量着后跟进来的林绍峰，他手上还拿着李淑娟的包包。晚上李淑娟和谁一起吃饭，答案自不必说了。

林绍峰的眼里也闪过一丝警惕性的疑惑，同性之间总是存在敏感的第六感，就像两头雄狮狭路相逢，在目光相接的瞬间，他们就能分辨出是敌是友。

场面一时间有点微妙，平静的空间里，有火光闪过。

站在一旁的谢冰冰捂脸的手干脆改捂眼睛，老天爷啊，真是没眼看，这火光四溅的情景，简直让她尴尬症都要犯了。

"这是我高中同学秦绍东。这是我店里的常客。这是我朋友，林绍峰。"李淑娟面色平静，很自然地做了下介绍。

"哦，你好，我是林绍峰。"林绍峰先反应过来，伸出手。

秦绍东顿了顿，伸出手，缓慢地与林绍峰的手握在一起，但很快就松开了。

"既然是淑娟的老同学，那也是我的朋友，这是我的名片。"林绍峰打开皮夹，从里面抽出一张名片，递了过来。磨砂材质的黑色名片，上面烫金印着头衔是远洋国际总经理，再下面是简单的名字与手机号码。

"看不出来林先生年轻有为，竟然是远洋国际的总经理。"秦绍东瞅了瞅上面的头衔身份，一边夸赞着，一边随意将名片揣在口袋。

"过奖过奖，也不过是一个打工的而已。"林绍峰习惯性地谦虚道。

"林先生谦虚了，都是总经理级别了，自然不能和普通的打工人相提并论，年轻有为还如此谦逊，林先生，难得，很优秀。"秦绍东说得缓慢，字字清晰。

"不知秦先生在哪高就？"林绍峰淡淡地引开话题。

"哈哈哈哈，借用林先生的话，也不过是一个打工的而已。"

秦绍东似乎已经抛却了最初的拘束和顾虑了。正如生活不同于职场，男人与女人的交往，也不同于男人与男人之间的交往。遇到心爱的女人，紧张羞涩的秦绍东往往会显得十分笨拙。但是男人与男人的交往乃至交锋，却是在职场中长期练就的，言行举止之间，也就少了那些不必要的胆怯和顾忌。

不冷不淡的几句话听得谢冰冰有些牙疼，就连李淑娟也纳闷，他们怎么还攀谈起来了，林绍峰话里话外更是不把自己当外人，一顿饭的交情，但经过他的言语渲染再配上时而柔情的目光，难免不让人生出误会。

"那，我就先回去了，淑娟，下次见。"林绍峰朝她挥了挥手，然后对面前的陌生男人客气地问，"秦先生回哪里？我一块送送你吧？"

聪明的男人，尤其是情敌之间，总会在心仪的女人面前，尽力展现自己的大度，展示出自己更优秀的一面，从而在无形中压倒对方。

林绍峰的这个提议，确实一举两得。一方面，他可以借此向在场的人显示着自己的大度，从而赢得李淑娟的好感，同时也多少能化解李淑娟的这个男同学的某种敌意；另一方面，他这一问，也能试探出他是否开车过来，开着什么品牌的车，也就大致能推断出他的经济水平，以及日后他对自己构成的威胁大小了。"不用麻烦了，我这边离得近，走几步就到了，再说我经常在淑娟这里喝咖啡，也走得习惯了。"秦绍东没有想到这层曲折微妙的含义，却也能不卑不亢地回答。

林绍峰脸上的笑停滞了一秒，随后提醒："晚上喝咖啡可不是一个好习惯，影响睡眠。"还不等秦绍东的回答，林绍峰直接与李淑娟几人告别，然后开着车，消失在他们的视野中。

"淑娟，那我也回去了。"秦绍东感觉到咖啡馆空气里的寂静，这时又想不到合适的话题要谈，不得不告辞。

"嗯，好的，路上小心。"李淑娟也没挽留。

"对了，这个林先生，你们很熟吗？"走了几步的秦绍东突然回头，对着李淑娟问。

李淑娟静默了一下，虽然没有向他坦白的必要，但也如实说道："算不上很熟，就是朋友。"

秦绍东脸上浮起了浅浅的一抹笑，像是受到了莫大的安慰似的说："原来是这样，再见淑娟，冰冰。"

"再见！"

"天呐，差点吓死我了！这里刚刚简直就是战场，要是眼神能喷火，那空气中肯定冒着火光，然后脚下的地都化作一片焦土，飞沙走石火光冲天。"谢冰冰拍拍胸口，夸张地描绘着刚才的情形。

李淑娟不理她，径自系上工作围裙，开始清理桌子和水槽。

"娟子娟子，可以啊，魅力还是一如往常，今天引得两大帅哥差点为你冲冠一怒为红颜，搁在动不动就决斗的古代，没准就血溅当场。"

"娟子，你听见我说话没？娟子！"

"听到了！无聊。"李淑娟终于忍不住回了一句，"你有这些想东想西的空，还不如过来一起擦一下水槽。"

"唉,你怎么这样啊,不八卦别人的事就算了,连你自己的终身大事也不讨论一下,没劲!"谢冰冰垂头丧气地拿了一块抹布。

"你说说嘛,今天和天价西装哥的晚餐怎么样啊?吃得开心吗?"谢冰冰怎么可能放过这个八卦的机会,不八卦,她就不叫谢冰冰了。

"还行吧,林先生挺幽默的,也比较聊得来,挑的餐厅也不错,"李淑娟突然顿了顿,补充说,"还有啊,别给人瞎叫外号,忘了你上次被人听个正着了?"

"哎呀,这个不重要,你赶紧说说怎么聊得来了?"谢冰冰不以为意。

李淑娟停下手中的工作,认真地想了一会后说道:"跟他聊天比较轻松自在吧,你知道的,我一直都不怎么喜欢跟人聊天,但今天吃饭,全场没什么尴尬和拘束,也算是愉快。"

"可以啊,天价西装哥可以啊,跟你这样的冰山美女都能不冷场,还算是有两把刷子了。"谢冰冰表扬道。

"对了,今晚生意怎么样?"李淑娟话题一转问。

说到生意,谢冰冰一张小脸垮下来:"还那样呗,除了那个秦绍东,一晚上就来了两个人,一个是推销保险的,还有一个呢,是来问有没有厕所的。哎呀,真是气都气死了。"

"可别生气,气坏了身子,这生意还怎么做下去。"李淑娟开玩笑地说。

"遵命。"谢冰冰吐了个舌头。闺蜜两个人开始收拾店面,准备打烊休息了。

第十六章　说客

　　就跟股市的跌跌涨涨那样，咖啡店的生意也是时好时坏，有时候两个人忙得脚不沾地，有时候却闲得一整天只好在店里数咖啡豆。总地来说，忙的时候少，闲的时间多，因此一月下来，还是亏本多过盈利。每次月底盘账，都是这两位女店主头疼的时候，李淑娟与谢冰冰看着账面，都只能咬牙坚持。

　　这天，冷清了半个月的咖啡店突然热闹了起来，新客人络绎不绝，老客人也是悉数到场。这让李淑娟和谢冰冰不免感到奇怪。

　　先是许久未见的袁天信来了。不用猜，他来了，就意味着贺国璋的消息也来了。就连谢冰冰也怀疑这哥们就是一个信使，隔三差五来店里，就是为了向李淑娟更新贺国璋的最新动态。谢冰冰撇嘴，她对那个脚踩两条船的出轨渣男真是没什么好感，恨不得听到他离开李淑娟后，就落魄潦倒、生不如死的消息。于是袁天信一来，她就自动凑上去，打探消息了。

谢冰冰装作一脸热情地招呼:"哎哟,袁哥来啦,快请坐,喝的还跟以前一样吗?"

"对,一样!"袁天信也习惯了,不拿自己当外人。

"好嘞,袁哥,没记错的话,你至少有半个多月没来了。"旁边的李淑娟还没来得及跟老朋友寒暄,谢冰冰就急不可耐地问,"今天什么风把你吹来了?"这口气敢情她跟袁天信的关系要比李淑娟还亲密。

"没什么,就是路过你们这,过来喝杯咖啡,你们最近还好吗?"袁天信也不忘关心地问候一下。

"嗨!就那样呗,我们店的生意啊,一直亏本,感觉都要做不下去了。"谢冰冰坐在袁天信对面的椅子上,神情颇为受挫。

"没事,别太灰心,许多人起步都这样,慢慢地会好的。"袁天信把头转向一旁操作咖啡机的李淑娟,"对了,淑娟,你最近有跟国璋联系吗?"

"瞧你说的,娟子早就把那个渣男微信拉黑了,你又不是不知道,还联系个啥啊?"谢冰冰在一旁嘲讽。

"可以打电话嘛。"袁天信讪讪地说。

"没有,我们既然离婚了就没有关系了,也就没必要联系。"李淑娟淡淡地回答。

"你说,最近那个渣男怎么样了?有没有和那个贱女人结婚?要是他们打算结婚了,你千万要告诉我,我要去婚礼现场,好好'祝福'那对狗男女！"谢冰冰想起了拆散娟子和贺国璋家庭的那个小三，把手指关节掰得咔咔响，配上阴森森的语气，看她这样，百分百就是去砸场子的，袁天信敢带她去才怪呢。

再说了，他们压根并没有结婚。

袁天信像是给贺国璋洗白似的，赶紧向她们两人解释说："你们还不知道吧，国璋跟那个女人分手了，具体的细节我也不清楚。但是国璋再也没有提起过那个女人了，可以肯定的是他跟那个女人分手了。我上次跟他碰了一面，国璋现在专业炒股，据说最近收益很不错，才两个月不到就赚了几十万！"

"哇！一个多月就几十万？！这也太牛了吧。"这个消息让谢冰冰既惊讶又羡慕，"行啊，这贺国璋除了渣，赚钱也有点能耐嘛，袁大哥，他买什么股，你留意一下，回头告诉我，咱们两个一起发财……"说到最后这几句，谢冰冰特意凑近袁天信，巴结央求地说。看来这个妮子也止不住动起了炒股的念头。

"你找你家娟子啊，让她直接去问，不是更快？"袁天信笑了笑，推出了李淑娟。

"哎呀，离婚了就应该老死不相往来啊，我怎么会是那种为了钱而出卖朋友的人呢？"谢冰冰说得大义凛然，转头却又对李淑娟道："但是呢，有些离了婚也能做朋友，娟子，为了我们的幸福生活，其实你牺牲一下还是值得的嘛，毕竟谁跟钱有仇呢，你说是吧？"谢冰冰望着李淑娟谄媚地挤出笑容。

"瞧你那点骨气！"李淑娟把咖啡端到袁天信面前，然后又好笑又好气拿着手指头戳谢冰冰："你以为炒股有那么容易啊？谁都能赚几十万啊？还有大把的人因为炒股输得倾家荡产呢，'股市有风险，入行需谨慎'听过没？就你这样的小白进去，可能输得连骨头渣子都不剩！"

"哎……哟哟，疼！你别戳得那么用力好不好？本姑娘豆腐似的皮都要被你戳出洞了……"谢冰冰龇牙咧嘴地求饶，夸张地说着，赶紧逃到收银台后去了。

李淑娟在袁天信对面坐下来，只要不谈贺国璋，老朋友来了，还是一件开心的事。

"其实，国璋很挂念你。"袁天信喝了口咖啡，试探地开口。

"他怎么样，现在都跟我没关系了。"李淑娟的脸色故意有些冷淡下来。

"他现在是真的有钱了。前一阵子他还跟我诉苦来着，说亏了不少，如今反倒走好运了，你看他朋友圈天天晒的都是一些很高上大的地方，你看……"袁天信翻出贺国璋的微信，点开他的朋友圈，把手机推到李淑娟面前。

李淑娟倒没有推辞，拿起手机，看到了那个熟悉的微信头像，只见朋友圈里面晒了一组组照片，鲜少配文字。每组照片下面都有定位，最新的一个，显示的是海南三亚，图片中，碧海蓝天，高档的酒店房间。日期再往前，发的图片要么是精美的食物，要么就是看上去就很高端的酒店之类的。

这时,袁天信不无感叹地说:"以前你们结婚的时候,大家都是刚刚毕业的学生,一穷二白,现在好不容易他发达了,能跟着他享福的时候,你们却离婚了,说实话,你心里就没有一点不舒服?"

"没有什么舒服不舒服的,该我的就是我的,不是我的,强拉着也没用。"李淑娟平淡地说。

说到旧事,两人都沉默了。

过了片刻,袁天信还是忍不住唠叨起来:"以前国璋是有点荒唐,但现在我看他不一样了,其实,他还是很关心你的,经常向我问你的情况。知道你自己开店了,他很为你感到高兴,还时常拿我的手机翻你的朋友圈动态。淑娟,我们都老大不小了,你和国璋,是我们这群朋友一路看着走过来的,国璋他虽然一时糊涂做下了错事,但他本质上不坏,而且他现在也很后悔,和那个女人也没有任何瓜葛了,如果可以的话,你们或许可以重新开始,我相信你们之间还是有感情的。"

不知出于什么目的,他一口气说了一大堆关于贺国璋的好话。

"天信,你要是来喝咖啡的,我随时欢迎。但要是来当说客的,我恐怕不能陪你聊天了。"李淑娟站起身,作势要离开。

"等等,等一下,不要这么急嘛,每回一说到他你就跟我急,说明你心里真是一点没放下,为什么就不愿意承认呢。"袁天信情急之下，伸手把李淑娟拉住，然后摁回座位上。

"天信，破镜不能重圆，发生了就是发生了，再怎么拼一块，裂缝还是在的，我不想自欺欺人。我想你也是能明白的。"李淑娟尽量克制住心中的不满，说出了心里话。

袁天信叹了一口气，看来，李淑娟是真的铁了心不会复合了。作为朋友，他能做的，也只有这些了。再说下去，说不定李淑娟真的跟自己翻脸了，那可不是个好事。袁天信喝完手中的咖啡，与她们又小聊了一会，便又匆匆地离开了。

"贺国璋那么渣的人，竟然有袁大哥这么一心为他着想的朋友，当初还能娶到你这样的老婆，真是走狗屎运！"谢冰冰真是不放过半点损贺国璋的机会，她已经打骨子里讨厌贺国璋了。

李淑娟笑笑，她心里清楚，其实贺国璋人本质上是不坏，对朋友义气，对家人也好，他只是还没有学会如何像个男人一样，去承担自己的责任，为自己的所作所为负责。袁天信这次带来的信息，让她隐隐有点担心，炒股纵然来钱快，但不是长久的营生，且风险极大，一旦失手，很难翻身的。尽管她跟他已经离婚，李淑娟还是希望对方能够一直好好的，不至于到时落魄到睡大街，甚至到走投无路的地步。

袁天信前脚走，快一周没来的老同学秦绍东也来了，这还是那天晚上见面之后，他第一次来店里，他见李淑娟忙，只在店里静静地坐了一会儿，喝了杯咖啡便走了。最近他的心情很复杂，想见李淑娟又刻意忍着不来咖啡店,像闹别扭似的,也找不到可以倾诉的对象。

昨天和几位老同学小聚,秦绍东这才听说了那堆男同学排着队对李淑娟献殷勤的事,面对几个在李淑娟那里碰了壁又转过来嬉笑侮辱李淑娟的男同学,秦绍东恨不得当场翻桌子走人。事实上,他最后没能忍住,的确也这样做了,留下几个面面相觑的男同学,面对着空桌子干瞪眼。回去之后,秦绍东心里就跟火烧似的焦灼,终于忍不住来咖啡店里看看她怎么样。

远远的,还没进店,隔着落地玻璃,秦绍东就看见在里面浅笑嫣然招待顾客的李淑娟,就像喝了一杯舒畅的冰水,秦绍东焦灼的心瞬间平静下来。

"嗨,一杯美式。"秦绍东走进店,没怎么打招呼,径直向李淑娟点了一杯咖啡。

李淑娟看了一眼他,笑着应了,露出八颗洁白整齐的皓齿。

"你最近还好吗?"秦绍东鼓起勇气,努力想找点话题。

听他这么问,李淑娟有些莫名奇妙地抬头说:"挺好的啊。"

"他们来找你的事,我刚听说了,我之前不知道,抱歉,要不是我在朋友圈找你,并邀请你去同学聚会,你就不会有这么多困扰了,实在是很抱歉。"秦绍东一个劲地道歉,像是怕她会把不满转移到自己身上似的。

李淑娟想了想,这才明白了他在说什么。

"也没什么事,你不用放在心上。"李淑娟看着眼前的这个男人,不动声色地笑了笑说。秦绍东听她这样说完,也没有再说什么,找了个位置安静地喝完咖啡就离开了。走之前他也没有打招呼,忙活的李淑娟甚至都不知道他什么时候走的,不由得萌生了一种愧疚的感觉。

那个时常来店里说是喝咖啡实际是来看自己的男人,那个从前羞涩而又细心的班长,也曾是她的爱慕者,现在也是如此,一直对她爱护有加,这些她一直都很清楚。可是连她自己也弄不清楚,为什么自己会几次三番拒绝这个男人呢,好几次伤害了他。

有时候,她忍不住会把秦绍东,和已经离婚的前夫贺国璋,甚至还有最近认识的林绍峰,像在超市选品那样,进行比较。她会有意无意地去找秦绍东的优点。但是比来比去,李淑娟还是不能权衡出来什么,因为这几个男人都是不同的类型。

偶尔,她也意识到并反思自己这些荒唐的行为和心思,哑然失笑,感觉自己是不是有些无聊。为什么要拿他们比较呢,她现在应该一门心思打理好生意才对。想到这里,李淑娟才恢复了理智,将注意力转到咖啡馆上了。

下午,张普仁也来了,他照例打包了一堆咖啡,在谢冰冰柔情似水的眼神中,他这次客气地与李淑娟道别离开了。

除了老熟人,咖啡店的客人也是络绎不绝,谢冰冰与李淑娟忙得脚不沾地,两人兴奋得脸蛋都红扑扑的,这可能是开店以来生意最好的一天，谢冰冰乐滋滋地表示，要是每天的生意都这么好，赚不到钱才怪。

李淑娟一边笑着清理桌子，一边头也不抬地说："等晚上我们算算账，看今天情况怎么样。"

谢冰冰嘟着嘴："还用算？我估计这是我们开业以来，唯一没有亏本的一天。这样看，你说我们多惨啊，开个咖啡店我们容易么。"

"嗯，我估计也是。"谢冰冰说的是实情，李淑娟晚上盘账的时候发现，今天是唯一盈利两千块的一天，李淑娟与谢冰冰两人欢欣鼓舞起来。

几家欢喜几家愁，就在李淑娟与谢冰冰击掌庆祝的时候，秦绍东正心烦意乱地走在马路上。十一点的夜晚，街上少车少行人，他睡不着觉，出来信步闲逛，竟然不知不觉又走到李淑娟咖啡店门口，望着已经打烊关门的店面，他感觉自己的心情就像是掉进水里的鸡毛，湿漉漉地粘在一起，落魄而孤独。

其实，他家离李淑娟的咖啡店一点都不近，走路足足要四十多分钟。寂静的街道偶尔有几辆车呼啸闪过。毫无疑问，李淑娟是光彩夺目的，从上学那会到如今，她始终是他心目中最美的女神。不管她是否结过婚，只要每天能看到她，秦绍东就觉得生活充满了色彩和光亮，有了动力和方向。

可这样觉得的男人，恐怕还有很多，比如围绕在她身边的男同学，比如那个叫林绍峰的男人。这些身影，使秦绍东一下有了危机感。原以为她离婚了自己就有机会，原以为自己可以慢慢地走近李淑娟，一点点地感动她，让她习惯他的存在，可是这个从天而降的情敌林绍峰的出现，打乱了他所有的计划。很明显，李淑娟对那个姓林的颇有好感，他有时甚至有一股杀了这个姓林的家伙的冲动。他恨不得现在就对着李淑娟大声地表明自己的心意，告诉她自己有多煎熬、痛苦，恨不得让她现在就作出选择，或者让李淑娟发现姓林的那个腹黑男哪天无意中露出的狐狸尾巴，从而让看清那个外表光鲜的家伙其实只是在玩弄感情而并不是真的喜欢她，然后他就能早日让李淑娟心甘情愿地走近自己，把她拥入怀中，免得夜长梦多，让她继续受那些无聊卑劣的男人们的觊觎。

秦绍东苦闷地往回走着，走到家楼下的时候，两条腿又麻木又沉重。他终于也下定决心：与其像个缩头乌龟一样，还不如主动出击，拼上一把，最后不管结局怎样，这辈子终归是不再留遗憾。

在种种危机感的警醒下，下定决心的秦绍东加快行动，坚持不懈地每天早晚给李淑娟发微信，不过，在爱情里世界愚钝的他，那些问候的言语简单得像水煮挂面一样寡淡，早上就是"早安"，晚上十点就是一个冷冰冰的"晚安"。不管李淑娟回不回他，他都丝毫不受影响，像一个做课业的和尚，虔诚而准时。

当然，也有例外，愚钝的人总有灵光一现的时候。很快，每天只知道发早安晚安的秦绍东，终于还是找到了一个亲近女神的机会。他借口去杭州出差，买了一条杭州的丝绸围巾要送给李淑娟。

他把自己精心拾掇一番，带着礼物走进咖啡店。眼尖的谢冰冰一早瞥见了正要进门的秦绍东，她用手肘蹭蹭李淑娟："你看，你那位高中同学又来了。"李淑娟定睛一看，果然是他，不过他今天的气色比往常要好很多。

"喝点什么？"谢冰冰随口问，算是主动打了个招呼。

"哦，老样子就好，我今天顺路，所以过来看看你们。"秦绍东装作若无其事地回应。

"看'我们'？谁信呢。"谢冰冰撇了撇嘴，取笑着说。

秦绍东没再接茬，朝着正给他煮咖啡的李淑娟笑着打过招呼，这才把手上的礼物袋递上。

"淑娟，这是我上次去杭州带回来的丝巾，感觉这颜色跟你挺配的，你看看喜欢吗？"秦绍东一字一顿，怕自己说错什么。

李淑娟还没来得及回应，一旁听见的谢冰冰就噘嘴接话道："秦哥，你也太偏心了吧，就给娟子带，也不给我带！"

秦绍东笑了笑说："怎么会忘了你的呢，你看袋子里，有两条呢，水蓝的那条是淑娟的，鹅黄的那条是专门给你带的。"

谢冰冰高兴地欢呼："还真有我的啊，我就是随便诈一诈，没想到还真有我的份呢。"

她迫不及待地过来打开纸袋，里面果然放了两条丝巾，薄薄的轻纱颜色嫩得很清新，上面还用纤细的描金红线绣了几朵玫瑰花瓣。

谢冰冰拿着丝巾臭美地围上了："哇，这颜色也太漂亮了吧？果然是丝绸的啊，谢谢秦大哥！当然，也托我家娟子的福啦！"谢冰冰一脸狡黠地笑看着李淑娟，看谢冰冰这样子，今天的礼物算是拒绝不了了，只得勉强收下。

李淑娟有些不自然地说："让你破费了，这丝巾多少钱？我转给你吧。"

秦绍东苦笑起来，脸上露出一丝尴尬："这是我一点心意，难得你们喜欢，说什么钱不钱的。"

"无功不受禄，我们这样白拿你的东西，总归是不好。"李淑娟已经习惯性地尽量不收别人的礼物。

"淑娟，我们也算是老同学老朋友了，你这样说，就真的是见外了。"秦绍东感觉很扎心，好好的送个东西，怎么就变成了卖东西。

"绍东，我不是这意思，只是……"李淑娟还想解释，这次却被秦绍东给打断了。

"我知道，这样吧，你要是实在过意不去，就晚上一起吃个饭怎样？"秦绍东那个榆木疙瘩似乎突然开窍了，借着这个机会直接发出邀约。

眼看又是一场尴尬的拒绝现场，拿人手软的谢冰冰很有眼见力地给秦绍东腾地方："那啥，我突然想起有点事，出去一下，你们聊啊。"说完兔子似的跑了。

李淑娟与秦绍东面对面地坐着。窗外的阳光刚好斜照进桌面上，他们脸上的表情也格外清晰。两人终于可以开诚布公地谈谈了。

"绍东，你知道的，我对你一直都是朋友和同学的感情，所以你送的礼物我不能接受，要么我还是给你转钱吧。"李淑娟还是固执地拒绝。

这话真如一盆冬天冰冷的凉水泼在了他的头顶上，不过久经风霜的秦绍东似乎已经能扛住了，他毫不退却地说："淑娟，一定要如此吗？我不想只是做你的朋友和同学。我知道，你跟我说了很多遍我们之间不可能，也拒绝我很多次，但是我还是忍不住再对你说一遍，淑娟，给我一次机会，让我来照顾你好吗？我不敢保证一定能让你大富大贵，但是我一定尽我的全力，去保护你，给你安稳的生活，未来有困难，我们一起面对。"

李淑娟避开了秦绍东的目光，稍微低下了头，一只手无意识地来回拧着制服上的襟带。

秦绍东并没有停止这场表白："淑娟，从小到大，我都知道自己想要什么，就像很早以前喜欢你一样，这么多年过去了，我最爱的，还是只有你。这点我相信你也应该很清楚的。你就不能给我一丝机会吗？"秦绍东目光真挚地看着她，如果可以，他真想把自己的心掏出来。

李淑娟不是没有感动，她甚至想起学生时代，那个时候，秦绍东是班长，长得文气，成绩也优异，还特别擅长打篮球。在他的身边，总是围着一群小迷妹，虽然并不热衷于交际，却是人群焦点的秦绍东，像众星拱月似的，永远都不缺追随的目光。这样的秦绍东，在李淑娟心中，与自己就是两个世界的人，直到他跟自己告白，李淑娟在诧异之际干脆拒绝了他。

"绍东，我只是一个离过婚的女人，我们之间，还是做朋友比较好。"心软的李淑娟，努力保持着冷静和理智，她没有被一时的感动冲昏头脑。从前两个世界的人，现在也是不合适的人，她已经经历了一次失败的婚姻，现在好不容易走出来了，她不想再经历第二次。

"淑娟，你听我说，我不在乎你离没离过婚，现在不会，以后也不会，而且也绝对不会给你带来任何伤害。"秦绍东以恳切的语气，表露自己的诚心。

"对不起。"李淑娟决绝地回答。

秦绍东静默了一会，他很想问问李淑娟，到底不喜欢自己哪里，可是最后一丝理智制止了他，那样卑微到近乎乞怜的话语，他问不出口。

不管你拒绝我多少次，淑娟，我不会放弃的，总有一天你会明白，谁才是世界上对你真心实意的人。秦绍东怀着满腔的心事，失落地走了。

李淑娟怔怔地看着他离开的背影，又突然在心里自责起来，自己不该这么残忍。不过，既然不爱，就应该说清楚不是吗，不要给一些不存在的希望，不是吗？

这不是残忍，这是一种仁慈。李淑娟在内心一遍遍地告诉自己，这样能让自己好过一点。

数不清第几次被拒绝的秦绍东，自此不由得心灰意冷起来，他来咖啡店的次数明显少了很多，但有时间还是会过来看看，给李淑娟的微信也不再发了。

那天的事，他与李淑娟两人谁也没有再说起过。不论在店里，还是其他场合，再见面时也只是寒暄，李淑娟反而松了一口气。她尽量将注意力放在咖啡馆的生意上，每天能忙忙碌碌的，就说明未来的日子肯定是灿烂的，也是值得期待的。

第十七章　覆水难收

日子像上了发条疯狂转动的钟，过得飞快。过完了金秋十月，一年中剩余的日子更似按了快进键一般，朝着年尾冲刺。

一转眼，88号咖啡店已经开业大半年了。两位年轻的女店主也在断断续续的忙忙碌碌中，度过了无数个紧张、迷茫、焦虑而快乐的日子。

马上就到年关了，李淑娟与谢冰冰不得不对咖啡馆的出入流水统计总结一番。这天，她们俩拿出所有的账目，仔仔细细地对了三遍。不算不知道，一算吓一跳，这快一年下来，两人不仅没赚一分钱，反而还亏了二十多万！

起早贪黑，辛辛苦苦，这不白折腾了大半年吗。这日子过的，唉。

的确，这生意做得真是一塌糊涂，惨不忍睹。两人对着眼前的账单发呆，沉默了许久，这回连往日里冷静的李淑娟也淡定不起来了，拿着计算器噼里啪啦地再次按个不停，她怀疑自己算错了。

谢冰冰更是哀叹："娟子，你说我们这忙了一年，结果一分钱没赚着，还亏了二十多万，你说我们这是干吗啊，有这一年多的时间，有这二十多万，马尔代夫都够我去三回了！天呐！"她的声音里带着哭腔。

李淑娟顾不上听她抱怨，她怎么都不明白自己怎么会亏了那么多，于是继续埋着头，细细核算，一副打破砂锅问到底的架势。

"月租一万五，水电费五千，咖啡豆两万……"

"哎呀，娟子你别按了，你算了又怎样，反正我们就是亏了这么多钱，你离婚分的那点补偿款，都给咱造没了。"谢冰冰已经没那份耐心去弄清楚其中的细节了，不过话说回来，这倒也是性格使然罢了。

其实李淑娟对着手里的账，渐渐也明白过来了。当初为了做品质，大到咖啡机、咖啡豆，小到杯子、吸管，李淑娟选的都是最好的；包括店门的装修，里面摆的桌子、台子，都是谢冰冰与李淑娟俩人亲自去高档的装修市场选的，光那些桌子，就将近三千块钱一张，每次的咖啡豆，眼里揉不得沙子的李淑娟挑的都是最好的货，甚至连泡咖啡的水，都是农夫山泉的桶装纯净水，一味地注重品质，却忽略了成本。成本太高，而售卖的单价却一直保持低廉亲民的水平，长此以往，李淑娟与谢冰冰的咖啡店，能盈利才怪。

搞明白了这点,李淑娟不得不叹气,自己真不是做生意的料,要让她一味地节约成本,对质量睁一只眼闭一只眼,李淑娟真是做不到。而成本与质量这两者之间的平衡点,又过于微妙玄乎,加上宣传与销售的手段、策略的运用更是难上加难,就算是经营多年的资深老板都很难把握和控制,难以做到满意的程度,更何况是她们这样年轻、毫无经验的新手店主呢。

"娟子,你说咱们的咖啡店到底怎么办啊?"已经没招的谢冰冰开始颓丧地打起退堂鼓了,不无悲观地感叹起来,"照这样下去,非得把底都亏完不可,到时我们得到大街上喝西北风啦。"

李淑娟没有直接回答,反而问:"冰冰,之前咱们一直很向往有一个属于自己的咖啡店,我们想自己当老板,自由自在的,不受约束,但咱们老板也做了快一年了,你感觉怎么样?"

"说实话吗?"谢冰冰怯怯地问。

"嗯,实话。"李淑娟看着她的眼睛。

"我觉得吧,"谢冰冰皱着眉头说道,"这场生意,跟我想象的真的不太一样,主要又苦又累还不赚钱,真是比上班操心多了。原来以为自己当老板就可以不用看别人脸色,怎么着轻轻松松也能赚上一笔,即使不能大富,至少应该也能让我们衣食无忧。谁知事与愿违,现实并不如我们想的那么简单。现在才发现,以前真是太年轻了,开店既操心又累死个人,上班还能有个休息日呢，关键是，忙了这么久，一分钱没赚到。"谢冰冰嘟着嘴，很沮丧。

"那你说，我们这个咖啡店还开不开了？"李淑娟迟疑着开口，征求谢冰冰的意见。

此刻，李淑娟内心也矛盾着，坚持开不下去吧，店铺一直不盈利，自己也没有多余的资金了；不开吧，总觉得有点不甘心，之前的辛苦即使不在乎，但投进去的钱就真是白白打水漂了。那可是二十多万哪。

谢冰冰飞速地瞄了李淑娟一眼，大约也领会了闺蜜的心思和迟疑，同时好像等这句话等很久了，于是终于说出了心里话："娟子，我要是实话说了，你可别生气啊，要不，咱们把店盘出去吧，趁现在手里还剩一点余钱，及时止损，不然越亏越多，我们最后可能连房租、水电费都交不起了，说不定饭也吃不上，到时我们可就走投无路了。"

谢冰冰小心地试探着，李淑娟知道，谢冰冰说的是事实，她们已经用一年的时间检验过了，自己和冰冰，真不是做生意的料，再坚持，也是徒劳。

李淑娟沉吟了半晌，咬了咬牙，当机立断地说："那挑个时间，我们把店盘出去吧。"

谢冰冰听到盘店的话，一骨碌地爬起来："真的不开了？"

她惊讶地盯着闺蜜，刚才自己也就随口一说，不假思索，只是顺着心里直接的想法说说而已，还以为李淑娟会跟自己继续掰扯分析一番，会鼓励她再努力坚持一段日子，看看成效，看看有没有翻身的机会，没想到闺蜜也这么轻易地就放弃了。看来，她们此刻的想法是一致的了。

李淑娟疑惑地看着她："你不是说再亏，我们就缴不起房租了吗。"

谢冰冰嘟囔着："我知道啊，可是真的要盘出去，我又舍不得。当初那个店，可是我们俩亲手布置起来的，我们花费了多少的精力和心思，我们咖啡那么好喝，怎么就没人来呢？世上的人真是没眼光，就喜欢去喝那些有添加剂的。哼，早晚毒死她们！"

李淑娟哭笑不得："你怎么还怪上了？这是怪谁呢？"

"我也不知道怪谁，我就是心里不痛快！而且这么灰溜溜地关门，怪没面子的。"谢冰冰直率地说着自己的感受。

"面子值几个钱，放心，没有人关心咱们店开不开的，我们趁年底赶紧把店盘出去吧。不然等开年，又多了两个月的房租，还有那些咖啡机，桌子椅子，都是大品牌，还八成新呢。如果我们确定要盘店的话赶早不赶晚，明天就发朋友圈问问有没有人需要，我们算便宜点给她。"

"哦，好吧，我明天问问。"谢冰冰最终还是答应了。

"可以的话，尽快盘出去，这段时间可能是我们最后的开店时间了，我们都珍惜吧，早点睡吧。"李淑娟有些纠结地说着。

"嗯。"谢冰冰有点快快的,她跟李淑娟一样纠结,她的心里对关张也是一百个不愿意,可是现实总是那么残酷,理想再怎么高大,再怎么美好,许多时候往往都经不起现实的击打。没有人会辛苦干着没有前途,没有生存保障的事业。

事实上的确如此,世上如她们两人的年轻创业女孩又何止千万呢,而与她们同样不幸的也多了去了。最终不得不选择两个字:妥协。

第二天一早,是两人开店以来,第一次没有那么急匆匆地起床洗漱,然后归置归置准备开门的一天。既然决定转让了,谢冰冰与李淑娟憋的那口气也就瞬间泄了,她们的脚步也变得从容了,无精打采地走到咖啡店的门前,拿下门口"正在营业"的木牌,开始清点东西。

谢冰冰在店里拍了桌子、椅子以及咖啡机的照片,还有依旧崭新的门面,一齐发到了朋友圈。

"滨海的小伙伴看过来,因私人原因,现在决定转让本店,总共八十平米,地理位置极好,人流量大,还有配套的桌椅、咖啡制作机器,全部八成新,价格面谈,有意者来!"

谢冰冰编完这段"甩卖"告示,心不甘情不愿地按了发送,当初开店的时候有多兴致勃勃地发广告做宣传,现在就有多败兴和颜面无光。谢冰冰光透过手机屏幕就能想象那一张张八卦又幸灾乐祸的脸。

果然，没一会，喊了好多次都不来捧场的"朋友"纷纷冒出头，一个个表示惊讶，表示惋惜，就是没有问价的！谢冰冰就知道，她们全部就是来八卦和看笑话的，没有一个中用的！

"气死我了！都是什么朋友啊，我恨不得换一个朋友圈！"谢冰冰懊恼地发火道。

"好啦，别气啦，她们也是关心你啊，再说想开店的人本来就不多，慢慢来吧。"心平气和的李淑娟看得开，她一边劝谢冰冰，一边将她那条朋友圈连图片带文字地复制到了自己的朋友圈里。不过她自己也忐忑，不知道通过朋友圈能不能将咖啡馆顺利转让出去，实在不行的话，她还得去网站上发布一下转让信息。

李淑娟的朋友圈刚发出去没一会，袁天信就发来关切的询问："怎么了？咖啡店不开了？"

李淑娟不得不解释回复："嗯，咖啡店亏得厉害，所以想趁年底的时候将店铺盘出去。"

"决定啦？年底店铺估计不好转让，这样吧，我也帮你问问。"那边的袁天信立即表示帮忙打听。

危难见真情，看来在关键时候，只有真心的朋友才会向你伸出援手，助你解困，而不是站在旁边说风凉话。

李淑娟求之不得，赶紧将谢冰冰的那份盘店广告"范文"打包发给袁天信。

要说现在的朋友圈，真是比以前的消息网灵通多了，借助移动互联网的平台，几乎是一种一传十、十传百、百传千万的蔓延势头，只消动动手指把文字图片复制到自己圈里，在许多人看来，这种不费吹灰之力就能做人情的事，何乐不为呢？

果然，没多久，李淑娟就看见朋友圈里铺天盖地都是关于自己转让咖啡店的消息。袁天信、秦绍东，还有一群高中同学，家人、亲戚、朋友，都纷纷转发了。秦绍东人缘好，又是班级活动的组织者，他把消息发到班级群里，号召大家帮忙一起询问、转发。李淑娟看着帮忙的同学们，有些甚至都没有说过几句话，她有点感激，有心想跟秦绍东说句"谢谢"，但打开对话框，几行字写了又删，删了又写，最后她又忍住了，还是没有发出去。

还是不要引起不必要的误会了，李淑娟这样想着。

咖啡店正常开着门，但店铺转让在即，虽然暂时没有人接手，但李淑娟和谢冰冰也开始在店铺清点东西，为转让做准备。两人准备了一些纸箱子，开始打包一些用不着的东西，咖啡店东西多，事又杂，东西堆得乱七八糟的，原本还算宽敞的店内竟然显得有点逼仄。

"叮铃铃"，门口的风铃响了。有人进店了。

李淑娟正满脸汗水地给纸箱缠胶带，她动作不停头也不抬地招呼道："欢迎光临，不好意思，本店现在有点乱哦，马上就好。"箱子大大的，把李淑娟的脸挡在后面，来的客人只看见露出来的马尾一甩一甩的。李淑娟用牙齿干脆利落的咬断胶带,用手压实,呼了一口气,一抬头,还未来得及漾开的微笑凝固在唇边,她缓缓地站起身,才看清门口进来的人。

李淑娟看到的是一张有些沧桑却还熟悉的脸,她先是一阵惊愕,紧接着感到有些不知所措。

竟然是许久未见的贺国璋。

他正用一种柔情的目光注视着她,被突然抬头的李淑娟撞个正着,他有些不自然地移开视线。他还穿着李淑娟以前给他买的那件夹克,头发有些长了也没修理,下巴上甚至还有一茬茬的青色胡碴,显得有些憔悴,手上拎了一个鼓鼓的商务包。

贺国璋走近几步,又踟蹰地停顿在原地,他轻声说:"好久不见,淑娟。"

埋头在另一角打包的谢冰冰闻言猛地抬头,看见是贺国璋,也是十分惊讶,她下意识地想冲上前把他赶出去,但见李淑娟与贺国璋两人隔着五六步,静静地看着彼此,气氛有些诡异,谢冰冰一时分不清是什么情况,只好按兵不动,装模作样忙着手里的工作,可眼睛和心都观察着现场的一举一动。

只见李淑娟愣了一下,又当没看见似的,拿了一块抹布转过身去擦水槽。

"娟子……"贺国璋往前走近了几步,又轻声唤道,声音带着一股怯怯的调子,仿佛一条被抛弃的委屈巴巴的小狗在乞求。

不用回头，李淑娟也能想象到他那双湿漉漉、饱含情感的眼睛。以前，大学时的贺国璋行事混账，李淑娟跟他闹脾气要分手的时候，他就这样，靠在她身边，用类似的柔柔的目光，软软的语气，来求得李淑娟回心转意。

李淑娟努力克制着，没有转身，而抓抹布的手紧了紧，连指节都有点泛白。她不清楚今天他突然来到店里是何用意，同时她也不知道该怎么面对和招呼眼前这个熟悉而陌生的男人。

见李淑娟不回答，贺国璋仍旧不放弃，关心地问："娟子，你最近还好吗？"

毋庸置疑，李淑娟转店的消息，贺国璋大约也知道了。只是她不知道这个男人在她开店最后的日子来做什么。是来看笑话呢，还是其他理由。紧张的她有些心烦意乱，下意识地逃避着什么。

李淑娟还是没有搭话，扔下手中的抹布，随即又捡了一个趁手的刷子，非常用力地对着水槽里的污渍，"唰唰"地刷起来。

"娟子，我先出去一下。"眼看店里的气氛胶着，谢冰冰十分有眼力见离开了，留了一个给"前夫妻"俩说说话的地方。

"娟子，我知道你还怪我，怪我当初……"贺国璋像是在忏悔和哀告般地开始诉说，"不管你信不信，和你离婚，是我这辈子最后悔的一件事。"贺国璋说完静静地站着，耐心十足地等李淑娟的回答。半年多不见，他第一次站在前妻跟前，说起离婚、说起悔恨，不再是当初那副激动不已、羞愧难当的样子，反而很平静地说出来，就像是在陈述他人的事情。

李淑娟心绪翻涌，再见贺国璋，让她的心乱成一团麻，她不得不承认，自己终究还是狠不下心来，无法像当初离婚后所想的那样，当对方是个陌路人。水槽里的那点污渍终于被刷下来了，她打开水龙头，把污渍冲干净，直起身，转过身面向他，刻意冷冷地说："现在说这些，还有什么意义。"

李淑娟还愿意跟他说话，没有把他赶出去！他还记得，李淑娟拖着行李箱离开他的时候那张永不原谅的脸，他以为这一辈子，他都别想再跟她说上一句话。贺国璋刚才悬着的心，开始落下来了，满是阴霾的天空好像裂开了一条缝，一丝阳光从裂缝里面透进来，同时生出来一点期盼的小希望。他眼神里带了一丝感激，稳了稳心绪，说道："天信和你说过了吧，我跟她没有在一起。"

"嗯，说了。这个我知道。"李淑娟低着头，依旧没有看他。

"我跟她分开了。"

"嗯。"

"我知道我过去对不住你。"

"都过去了。"

"你还恨我吗？娟子，这些日子，我真的很想你。"贺国璋用哀求的眼神盯着她。

"我想你还没搞清楚，贺国璋，我们之间已经结束了。"李淑娟这才抬起了头，严肃地回答说。

李淑娟话音落下，只余下一阵短暂的沉默，太久没见的两人，突然生疏起来，以前的耳鬓厮磨柔情蜜意如今早已彻底消散了，此刻的再见面，既不能像老朋友那样寒暄，更没有往日恋人的那种亲密，反而多了一层淡漠和隔阂，多了一层陌生和尴尬。贺国璋突然之间找不到合适的相处态度，在他那广泛的人际关系里，也找不到与前妻相处的案例，他有些伤感，以前那个最熟悉的人，也成了最陌生的人；而以前与自己最亲近的人，却似乎成了最遥远的人。

"我想跟你聊聊。"贺国璋只好简洁明了地提议。

"嗯。"李淑娟这会儿似乎放松了一些，指了指一旁的桌子，示意坐下聊。

"你要喝点什么吗？你也看到了，这是一家咖啡店。"李淑娟下意识地递给贺国璋一张菜单，贺国璋有些受宠若惊："不用了，我喝白水就好。"李淑娟知道贺国璋不太爱咖啡的苦涩味，也就没有再问，在他对面坐了下来。

"娟子，跟你离婚以后，我一直不能原谅自己，我知道我当初那么伤害你，现在根本没有脸出现在你面前，娟子，对不起，我……"贺国璋似乎没有其他可说的了，不由自主地再度进入刚才的那番道歉模式。

"如果，你今天只是来忏悔的，那就用不着再接着往下说了。过去的事，已经彻底翻篇了，我不想再提，我也还没有做好原谅的准备。"李淑娟淡淡地打断贺国璋的话，又故意补充了一句："再说，你看，作为咖啡店老板，我现在过得也并不差。"

贺国璋脸上闪过一丝失望，原本一堆求复合求原谅的话，只好堵在喉咙，然后"打道回府"地咽了下去。

"好，不说过去的事，我听天信跟我说，你想把咖啡厅转让了，其实——我今天就是想和你说下这个事情。"

李淑娟闻言有些惊讶，转让咖啡厅，这跟他有什么关系？再说，他一个炒股的，一个从不喝咖啡的人，怎么可能跟自己谈咖啡店转让的这个话题呢？

"我不明白，这有什么值得让你跑一趟？"李淑娟看着他，还是不解地问。

"我……我就是……"贺国璋支支吾吾的，不知道如何开口，干脆直接把放在脚边的手提包放在桌面上。在李淑娟的注视中，他打开拉链，里面竟然是一捆捆扎得整整齐齐的红色现钞！

贺国璋这才挑明了来意："天信说，你因为资金不足，想把咖啡店转让了，我这半年炒股赚了些钱，这里是二十万，不多，你以前就一直想开一家属于自己的咖啡店。那个时候，我们没钱，所以我也一直没能为你的梦想做点什么，这二十万就当作这个咖啡店的资金，最起码，你可以继续开店了……"

贺国璋说完，抬眼看着李淑娟，希望从李淑娟脸上看到一丝原谅或感动的表情，哪怕恼怒也好，可，什么都没有，眼前的李淑娟始终不动声色，像一汪寂静幽深的井水，毫无波澜的神情显得冷峻又陌生，贺国璋暗暗有点失望。

沉默了半晌，李淑娟嘴角开始动了动："我想你可能忘记了，我们已经离婚了，不是夫妻了，你的钱还是拿回去吧，突然拿钱给我，不合适。"说最后三个字的时候，李淑娟故意抬升了语调，同时也加强了拒绝的含义。

万箭穿心是怎样一种痛感？

此刻的贺国璋好像体会到了。活了大半辈子，他还从来没有受到一个亲戚朋友甚至陌生人对自己好意或帮助的拒绝，而今他却三番五次地受到这个曾经最亲近的枕边人的无情拒绝。这样直接而冷漠的拒绝，犹如一把极为锋利冒着冷光的匕首，硬生生、恶狠狠地插在他的心脏深处，这是何等的残忍，何等的决绝。

轻飘飘的几句话，明明白白地告诉贺国璋：他已经不是她的谁，于她而言，自己已经是翻过的篇章，早已不带一丝感情地死在了过往。她与他，各自已经不是从前的那个自己，他们在曾经的那段人生轨道上偶然地重合过一阵子，而今早已分道扬镳，人生的轨道也不可能再重合了。

在渐行渐远的错过后，自己真的失去她了。贺国璋已经意识到了。

离婚时，没有多大的感触；离婚后，只是不习惯她不在身边，直到这一刻，贺国璋才清清楚楚地感受到一种撕裂的痛，一种不堪回首的伤心，以及一种不可挽回的后悔莫及。

他内心陡然散发出一股止不住的寒冷，而后凝成一道寒流，这股寒流随着血液流遍四肢，让他手脚止不住地轻颤，他原有的自信理智和人生愿景轰然倒塌，他听见自己又干又涩的声音说："淑娟，是我对不起你，求求你，给我一个补偿的机会，我知道自己错了。离婚以后，我每天都在后悔，整晚整晚地睡不着觉，我知道你就在这里，可是我就是不敢见你，淑娟，我错了，你不要用这种口气跟我说话，我很害怕，你让我觉得自己以后跟你再无瓜葛，我接受不了，淑娟，求你了。"贺国璋说到最后，泣不成声，他情不自禁地拉住李淑娟放在桌面的手，眼泪一滴滴地跌落在胸前，而后打湿了桌面。

这通悔恨好像来得有点晚。

结婚四年，从恋爱开始算的话，在一起八年，李淑娟从来没有见过如此失态的贺国璋，她开始有一点感动，但更多的，她有些可怜起这个男人，甚至不忍看到他此刻的样子，原本想安慰他一下，身子稍微动了动，但最终还是把手抽回："都是过去的事情了，多说也无益。至于这些钱，我这边不需要，谢谢你的好意。"李淑娟把钱往回推了推。

贺国璋很快稳定了情绪，接过李淑娟递来的纸，抹掉脸上的眼泪，他有些自嘲地说："刚才失态，让你见笑了。"

一转脸，他又回到了以往那个理智清醒、侃侃而谈的贺国璋。

现在的他，脆弱是真的，最不想在李淑娟面前失态也是真的，他极力控制着自己的情绪，尽量让自己看起来自然，别像一个彻头彻尾的可怜虫。

他立即改变了口吻说："淑娟，撇开我们之前的关系不谈，你就当我是个普通的投资人吧。对于你眼下的咖啡店，地段好，人流量大，我个人觉得还是有一定前途的。所以，我这里有两种方案，你可以选一下。第一就是我给你二十万资金，算是入股投资，你每年定期给我分红；第二就是，这个店我盘下来，照样交给你打理，你作为经理人，每个月可以根据业绩领薪水和提成。这两个方案你随便选哪一个，我都接受，你觉得怎么样？"

看来，这两个入股和收购计划，贺国璋在来之前已经深思熟虑过了，大约也是他最后的的撒手锏了。他尽力想了这么一招让李淑娟不能拒绝的策略，只要她作出任何一种选择，那么他以后的人生就能跟她牵扯在一起，两人就会有一定的生活交集，至少他每天能看到她，从而借机不时靠近她。那么，共处的日子一久，他贺国璋总会让这个心若冰霜的女人慢慢回心转意的吧。

然而，贺国璋还是失算了，他完全没有料想到的另外一种情形出现了。

李淑娟静静地听完，她很快作出了另一个残忍的决定："对不起，贺国璋，我哪个都不选。"

"为什么？如果你碍于我们俩之间的关系，那……"贺国璋迷惑不解，急切地问道。

还没等他说完，李淑娟快速打断他的话："不好意思，贺国璋，这只是一方面，更主要的是，我也不打算再开咖啡店了，所以，只能谢谢你的好意。"

"怎么会？你以前的心愿不就是开一家属于自己的咖啡店吗？！"

"人是会变的，你也一样，不是吗？"李淑娟刻意抛出这么一句。

李淑娟的反问，让贺国璋顿时哑然。

沉吟了片刻后，他还是想做最后的挽回，继续说道："淑娟，离开你以后，我过得很不好，我生活简直一团糟。说实话，虽然有钱了，但我心里却越来越空虚，赚的那些钱，突然感觉也没有了意思，因为我的生活里缺少了你。我时常怀念我们之前的日子，虽然很穷，但每天都很充实。而且我爸妈也很想你，总是希望你能回去看看他们，但他们知道我做的那些混账事，他们觉得没脸联系你。淑娟，我受的惩罚够多了，原谅我，我们回到从前，好吗？"

贺国璋没有说谎，和李淑娟离婚，真的是他这辈子最后悔的事，尤其是与杨季兰激情褪去后，他深深地想念李淑娟在身边的日子，想起以前，回家就有香喷喷的饭菜，保温杯里有水温刚好的水，衬衫永远干净整齐，李淑娟是个温柔可人又十分讲道理的妻子，他认识的那群朋友，没有谁不羡慕他娶了这么一个老婆，就连他爸妈，都对李淑娟实打实地满意，爸妈听说他离婚的消息，每天在家长吁短叹。当初自己怎么就昏了头，一时冲动离了婚呢，贺国璋每天晚上都在想这个问题，懊悔得睡不着的时候，就起来抽烟，看股票。现在，他想慢慢地补偿，任何代价他都愿意付出，希望以后，淑娟有朝一日消气了，慢慢地心软，能复婚就好了。

可惜，这最终只能是幻想了。

"国璋，过去了就是过去了，人总要往前看，祝愿你以后能遇到更合适的人。"李淑娟的话，打破了贺国璋最后的希望。李淑娟的身上的确有很多优点，其中就包括，对于背叛，从不原谅。

"时间不早了，你还是回去吧。"李淑娟淡淡地下了逐客令。

"淑娟，如果，我说如果，有没有可能，我们能回到从前？"贺国璋起身，临走时似乎还想挣扎一下。

"没有。"李淑娟斩钉截铁地回道。

贺国璋前脚刚踏出门口，李淑娟就立即关上了那扇店门，仿佛将从前的一切狠狠地关在门外。她背靠店门站着，默然无语。但就在不远处的贺国璋关上车门，开车转弯离开的时候，谁也没注意到，李淑娟的脸颊上悄然滑落下两行泪珠。

第十八章　顺水人情

谢冰冰回来的时候，贺国璋刚刚离开。如果她没有在附近某个地方暗暗关注店内动态的话，那她还挺能掐会算的。

"怎么样啊？跟前夫聊得还好吗？"一进门，谢冰冰嬉皮笑脸地开口就问。

"冰冰，你说我是不是得向前看了？"李淑娟已经背着谢冰冰偷偷抹去了脸上的泪水。

"呀！突然开窍了？早就叫你要向前看了，看来跟前夫这一聊，受益颇多嘛。"谢冰冰走到跟前，一脸欣喜。

"我只是突然想明白了，用劝他的话劝我自己，一味地缅怀过去，不利于身心健康。"李淑娟没有看闺蜜，微低着头，心里像是想着什么，若有所思地说。

"哈哈，看来心情不错，竟然还能抖机灵，这就对了，不要拿别人的过错惩罚自己。"谢冰冰情不自禁地抱住李淑娟，继续大大咧咧地说，"离婚怎么了？离婚有罪了？最好把自己的日子过得越来越美，气死那对狗男女！对了，贺国璋干吗来了？"

"他来送钱。"李淑娟简短地坦白。

"送钱？"谢冰冰惊呼，眼睛里冒着喜悦的光，那颗八卦的心再次急切地波动起来，"不是吧，他良心发现啊，竟然送钱来了，送多少啊？"

"二十万。"李淑娟淡淡地说。

"天呐！二十万！"谢冰冰的眼神里再次冒出格外惊喜的光，"出手够阔绰啊，那你最后收了没有啊？"

"我没拿，让他拿回去了。"李淑娟如实说。

"什么？"谢冰冰声音提高了八度，尖锐的声音充斥着咖啡厅的每一个角落，估计连墙缝里的蚂蚁耳朵都要震聋了。

"你不是听见了吗，还问。"李淑娟没有理她。

谢冰冰一脸心痛，外加一副恨铁不成钢的表情，她恨不得拿手指戳戳李淑娟的脑袋，看看里面装的是不是石头："娟子，你秀逗了？白送上门的钱不要？何况还是他亏欠你的，当初没脸没皮地出轨，哼，拿他钱都是给他脸了！"

"行了，我也不需要他的钱，没什么好可惜的，"李淑娟有些不耐烦身边这张八卦的嘴了，提醒道，"你还是操心一下我们自己的事情吧，还有几天就到12月了，月底不转出去，到月初又是一个月的房租。"

"对啊，我这边都无人问津的。"谢冰冰这才打住，考虑到转店的事，想到了另一个人，"实在不行，我问问普仁哥吧，他认识的人多，可能有办法。"

李淑娟看着谢冰冰，她原本想说凡事不要指望张普仁，最好与那个男人保持一定的距离，可话到嘴边，李淑娟又忍住了，她知道谢冰冰是不会听的，自己多说也无益。

两人继续分别着手操心转店的事，联系各路亲朋好友继续转发宣传，让更多的人知道这个消息。

然而，贺国璋的到来，却打破了李淑娟的心境，让她不时心神恍惚。加上店铺转让消息发出去都好几天了，连个询问的人都没有，李淑娟的心情一如阴沉冬日里的太阳，被一团黑乎乎、沉甸甸的乌云遮着，一连好多天，她阴翳般的内心总是蒙着一层厚厚的雾霾，连一丝阳光都不见。

晚上，李淑娟仰面躺在床上，翻来覆去睡不着。想来想去，李淑娟还是选择给袁天信打了个电话，一来是贺国璋这次来，形容憔悴，让她有点隐隐的担忧。尽管离婚了，可俗话说，一日夫妻百日恩，况且他还是自己从校园走进婚姻的第一个恋人，谈不上什么仇恨，比起这些，李淑娟更愿意他好好的，尽管后半生再无瓜葛，李淑娟希望他好。

袁天信以为李淑娟是找他算账来着，一接到她的电话，就求生欲很强地解释说自己真的不是故意透露了消息。李淑娟才不关心那些，直接了当地说："我知道，我打电话就是想跟你说，贺国璋这人花钱没个准数，又不是个有长远规划的人，你平日里还是多帮忙劝着点，虽然他是炒股赚了点钱，但最好还是见好就收。炒股跟赌博是一个道理，任何人都没有长久的好运。听说现在股票行情也不是很好，你最好劝他别往里面扔钱了，好好过以后的日子。"

袁天信静默了一会，说："这话，你为什么不亲自跟他说？"

"都离婚了，说这些不合适，再说我们现在这样挺好的，尽量互不干涉，贺国璋那边就拜托你这个老朋友了。"

"所以说，你对他还是有感情的，或许你们能尝试着重新开始？"电话那头的袁天信没有直接回答，却又不失时机地建议道。

"你错了，这不是还有感情，我只是作为曾经相识一场的人，提醒一下他，我和他，分开了就是分开了，破镜没有重圆的那天。对了，你别跟他说是我说的。"李淑娟在电话里叮嘱着，拒绝再续前缘的话又说得斩钉截铁，袁天信只好叹息着把电话挂了。

这两人之间的事，让袁天信这个中间人倒有点纳闷了。他不禁感叹，唉，好好的一对佳偶，搞成今天这种局面，似乎藕断丝连着，却又不愿复合，着实让人难懂，也让人看得糟心。袁天信也睡不着了，干脆打电话约贺国璋出来吃宵夜，心被伤得稀碎的贺国璋正好也极需老友安慰，两人爽快地约了地方，然后就去诉说了男人之间的心事去了。

这边，88号咖啡馆的转让，依旧悬着，没有下家来询问。

活人怎能被尿憋死，为了让店铺尽快转让，李淑娟与谢冰冰将转店的消息每天早中晚三次发布在朋友圈。为此，谢冰冰也抽空调侃起李淑娟仙女似的人物，没想到竟也会如此"屈尊"干起来刷屏的勾当，倒有微商的潜质。

"哪个微商惹你了？！"李淑娟故意翻着白眼，撑了一嘴。

刷屏到第七天的时候，曾经拯救她们的"天价西装哥"再一次从天而降。

那辆熟悉的红色大切诺基缓缓开到咖啡店门口，熄了火。后面还跟了一辆银色宝马。不用说，就是谢冰冰眼里的超级大帅哥林绍峰了。闺蜜两人赶紧出门去迎接。

没错，前面的车里下来的正是林绍峰，而他后面的那辆车里下来了另一个人。

他不知从哪里带来了一个年轻的买主。那是一个年轻貌美的女士，鹅黄色的连衣呢裙，紫色的貂绒披风，白皙的脸庞，尖尖的下巴，小巧的鼻梁上戴着粉色框架的墨镜，脚下穿着一双墨蓝色高跟鞋，看上去也就二十五六岁，站在气质超凡的李淑娟身旁，竟也一点不输阵，一身名牌logo分外显眼，手上的钻石璀璨的光芒，差点把李淑娟和谢冰冰的眼睛给闪瞎了。

女士被称作"蒋太太"，由林大帅哥亲自陪着，听说是要接收咖啡店的买家，李淑娟与谢冰冰两人自是殷勤地左右参陪。

蒋太太取下墨镜，饶有兴致地参观了一番，简单地问了几个问题，看得出来她对店里的装修风格还是挺满意的。想当初，李淑娟与谢冰冰两个第一次做生意的小白，怀着满腔的热血与期待，装修店面时，根本没有考虑成本问题，哪个好看又上档次就用哪个，就连桌上的摆件，都是两人在品牌店淘来的。蒋太太在询问了价钱以后，直接痛快地定下了，甚至都没还价。

李淑娟与谢冰冰有点错愕，简直不敢相信这样的好事来得这么突然，直到一旁的林绍峰提醒，两人才反应过来，急忙拿出转让协议，开始商量细则。眼前的蒋太太却不耐烦地摆摆手，她动作优雅地戴上墨镜，缓缓说道："这个事情就交给小林吧，你帮我看看，我这边有事就先走了。"说完，她拎着包施施然地走出了店门，留下一屋子的香水味。

谢冰冰简直快憋死了，这通身的气派，这一看就很烧钱的装扮，究竟是何方神圣啊。蒋太太前脚迈出店，开着那辆宝马走了，谢冰冰后脚就迫不及待地问道："林哥，她是谁啊？怎么买个店就跟逛超市买盒面膜似的？"

林绍峰笑了："你猜。"

"我哪里猜得到啊，难道是你红颜知己？"谢冰冰嬉皮笑脸地打趣。

林绍峰不自然地咳嗽一下，赶紧看了一眼李淑娟，还好她没当真，于是也顾不上卖关子了，揭开了谜底："她是我老板的太太，第三任老婆，最近突然想开个店，我想起你们店正在转让，就带过来让她看看。"

"第三任老婆？你们老板多大啊？"谢冰冰对于这类事情，总是异常地感兴趣。

林绍峰倒没有什么隐瞒，坦诚地告诉她，他的老板蒋大宝，今年五十多岁了，自从公司做大了之后，先是把同床共枕二十年的老婆换了，然后过了不到五年，又把第二任老婆给踹了，没多久又结婚了，就是今天来的这位第三任蒋太太。

新上任的蒋太太今年不过25岁，正是蜜桃成熟时的妙龄芳华，容貌妍丽，身姿婀娜，没结婚之前估计也是一大堆男人前呼后拥；现在结婚了，身边簇拥的男人撤了个干净，平时蒋老板经常在外应酬，这个年轻女人没有人在身边环绕，本身心里落差就大着呢，更让她气闷的是，以往对自己百依百顺的蒋大宝，渐渐地也开始没那么体贴了。再光鲜亮丽的富太太生活也会有腻的一天，天天独守空房的她终于怨念大起，总是缠着蒋大宝吵架，蒋大宝烦不胜烦。说厌烦吧，又不至于，毕竟这位太太是他花了大价钱千哄万哄娶回家的，新鲜劲还没过呢，可他又受不了娇妻没完没了地闹，幸好一位有经验的朋友及时传授秘诀，说女人闹腾多半是闲的，你给她找点事情做，这样注意力自然转移了。蒋大宝恍然大悟，于是帮助老板转移他家太太注意力的任务，自然就落到了林绍峰头上。

也是林绍峰脑瓜子转得快，看到李淑娟转让咖啡店的消息，灵机一动，这才有了今天这一出。

对于林绍峰而言，这不仅是一件轻而易举的事，更是一举两得的好事。一方面他圆满地完成任务，讨好了大老板，日后的前程自不必言；另一方面，他这样的帅哥及时出手，主动为自己心仪的女店主解围，于自己而言不失为一份顺水人情。但对于李淑娟而言，这次帮助却无异于雪中送炭，加上第一次相遇时的挺身帮忙，两次厚重的人情，更能赢得美人的芳心了。林绍峰的这个如意算盘，打得极为高妙，几乎不露一丝痕迹。

正如林绍峰所预料的，后来结果就是，林绍峰得到了老板的重用，无论公事私事，只要老板不在公司，公司事务一律都是林绍峰说了算，俨然是公司的二把手，不过这些都是后话了。

林绍峰言简意赅地讲述完其间的关系，当然他没说是老板给他的任务，而是他主动向蒋太太推荐的咖啡店。李淑娟望着他，满眼满心的感激，林绍峰内心一阵飘飘然，特别有成就感。

"原来是这么一回事啊，我说看着那个美女全身上下都是奢侈大牌，她身上那个限量版包包，估计是别人一年的工资，也太爽了吧！"谢冰冰还回忆着蒋太太身上那身打扮，满脸的艳羡，自己什么时候才能活成那个样子啊。

李淑娟装作没听见，也没有搭腔，旁边的林绍峰带着笑意看着她："我帮你这么大一忙，你打算怎么感谢我？"林绍峰可不想错过这个拉近关系的好机会,他用玩笑的口吻随意说道。

李淑娟很是认真地点头:"应该的,我请你吃个饭吧,表示感谢。"

林绍峰喜出望外:"当真?李美女的主动邀约还是第一次啊。"

李淑娟好笑地看着他:"是的,你帮我们这么大的忙,我应该请你吃饭。"

"可以啊,什么时间?"林绍峰不加推辞地问。

"看你方便,我店转让出去以后,随时都有时间。"李淑娟此刻如释重负地轻松回答。

"好,一言为定。"林绍峰特意伸出了右手。

林绍峰笑得露出八颗雪白的牙齿,一张俊朗的脸显出几分童真。

李淑娟握了握他的手,赶紧默默地移开眼睛,一旁的谢冰冰看着他们俩,这次竟一直忍着没插话,只是露出羡慕的神情。

再说蒋太太这边,估计也是一个人在家里闷坏了,看完店铺的第二天,就火速签了合同,然后带了一队人来店里敲敲打打,开始重新布置调整。

一旁的李淑娟看见被撕下来的墙纸,不免有些心疼。想当初,这些墙纸还是自己与谢冰冰连跑了好几家才选出来的,贴在墙上闪着淡淡的金光,不耀眼,却有种无声的浪漫。

店开了将近一年，突然说盘出去就真的盘出去了，李淑娟还真有点不舍。

新晋的店主蒋太太招呼一拨殷勤的伙计，把墙上挂着的那些画统统拆下来。那是李淑娟自己画的，几片夸张翠绿的叶子，脉络清晰，看上去令人心生宁静。这些画李淑娟自己很喜欢，但她开不了口叫蒋太太将画还给她，合同里说好了，店内所有的东西，就连柜台上的玻璃杯都归蒋太太所有。李淑娟暗自怪自己当初有些仓促草率，签合同时应该事先说明一下，就不至于现在暗暗叫苦了。李淑娟有点失落，贺国璋说得没错，以前她梦想有一家属于自己的咖啡店，闻着咖啡香浓的气味，闲暇时在店里看书、画画，可事实证明，她不是一块做生意的料，事到如今，不得不半途而废了。

不同于李淑娟的沉重，谢冰冰没有半点伤感的意思，她没心没肺地发了个朋友圈："谢各位家人朋友关心，咖啡店已经盘出去了，从此以后告别老板娘的身份，回归到搬砖狗的生活！"

同时，她还配了一个店内重新装修的小视频。

当天下午四五点的时候，许久不见的张普仁却出现了。刚好是整理打包的尾声，新的装修也开始了，李淑娟把柜台上的杯子一一清点出来，一只只擦拭干净放回消毒柜里。她看见谢冰冰与张普仁窝在店里的角落，凑在一块嘀嘀咕咕地不知说些什么。到了晚上六点的时候，阁楼里她们俩的洗漱化妆用品等一应东西，该带走的已经打包完，李淑娟装了整整两个大纸箱。张普仁倒也有些眼力见，十分绅士地提出开车送两人回住处，没等李淑娟拒绝，谢冰冰就忙不迭地把东西搬到他车上去了。

前段日子，就是店里生意比较好的那一阵子，闺蜜两个觉得咖啡馆里的二层小阁楼住久了感到压抑，所以就商量着搬到了附近的一个小区居住。为了离咖啡店近，方便打理店，她们那会特意租了离商业区不远的远山诗意小区。

张普仁到了小区门口，谢冰冰却不下车，李淑娟奇怪地看向副驾驶的她，问道："你不下车吗？"

谢冰冰有些害羞又含糊地说："你先回去吧，我跟普仁还有点事，晚点回去。"

李淑娟看了她一眼，见她红着脸垂下头，又看了张普仁一眼，只见他眼神木木的，好像根本没听她们对话似的。李淑娟道："好吧，那你早点回来。"

"嗯嗯！"谢冰冰忙不迭地点头，车子像离弦的箭，"嗖"的一声就跑出了老远。

原本还想和谢冰冰一起舒缓一下郁闷的心情，看来是指望不上了，李淑娟搬着两个大箱子回到几个月前她们租的新居处。

远山诗意的小区里，她们租的是一室一厅的房子，不过光租金就两千多，加上每月的水电费，得三千以上。现在店铺转让了，又暂时没有工作，没有固定的收入，李淑娟想搬到偏一点的地方，租金便宜点，压力也能小一点，等谢冰冰回来，就跟她商量一下。

李淑娟这会没什么事，就在网上看租房信息，不想这时一个微信消息"叮咚"进来了，李淑娟打开一看，是秦绍东。

秦绍东发来了一条消息："你们店铺已经转让好了？"

秦绍东最近因为李淑娟转让店铺的事情，一直也在奔走打听，谁知还没轮到自己表现呢，店铺竟然这么快被转让出去了，连他都感到惊讶了。看到谢冰冰朋友圈的秦绍东颇为郁闷，得，连这机会都被剥夺了，看来这些日子的辛苦又白费了。这一层李淑娟自然不知道。秦绍东只能表示关心地问候一下。

李淑娟简短地回道："是的。"

秦绍东似乎心有不甘地还想一探究竟："那挺好的，是朋友同学接手的吗？"

"不是，是一个朋友介绍的朋友。"李淑娟这边如实回复。

"是谁？我认识吗？"秦绍东有些不死心地想知道那家伙到底是谁，竟然破坏了自己献殷勤的计划，也让他这些天的努力泡了汤。

李淑娟不知道怎么回，说认识，秦绍东未必有印象，说不认识，两人还交换过名片，她有些头疼，最后干脆回复道："不认识。"

李淑娟把手机搁一边，整个人躺倒在床上，乌黑绸面似的秀发铺了一床。她在心里默默地盘算，自己还是应该尽早找工作才行啊。到年底了，快过年了，按往年的惯例，之前她都是去贺国璋家里过年,直到大年初四才开车回300公里外的娘家,可今年,她已经离婚了,今年的春节她都不知道该怎么过了。李淑娟的爸妈也是不久前才知道女儿离婚的事,长吁短叹了一阵。李淑娟不敢再让他们担心,半点烦心事都不敢说,只说自己一切都好。但是过年却似乎成了一道坎。

李淑娟躺在床上,纠结今年过年到底回不回父母家,想着想着,竟迷迷糊糊地睡着了。

半夜两点半,李淑娟被开门的声响吵醒,她伸手摸向身旁,嘟嘟囔囔地说着:"国璋,你起来看看。"话一出口,李淑娟猛然清醒过来,坐起身来,梦中熟悉的陈设慢慢地退却消散,然后变成了自己租的小屋。她自嘲地苦笑了下,哪有什么贺国璋,自己离婚快一年了。

刚进屋的谢冰冰,见李淑娟坐在床上发呆,有些心虚:"把你吵醒了?"

李淑娟懒懒地说:"还好,不是说会早点回家吗?怎么这么晚?"

谢冰冰支支吾吾地说不出个所以然,试图用撒娇蒙混过关,她搂着李淑娟的脖子,把自己一张花了妆的脸贴在李淑娟颈窝处磨蹭,声音甜甜地道:"哎哟,不知不觉就忘了时间,我这不是回来了嘛,你都没发现,你这副语调,像极了我妈,我感觉你就是我妈附体了啊。"

"和张普仁一起待这么晚啊?"李淑娟漫不经心地问。

"没有!"谢冰冰赶紧矢口否认,"就是他后来开车送我去见了几个朋友,和朋友吃饭聊天到这么晚的。"

还有些困意的李淑娟不疑有他,打了一个呵欠,摆摆手说:"赶紧洗洗睡觉吧,时间不早了。"便又一头扎进了酣畅的梦乡。

谢冰冰这才慵懒地去了浴室,嘴里哼哼唧唧地唱着什么歌,似乎带着回味似的,回想着晚上遇到的那些人,以及她跟张普仁之间作的一些关于未来的打算。

下部　秦绍东的茶园

第十九章　新生

清晨，一缕温暖的阳光照进了阳台，李淑娟睁开眼的时候，谢冰冰还四肢乱搭地趴着，睡得流口水，现在不开店了，终于如了谢冰冰想要睡懒觉的心愿。

难得一身轻松的李淑娟，却比开店那会儿醒得早，轻手轻脚地下了床，以前因为事业而忽略了生活，如今得慢慢补上才对。她从容地洗漱完毕，动手做了一顿丰盛的早餐。饭刚做好没多久，在被窝里闻到香味的谢冰冰竟然"嗖"地蹦下了床，连脸都懒得洗，就小猫似的蹲在餐桌旁，拿着筷子插了一块煎鸡蛋塞进嘴里。

"好吃，真好吃！"谢冰冰一脸馋相。

"你慢点吃，小心烫。"李淑娟提醒着，顺便给谢冰冰倒了一杯牛奶。

"太香了，娟子，你真是太贤惠了，贺国璋那个不识货的狗东西，活该后悔死他！"谢冰冰一边说一边手不停。这些话李淑娟早就听习惯了,她把新煎好的饼放到谢冰冰面前:"慢点吃,没人跟你抢!"

早餐吃着,李淑娟想起房子的事,于是说道:"对了,冰冰,咖啡店盘出去了,我们换一个地方住吧,这里房租太贵了,我昨晚在网上看了几处房子,城南那边,都是两室一厅,离地铁、公交站都不远,房租比较便宜,还有一个在城南江北东路那边,我给你看啊。"

李淑娟翻开手机页面,把手机递到谢冰冰跟前。

谢冰冰挂在脸上的笑不着痕迹地僵了一下,她接过手机,心思却并不在上面,匆匆扫了一眼就将手机还给李淑娟,随口说道:"我看了,确实不错。"

李淑娟趁热打铁地商量说:"你要是没意见的话,我们明天就去看看房子,找个合适的时间搬过去。"

"啊……明天就看房啊?"谢冰冰不由得面露难色。

"怎么了?"李淑娟竟然在谢冰冰脸上看见了难得一见的踌躇,像是有什么难言之隐。这还真是稀奇啊,要知道谢冰冰这种快言快语的人,平时最讨厌别人吞吞吐吐了。

"娟子,我可能不能跟你搬过去了……"谢冰冰一边支支吾吾小心谨慎地说着,一边观察着李淑娟脸上的神色,"我跟一个朋友说好了,就要搬过去跟他一起住,娟子,我往后不能跟你一起住了。"

"哦,那好吧。"李淑娟有些意外,不过想到谢冰冰平时外向,各类朋友也多,她便也自动听成了"她",虽然有些失落,但天下没有不散的筵席,稍稍沉吟了一会便说,"你既然决定了,这几天我自己再找个小点的房子吧。"

"娟子,不好意思啊。"李淑娟的"宽宏大量"倒让谢冰冰有些过意不去。

"没事啦,我们经常聚就好了。"李淑娟故作轻松地说,尽量让眼下的气氛不那么伤感。

谢冰冰挤着笑脸,有些愧疚地表示:"那这几天我也在网上给你找找看,到时我帮你搬过去了,我再搬到朋友那里吧。"

"不用啦,你跟你那个朋友要是有事要忙,我这边就自己慢慢找吧。"李淑娟尽量不麻烦闺蜜。

"别废话,我说帮你就帮你嘛。"谢冰冰以撒娇般的语气,自作主张地表示,"看着你搬到合适的住所之后,我再走也不迟。"

"那好吧。"李淑娟抱着谢冰冰说。

在这个小区里,闺蜜两人在一起度过了最后难得的三天,李淑娟终于在城南一处公寓楼里找到了价格合适的住所,距离这里不到十公里,那是个一居室,环境比较干净,周围的交通、生活设施也挺便利。

两人特意去了那边一趟,实地看了房子后,感觉整体还比较满意,谢冰冰竟率先帮闺蜜预付了订金,李淑娟有点过意不去,故意嗔怨道:"你干吗呀,是我租房子,又不是你租房,你那么主动干吗?"

"你烦不烦,咱俩还分谁跟谁,后面我还会经常过来看你的。"谢冰冰嬉皮笑脸地说。

第二天,谢冰冰便帮李淑娟叫了个车,将她的一应物品装了两个行李箱,很快搬到了新居处。闺蜜两人在附近的一家餐馆,吃了一顿"散伙饭",谢冰冰依依不舍地跟李淑娟道别了。

临走时,两人终于忍不住抹起眼泪来了。在一起这么久了,突然要分开各自独立生活,心里难免不是滋味。李淑娟倒还平静些,平时看似坚强大大咧咧的谢冰冰却呜呜地哭了:"娟子,以后你一个人……得好好照顾自己了……有什么事或难处,一定要给我打电话,我保证第一时间过来……"

李淑娟红着眼睛,突然"噗嗤"一声笑了:"看你说的,我又不是去上刀山下火海,这么难过干吗?再说这城市也不大,好好的,我们以后随时会联系的。"李淑娟用手为谢冰冰擦了擦眼泪。

谢冰冰终于起身,跟李淑娟说自己先回原来的住处收拾一番,之前说的那个朋友过会来接自己,李淑娟也就没必要插手帮忙了。

最后,李淑娟还是忍不住关心地问了句:"你那个朋友靠谱吗?我认识吗?"

"嗯,你认识的,其实……就是张普仁那家伙。"谢冰冰这会倒也没有什么好隐瞒的了，大大方方地说出自己的秘密。

"啊，是他！"李淑娟这才恍然大悟，他们俩之前断断续续私下里已经交往这么久了，走到这一步，她也已经无法挽回了。事已至此，李淑娟也不再多说什么了，稍稍沉吟了片刻，她还是忍不住提醒谢冰冰："冰冰，每个人都有选择的权利，再说，我们都是成人了，你既然选择了跟那个男人在一起，我也只能祝福你了，希望你长长久久地幸福！"

"那是，必须的！"谢冰冰大大咧咧地说，"娟子，我也希望你能尽快找到自己的白马王子。"

看着谢冰冰乘上一辆出租车走了，李淑娟挥了挥手，摇了摇头，苦笑着叹了一口气。

自此，李淑娟便在城南这个新的生活坐标，开始了独居生活。

倒也没什么不习惯，大学毕业后就结婚的她，这还是第一次享受这样的独处生活。跟那个整天叽叽喳喳的闺蜜待一起久了，如今突然感觉生活清静了许多。

搬过来的最初一周，李淑娟把屋子装扮成自己喜欢的样子，喜欢的纱窗、喜欢的灯，都按照自己的审美布置起来；她又挑了几幅喜欢的画挂在墙上，还有一推搬过来的绿植，分布在卧室和阳台边上，整个屋子看上去就觉得温馨，这也让李淑娟原本因为离婚、生意失败的心渐渐安定下来。

春节逼近，过年的味道越来越浓厚，街上的行人逐渐在减少，商店大多已经关门，行道树上的叶子，一如那些老人口里的牙齿，也都纷纷掉光了，落在地面上，每有车辆急速驶过，刮起的落叶不住地翻滚起来，整个滨海渐渐地冷清起来。

眼看要到小年了，李淑娟还没决定留在滨海还是回家过年。回家吧，她怕家里人问东问西，更不愿意看到那一双双略带同情的目光。最后李淑娟决定学一回鸵鸟，把头埋进沙子里，干脆躲在滨海的小房子里，一个人安静地度过这个春节。

这天，李淑娟正在无聊地画画，突然收到秦绍东的微信语音，问她现在在哪住着。这是她搬过来之后，第一个人主动来关心问候自己的人。从上学时到现在离婚后，这个男人似乎一直都没有丢下过她。如今只身一人的李淑娟，认真说来，心内还是有些感动的。于是，她也没有隐瞒，简单地说了自己的住处和生活近况。

那边的秦绍东声称自己已经回老家了，等春节后，他要过来看看她，给她带点家乡特产，让她尝尝。

李淑娟没想到自己这次居然没有拒绝，没有说"不用"，只是下意识地说了句"谢谢"。

秦绍东回道："好嘞，春节后见！"

大年三十那天，李淑娟给家里打了电话，家里正其乐融融地包饺子，哥哥和嫂子带着小侄子回家了，爸妈分外地高兴，除了一个劲地埋怨她不回家，还一再叮嘱她要煮饺子吃，在外面要注意安全，多买些好吃的别亏待了自己。李淑娟一叠声地"嗯嗯"

答应了。

挂了电话，李淑娟看见空中一朵巨大的烟花绽放在窗外，她看手机上显示了几个因为忙线而耽搁的未接来电，谢冰冰的、袁天信的、秦绍东的，还有林绍峰的、贺国璋的，李淑娟一一给他们回拨过去，除了贺国璋。

李淑娟在说了一大堆的新年祝福后，那个超级帅哥林绍峰不无遗憾地表示，早知道她过年不回家，他也留在滨海就好了，这样就可以和女神一起过年了。

谢冰冰那边则欢乐极了，隔着手机李淑娟也能想象她那边爆竹震天、热闹喜庆的氛围。

和秦绍东照例没说几句便挂了，电话里所聊的无非就是过年时要说的应景的祝福话。

李淑娟倚在窗口看着外面的烟花，五光十色地升腾到空中，绽放出一个个璀璨的图案，这番热闹的景象略微冲淡了她有些孤寂的心。

"叮"，一声提示音，李淑娟打开手机，是贺国璋发来的微信。上次贺国璋去咖啡店里，在他的一再请求下，她又添加了贺国璋的微信，但从来没交流过。现在，贺国璋来微信说："这几年来，这是第一次没有你陪伴的除夕夜，新年快乐！"

原来，贺国璋上午给李淑娟打了几个电话，本想说些祝福的话，但李淑娟都没有接，也没有回，他只好选择发微信了。

可是，李淑娟看了看，放下手机，依旧没有回。

大年初三，李淑娟还在一个人画画呢，突然手机响了。一看是秦绍东。

秦绍东在电话里激动地说："我就在你的公寓楼下了！"

"是我新搬来的住处吗？"李淑娟迟疑地问。

"是，没错，不是上次你跟我说的自己的新地儿吗，我按导航过来了，大过年的，看看你。"秦绍东竟然从老家赶来滨海，李淑娟很是意外。按理说，初八才正式上班，秦绍东这会应该还在老家才对。

李淑娟赶紧下了楼。看到楼门口一辆黑色轿车跟前，正站着从前那个熟悉的班长秦绍东。在她眼里，秦绍东似乎黑了一圈，但比前几个月结实了不少。

秦绍东扬了扬手臂，跟她打招呼。

走到跟前，还没等李淑娟来问，秦绍东就龇着牙，主动笑着解释说："公司突然有急事处理，不得不赶回来。春节快乐！"

"春节快乐！没想到你竟能找到我这里。"李淑娟不自觉地笑着回应。

秦绍东已经打开了后备厢，他给李淑娟带了满满一后备厢的家乡特产，各种腊肉、年糕，都是李淑娟想吃而外面买不到的。

"这些都是我们老家的东西，过年了，长辈给得多，我一个人也吃不完，第一个就想着给你送一些来，你一个人在这过年，冷清清的吧。"秦绍东一边从后备厢搬下这些东西,一边说。

秦绍东想帮李淑娟搬上楼,李淑娟平白受了这些恩惠,心中本就过意不去,于是忙说自己可以搬,不必麻烦了。秦绍东这么多年对李淑娟向来不敢自作主张,已经习惯性地顺从这个女人的意思,略想了想便没有坚持,他把东西放到公寓楼门前,与李淑娟简单地说了几句,便匆匆驱车离开了。

李淑娟气喘吁吁地搬上楼,跑了两趟才搬完,看着地上堆得小山高的东西,她拍了张照发朋友圈:"没想到漂泊在外,还能尝到家乡美味,让思念家的心得到些许安慰,感谢。"后面又加了个"比心"的表情。

没几分钟,这条信息后面就吸引了一大堆点赞和评论。

谢冰冰第一个开始八卦地问:"呦呦呦,谁谁谁?谁大年初三给你投食?我都馋了,仿佛嗅到一股不寻常的味道。"

袁天信则大言不惭地发来一句:"呀,这么多,你吃得完吗?麻烦留一点,等我回来。"

林绍峰发了个笑脸问候:"淑娟新年快乐,吃好喝好哦。"

……

秦绍东在下面简单地回应了一句:"喜欢就好。"

一些高中同学纷纷跟在后面,取笑地回复秦绍东:"世纪暖男啊,我仿佛发现了什么!"

李淑娟一边回复他们,一边笑着摇头,唉,这群人。

过后几天，已经知道李淑娟住所的秦绍东，总是隔天就过来送点东西，有时是他自己煮的鲍鱼粥，有的时候则是一份热腾腾的牛肉丸子。李淑娟很不好意思接受，但秦绍东总是放下东西就走。除了春节那会算是节日礼物，李淑娟还是头一遭，这么干脆地接受别人的好意。第一是她真的饿了，早上睡到十点起床且饥肠辘辘的她，实在是拒绝不了一碗热腾腾香喷喷的粥；再然后是送餐人的借口，李淑娟还记得秦绍东带着请求般的语气，他说："家里冰箱装不下，熟悉的朋友同事都还没回来，又是家里长辈的一片心意，要是不嫌弃的话，还请帮帮忙。"面对这等局面，李淑娟还能说什么呢？

后面的粥啊丸子啊，理由都是如出一辙。渐渐地，李淑娟索性也不委婉推辞了，来者不拒。这样一来也好，不用做饭也不用在大门紧闭的街道上想着去哪里买食材，倒省了李淑娟不少事。

李淑娟哪里知道，细心的秦绍东那天在李淑娟发的朋友圈照片里，看到她的茶几上摆着两桶方便面，心中就猜想李淑娟一人不想生火，家里备的吃食也不多，于是便有了天天过来送东西的举动。

倏忽间，正月十五元宵节已经过了。才当了不到一年老板，且亏得心情低迷的李淑娟不得不考虑重新找工作了。好多年不写简历的她，翻出自己在网站上的简历，那还是大学毕业实习时的简历，那个时候初入社会，没什么经验，连简历都搞不清怎么写，还是贺国璋帮她写的。这几年，她太安逸了，简历竟然一直没有更新过。

人生在世，欠了的，迟早要还。

这不，李淑娟修修改改更新自己的简历，熬到晚上十一点，才把以前躲的懒都补回来了。接着开始搜索工作的关键词，寻找合适的岗位，准备投简历。她以前是个文员，说好听点是助理，不好听点就是个打杂的，虽然没什么过硬的技能，但细心和耐心还是拿得出手的，所以她准备应聘一份总裁助理的工作。

这样的岗位并不多，李淑娟一家家地看下去，细细挑选，投了四五份简历，看着墙上钟表的时针指到数字一，她才揉着发酸的眼睛，关电脑上床睡觉。

第二天一早，李淑娟特地下楼在小区附近寻找打印店，准备打印上一些简历。刚过年不久，街上的店铺大多还关着门，想要找一个正常营业的打印店不容易。李淑娟转了好大一圈，碰到一家正在营业的打印店的时候，里面挤满了各种要办证件的人。

李淑娟站在小小的打印店里排队，店里面暖烘烘的，她竟然热得鼻头冒汗。一个男生站在李淑娟的身后，满脸朝气，看起来像刚出校园不久的大学生，他看着眼前明艳却不失干练的李淑娟，支支吾吾地搭讪道："同学，你也是今年刚毕业吗？"

李淑娟愣了一下，环视周围一圈，见男生目光灼灼看着的，无疑是自己，稚嫩的脸庞紧张且认真，李淑娟轻轻地摇头。

"哦,我知道了,那你就是还没毕业,现在打算出来实习找工作!"对方猜测着。

李淑娟笑了,心里想,我要是真那么年轻就好了。男生看着李淑娟的反应,一脸茫然,难道自己又猜错了?她扎着简单的马尾,蓝色的高领毛衣配羽绒服,看起来像是刚毕业的没错啊。他挠了挠脑袋,见李淑娟没有回答,又问道:"你也是明大的吗?"

这回算他猜对了。

李淑娟确实是滨海唯一一所211高校明大的,她打量着男生那张如灿烂朝阳般的脸庞,微笑回答道:"我确实是明大的,不过,我应该要比你高上好几届。"

男生表情有点错愕,一点没看出李淑娟的真实年龄,但他马上很上道地叫了声:"师姐好。"

前面复印的地方还排了几个人,李淑娟站在队伍中,与小师弟时不时聊上几句:"什么专业的?""学校那些有名的老教授还在吗?""校园的主干道两旁的樱花树开得和以前一样吗?"那个男生对李淑娟这些问题的回答,让她这个冬季多日来沉闷的心,仿佛回到了大学时光。

"我就说师姐这样校花级的人物,我怎么会没听说,原来是高好多届的师姐啊。"男生的语气有些遗憾。

李淑娟笑了笑没有回答,轮到她了,她把U盘递给店主,很快,几十份简历就打印好了。李淑娟转身走出店内的时候,小师弟从身后追过来，他微红着脸，挠挠头发问："师姐，可以加个微信吗？"

李淑娟看着眼前这个年轻的大男孩，温和地婉拒了："好好找工作，加油。"

男生目送着李淑娟离开的背影，目光里似乎满是失落。

年近三十的李淑娟，竟然被一个刚刚出校门的毛头小伙子搭讪要微信，这意味着，自己是不是看起来很年轻？李淑娟迈着轻盈的步伐，心情不自觉地飞扬起来，像飘在天上的气球，在一片瓦蓝瓦蓝的天空里，轻盈盈地飘荡，而空气里也弥漫着一股湿润泥土的气息，看来冻土渐融，暗示着离绿叶萌芽的时候不远了。

她走在空荡冷清的街头，学生们的寒假刚刚结束，但料峭的春风里，街面上的一些店铺还没正式开张，往日这座热闹喧嚣的海滨城市倒是显出几份静谧。此时此刻，李淑娟心里不由地萌生出一股崭新的力量，她突然感到生活是如此新鲜，如此美好。离婚一年，她终于彻底放下了，从前的种种烦恼已经烟消云散，飞到九霄云外了。

从这个春天起，李淑娟庆幸自己还能抓住青春最后的尾巴，她要保持着这份年轻的心态，开启自己新的职场生活，同时重新开始自己往后的一幕幕新生活。

第二十章　暖春

元宵节过后，前段日子那充满浓浓年味的气息才渐渐地淡去。散落在外地各处的商贩与部分上班族，重新回归到这个城市，各种店铺正式开张营业，大家都开始忙碌起来，开启新一年的征程。

李淑娟每天忙着投简历，隔三差五地接受面试，另外她的画画兴趣也没有放下，甚至每天还抽出一个小时进行瑜伽运动，这样一来，李淑娟比之前开店的时候还忙碌，却也充实了许多。

这天，刚刚面试结束的李淑娟，突然接到林绍峰的电话。

"嗨，淑娟，在忙吗？"林绍峰的声音还是一如既往地富有磁性。

"还好。"李淑娟不知对方来意，只好模糊地回复。

"晚上有空吗，一起吃个饭？"林绍峰发出邀请。

面对对自己多次有恩的帅哥，李淑娟原本不想拒绝对方的好意，但又想了想，晚上还要回去修改一下简历，最近找工作不是很顺利,她还得再挑选几家公司投简历呢,便改变了主意。

"呃,不是很方便,还是下次吧。"李淑娟语气柔和地说。

林绍峰像是没听见她的拒绝,自顾自地说道:"我知道一家不错的餐厅,他们的菜很有特色,店里也挂了很多手绘,你肯定会喜欢。"

也对,要是容易妥协放弃,他就不叫林绍峰了。

"我晚上……"

李淑娟还想再说点什么,林绍峰直接截断她的话:"别忘了,你还欠我一顿饭,这个承诺,可不许赖账哦,你在哪呢?我待会开车过来接你吧。"

李淑娟还能说什么,她懒得说了,直接把地址报给了林绍峰。也好,白天奔波一天有些困倦,晚上她也不想动手做饭,到时吃完饭早点回来,再投简历也不迟。李淑娟这样想着。

于是李淑娟打车回到小区换了一身衣服,走到楼下,见一个穿着黑色长款羽绒服的男人静静地站在那里,他听到脚步声,扭过头来,却是秦绍东。看样子他在楼下等了有一会了。

"绍东?你怎么来了。"李淑娟有些意外地问。

在看见李淑娟的那一刹那,秦绍东眼里升起一丝光亮,他扬了扬手里的东西,透过红色的塑料袋,她看见里面装着一束束的东西,像是笋干。

"哦,没事,就是上次给你的笋干,你说吃了还不错,我想起家里还有点，我也不常开火，放着浪费，既然你喜欢，刚下班，我就直接给你送过来了。"秦绍东咧开嘴角笑了笑。

李淑娟没想到，自己随口的客气，竟然被他牢牢记在心上，看着他被冻得红红的鼻尖，李淑娟心下一动，张嘴就说："要不要上楼坐坐？"

这是李淑娟第一次主动邀请他，以往送东西的时候，都是他直接送到楼下，看李淑娟接过，他便匆匆离去。这回，她竟然邀请自己上楼，秦绍东喉结滚动了一下，有时他会敏感地担心自己一时不慎说错话，闹得两人有些尴尬，但拒绝的话刚想说出口，却被内心深深的渴望制止了。其实，他没有任何理由拒绝，相反他太想上去了，这种渴望几乎充斥身体的每一个细胞，同时这也是他难得亲近李淑娟、跟她谈心的大好机会，他可不能白白错过。他吐出了一个"嗯"字，乖乖地跟在李淑娟身后，看李淑娟刷门禁卡打开单元门，跟随她的脚步走了进去。

这栋公寓有二十多层，还好李淑娟住得也不高，在五楼，平时她喜欢走楼梯，很少乘电梯，当是运动运动身体。秦绍东多少了解李淑娟，也没再问她怎么不乘电梯，两人静默无声地上楼，只有脚步声，在楼道里回响。

进了五楼的过道，李淑娟在转角的一处门口停下，"哗"的一声，她打开了房门。

秦绍东跟着走进室内，稍稍环顾了一下，简单的一室一厅，有些陈旧的房子布置得却很温馨大方。客厅小小的，靠墙放了一张咖啡色的沙发，玻璃茶几上放着新鲜的应季水果，旁边还散落着没来得及收拾的油彩和画了一半的手绘。秦绍东不动声色地打量着这个小窝，看得出来，主人是简单随性生活的性子。

"坐吧。"李淑娟招呼着，转身进厨房给秦绍东泡了一杯茶。

洁净的玻璃杯里面，几朵金色的雏菊沉沉浮浮，一股沁人心脾的清香扑鼻而来，秦绍东深深地吸了一口，整个人渐渐放松下来。

"你这里收拾得很好。"秦绍东开口找话。

"一个人住会随意点，有些乱。"李淑娟第一次让这个男人来自己的住处，心中还是难免有些小小的慌乱。

"房子还是自己住得舒心最重要，再说，你这比我那好多了。"秦绍东坦诚地说着，突然感觉像是回到了高中那会他们两人在一起聊天的氛围了，没别人打扰，说话的语气也从容了许多。

"那怎么能比，我这小窝，怎么能比得了你那大豪宅。"李淑娟笑着自嘲。

确实，相比这间简陋的公寓，秦绍东住的房子可以说是豪华的了。早些年房价低迷的时候，一向务实的秦绍东就看准时机，在滨海靠海岸的位置，买了一套房，果不其然这几年房价疯涨，那里早就成为高档住宅区了。

有点烫，秦绍东嘬了一小口茶，深沉地看了眼李淑娟，稍微停顿了下，半开玩笑同时小心翼翼地说道："是吗？我那里可还缺一个女主人。"

这句话的确很机智。这么久以来，这是秦绍东头一回在李淑娟面前如此轻松幽默地聊到这个话题。

李淑娟没有回应，不动声色地把眼睛移开了。

"那你最近忙什么？"秦绍东不以为意，淡淡地换了一个话题。

李淑娟这才放开心怀，一口气说了一大串自己的近况和想法："找工作呗，我最近在找工作，每天都忙着投简历，四处跑着面试，有合适的机会的话，打算去上班。这些天别说有多累了，目前面试了很多，可没有合适的，所以，感觉找工作还是很有难度的。"

"嗯，也不急，一个人遇到自己合适的工作，再确定上班不迟。"秦绍东沉吟了片刻，宽慰李淑娟，"再说，找对工作，跟结婚成家本质是一样的，都要谨慎，不是吗？"

"你这哪跟哪啊？工作的事，居然也能扯到婚姻！"李淑娟"噗嗤"笑了。

秦绍东眼波微闪，他看了一眼白净温婉的李淑娟，乌黑柔顺的秀发，花瓣似微启的唇，细腰曼影，这样的女人，天生就应该是让人捧在手心，好好呵护的，何至于自己出去工作谋生？

迟疑了十几秒，秦绍东似乎纠结了一番，最终忍不住有些怯怯地问:"你的那个他,没有帮帮你吗?"

"谁?"李淑娟有些莫名地问。

"那天,就在咖啡店遇见的那位林先生,你的男朋友。"秦绍东只好挑明自己心头长久以来的疑惑,尽量让自己的声音听起来正常些,才能不让那满嘴满腔的嫉妒流露出来,他想表现得淡定从容一点。

"林绍峰?"李淑娟声音很诧异,她知道秦绍东误会了,尽管没有跟他解释的必要,李淑娟还是澄清,"我跟他,只是朋友而已,你不要多想。"

看着李淑娟的眼睛,他明白她没有说谎。

空气中静了一下,秦绍东感觉满嘴的苦涩一下子消褪了,取而代之的是一股淡淡的甜,他突然感觉整个世界生动起来。

"这茶不错。"秦绍东放下杯子,语气很是轻快。

在他与李淑娟的感情中,秦绍东像盲人摸象一样,他看不清李淑娟的情感状态,自从那次碰见林绍峰,他便有了一种危机感。这股危机感,随着李淑娟之前几次对他的拒绝、冷漠逐渐加深。每当得不到李淑娟的回应时,他就猜想,自己是不是晚了一步,又错过了?自己是不是像个笑话一样,围绕在李淑娟的身边?但他每每又忍不住,总想试探一下,然后靠近一点,再靠近一点。

今天,他确定了,李淑娟没有跟他在一起,那便意味着,自己还有机会。整个冬天里他心中凝结的冰雪全部瞬间融化了,暗自欢喜的秦绍东并没有表现出来，他努力装作若无其事，转了话题："上回的腊肉你还喜欢吗？你要是喜欢，我那里还有一些，下次一并带给你。"

"不用了，上次还有许多。"李淑娟闻言急忙摇头，她差点都要笑出声来，自己的冰箱满得快要关不上门了，他还真当这里是土特产处理站啊。

两人再度静默地坐了一会，有些不知所措的秦绍东站起身说："时间不早了，那我先回去了。"

李淑娟没有留他，时间也确实不早了，马上就要到与林绍峰约定的时间了，不知道为什么，李淑娟内心还是不希望他们俩碰见，虽然心中坦荡，并无亏欠他俩，但李淑娟想起他俩对视的目光便一阵心烦，多一事不如少一事。

李淑娟执意要送秦绍东下楼，他也没有推辞。楼房的楼梯有些逼仄，李淑娟与秦绍东并肩走着，他们之间就隔了一个拳头的距离，李淑娟甚至还能闻到秦绍东身上淡淡的青草香，不像是香水，倒像是衣服上的洗衣液的味道，干净清新。

"那再见了，淑娟。"出了楼门口，秦绍东转身说。

"再见，谢谢你送的土特产。"李淑娟轻轻地摆了摆手，嘴角浮起一抹微笑。

"你要是喜欢，也算是不负它们的使命。"秦绍东眼睛似笑非笑地看着她。

李淑娟像是没有感觉到后面那句话透出来的暧昧气息，不露痕迹地往后面退了一小步，笑着嘱咐："路上小心。"

　　秦绍东的黑色轿车缓缓地开走了，就在距此一百多米远的拐角处，同时驶进来一辆红色的大切诺基，两辆车子擦肩而过，车里的人彼此没有注意。

　　李淑娟上楼没两分钟，又被楼下的一通电话催促着下来，她探头看了看窗户外面，林绍峰那辆惹眼的红色大切诺基正稳稳当当地停在楼下，林绍峰靠在车门上，笑眯眯地望着楼上。

　　李淑娟赶紧花了两分钟，匆匆描了个眉，涂了一个口红，换了一件衣服，就"噔噔噔"地跑下楼。

　　林绍峰手肘向后撑着靠在车前面，头发油光锃亮，很明显是特意用发蜡梳的，一身深蓝色的西装，里面是白色衬衫和马甲，还煞有介事地戴了一枚蓝色领结；裤子似乎短了一截，露出脚踝，是十分潮流的九分裤，在这种滨海难得的低气温时节，他倒是不怕冷。

　　"等很久了吧，抱歉，走吧。"李淑娟走到跟前，客气地寒暄道。

　　林绍峰看着唇红齿白的李淑娟，乐呵地道："等美女，多久都值得。"他转身把副驾驶车门打开，比了一个请的动作。

　　"谢谢。"李淑娟莞尔一笑，轻盈地上了车。

　　不到半小时，林绍峰的轿车来到一家门面豪华的西餐厅门口。

这家西餐厅，仅外观装修就让人赏心悦目，李淑娟还没进店，就已很清楚地意识到，林绍峰挑的餐厅，格调、品位自然都不会差。

"今年过年你怎么没回家？"李淑娟刚在餐厅落座，林绍峰开口问了一句。

李淑娟笑了笑："你知道的，回家了免不了一番盘问，So……"她故意没有再说下半句，就像歇后语一样，后面的那句不说，其实对方也大概明白的。

林绍峰愣了一会才反应过来，她说的是离婚的事，躲着不回家，也不失为明智之举。

"早知道这样，我就应该想办法把你骗回我家，这样也能拯救我于水火了。"林绍峰以开玩笑的口吻，笑着打趣。

看来，眼前的两人面临着同样的尴尬，尚处于单身状态的林绍峰也少不了被家长亲戚逼婚。不过，李淑娟装作没听懂的样子，只是笑了笑。

林绍峰给李淑娟进一步解释道："你知道的，年纪一大，过年回家的确也是一种煎熬。"他摊开两只手臂，摆出一副无奈的姿态。

"那你相亲了吗？"李淑娟调侃。

"差点啊差点，好在我机智，关键时刻及时脱身，不然就要被霸王硬上弓，当人家的'压寨相公'了，那你现在可就看不到我了。"林绍峰不失时机地说出自己春节期间所遭遇的九死一生的险境，不过语气颇为风趣。

李淑娟清浅一笑，像阳光照射在波光粼粼的溪面，林绍峰顿时感觉心脏漏了一拍。

"你最近还好吗？平时一个人，都在忙些什么呢？"林绍峰试探地问着。

"没什么，就是准备找工作。"李淑娟淡淡地回答。

侍者过来上菜，林绍峰摆手示意先放在李淑娟那边。

"那你有没有想过找哪方面的工作呢？"林绍峰切牛排的手势特别好看，修长干净的手指握住银色的餐具，慢条斯理的，显得特别优雅，林绍峰的帅气，总算让对面的李淑娟认认真真地领略到了。

"特别清晰的规划，倒也谈不上，我以前做过总经理助理，再找工作的话，大概还是这个方向吧。"李淑娟微微低下头，视线错过林绍峰那张棱角分明的脸，不知道是不是错觉，她总觉得林绍峰看向自己的眼神，比以往更加热切。

她强制自己不去多想，只听见林绍峰说道："这个工作还不错，你心思细腻，处事周到，是个不错的选择，如果你不嫌弃的话，我们公司最近需要有经验的总助，回头你把简历给我，我帮你向公司那边推荐一下，这样，你工作的事情，估计也算落实了。"说完，他举起酒杯，李淑娟抬起头，下意识地也端起酒杯，轻轻碰了一下。

放下酒杯，李淑娟才惊愕地回过神来，她没想到林绍峰要给她找工作，不过更怕他误会自己在向他暗示要工作机会，她连忙推辞说："不用了，上次咖啡店的事，就已经很麻烦你了，那次恩惠我都还没回报呢。工作的事情就不劳你操心了，怎么好意思老是麻烦你。"

"你我之间，还有什么麻烦不麻烦，你的事情，自然就是我的事情，不用这么客气。"说到"你我之间"几个字的时候，林绍峰突然注视着李淑娟，柔和橘黄的灯光打在林绍峰的侧脸上，配上此时回荡在餐厅每个角落的浪漫萨克斯音乐，他温暖的语气简直让人抵挡不住。李淑娟甚至突然产生一种错觉，这个简单、纯粹的饭局，仿佛马上就要变成了一场浪漫的求婚现场。

"真的不用麻烦了，虽说好些年没有出去工作，但我相信找份助理的工作还是不难的。再说，我最近也刚面试了几家公司，大约下周就会有消息了吧。"李淑娟半调侃半推辞道，随即又补充似的问了一句，"不过我有些怀疑，你一直这么热心肠的吗？"

林绍峰心中一喜，李淑娟平时难得跟自己这么开玩笑，今天这次，绝对是阶段性的进步啊。就像是爬山一样，一开始以为怪石嶙峋难爬，谁知道一登上山就发现了一条石阶小路，有道！

林绍峰更加自得起来，随即调侃中又透着真诚地回应李淑娟刚才的提问："要看对谁，不是人人都有这种优待，就像 VIP 一样。"林绍峰眼睛一眨不眨地注视着李淑娟，眼神里的炙热，明明灭灭,让人看得真切。

李淑娟这么聪明的女人自然意识到眼前的这个男人话里有话,心里不免忐忑起来,开始不由自主地有些闪躲:"那也是,不过我们没见几次面,应该也算不上 VIP 吧。"

林绍峰知道不能操之过急,于是举过酒杯,与李淑娟手里握着的酒杯轻轻一碰,点到为止,随后明智地转了话题:"有些人生下来,就是为了遇见的。对了,你室友兼合作伙伴呢?"

"她……她有自己的安排,她跟她朋友出去住了。"李淑娟支支吾吾说得不是很清楚。自从谢冰冰搬到张普仁那边去,她一点都不清楚他们两人的具体消息。隐隐地,她感觉谢冰冰有些事瞒着她。

林绍峰听完,轻描淡写地回了一句:"哦,这样啊。"

他并不怎么在意,自顾自地低头切着手中的牛排,本来嘛,就是为了没话找话,增加他们两人之间的亲近感,至于那个所谓的闺蜜谢冰冰怎么样,其实他半点兴趣都没有。

"你认识一个叫张普仁的人吗?"李淑娟随口把脑海里的这个名字问出来,她想滨海就那么点大,同是生意场上的人,没准林绍峰也认识呢。

说起来也巧,李淑娟这么随口一问,瞎猫碰上死耗子,还真让她碰上了。

"张普仁?"林绍峰闻言立刻抬头,手上的动作也顿住,他慢条斯理地擦拭了一下嘴角，说道："见过几面，前年我几个朋友组了一个局，就认识了。后来陆陆续续吃过几次饭，谈不上深交，就是知道有这么一个人，你认识他啊？"

不知道为什么，李淑娟觉得林绍峰语气里有点紧张。

"嗯，以前开店的时候，他老是来店里买咖啡，也算是我们店的常客，来来回回，也就认识了。"

林绍峰支着耳朵等后面的话，谁知道李淑娟说到这就截住了，等了半天，也没有说下去的意思。都说男人最了解的就是男人，张普仁什么货色，他最是清楚不过。不对啊，他看李淑娟也不像是连花言巧语都听不出来的傻女人啊，不过，凡事无绝对，要是一个男人刻意起来，哪个女人能躲过那些糖衣炮弹？何况张普仁还算是一个有钱且长得又不难看的男人！林绍峰想了想，接话说："听说，张总的老婆很是厉害，在整个滨海都是有名的母老虎，张总虽然能耐，但也不敢跟夫人硬碰硬。"

居然还有这么一道"八卦菜"，李淑娟不知道闺蜜谢冰冰是不是也清楚这个事。张普仁果然是有家室的人，当初她没能劝阻住闺蜜，看来日后难免会出事的。

想到谢冰冰的处境，李淑娟不觉有些忐忑起来。

李淑娟表面上静默不言，似乎在想着什么，却没有再说。但她不安的表情落在林绍峰的眼里，就变得有些微妙了。

"怎么？你跟张总……你们很熟？"林绍峰投来一丝迟疑的

眼神，试探地问。

"也没有，就是之前咖啡店里招待过几次，突然有些好奇罢了。"

"张总遇见年轻的女性，向来比较……嗯，比较殷勤。"林绍峰一边斟酌着用词，一边观察着李淑娟的表情。李淑娟自然听懂了他的意思，但装作毫无察觉的样子，只简单地"嗯"了一声。

林绍峰急得抓耳挠腮，对于张普仁那货，就他那样还想和李淑娟在一起？简直就是癞蛤蟆想吃天鹅肉。不过，林绍峰的确自作聪明地多虑了，他把事情想复杂了。

他继续试探着说："张总对朋友还是挺够意思的，对吧？"

这句话刚说完，林绍峰总算在李淑娟脸上看到了自己想要的表情，一向优雅的李淑娟竟然撇嘴了，眼神中还带着一丝不屑，她有些嘲讽道："我和他压根就算不上朋友，最多就是'前客户'而已，自然也不是很了解。"

李淑娟口中的"前客户"这个自创的新词，一说出来，林绍峰差点就乐了，他的确安心了不少。同时，林绍峰也隐隐听出了她对张普仁的一股成见，感觉李淑娟与张普仁之间不像是暧昧，倒像是结了梁子！

李淑娟自知有些失态，又不好解释，总不能说自己那点没凭没据的猜想吧，干脆也就闭口不说了。

吃过晚饭，林绍峰开车把李淑娟送回了住处，这次李淑娟没有推辞，她落落大方地接受了，至少在她眼里，林绍峰跟张普仁那样的人并非一路人。林绍峰鞍前马后地为自己开车门，李淑娟礼貌地道了谢，然后目送林绍峰的车子离开。

在大致证实了张普仁的情况之后，李淑娟有些不放心谢冰冰，接连几天给谢冰冰打电话，可谢冰冰不是没接就是占线，始终也没有电话回过来。她只好发微信，可接连发了十多条，谢冰冰却没回一个。李淑娟有些着急了，再翻开谢冰冰的朋友圈，自从不开店之后，不发广告之后，谢冰冰的朋友圈丰富精彩多了，那些隔三差五更新的图文里，颇有一点狂欢的味道。

李淑娟翻看到最新一条，图片中谢冰冰捧着一杯鸡尾酒，穿着性感的泳衣躺在一把沙滩伞下面，笑靥如花，身后是蔚蓝的大海。李淑娟一看定位，竟然是三亚！谢冰冰一声不吭地竟跑三亚疯去了？难怪这些日子，她都没空理自己。

李淑娟想了想，把心里隐隐的那点担心又搁置下了。她想，等谢冰冰玩够了回来，再好好找她聊聊吧。她准备将张普仁那些不为人知的事告诉给闺蜜，千万不能让她误入歧途。

第二十一章　经理助理

李淑娟之前的工作经验少，且又单一，尽管这段日子里面试了不少，但她心仪的公司看不上她，而相中她的公司她又看不上，就这样，前前后后折腾了快一个月，之前打印的几十份简历没剩几张了，就在李淑娟望着简历愁眉不展的时候，突然接到一个电话。

"你好，请问是李淑娟李小姐吗？"听得出，电话那边是个年轻甜美的女声。

"是的，你好。"极有可能是某家公司的行政或人事，李淑娟赶紧回复。

"我这边是在智联招聘上看到您的简历以及您的工作经历，初步认为您符合我们公司的要求，所以想邀请您在明天上午过来面试。"

"啊，哦，好的好的，请问贵公司是？"李淑娟听了心中一喜，随即又问。

"放心，咱们这边是正规的公司，您来了就知道了。"

对方竟然不说明公司名称，这让李淑娟难免有些纳闷，这不合常规呀，正规的公司通常不会掩饰自己的公司名称的。

有些疑惑的李淑娟又补了一个问题："哦，那我是什么岗位呢？"

"具体岗位的话，还等您来公司以后详谈呢。"

对方又没有明说，搞什么呀，李淑娟更是纳闷，疑惑的心思加重了一层，稍稍迟疑了片刻，但还是礼貌地回复说："哦，好的。"

李淑娟愣愣地挂了电话，她把自己前几天的应聘回想了一番，并不记得自己这两天有投简历，怎么突然会有面试邀请呢？而对方连公司名称和职位也没有说清楚。李淑娟隐隐有些奇怪，对方有什么可隐瞒的呢？

"叮——"手机提示来了一条短信。李淑娟打开一看，收到的是面试地址，位置是滨海最繁华的CBD。后面附有发件人的信息，是其公司HR黄小姐。李淑娟犹豫了小半天，理智还是占了上风，最主要的是合适的工作岗位，不管是不是骗人的，她决定明天去试试，看看这个神秘的公司到底是哪家。

第二天是周五，李淑娟一大早就洗漱完毕，把自己精心修饰了一番，特意换了一身贴近职业装的衣服。收拾妥帖的李淑娟下楼打了一辆出租，按照昨天的短信来到了面试地点附近，四周商业大厦林立，高耸入云的建筑物让她差点迷失了方向。她打电话给昨天的那位黄小姐，听说她到了公司所在写字楼的一层大堂之后，对方友好地表示亲自下楼去接她，让她稍等片刻，语气婉转动听，十分亲切和善。李淑娟内心不禁感慨：大公司接人待物果然不一样。

李淑娟打量着写字楼大堂一个小型的喷泉，还没看够呢，那位黄小姐就到了，她一身干脆利索的职业装，见到李淑娟本人时难以掩饰地惊艳了一下，她笑容满面，友好地打了个招呼，确认是李淑娟后，比了一个"请"的手势，李淑娟还是第一次遇到这么客气的HR，这让李淑娟恍惚间以为自己是来看房的呢。

面试的公司在16楼，每一位进电梯的人都需要刷门禁卡。八部气派宽敞的电梯都有专门的物业人员站在那里服务，轻声细语地问你去几楼，并主动帮你按电梯。

毋庸置疑，这里称得上是滨海最高档的写字楼。

黄小姐把李淑娟引进一间宽敞的会议室，很客气地给她倒了一杯水，让她稍等，说主管马上就会过来。李淑娟微笑颔首回应。不一会，一位圆脸且十分和善的男主管踱着步子走进来，对方先是简单地问了几个常见问题，并问她能否胜任总经理助理这个岗位，接着像是走流程似的，跟她介绍了公司的上班时间和一些大致规定后，便直接问她对薪资有什么要求。李淑娟稍微想了想，故意往高说了个数字之后，没想到对方竟十分爽快地答应了，当场通知她，下周一就可以来上班了。

"这……就通过了吗？"李淑娟怯生生地问了一句。

"没错，欢迎你周一入职。还有什么疑问吗？"对方答道。

"我能大致了解一下贵公司吗？"

"星期一来了之后，会给你一周的时间，那时你再慢慢了解。"对方温和地解释。

李淑娟不便再问。这让李淑娟大为意外，像是天上掉馅饼一般，这幸运来得太突然了，这让她有点没底，自己心里都没做好准备呢。

李淑娟做梦似的走在回家的路上，她回想着这一次面试经历，实在太……太顺利了，不，应该说是，太简单了，甚至有些匪夷所思。比起以往在年龄上被刁难，在工作经验上被 diss，还有就是一试二试三试的繁琐，这次面试，顺利到她最初打好的面试腹稿都没有机会用上。

离开公司前，她一抬头，注意到门口上方的几个烫金大字——远洋国际，总觉得在哪里听过，具体在哪听的，李淑娟又有点想不起来。

不过，找到工作，总归是一件很值得开心的事。她第一个想到了闺蜜谢冰冰，也不知道她从三亚回来了没有，先打个电话问问，如果回来了的话，就喊谢冰冰一块出来庆祝一下。她兴奋地一连打了好几个电话，那边的谢冰冰才接通。

"喂，冰冰，我找到工作啦！晚上一起出来吃个饭吧，我请客！"离婚后第一次找到工作，李淑娟掩饰不住心中的喜悦。

"真的啊，恭喜娟子！我就知道你最棒啦。"谢冰冰的声音比李淑娟还兴奋，在电话那头吱哇乱叫着，可没喊几句，又带着歉意说道，"可是，娟子，我今天晚上没空诶，我刚从三亚回来，还有些事得处理，可能不能陪你一起吃饭了。过两天，我亲自过来给你庆祝。"

李淑娟听了，也就不勉强她了，她打趣说："我就知道，去三亚竟然还偷偷去，也不告诉我，谢冰冰你真是能耐了！对了，你最近找到工作了吗？"

"还没呢，我最近有些事情要忙，所以先不着急找工作，至于吃饭嘛，等我们有时间再聚，到时候我请你吃大餐！"谢冰冰声音爽朗，听起来心情不错，虽然不知道她最近在忙什么，但李淑娟也没有多问，对于朋友的私事，李淑娟向来不是那种刨根问底的人。

不过，想起上次从林绍峰那里打听的张普仁的情况，李淑娟隐隐有些担心，就怕谢冰冰太天真单纯，陷入泥沼不自知，还以为遇上了真爱。只好等下次见面了，再跟她聊聊吧。

休息了两天，慵懒地过了周末，转眼到了周一，这是李淑娟入职上班的第一天了。

天还没亮，李淑娟一早起来，给自己煮了个粗粮早餐，慢悠悠地吃完，洗了个澡，化好淡妆，穿上前一晚备好的职业装，元气满满地出发上班。

一路畅通无阻地来到公司，还没到上班时间，办公室稀稀拉拉坐着几个人。李淑娟不认识，也不清楚自己的工位，先随便挑着一个空位坐了，顺手抽出了桌角上文件夹的一份公司简介，认真地翻看着。

临近九点，进公司的人多了起来，大家匆匆忙忙地赶在最后的时间点打卡。李淑娟发现公司的女同事，不仅颜值高，穿着都颇为讲究，一律精致的妆容、高跟鞋。李淑娟突然想起谢冰冰之前讲的笑话，如何判断一个公司有没有帅哥、钻石王老五，就看公司的女同事是化妆还是素颜，想到这李淑娟微微抿唇笑了。

"李淑娟小姐？"她一转头，原来是前几天的那位黄女士走过来了。

"哦，黄小姐早上好。"李淑娟急忙站起身。

"我带你去你的工位上吧，林经理的办公室是单独一间，所以你平常坐那边就好。"黄小姐笑着说。

"好的。"李淑娟这才意识到，自己面试的是总经理助理，工位不可能设在这边的集体办公区里。

李淑娟顺着走廊，经过会议室，再往里走，推开一扇厚重的大门，里面出现一个偌大的办公室，地面铺着厚厚的毛毯，走上去没有一点声音,一扇落地窗前放着简单的办公桌椅,然后一扇毛玻璃的推拉门后,竟然才是真正的办公室,里面别有洞天。

黄小姐拉开了玻璃门,对着里面禀报说:"林经理,新来的助理来了。"

"让她进来吧。"一个男性的声音听起来很年轻、爽朗,同时竟还有一股熟悉感。

李淑娟跟着黄小姐走进去,只见一张高背的老板椅背对着她,一个人隐隐地临窗坐着。不用问,应该是那位总经理。

"行,工作我会安排,小黄你先出去吧。"那个人开口对黄小姐吩咐。

"好的。"黄小姐应声出去,留下李淑娟一个人站在办公室正中央。面对这个自己还没看清的总经理,她顿时感觉有点手足无措。平常镇定自若的李淑娟,在这样的环境下,竟然紧张得有点尿急!倘若以后说出去,谢冰冰肯定要笑话她。

"林总好,我是新来的助理,我叫李淑娟,很高兴与林总一起共事。"李淑娟微垂着头,眼神注视着那张老板椅。

只见老板椅缓缓转过来,一张熟悉的脸出现在眼前,他对着李淑娟扬起嘴角:"你好,欢迎上班,淑娟。"

原来是林绍峰!李淑娟有点不相信自己的眼睛。

李淑娟一阵愕然,甚至来不及掩饰自己的表情,瞪圆双眼的表情落进林绍峰的视线里,而他更加好心情地笑道:"怎么了?

很惊讶?"

"确实是,林经理。"李淑娟如实回答,当讶异慢慢退却后,一股被戏弄、被欺骗的愤怒涌上心头,让她有些克制不住自己。

林绍峰什么意思?难道喜欢以把自己骗得团团转为乐?自己简直就像个木偶似的,被他这么摆布着!李淑娟刚才的不安与好奇,此刻化成了警惕与愤懑。

她抬起头开口问道:"怎么会是你?"

林绍峰摊开手,以一副无所谓的表情说:"一直是我啊。"

"是你把我的电话给黄小姐,然后让她招我进公司?"李淑娟不带一点惊喜与开心,甚而是恼怒的表情,终于让林绍峰察觉到不对了,他想了想解释道:"上次我们一起吃饭时,不是跟你说过了吗,我们公司刚好有这个缺位,我只是觉得你很适合这个岗位,便推荐了你。"

"谢谢林总,推荐和走后门入职不同。但是我不希望别人这样走后门帮我。"李淑娟甩下这句话,直接转身,眼看她就要拉开门出去了,林绍峰慌了,迅速从老板椅上起身,一个健步上前,堵住了李淑娟出去的路。

"淑娟,你听我解释。"林绍峰急切地说。

"不用解释了,林总是觉得我低能到连一份工作都需要你施舍吗?"眼前的女人抬头,冷冷的目光紧盯着林绍峰,带着几分咄咄逼人的恼怒。

林绍峰心里暗道一声"不好",一边观察着李淑娟的神态,脑子一边飞速地转了起来。

"你先冷静一下听我说,你不是需要工作吗?在哪里工作不是一样呢?"林绍峰语气变得缓和,继续解释。

"对,我是需要工作,但我不需要施舍!"她把最后两个字的发音刻意加重了几倍。

"淑娟,你误会了,我只是把你的联系方式给了我们人事,但最终面试通过靠的还是你自己,所以,这怎么能算是施舍呢?作为总经理,我认可你的能力,我们公司也需要你这样的人才,而你也通过了最终的审核,仅此而已。"林绍峰拦在李淑娟的前面,一步不让,接着他双手按住她的肩膀又补充道,"我知道没有提前跟你说,是我的不对,但是我提前跟你说的话,你未必会同意来面试。所以淑娟,我做的,只是给了你一个面试的机会而已,你别激动,也别急着否认,OK?"

"林总真是好口才。"李淑娟冷哼了一句。

"淑娟,我没有你想得那么处心积虑。另外,你也要相信你自己,不是吗?"林绍峰进一步采取柔和的心理攻势。

"你真的只是给了他们一个电话,没有跟公司打招呼,没有让他们关照我进公司?"李淑娟神情渐渐冷静下来。

"没有,我发誓!"林绍峰举起双手作投降状,"你放心,他们觉得你合适,才会招你进来的,这点跟我没有关系。我一个经理，总不能带头做一个反面典型，安排人走后门吧。其实你能面试成功，真的是靠你自己的能力和你以前的工作经验，而我只是个引荐人而已。"

李淑娟心情还是不能完全平静，尽管林绍峰千保证万保证，保证能进公司真的不是他刻意安排，但李淑娟心中怎么会不明白，客气的黄小姐、简单的面试过程，这分明就是放水了。

"一个面试机会而已，淑娟你不要太在意，况且就算是我让你进公司，又有什么关系呢？"林绍峰有点不明白，李淑娟为什么会有这么激烈的反应。

"我只是不想靠关系，得了原本不该得的东西，这样对其他人不公平，而且也会让我对自己的能力产生怀疑。我语气不是很好，抱歉，林总。"李淑娟有些闷闷地回答。

林绍峰原以为李淑娟只是一个美丽又柔弱的女人，可没想到她还是一个韧性十足且自尊心极强的女人，隐隐地，除了外表，他竟然十分欣赏她这份倔强。

"我知道，你不想以这样的方式来我们公司，可事情已经这样，你也已经进了公司。你不妨试试，这次我绝不干预，如果你有能力，你自然配得上这份工作；如果你觉得自己不合适，到时你要离开，我绝对不拦着你。你觉得怎么样，淑娟？"职场高手林绍峰凭借迂回婉转的方式，让李淑娟最终渐渐放下了心中的戒备。

李淑娟低头认真思考着，林绍峰也不催她，他双手环抱在胸前，倚靠在门上，静静地看着她。

须臾，李淑娟下定决心似的，抬头说道："好，我答应你，但是希望你能答应我一个条件。"

林绍峰眼睛里闪着亮晶晶的光："你说！"

"我希望在公司，我们就只是上下级的同事关系，不讲过去的交情，你就把我当作一个下属对待。"

"可以，我答应你。"林绍峰想都没想，满口答应。

就这样，在林绍峰的万般挽留后，李淑娟正式成了总经理助理，也就是——林绍峰的助理。

她的位置在经理办公室的门口，那个落地窗前，坐在那里，可以看见外面同事们的一举一动；也能透过玻璃门，看见林绍峰在办公桌前忙碌。李淑娟说到做到，正式上班以后，她把自己定位为一个助理的角色。

每天早上，林绍峰还没到，李淑娟已经早早到了公司，开始打扫总经理办公室，按标签类别将前一天的文件仔细整理好，然后把办公桌擦得锃光瓦亮，给桌上的绿植浇水，最后，再泡上一杯咖啡，等林绍峰到了的时候，咖啡温度刚刚好。

刚开始，林绍峰表示，公司里有保洁人员，这些具体粗活不用她亲自动手。谁料李淑娟不卑不亢地回答道："林经理您办公室资料多，外人不方便进入，再说这些都是我分内的事。"林绍峰听完挑了挑眉，未置可否，便也任凭她按照自己的主意做事。

在公司的时候，李淑娟从来都是称他为"林经理"，哪怕只有他们两个人在，她像个严谨的执行者，一丝不苟地依照着助理的本分做事。

自从李淑娟来了，林绍峰每到公司，办公室整洁干净，桌面上的绿植生机勃勃，绿叶上面不见一粒尘埃，手边的咖啡散发着浓郁的香气。林绍峰舒服地喟叹一声，把腿架在办公桌上，他抬眼看着坐在落地窗那边的那个女人，一件米色的职业装，头发整齐地挽在脑后，化着淡妆的脸正专注地盯着电脑，正处理着某个文件，窗外柔和的光线映得她一张小脸莹莹生辉。他满意地看着办公室的这一切，看着这个女人在自己身边安静地做事。

看来，让李淑娟来自己公司，真是再正确不过的事了，他欣慰地想。

尽管是第一次做总经理助理，但李淑娟适应得很快。她本来就细心又好学，短短半个月，她已经完全上手，千头万绪的工作被她安排得井井有条，连林绍峰都不得不对她的能力刮目相看。

只是，李淑娟慢慢发觉，自己似乎被公司其他同事有意无意地排挤，尤其是女同事，入职将近一个月，李淑娟竟然不认识几个人，除了人事黄小姐看见她会热情地打招呼，其他女同事的目光，皆是冷漠疏离，甚至带了点敌意。李淑娟不知为何，但很快，她就明白了。

这天，销售主管黄欣儿过来找林绍峰，李淑娟拦住了她："不好意思，林总现在不太方便，要不我帮你通传一下吧。"

被拦下的黄欣儿明显不悦，一脸倨傲地上下打量李淑娟："你就是那个走后门进来的助理吧？长得确实还有几分姿色。"

李淑娟闻言，脸上的笑僵了一下，拦着的手臂并没有放下，她很快镇定地说道："按工作流程，是需要通传一下的。"

黄欣儿脸色沉了下来，直视着李淑娟冷冰冰地说道："让开！"

李淑娟目光没有闪躲，脚步未曾退后一步，察觉到这边动静的办公室同事纷纷探头，窃窃私语起来。

就在两人僵持着的时候，里面传出一声："李助理，让她进来吧。"

黄欣儿面露得意，用肩膀撞开李淑娟，哼了一句"好狗不挡道"，说罢整理了一下衣领，踩着小高跟，推开门进去了。

李淑娟面色如常地回到位置上，看着外面的同事一张张幸灾乐祸的脸，李淑娟心中生起一股委屈，她深吸一口气，把那股情绪压下去，继续处理手头的工作。

会议室不时传来阵阵笑声。李淑娟透过玻璃，看见黄欣儿侧坐在林绍峰老板椅的扶手上，跷起的两条雪白大腿一览无余，她一手端着杯子，一手搭在林绍峰肩上，凑在他面前正说些什么，林绍峰侧着脸，脸上洋溢着得意的笑。

李淑娟有些不自在地别过脸，工作这么些年，她也是第一次看见如此汇报工作的。

　　李淑娟不知道的是，在她没来公司之前，林绍峰办公室简直是半个茶水间。林绍峰长得英俊，为人和善，幽默又健谈，年纪轻轻就是公司的总经理，往日里与下级打成一片，这在公司早已见怪不怪。公司那些长得漂亮的女同事，时常端着一杯茶，扭着腰肢在林绍峰办公室进进出出，打着汇报工作的由头在里面谈天说笑，林绍峰也从来未说过什么。如今有了新助理，总经理的办公室倒成了禁闭室，所有的人有公事汇报必须要在李淑娟的通报后才能入内，尤其是那些有意找林绍峰扯闲的年轻女同事们，几乎都被李淑娟拦在了外面。不到一个月，李淑娟算是把公司大部分的女同事都得罪了。

　　没多时，黄欣儿带着笑意从办公室出来，看见李淑娟，特意绕到她办公桌前面，居高临下地看着她："我劝某人还是放聪明一点，别以为有几分姿色，就自以为了不起，在这个公司里，还轮不上一个小小的助理说话！"说罢，扬长而去。

　　就在李淑娟还在消化这份情绪的时候，手机里的微信突然亮了起来。

　　林绍峰发的信息："淑娟，你进来一下。"

　　李淑娟进了总经理办公室，心下暗自揣摩：是不是要教教我规矩了？毕竟拦了一个看起来跟他很熟稔的销售主管。

　　"坐。"林绍峰指着窗边的真皮沙发，李淑娟过去坐了下来。

林绍峰起身走到她对面,看着她有些发白的脸色,心里有些怜惜。他柔声问道:"来公司有段时间了,还适应吗?"

"还好。"其实,李淑娟最想说的是,除了没有同事跟她讲话外,一切都还挺好的。

"嗯,公司这些事,以后慢慢地就好了,你不用太放在心上。"出乎意料,林绍峰竟然像是在安慰她。

"嗯,我会的,我有心理准备。"李淑娟故作镇定地回答。

"其实他们人都挺好,工作上也不用那么严苛,关系也会慢慢熟的。"李淑娟能确定了,他就是在安慰她,林绍峰继续道,"有什么事情可以跟我说,不只是工作上的,你忘了,我们还是朋友,所以不高兴不痛快了也可以说说,我会是一个好的倾听者。"

疯了吗?谁会真的把自己的上级当倾诉的垃圾桶,要是以前,或许还有可能,现在他们除了朋友,也是上下级的关系。

"谢谢林总,我很好,没什么吩咐的话,我先出去了。"她不愿让其他同事在背后说闲话,尽快地起身。

李淑娟动作轻柔地推门出去了。

留下林绍峰一人坐在办公室,他想了想,按内线电话通知道:"让人事小黄进来一下。"

第二天中午,下班时间一到,李淑娟照例拿起外套,独自一人出去觅食。现在的李淑娟已经不奢望能够在公司找到同伴,也习惯一个人在外吃饭了。谁知，走到办公区正要出门的时候，被人叫住了。

"淑娟，等等。"背后是一个女人的声音。

李淑娟回头，只见一个圆脸的女同事笑眯眯地看着她。

李淑娟指了指自己，有些不确定地问道："是叫我吗？"

"是呀是呀，你中午有跟人约饭吗？没有的话，介不介意和我们一起啊？"圆脸女同事看起来年纪很轻，翘起的嘴角一看就很开朗。她又指了指坐在她旁边的几个同事，被指到的人都纷纷抬头对李淑娟友善地笑了笑。

我并不认识她们啊。李淑娟一脸莫名其妙，心里暗想。她搞不清楚什么状况，几个陌生的同事突然向她抛出了友情的橄榄枝，并邀请她共进午餐，这是什么情况？

李淑娟略微愣了一会儿，然后回答："没有……好啊……"

"那太好了，走吧，我们一起。"圆脸女同事蹦着跑到李淑娟身边，很自然地挽起李淑娟的手臂，李淑娟一惊，条件反射地把手臂往回收。

那女同事笑着说："哈哈哈，淑娟你是不是在害羞？"

李淑娟有些尴尬地不知怎么回答。

自然熟到令人发指，简直比谢冰冰有过之而无不及，李淑娟都有些不适应了。

"对啊，石悦，你吓到人家了。"后面跟上来的同事打趣道。

"才没有，我哪有那么吓人。"这个圆脸的女同事对着李淑娟介绍道，"对了，还没跟你介绍呢，我叫石悦，客服组的，大家都叫我小悦悦，这是大美，晶晶还有文雅。"

被点上名的一一跟李淑娟点头示意，算是打招呼，她们看起来年纪都比较轻，李淑娟含笑道："大家好，我是李淑娟。"

"知道知道，其实你来公司的第一天我们就记住你了，然后我们都在心里感慨，长得也太好看了吧，比我公司所有的女生都好看，我们一直想跟你一起玩来着，但又不好意思打扰仙女似的姐姐啊。"一起走路时，石悦语速飞快，思维又跳跃，但看旁边几个，显然也是早已习惯了。

"你别介意啊，悦悦她就这种风格。"那个叫文雅的女生倒是人如其名，温温柔柔地接话。

"不会，只觉得悦悦挺可爱的。"李淑娟也和气地恭维道。

石悦听完瞪着两只大眼睛，兴奋地说道："听见没，淑娟夸我可爱呢。"

"是是是，我们的石'话痨'最可爱了。"旁边几人打趣她，一群女生围着李淑娟，就这样热热闹闹地下楼吃饭去。

这算是有人接纳她了吗？虽然她不知道为什么，但李淑娟却隐隐地松了一口气，同时胸口涌起一股暖意。

吃饭的时候，石悦她们几个笑哈哈地讲了不少公司内的八卦，无非就是那些弯弯绕绕的关系，以及传说中的内幕。

"不过，淑娟，你要离林总远一点。"石悦挖了一口饭送进嘴里，提醒李淑娟道。

"为什么？"李淑娟有些诧异。

"你知道公司那些漂亮女同事为什么对你有敌意吗？那是因为，林总在公司啊，就是钻石王老五的存在，各部门只要没对象的女的都盯肥肉似的盯着林总，尤其是销售部的那些，整天打扮得花枝招展的，就爱去林总办公室晃，自以为自己魅力无边。可没想到淑娟你一来啊，就把她们比下去了。而且你还是林总的助理，自然跟林总走得最近，又拦着不让她们亲近林总，你说她们急不急，你说她们会不会针对你？"

"原来是这样啊！"李淑娟总算有些明白了，"那林总，跟她们都很熟吗？"

石悦想了一会说道："不太清楚，但看上去关系不错吧，她们时常开玩笑，林总也没说过她们什么，也没说不让她们进办公室，所以应该是不错吧。"

"那你们呢，林总那么帅，你们不心动吗？"李淑娟似笑非笑地看着她们。

"唉，国情不允许啊。"石悦叹了一口气，神情颇为遗憾。

李淑娟有些不解："啊？"

"在中国，只能'娶'一个老公啊，林总虽然很帅很优秀，但无奈我们这些都已经有对象了，再多一个，不是构成重婚罪？

也不知道林总愿不愿意当我们的地下情人。"石悦很认真地在感慨。

"噗！"旁边的几个人纷纷喷饭了。

"你不要脸，能不能别带上我们啊，我们可是清清白白的，压根就没有这个想法！"

"就是就是，还地下情人，美的吧你！"

"不要脸！"

……

李淑娟笑着看她们闹作一团，感觉自己好像又回到了与谢冰冰相处的时光，有些紧绷的心情慢慢放松下来。

吃过午饭，一行人往公司走，在半途恰巧碰到刚才话题的林绍峰。

林绍峰微笑着，很温和地与她们打招呼。石悦估计是做贼心虚，想到刚才的大放厥词，老脸一红地猫在李淑娟身后。

"林总好。"大家不约而同地打招呼。

楼下的电梯门刚好打开了，林绍峰先走进去，其他人纷纷跟着进去了。推推搡搡的，整部电梯里一下子挤满了公司的同事。

"刚才你们聊什么话题，聊得这么开心？"林绍峰站在电梯最里面随口问着。

林绍峰话刚一问出口，就感觉气氛冷了一下。冷场几秒，李淑娟回答道："文雅她们在跟我介绍公司的规章制度，顺便说了几件好笑的事。"

林绍峰长眉一动,没有继续追问,目光越过李淑娟,对着文雅几人道:"你们做得很好。"就在李淑娟有些莫名其妙的时候,听见文雅客客气气地回道:"帮新同事熟悉公司,是我们应该做的。"

一道想法闪过李淑娟的脑海,难道是?

李淑娟带着疑惑的眼神看向林绍峰,只见电梯门开了,他迈着长腿先跨出了电梯。

剩下的这群女同事,再次叽叽喳喳起来,挽着胳臂搭着肩,争着挤出了电梯。李淑娟第一次这么走在同事群里说着笑着,有一种渐渐融入这个公司的感觉。

第二十二章　桃色新闻

踏入职场这个没有硝烟的战场，不是你被那些充满敌意的人给踩下去，就是你让别人刮目相看，进而获得相应的尊敬和佩服。不过从现状来看，表面看似温婉的李淑娟还不至于属于前者。

李淑娟在公司总算步入正轨，虽然有时候黄欣儿她们少不了来挑衅，但李淑娟总是淡淡地挡了回去，一副公事公办的样子，也无可指摘。总经理林绍峰虽然没明说，但看得出来，还是偏向李淑娟这边的。渐渐地，其他一些女同事挑刺的行为也就少了，大家对李淑娟也慢慢客气起来。

李淑娟的能力和手段还是不一般的。面对复杂的办公室环境，李淑娟已经开始能应付自如，甚至如鱼得水。她为自己的表现情不自禁地自豪起来。

在公司楼下刚吃完午饭，李淑娟想起了一直还没见面的闺蜜谢冰冰，便给她发了个微信，算是炫耀式地报个喜。

李淑娟舒展着细长的眉头，故意用闺蜜平时的口吻，发了一段类似总结的话："人生好似一场场博弈。最近总算顺利一点，少了那群爱找茬的女同事，竟然也觉得日子过得很舒心，果然人都是需要对比的。"

半晌过后，那边的谢冰冰才简短地回了一条："那很好啊。"

看着闺蜜那边的回应没多大动静，李淑娟又连续发过去两条。

"你最近在忙什么呢？我看你朋友圈也发得少了，对了，你在工作了吗？"

"微信你也半天才回，一点都不上心，你说你是不是外面有别的狗了？"李淑娟用以前谢冰冰的口头禅来打趣她，希望她能给自己此刻有些无聊的心一点慰藉。

"哪有啊，我最近在忙。"谢冰冰似乎不情愿地挤出这么一行回复。

李淑娟抓住话柄赶紧问："忙什么呢？这么神秘兮兮的。"

这条谢冰冰没有再回，对话框静悄悄的，李淑娟感到分外失落。要知道谢冰冰这种手机不离手的人，连朋友圈都是秒回的人，怎么可能不回微信？对于闺蜜最近这种言辞闪烁、遮遮掩掩的离奇行径，她不禁纳闷起来，不知什么缘故，谢冰冰似乎在刻意躲避着自己。

于是，李淑娟打开谢冰冰的朋友圈，她的朋友圈动态还是一如既往地丰富多彩。里面发的图片显示的大都是高档会所或者是精品民宿，要不就是名牌的包包、饰品。昨天发的图显示她在一家看上去很高档的餐厅吃西餐，李淑娟打开图片，一张张地细看，却在一张红酒杯的照片角落，发现一只男人的手，那只手上带着一只高档的劳力士腕表。她又跟人约会了？而且跟她约会的对象貌似不一般。李淑娟不确定那男人是不是谢冰冰之前提到的张普仁，抑或是其他男人，也未可知。

　　李淑娟赶紧又发了一条微信询问："冰冰，你最近是不是有什么情况呀？"

　　谢冰冰还是没回。哎哟，我这暴脾气！才多久啊，就抛弃我这个闺蜜了？李淑娟气呼呼地想，简直想给谢冰冰来一个死亡连环call啊。不过李淑娟看着手机上显示13:26，办公室静悄悄的，大家都在午睡，只好作罢，也趴下乖乖地睡觉。

　　午睡前，李淑娟习惯性地抬头看了一眼里面的办公室，只见林绍峰没有睡，正拿着手机全神贯注地打字，手指敲得飞快，嘴角还含着若隐若现的一抹笑。李淑娟愣了一下，她记得，贺国璋用手机微信聊天的时候，就是这副神情。她摇摇头，撇开那些乱七八糟的心思，闭上眼睛，她想，什么时候得去找一趟谢冰冰这个没良心的才行啊。

　　一连忙了好几天，眼看就要周末了，大家的心情随之放松起来。中午，石悦在微信上喊她吃饭，李淑娟回了一个"好"，急忙去电梯口汇合。饭点高峰期，三部电梯口都挤满了不同公司的人，旁边几个人突然惊讶地叫了一声，李淑娟几个人看过去，只见一个女生把手机递给其他几个人在看。

"你看，我的朋友圈里面发了一条街头活捉小三的视频，还被打了！"

"我看看！我看看！"

"啧啧，这也太惨了吧，正宫果然威武，不过做小三也活该啊，谁叫她贱啊，插足别人的家庭。"

"这小三身材还不错嘛，把视频转发到群里和朋友圈，一块欣赏下……"一个男性的声音说道，引发出一阵猥琐的笑声。

石悦听说有八卦，早就按捺不住了，眼神飘向那几颗聚靠在一起、分享八卦的脑袋，如果可以，她也想凑上去看看。

"听起来很劲爆哦，原配当街打小三！"石悦好奇地喃喃道。

"行了，别八卦了，电梯到了，快走吧，不然你喜欢的宫保鸡丁又没了。"大美提醒道。

"你说怎么会有人想不通当人家小三呢？"进了电梯，石悦的嘴也没停着。

"你忘了，你前一阵还想让那谁，当你的地下情人呢？"文雅在一旁取笑般地提起上回的事。电梯空间小，压低的嗓音也能被听得一清二楚，人们顿时把好奇的目光往石悦脸上扫来扫去。

石悦忙尴尬地笑笑："那是我开玩笑的，你还当真啊，哈哈，开玩笑。"然后咬牙切齿地小声威胁文雅道："闭嘴！"

周围的写字楼密集,所以公司楼下分布着大大小小的快餐店。来到常去的那家,石悦如愿以偿地抢到了一份宫保鸡丁,她占了四个座位,因为挤得满脸是汗,整个脸蛋都红扑扑的。

"快来,这里!"石悦朝李淑娟她们几个招手,李淑娟端着托盘缓缓移动过来。

"幸好姑奶奶我聪明,先占了位置!"石悦打开手机一边刷朋友圈一边吃饭,还没吃上几口,突然她激动地把筷子一掌拍在桌子上,"啪"的一声,把端着托盘刚放下的李淑娟几人吓了一跳,纷纷看向她。

"你们猜我看见了什么?"不等几人回答,石悦兴致勃勃地自揭谜底:"那个当街打小三的视频!"

"什么乱七八糟的?"李淑娟不屑地说。

"哎呀,就是我们刚刚在等电梯时听到的那个事,正宫打小三,我刚刚刷朋友圈的时候,也刷到了这个视频!"

"是吗?"大美几个一时来了兴趣,纷纷凑到石悦手机前。石悦把视频打开,津津有味地盯着看。一旁正在吃饭的李淑娟只听见一片嘈杂的声音,似乎是不少路人纷纷在劝解、拉架,其中一个尖利的女声格外刺耳,在大骂一些不堪、污秽的字眼。

"不要脸的小贱货!这个骚货!勾引别人家老公,你还要脸不要!"

尖叫声、咒骂声,还有路人嘈杂声,不用看视频,李淑娟也能大致想象得到视频里面是什么光景。

"淑娟,一起看看啊。"李淑娟刚想拒绝石悦的好意,对方就把手机递到她眼前,李淑娟只好接了过来。

画面中,那是滨海最繁华的南城步行街,原本宽阔的街道此时却挤满了人,看得出视频是其中一个旁观者拍的,随着镜头越过几道人影和一些晃动的脑袋,来到事发中心,只见两个烫着烟花卷的中年女人,手脚并用地压住了一个正躺在地上的年轻女子,一个背影微胖的中年女人跨坐在那个年轻女子身上,一把掀开了女子身上的T恤……那躺着的年轻女子的身体像是被钉子钉在地面上的蛇,不停地在地面上翻滚、扭动,两只手紧紧地护住自己的下半身,她声嘶力竭地在呐喊,听声音好像是"我没有!不是我!我不知道"这类的话,可惜这几声辩解在一片杂乱中,很快被淹没。胖女人撕得不过瘾,一手攥起被扒光女子的头发,露出她整张脸,对着围观且举着手机拍照群众说:"你们看看,就是这个不要脸的贱货,到处勾引男人,勾着我老公不放!"那个胖女人的嘴还在一张一合地说些什么,李淑娟却已经听不清了,她看到那张脸之后,整个人如遭雷击,她情不自禁地哆嗦了一下,简直不敢相信。

那年轻女子的脸,分明是——谢冰冰!

怎么会这样?不愿相信的李淑娟再仔细瞧了瞧,确认里面那个凄惨的年轻女子就是自己的闺蜜谢冰冰。

视频的最后，谢冰冰像一条被扔在岸上的鱼，身上衣服被扯得破烂不堪，长发凌乱，她就那样躺在地上，躺在一群人的手机摄像头下面，躬着身子，尽量让自己裸露得少一点，满是泪痕的脸庞，嘴巴微微抽搐着，好像在说："我没有，我不是。"可没有人在乎。

"看啊，这就是做小三的下场。"这个视频拍摄者最后说道。

短短十五秒钟的视频，是李淑娟这辈子看过最漫长的视频，她的喉咙被哽住，眼睛里噙着的热泪仿佛一动就会流下来。她的反应被其他几个人看在眼里，大家都觉得很奇怪，不知道她为何有此反应。

"淑娟……你怎么了？脸色怎么这么白？"

"这视频是什么时候的？"李淑娟尽量克制着问。

石悦看了一眼手机："好像是半个小时之前的。"

李淑娟如梦初醒，她推开前面的桌子，桌腿摩擦着地面，发出尖锐的声音，她猛然站起身，丢下一句："不好意思，大家先吃吧，我有事要出去一下。"

"哎哎，你还没吃饭呢！"石悦喊着，李淑娟人却早已跑远，一切发生得太快，几个人还不明白发生了什么。

"你们说，这是怎么了？"石悦拿起手机，关掉了上面还在循环播放的视频。

"吃饭吧，淑娟她做事一向有分寸，可能是有什么重要的事吧。"文雅说道。

李淑娟一路跑出写字楼区域，随手拦了一辆的士。

"美女去哪里？"司机拉下车窗问。

去哪里？去谢冰冰那里。可谢冰冰在哪里，她也不知道。李淑娟略微想了下那个视频里的大致地点，随即跳进了后座对司机说："先去城南的步行街！快！"

司机闻言一踩油门，车子像离弦的箭一样开出去。

李淑娟焦急地拨打着谢冰冰的电话，里面机械的女声一直在重复："您所拨打的电话已关机，请稍后再拨！"一直打，一直关机，再打微信视频也没人接。

"冰冰，接电话啊！"李淑娟焦急地说。

"咚"，一条微信消息弹出来，李淑娟急忙打开手机，当她看清楚内容的时候，瞳孔刹那间放大。是谁发的群消息，里面正是那条视频，步行街原配打小三的视频。李淑娟心口一窒，她急忙打开朋友圈，果然见朋友圈有些朋友同事转发了那条视频，只一小会儿，李淑娟就刷到了两条。

在这个放个屁都能成为新闻的小城市，小三被打这样的事件就像插了翅膀一样传遍网络，在微信群、朋友圈里，这件事俨然成了一件热闻。

的士很快到达李淑娟指定的地点，可是步行街人来人往，呈现着往常的热闹景象，丝毫看不出不久前这里的那场骚乱。李淑娟下了车后，一个人愣愣地站在原地，她似乎能想象谢冰冰在这片地面上经历了怎样的痛苦和绝望。

根据之前对谢冰冰的了解和林绍峰跟自己说过的一些零星的信息，李淑娟很快理清思路，大约也猜到了今天这出事件是什么缘故，视频里那个动手和咒骂的凶狠女人可能是谁了。

不过，当务之急，得赶紧找到谢冰冰。可谢冰冰究竟在哪？李淑娟看着手里的手机，迷茫地站在人头攒动的街头，她迫切地想知道，谢冰冰现在究竟好不好，她真的很担心她。

李淑娟找了几个谢冰冰的朋友，向她们打听冰冰的消息，可没有人知道。

"叮铃铃"，手机铃声响起，李淑娟急忙看向来电显示，可惜，让她失望了，是林绍峰。

林绍峰在电话里问："淑娟，你下午没来上班吗？"

李淑娟一看时间，原来已经是下午两点多了，自己跑出来匆忙，顾不上请假，甚至也来不及打声招呼，李淑娟语气急促地道歉："不好意思，不好意思林总，我突然有点急事，忘了跟公司说一声。"

"没事，你那边是发生什么事了吗？"林绍峰没有丝毫的怪罪，倒很温和地询问。

李淑娟感觉有点难开口，但想到视频已经不是什么秘密，或者，林绍峰已经知晓。她想了想如实说道："不是我，是冰冰。"

李淑娟猜得没错，在铺天盖地的视频传播下，林绍峰自然也是看到了,并一眼认出了当初那个88号咖啡店里的谢冰冰,李淑娟的闺蜜。

"原来你当初问张普仁的事,就是因为这个。你也看到视频了,那些打冰冰的女人,其中的主角就是张普仁的老婆。在一个宴会上,我曾跟她有过一面之缘。"林绍峰说。

那时候,张普仁的老婆杜琳,那个传说中母老虎作风的女人,尽管见面次数很少,却给林绍峰留下了深刻的印象。上次李淑娟问他有关张普仁的时候,他还提到了这个女人。

这一刻,李淑娟才搞清楚来龙去脉,也证实了她之前那些隐隐约约的不安与猜疑。对谢冰冰,她真是有点恨铁不成钢,她终究还是走上了这条路。

"林总,不好意思,我下午得请个假,不能回公司了……另外,你知道张普仁家住哪里吗?"李淑娟一副上门算账的样子,语气里已经不是平时的淡然娴静。

"淑娟,你别冲动,你现在在哪里?我过来找你,你如果这样直接去他家里找他,只怕会吃亏。"

李淑娟心里一暖,她犹豫了一下说道:"我知道,我不会冲动行事的,谢谢你,绍峰。"

她无意识地叫了他名字,这还是进公司后,第一次,李淑娟直接称呼他的名字。可是不等他再说点什么,李淑娟便挂了电话。

她现在,有更紧迫的重要事情要做。

李淑娟翻出张普仁的微信，那个留着短胡碴的男人，比她想象中的还要渣。她立即给他发了个语音："张普仁，你现在在哪里？冰冰呢，你把冰冰带哪去了？"

张普仁那边很快回了信息，同样是语音："我在出差赶回来的路上，冰冰的事我已经知道了，我感到很抱歉，但是我真的很担心她，担心她做傻事！淑娟，希望你现在能去看看她！"

李淑娟简直怒火中烧，如果可以，她真的想往这个渣男脸上踹两脚。

"你最好祈祷冰冰没事，不然我不会放过你！冰冰住在哪里？"李淑娟气愤地继续问。

张普仁发过来一个地址，那是滨海的一所高档小区，富华小区。

李淑娟匆匆往步行街街头走去，那里有个十字路口，只有那里才能打到车。她健步如飞，她也担心谢冰冰想不开的话可能会做傻事。待她气喘吁吁地跑到街头，那里街道空荡，开阔的路面上行驶的车影稀少，更别提的士了。老天爷故意作对似的，李淑娟越着急却越打不到车。

这时，一辆红色的大切诺基稳稳当当地停在她面前，是林绍峰。他降下车窗，朝她大喊："上车！"

李淑娟有些愣神："你怎么会在这里？"

"别说这些了，赶紧上车吧。"林绍峰再次喊了一声。

李淑娟迟疑了不到一秒，拉开车门上去了。

"去富华小区 A 座！"李淑娟当即说了目的地。

林绍峰闻言不多问，一踩油门就出去了，原本半小时的路程，十五分钟就杀到了小区门口。李淑娟一甩车门，直接往小区里面冲，却被门口的保安一把拦住，横在面前。

"站住！你们是干什么的？"

李淑娟充耳不闻地就要往里面冲，被后面赶来的林绍峰一把拉住胳膊。

"不好意思，我们一个朋友住在这个小区，然后我朋友现在情绪不稳定，担心她做傻事，麻烦你们这边配合一下，帮忙一块把她的门打开，行吗？"

保安狐疑地看着两人，再打量了下他们的穿着和神态，这两个人脸上的焦急也不像是装出来的。

"哪楼哪室？"保安语气短促地问。

"A 座 1603。"李淑娟报出了张普仁提供的地址。

"稍等，我去确认一下！"保安估计是找业主确认去了，林绍峰握着李淑娟的胳膊，捏着她冰凉的手指搓了搓，轻轻地把李淑娟带进自己的怀里，安慰道："没事的，你别担心。"李淑娟也强迫自己镇定下来。

没一会保安出来，神情上也带了几分焦急："这边，这边快一点。"

有了保安领路,一路畅顺无碍,小区的景致繁丽,布局优美,一花一树,皆有章程;假山湖光,映带左右。可李淑娟没有心思欣赏。他们跟着保安进了一栋楼的电梯,然后很快从16层出来。

"就是这儿了。"保安指着一扇门说道。

李淑娟几乎上扑上去的,她使劲地拍打着门:"冰冰!冰冰!你在吗?我是娟子,你把门打开!"李淑娟连拍带喊了十分钟,里面悄无声息,李淑娟一颗心悬着,不由自主地焦急起来。

"淑娟,会不会她不在这?"旁边的林绍峰问。

"不会的!"李淑娟斩钉截铁道,"冰冰看起来大大咧咧,可她比谁都胆小,遇到点事她就会躲起来,她现在已经没有别的地方可以去了,只有这里。"说罢,她转头对保安坚定地说:"麻烦你找人把门撞开!"

那保安没有说话,随即示意两人稍稍站得远一点,自己则往后退了退,朝门撞去。

"砰!"门开了。

李淑娟一个箭步冲进去,房间昏暗不清,明明是白天,可四面的窗帘都拉得密不透风。

"冰冰?冰冰?"来回环顾的李淑娟大声喊着。

李淑娟视线不佳,摸索着向前进,一不小心踢上了换鞋的小凳,脚下一个趔趄,差点跌倒,幸亏被眼疾手快的林绍峰瞬间给扶住了。他反手在墙上摸到了开关,灯一亮,李淑娟打量着这个房子的布局。

房子不大，两室一厅，简单的布局，里面的家具也不充实，看起来像是临时居住的地方。李淑娟缓缓地走着，隐隐听见最里面转角处的卧室传来低低的啜泣声。她三步并两步走了过去，示意林绍峰留在外面。

打开卧室门，里面同样也是昏暗的，尽管如此，李淑娟还是一眼看见了蜷缩在墙边窗帘下的人影，她双手抱着膝盖，被凌乱的头发遮住的脑袋埋在双腿之间，抽泣声里伴随着低语，凑近一听，是"我没有，不是我，我不知道"。这不是谢冰冰是哪个？

听见有动静，谢冰冰抬起头，见是李淑娟，她喃喃道："娟子，我没有。"一串眼泪随着摇晃滑落下来。

李淑娟走近跟前，蹲了下来，才看见她脸上带着擦伤，头发凌乱地披散着，身上裹着一件不知哪里来的大码褐色外套，这么狼狈不堪的样子，让李淑娟心中涌起一股强烈的酸涩，那些疑问甚至是质问的话怎么也说不出口。

她把谢冰冰拥进怀里，轻轻地抚着她的头发。

"没事了，没事了，不会再有人欺负你了，我保证！你有没有哪里受伤不舒服？"李淑娟想起视频中谢冰冰被压着打的情景，赶紧拉起她的衣袖，仔细检查她身上有没有伤口。

"娟子，我完了，怎么办啊？怎么办啊！"停顿了片刻，谢冰冰终于嚎啕大哭，她紧紧地握住李淑娟的手，情绪激动，像是抓着一根救命稻草。

林绍峰在外间，听着李淑娟在安慰谢冰冰，温声细语的，像在安抚一个受惊吓的孩子。

不一会儿，李淑娟走出来，她不自然地看着林绍峰。

对于林绍峰，她有些矛盾，她隐约能感觉出他对自己的好意，可既然他没有明说，她自然也不能上赶着戳破，而且她也没想好要接受还是拒绝。现在，他摇身一变，还成了她的领导，每天抬头不见低头见。

"冰冰身上有些伤，我想带她去医院看看。"李淑娟直截了当地说。

林绍峰点头，起身说道："我去把车停到楼下。"

"好，我们稍后就下来。"想了想，她又加了一句："麻烦林总。"

原本快要出门的林绍峰一转身，突然笑道："在公司外面，我更喜欢听你叫我绍峰。"

不等李淑娟回答，他就消失在门口，李淑娟愣了一愣。

大哭过后，谢冰冰神情有些恍惚，无论李淑娟问什么都不回答，只是迟钝地把脑袋重新埋在膝盖之间。

就表面来看，谢冰冰伤得倒不是很严重，除了脸上、手臂上有一些擦伤、青紫，暂无流血的地方。李淑娟着实焦急，问她有没有胸闷、头晕或内脏痛，她一概摇头。

谢冰冰自街上被殴打之后，那些恶毒的施暴者扬长而去，谢冰冰衣衫不整地站在街头被人指指点点，后来还是一位好心的大妈，脱下自己的长外套给谢冰冰裹着，才让她能打车回家。遭此侮辱，谢冰冰像一只躲进洞穴的小兽，说什么也不愿意离开窝着的那面墙，强烈的羞耻感让她不愿再见人。

"冰冰，你身上有伤，咱们需要去医院看看。"李淑娟劝慰道。

"冰冰，事情已经这样了，你也没法逃避。"谢冰冰没有回答，李淑娟再次劝说。

没有得到闺蜜的回复，李淑娟进一步劝解："冰冰，你的事情我已经知道了，张普仁在赶回来的路上，我们去医院等他好不好？"

谢冰冰终于有了一丝反应，她慢慢抬起头，看着李淑娟。

"他回来了吗？他知道我被打的事情了？"谢冰冰貌似恢复了理智，缓缓开口说话。

"嗯。"李淑娟含泪点头。

谢冰冰终于答应去医院，已经是半个小时后的事情了，楼下的林绍峰估计都等得有些不耐烦了。李淑娟给她换了一身衣服，头面用丝巾包着，让长发和脸上的伤痕被遮住。李淑娟小心翼翼地搀扶着她，刚到楼下，看见那辆红色大切诺基就停在门口。林绍峰坐在主驾驶，刷着手机，抬头看见她俩，急忙下车为她们开车门。见到谢冰冰，林绍峰目不斜视，神色如常，这让谢冰冰紧张的情绪略微缓和了一些。

两人坐在后座,车内的空间大,坐上去还显得空荡荡的。

"不好意思,让你等这么久。"李淑娟客气地表示抱歉。

"别客气,也不久,我也刚停稳车,我买了帽子和墨镜放在后座,需要的话可以使用。"林绍峰简单地解释了下。

李淑娟愣了一下,打开手旁边的袋子,见里面果然有一个女士墨镜,墨镜很大,能遮掉三分之一的脸,还有一顶大檐帽,上面还挂着价格标签。

这是他刚才特意出去买的吗?难得他能想得这么周到。

李淑娟为他这个细心的举动感到暖心,眼前这个男人,有着一般男人没有的贴心。

李淑娟细细地帮谢冰冰戴好帽子和眼镜,然后对着车座前的林绍峰由衷地说了一句:"谢谢你,绍峰!"

林绍峰透过后视镜看了一眼,笑了笑,并未作答。车子平稳地向前开着,转了几个弯,穿过十来道斑马线和红绿灯,根据导航仪的提示,朝着距离这里最近的一家医院迅速奔去。

第二十三章　发酵

　　这是滨海市为数不多的一家三甲综合医院。医院的空气里弥漫着各种药味和消毒剂的气味，每天来挂号和诊疗的各类病号络绎不绝。进了医院，谢冰冰就立刻被李淑娟和林绍峰送去了急诊室。

　　检查过后，谢冰冰身体并无大碍，只是一些皮外伤，但鉴于她情绪有些不稳定，还是被安置在了病房住院。幸好林绍峰在医院认识几个科室的主任，他托熟人关系，为谢冰冰安排了一间单人病房。安排停当后，林绍峰便适时地离开了医院。临走前，他特意与谢冰冰打个招呼说再见，冰冰躺在病床上，神色未动，一脸出神。李淑娟见状，有些抱歉，林绍峰倒是毫不在意，他说："没事，她现在心情不是很好。"

　　林绍峰又对李淑娟说，这几天不上班没有关系，公司请假事宜他会帮着处理。李淑娟连连道谢，一直把他送到了医院的楼下。

林绍峰大度地摆摆手，表示不用出来了，让她赶紧上去，便开车回公司了。

直到晚上十点半，张普仁才风尘仆仆地赶到病房，他披着一件黑色长呢，手提一篮子水果，看见谢冰冰那张苍白的一张小脸，半躺在病床上，脸面上过红药水的伤有些触目惊心。旁边的李淑娟，正趴在床沿边上打着盹。他三步并两步走向前，喊道："冰冰！"

这回谢冰冰总算有些反应了，她极慢地转头看了张普仁一眼，又将头扭了回去，一言不发。那淡漠的神情隐含着一种莫大的委屈、失望以及怨怒。可惜，张普仁并没有注意到。

李淑娟醒了，看到是久未见面的张普仁，"腾"地一下站起来，目光冷冷地射向他，胸中无名的火气顿时涌起。

自知理亏的张普仁躲开李淑娟的目光，走近谢冰冰病床前，蹲下后，握住那只放在被面上纤细的手，谢冰冰挪开了。

"冰冰，对不起，我不知道那个女人会这样对待你……对不起，是我没有保护好你。你打我吧，是我对不起你！"张普仁语气里有些自责和悲痛，他再次握着谢冰冰的手，使劲地往自己脸上拍。

"你看到那个视频了吗？"谢冰冰哑着嗓子问。嚎哭过后，她的声音就哑了。

张普仁痛苦地点点头。

"你们都看见了，都看见了……我再也没脸出去见人了……怎么会这样……你明明说你们已经离婚了，说你们都没有感情了……为什么你要骗我……"谢冰冰断断续续地喃喃自语，捂住脸，滑进被子里，发出一阵闷闷的哭泣声。

李淑娟看着眼前的情况，有些明了，为了不再刺激冰冰，她轻声对着张普仁说："你跟我出来一下。"

医院走廊外，李淑娟双手环抱在胸前，怒气冲冲地斥责张普仁："现在看见冰冰这样，张普仁，你这个渣男有责任！既然你有家室，一开始就不应该去招惹她！你怎么能这样欺骗冰冰的感情！"

"我们是互相喜欢，可我……也没想到事情会这样。"张普仁没料到李淑娟突然变成了一副自己从未见到过的面孔，有点畏畏缩缩地搪塞。

"你骗得了冰冰，骗不了我！从一开始，你就骗她说自己是单身，后来冰冰发现你有家庭的时候，你又骗她说离婚了。你一次又一次地欺骗，伤害的是冰冰这个一心信你、爱你的傻姑娘，这一切，本应该是你来承受！"李淑娟不依不饶地斥责。

"淑娟，你听我说，我真的不知道杜琳是怎么会找到冰冰的，也不知道我家那个母老虎居然会找人打她，杜琳她……她就是个疯子！"张普仁开始哀告式地解释。

"你知道的，从你开始背叛家庭，你就该想到有这一天！"

李淑娟心里堵得厉害，喘了一口气，接着说，"你离开冰冰吧，伤害到此为止！"

"不，淑娟，不管你怎么想，我是真的爱她。"张普仁说话时，一副痴心情种的样子让李淑娟感到恶心。

"你爱她？"李淑娟不怒反笑，感觉像是听见最好笑的笑话，"你爱她你会这样欺骗她？让她承受这样的痛苦和伤害？张普仁，你口口声声说爱，可你哪一点，配得上'爱'这个字！"

"所以，我希望冰冰能给我个机会，我会慢慢补偿她的。"张普仁口气软下来，听起来倒有些诚恳。

"你拿什么补偿？你的补偿就是虚伪和谎言！"李淑娟斩钉截铁地说，像下命令似的，"你必须离开冰冰！"

"淑娟，你不能这样武断地对我有成见。虽然你是冰冰最好的朋友，我也替她感谢有你这么一个真心实意护着她的朋友，但不管怎么说，这件事，决定权还是在冰冰自己，我会尊重她的意见，但我希望你能给我一点信任，给我一点时间，我会处理好我们之间的事情。这个你不用担心。"张普仁收起了那套愧疚的神情，一针见血地点出，李淑娟不过是谢冰冰的一个朋友，无权替她决定。

张普仁说完便不再开口，直接转身进了病房。李淑娟气得血液霎时涌到头顶，她真想狠狠地用拳头砸到那张令人讨厌的脸上。

半小时后，等李淑娟冷静下来，进入病房的时候，看见谢冰冰刚才还蒙在被子里的脑袋倚在靠垫上，身子半靠在床上，而张普仁正拉着她的手，还在满脸深情地说着什么。这一次，谢冰冰并没有甩开，也没有躲避他，正在静静地听着。不过，不用听也知道，谢冰冰肯定是在张普仁这场貌似"真挚"的表白下开始渐渐回心转意，似乎在原谅这个出轨的男人。唉，这个傻女人。一旁的李淑娟只能暗暗地摇头。

"冰冰，你应该困了，没什么事早点休息吧。今天晚上我会在这里一直陪着你。"李淑娟委婉地对眼前的这个男人下起了"逐客令"。

谢冰冰抬起头，满脸为难的样子："可是，普仁说晚上会陪着我。"很明显，张普仁的这顿短暂的安抚很奏效，短短的十来分钟，他怎么做到让谢冰冰消除满腔的恨意，再一次去信任他的？

李淑娟恼怒极了。

"冰冰，你怎么到现在还不明白，他不是真正的爱你，也未必是真心待你！他就是看你年轻漂亮又单纯，容易欺骗，才玩弄你的感情的！他这样就是在伤害你，你忘了他是怎么欺骗你的了？"李淑娟带着怨怒和指责的语气，差点就要指着谢冰冰的鼻子吼起来了。

谢冰冰看向张普仁的脸，眼中闪过一丝动摇。

一旁的张普仁不得不开口说话了："淑娟，我知道你对我有成见，是我没有保护好冰冰，才让她受这么大委屈，对不起。这样吧，今天晚上你好好陪冰冰吧，我一个人就在外面守着，冰冰有什么事，你打我电话，我随时效劳。"

张普仁拿着包往外走，还不忘递给谢冰冰一个安抚的眼神，同时补了一句："你好好睡吧，我就守在外面，爱你。"在张普仁柔和的目光中，谢冰冰眼中那丝动摇渐渐消散了。

等张普仁去了外面，李淑娟坐下来，不得不继续苦口婆心地劝解眼前的这个被爱情冲昏了头的闺蜜。她必须要让谢冰冰理智地对待这个满口谎言的已婚男人，同时也让谢冰冰清醒地面对和意识到自己这个受人唾骂的"小三"的危险角色和社会处境。

"冰冰，我要跟你说几遍，张普仁是个有家室的男人，你跟他不会有结果的！除了给你带来伤害，他不会给你带来任何幸福，你明白吗？难道今天这些事情，还不能让你反思吗？"面对谢冰冰，李淑娟有几分恨铁不成钢的无奈。

"其实，这些也不是普仁的错，他也不想这样的，他说自己会离开那个女人。"谢冰冰弱弱地回了一句，看向她的眼神，像是一只受惊的小鹿。

李淑娟悲哀地发现，谢冰冰或许完全被洗脑了，她根本就没有想过逃离这个危险的漩涡，甚至，她还心存希冀，等着那个男人给自己一个美好的未来。

原以为那个视频里曝光的事件过一两天就会淡了，可两天过去，事情没有变淡，反而有愈演愈烈的趋势，谢冰冰的身份变得危险起来。

如李淑娟所料，很多网友开始人肉起了视频里的那个"小三"。很快，不少网友已经得知这个小三名叫"谢冰冰"。这些天里，"小三谢冰冰"已经在各大自媒体平台变成了关键词，微信里，微博里，头条里，一搜一大把的视频和信息都被公开出来，甚至连一年前，谢冰冰的在88号咖啡店门口与大妈吵架的视频，都被一些好事者翻了出来，被作为人品败坏的佐证，谢冰冰一时成为一个臭名远扬、人人喊打的坏女人。

甚至，连谢冰冰的手机电话号码都被键盘手给人肉到了，还被公布到了网上。

这天上午，还在医院里的谢冰冰一连接到好几个谩骂的电话、短信，让她原本稳定点的情绪又开始崩溃掉了。

这些天，心虚的张普仁既不敢回家，却也不敢打电话去质问杜琳打人的事。

这场网络新闻事件背后的"男主角"张普仁，他的确不知道自己和谢冰冰两人私会是怎么被人发现，直到谢冰冰被正室找见并殴打，她的身份又被网络的各种八卦平台扒出爆料，这一系列的前因后果，这几天让他感到非常纳闷。

原来是杜琳有个朋友，一次偶然的机会，去商场买东西，看见张普仁搂着一个年轻漂亮的女孩在逛街，她及时拍下视频并转发给了杜琳。杜琳便顺藤摸瓜地找到了谢冰冰，趁张普仁出差的时候，找了几个老姐妹，堵住了在步行街闲逛的谢冰冰，然后就有了后面的这一连串事件。

网上这些八卦消息，李淑娟自然也都看到了。不过她发现，有些视频刻意地拍了谢冰冰的正脸，这个镜头的切换和运用，不像是路人的随手拍，手法很专业，很像是精心安排。朋友圈转的视频配的文字，写得激昂且嫉恶如仇，很能调动人的情绪，引起大规模频繁的转发。

"为什么所有的人肉，都只针对冰冰？"坐在医院病房，李淑娟提出疑问，却也没法赶走眼前的这个男人。对面的张普仁正拿着他削好切块的苹果，一口口喂给谢冰冰吃，闻言，张普仁、谢冰冰两人都转头看向李淑娟，不明所以。

李淑娟接着补充说："如果是抨击出轨，多多少少也会涉及到男当事人，甚至是原配，但现在，所有的人肉信息，家庭住址、电话号码、身份证号码都只有冰冰的，这些不像是人肉，倒有点像是被人刻意放上去的。"李淑娟像是突然有了警察或侦探那样的头脑和缜密心思，一点点地剖析着。

原以为最难捱的是自己当时在街上被人打的十几分钟，可是现在谢冰冰才知道，灾难远远没有结束，短短三四天，她的家人、朋友都知道了这件事，就刚刚，她的爸爸打来电话，但她不敢接，她像只鸵鸟一样把自己藏起来。这两天她憔悴了不少，整个人闷闷不乐，也不说话。

张普仁倒开口了，心安理得地宽慰说："不至于吧，那些人总是心血来潮，不用理睬网上那些东西。"

李淑娟冷哼一声："我现在怀疑，就是你家好太太故意散布的视频和个人信息，然后恶意抹黑我家冰冰！你应该去管管你那个恶毒的母老虎，而不是无所事事地守在这里！"

谢冰冰身子一抖，提到那个凶悍的女人，她本能地害怕起来，不自觉地往张普仁身边靠了靠。那个瑟瑟的颤抖，让张普仁一阵心疼，内心陡然升起了一阵保护欲，他站起身，像是宣誓似的掷地有声地说道："别担心，我现在就打电话去问她。"说完，走出病房打电话去了。

李淑娟看着谢冰冰静默无声，不免心疼。

这几天，李淑娟一直没去上班，就在医院陪着谢冰冰，她时常情绪不稳定，李淑娟作为闺蜜实在有些不放心。

不过，除了陪谢冰冰，照顾谢冰冰的饮食外，李淑娟也没闲着，她尝试跟谢冰冰沟通，纵然谢冰冰是在被欺骗的情况下陷入到这段感情，纵然网上说得夸张又不堪，但其实，作为事件的当事人，谢冰冰也有相应的责任。不管怎么说，第三者的身份也是事实，谢冰冰如果跟着张普仁继续沉沦在这段感情里，最后是不会有好结果的，甚至会更糟糕。

况且，张普仁，也不是一个值得托付的男人。

李淑娟不得不将这些后果一一分析并告诉了她，可谢冰冰始终顾左右而言他，苦口婆心劝了许久，每次张普仁一来，花言巧语一哄，李淑娟所有的努力都化作泡影。李淑娟渐渐认清了一个现实，那就是，谢冰冰已经中毒颇深，甚至无药可救，她在内心深处，不愿意离开张普仁。

张普仁打完电话回来，脸色变得有点难看，情况似乎不怎么妙。

杜琳在电话里很痛快地承认了，并且放出狠话，她就是要谢冰冰身败名裂，一辈子活得如过街老鼠，抬不起头来，并且要求以后张普仁收敛自己的行为，否则他也不会有好果子吃。

张普仁走进病房时的表情看起来很厌。一瞅他的表情，李淑娟就知道自己猜得没错。

"你跟你家那个女人谈得怎么样了？你让杜琳停手了吗？不要在后面兴风作浪了。"李淑娟故意问道，看他张普仁怎么应对。

张普仁犹豫了，刚才还掷地有声的他，突然变得不那么肯定了，他试探着说道："打了几次，那女人没接电话……不过，我看也没必要了吧，这个事情就是个新闻而已，过一段时间热度就下去了，十天半个月的，大家也就淡忘了，不说了。"

之前林绍峰说他怕老婆，这样看来，果不其然，张普仁根本不想去找他老婆谈判。只是面对谢冰冰，他不得不做做样子罢了。

李淑娟还以为自己听错了，这个也叫解决方法？愤怒的李淑娟又想把自己的拳头砸到他脸上，这是她第二次忍不住想对他这样做了。不过李淑娟也只能这样冲动地想想,她如此温婉的女人,从小到大可没揍过人。她深吸一口气,语气尽量缓慢平稳,以免干扰谢冰冰的情绪。

"什么叫十天半个月?就是多一天,对冰冰也是多一天的伤害和痛苦,甚至……"甚至多几倍其他的危险,要是不及时处理,不早日澄清,这可能就是跟着冰冰的一辈子的污点,她还那么年轻,未来不能就这样毁了。后面的这些话,当着闺蜜的面,李淑娟最终忍着没有说出来。

张普仁不说话,谢冰冰却听明白了,她急切地问:"那怎么办?"她真的怕了,视频从微信传开之后,就像火星飘上了干草垛,眼见大火越烧越旺,网上一群人对她口诛笔伐,甚至一些无所事事吃饱了撑着的人找上门来,谢冰冰想想,就胆战心惊。

病房里静默了半晌,李淑娟看着坐在病床上憔悴又悲痛的谢冰冰,长叹了一口气。

"把杜琳的联系方式给我吧,我来跟她交涉。"李淑娟对张普仁说,索性自己出面。

"你?"张普仁显得有点意外,上下打量着眼前这个文静又单薄的女人,她怎么可能会是杜琳的对手。

"你不太了解杜琳,杜琳她……没那么好对付,你跟她对峙,讨不到好处的,甚至还会招惹不必要的麻烦。"张普仁犹犹豫豫,但还是坦白地向她解释说。

"那总要试试吧。"李淑娟站起身,居高临下地看着张普仁道,"如果你对冰冰还有你所说的几分真心,你应该主动起来,配合我,解决这事才是。"

张普仁迟疑了一下,终于把杜琳的电话和住址发给了李淑娟。

临出病房前,谢冰冰喊着她,轻声道:"娟子,谢谢你。你要小心些,如果那女人跟你不讲理,就赶紧回来。"

李淑娟有千言万语想说,最后看了看谢冰冰那张苍白的脸和恐惧的眼神,只化作一句:"你好好养病,别担心,有我呢。"

出了病房,李淑娟先是给林绍峰打去了第一个电话,那边很快接通了。

"绍峰……"两个字喊出声,李淑娟感觉自己的脸颊有些烫。

"嗯?"林绍峰应得也很快,语调上扬,是男性特有的醇厚嗓音。

"我想问问,你那边有没有好的律师,精通刑事案件的那种?"尽管难以启齿,但李淑娟还是硬着头皮再一次麻烦他。她想过了,他要是说没有,自己就会干脆地说些"谢谢""麻烦了"之类的话,然后挂电话,自己再继续打听联系。

"有啊,你是遇上什么事了吗?"林绍峰语气很关切。

"不是我,还是冰冰的事,有人在恶意散播那些视频,引导网友人肉,所以……我想帮帮她。"

林绍峰当即回复说:"哦,了解,这样吧,我把他微信推给你，你加一下，就说是我介绍的朋友，我这边也跟他打个招呼，具体问题你可以约他出来面谈。"

"好的！"没想到林绍峰瞬间就细致地安排好了，李淑娟有些感激，"真是不好意思，又一次麻烦你……"

林绍峰轻柔的嗓音通过无线电波传过来，他说："这些都是些小事而已，再说也是帮你闺蜜，我自然是义无反顾，也很乐意被你麻烦。"说完他那边低低笑了一下，好像很愉悦，"淑娟，公司这边不用担心，这几天你安心陪陪你朋友。"

李淑娟全身微微一暖，感觉自己的心跳节奏不受控制地快了起来。对于自己现在的这个上司，之前的"恩人"，她情不自禁地有了许多好感。

李淑娟甚至觉得，林绍峰这样的男人，是如今少有的有担当的暖男，比起从前的那个贺国璋的确有不少的优点。此刻，思绪纷乱的她，不知怎么，又想到秦绍东，想到他那有些淳朴的样子，想到前段日子他不厌其烦地给自己送家乡特产的那种贴心，甚至想到他这么多年对自己的一心一意。她不清楚，他和林绍峰比起来，到底谁更优秀……想到这里，李淑娟自己倒有些不好意思地脸红了。

她赶紧让自己回到现实中，她需要联系林绍峰推介来的那个律师，然后帮助闺蜜尽快走出眼前的困境。

第二十四章　谈判

当天下午，李淑娟就通过微信联系到了一位刘姓律师。对方自称从业十多年，富有经验，曾为上百家单位和个人成功处理过各种复杂棘手的案件，民事和刑事的都有。那口气、那得意的腔调里包含着一种不可遮掩的自负。

两人通过视频沟通，李淑娟将闺蜜的事情的前前后后，一五一十地告诉给了刘律师。那位刘律师听后，经过一番严谨的专业分析，给李淑娟指示了需要当即采取的几点措施，包括协商止损和赔偿，以及最后的起诉。

李淑娟听从了律师的建议，首先要联系到施暴者，也就是张普仁的现任太太杜琳，让对方停止伤害自己朋友的形象和名誉。只要两人约好了地点，刘律师称自己保证按时到场。

与杜琳见面，约在一个咖啡厅包厢。李淑娟没想到的是，微信一约，杜琳居然很爽快地答应出来。不过，想来以强悍闻名的杜琳，这样性格的女人，确实也不会藏着躲着，也根本不带怕的。

刘律师果然准时，这也是律师最基本的素养之一。李淑娟刚到那家咖啡馆门口，刘律师按照她给的时间点也到了，两人正巧碰面。她带着刘律师进入包厢的时候，杜琳已经等了一小会了。

其实，不是杜琳来早了，而是李淑娟和律师故意迟到了些。

李淑娟掐着表，估摸着杜琳等得心浮气躁，在暴走的边缘的时候，李淑娟施施然地来了。

就这样，不冷不硬地，李淑娟给杜琳一个下马威，至少可以消磨一些对方最初蓄积的盛气。这叫心理战术。这也是身边的这位刘律师给她的建议，来自他多年来的经验，屡试不爽。李淑娟自己是不可能想到这一招的，尽管只是一小招，却很见效。

杜琳已经在包厢内等得有些不耐烦了，一边喝着咖啡，一边抽着烟。

"你就是那个小三的朋友？叫什么娟的吧？"见后面跟着的刘律师，杜琳满脸不屑地道："哟，还带着保镖呢！"

杜琳看上去不年轻了，即使精致地化了妆，一张脸很精心地保养，可眼角遮挡不住的细纹出卖了她。她看起来跟视频里差不多，本人稍微瘦点，文着一字眉，涂着殷红的嘴唇，使原本一张圆润的脸更醒目一些，配上一头小波浪卷短发，这样的中年女性，菜市场里一抓一大把。李淑娟有些意外，跟光鲜亮丽、处处讲究的张普仁对比，他俩多少有一些不搭。

李淑娟在观察杜琳的同时，杜琳也在打量她。清水挂面也掩不住的妍容，简单的穿着却落落大方。与谢冰冰一样，她们所拥有的窈窕身姿，紧致饱满的肌肤，都是自己没有的。狐媚东西！杜琳心里暗骂了一声，一丝厌恶浮现在嘴角。李淑娟自然也很敏感地察觉到了，但并不在意。

"你好杜女士，我是谢冰冰的朋友，我叫李淑娟。"李淑娟一边介绍，一边尽量客气地伸出自己的右手。

杜琳瞥了一眼，那只抽烟的手，在烟灰缸沿掸了掸烟灰，没有伸过来。

"我知道，怎么？还想找我算账不成？算账可以啊，张普仁呢？把张普仁那个王八蛋叫出来！老娘今天给你们算总账！"这女人深吸了一口烟，吐出一长串烟圈后，开门见山地说。

"杜女士，张先生在哪里我不知道，我跟他也不熟。"李淑娟也毫不含糊，"我今天是为了我的朋友谢冰冰来的，这是刘律师。"旁边被点名的刘律师微微颔首点头示意。

"还带着律师呢？看来你也很专业，平常没少干这样的事吧？"杜琳的口气，明显是冷嘲热讽。

"杜女士，我想跟你说的是，我朋友谢冰冰，最初完全不知道张先生是有家庭的。简单来说，她也是一个受害者，我理解杜女士的愤怒心情，但冰冰不是始作俑者，也不应该承受这一切。"

杜琳一听，立马气冲冲地顶了一句："你骗谁呢！她和张普仁两个不要脸地狼狈为奸,你现在倒把她撇得干干净净!"

"我没必要骗你,据我所知,你家张先生应该也不是第一次出轨。他也有欺骗过你、隐瞒过你,所以他是怎么样的人,我们都心知肚明。"李淑娟所说正中杜琳的心事,张普仁偷吃,已经不是第一次了,这是不折不扣的事实。

还没等杜琳搭话,李淑娟带着指责的口吻,继续对她提出质问:"再说杜女士,您在大街上打也打了,骂也骂了,冰冰受的惩罚也够了……您为什么还要多次将视频发到网上,刻意引导网友人肉她,你不觉得这样对一个女孩子太残忍吗?"

"残忍?一个不要脸的小三我还嫌太便宜她了!像她那样不要脸的贱货,就应该让全国人都看看,让她朋友,让她爹妈都看看,生个女儿在外面给人当小三,丢人!"杜琳殷红的嘴唇一张一合,语速像机关枪一样。说完,神情得意地看着李淑娟,他们要不是在包厢,恐怕也要遭人围观。

"这么说,网上那些视频,果真是你故意放上去大肆传播的?"李淑娟没有动怒,神色平静地问道。

"是我放的,那又怎么样?"杜琳倒也毫不避讳,同时,将手中抽完的那根烟蒂掐灭在眼前的烟灰缸里。

李淑娟停顿几秒,终于有些忍无可忍地斥责:"你这样对一个女孩子太过分了!你明明知道主要过错不在她,你太不公平了,你这样做会毁了她的!"

"公平?"杜琳一点也不退缩,讥笑反问,"那他们出轨,用我家的钱花天酒地的时候,对我又公平吗?"

李淑娟不想再跟她争论这个问题,一个被情绪控制的女人,根本没有什么理智可讲。顿了顿,李淑娟干脆说出这次会面的本意和目的:"杜女士,我这次来,主要是跟你协商,希望你能尽快把网上视频撤销,并不再散播相关消息。"

听完李淑娟的话,杜琳往后背一靠,不以为意,像是听见什么好笑的话。

杜琳不会主动乖乖配合,这在李淑娟意料之中。于是,她便按照刘律师之前给她提示的继续说道:"冰冰现在还在医院,也做了确切的验伤报告,杜女士,你这样的行为,已构成故意伤害罪。"

旁边的刘律师微微点首,肯定了李淑娟的话。

"我当是什么事呢,老娘我也不是被吓大的,动手之前我就查过,那个贱人就受了点皮肉伤,我们顶多赔点钱罢了。"杜琳满不在乎,甚至还讥讽地说,"老娘我有的是钱,我破点财,就当施舍给她养身子吧,说不定她以后还得靠这个做营生呢!"

"杜女士,我知道你有钱,你说得也对,轻伤确实构不成刑事案件,但是你别忘了,你当街打了人,还刻意将视频上传,这个罪名就严重多了。"李淑娟步步紧逼地说。

"什么罪啊?你倒说说,老娘我还想听听呢,有什么新鲜的东西？"显然，杜琳已经暴露了自己其实是一个不折不扣的法盲的事实。

李淑娟话音刚落，刘律师在旁边口齿清晰地朗声道："根据《中华人民共和国刑法》第二百三十七条规定，以暴力、胁迫或者其他方法强制猥亵妇女或者侮辱妇女的，处五年以下有期徒刑或者拘役，聚众或者在公共场所当众犯前款罪的，处五年以上有期徒刑。"

杜琳毕竟没有专业的法律知识，只知其一不知其二，之前几个小姐妹对她说，打个小三算不上犯法，只要不打成重伤，让她丢丢脸也是解恨的。如今，面对刘律师有理有据的法律条文，杜琳听明白了，她神情有些慌乱，但本能地不肯认账，便指着刘律师厉声道："你瞎说！"

"杜女士，"刘律师一点都不恼，温言道，"我说的都是有法可依的，您可以回去查查刑法，看看我说的是否属实。"

"杜女士，你不仅当众侮辱冰冰，还拍视频发布到网上，甚至还恶意发布了冰冰的个人隐私……"李淑娟侧头问刘律师，"这些应该能加重犯罪情节吧？不止坐五年牢了吧？"

刘律师在一旁肯定地点点头。

"哼！你们有什么证据说是我做的！"杜琳开始有些气急败坏。

"托视频的福，在殴打冰冰的过程中，您的脸被拍得清清楚楚，想赖账也赖不掉，至于上传视频嘛……"李淑娟看了一眼刘律师，刘律师从包里掏出一支小小的录音笔，摁下播放键。

毫无疑问，播放的内容，自然是杜琳自己刚才亲口承认的那段对话。

"这么说，网上那些视频真的是你刻意放上去的？"

"是我放的，那又怎么样？"

……

杜琳之前那份镇定自若的表情有了一丝裂缝。

李淑娟趁热打铁地说："杜女士，两败俱伤也不是我们想要的结果，但如果逼不得已，我们只能起诉您。"

杜琳吊着的眉梢一点点放下来，卸下伪装的她，整张脸透着一股说不出的疲倦，语气缓了下来："那你们，想要怎样？"

看到杜琳开始妥协了，李淑娟根据律师之前的建议，不失时机地提出自己的要求："我们想要您撤销掉网上的视频，还有冰冰的个人信息，并且，出一份澄清说明。"

杜琳听了，再一次讥笑道："就她那样的，当人家小三的，还想要什么澄清说明？"

李淑娟正色道："冰冰不是故意要介入你们家庭的，她不过也是一个上当的受害者，尽管她是无意，但我知道这件事情伤害了您，可冰冰该受的惩罚也够了，只要杜女士你发一个澄清说明，把实际情况说一下，我们这边也不再追究。"

杜琳沉默着，似乎在思索。

"杜女士？"李淑娟催促着提醒她给回答。

"可我，不想就这么便宜了他们这对狗男女！"杜琳神情看起来既不甘，又有些悲伤，开始不厌其烦地唠叨了一大串，"你一定还没结婚吧？你不理解我这样的心情，那个男人，别看他现在有点钱，他以前就是个穷光蛋。这份家业，是我拿十几年青春陪他换来的！我也年轻漂亮过，那个时候我们穷，我陪着他住最便宜的出租房。你们能想象吗？那房子很小，四面都是墙，连扇窗都没有，一年四季潮湿黑暗；我们穷得只能吃得起清水挂面……可是就连这样的日子，我们都熬过来了，现在有钱了，他却拿这些钱，花在别的女人身上，讨她们欢心，我就是不甘心！我就是要让他们得到报应！"

杜琳情绪越来越激动，心潮起伏，眼泪一点一点地聚集在脸上，她伸手一抹，转口继续说道："嗐，我说这些干吗，你们又不懂。行了，我知道了，视频我会撤销的，也会做一个澄清说明，我知道你为了朋友真的做得出来，我可不想真的蹲局子去，为了个臭男人，我还得照顾我儿子。"

杜琳拿起身旁的包包，准备起身的时候，对着李淑娟说了句："不过，那个小三有你这么一个朋友也挺幸运的，比张普仁那个缩头王八蛋强！"

在看见谢冰冰被殴打的视频的时候，杜琳这号人在李淑娟心中跟泼妇没什么差别，可真一见面，李淑娟发现并不完全是这样的，杜琳磊落、果敢，做事不拖泥带水，纵然行事偏激，但也不失为一个敢爱敢恨的女人，李淑娟突然对她有些怜悯与可惜。

可惜，这样一个女人，偏偏碰上了张普仁这样忘恩负义的男人。

"你说错了，我懂。"李淑娟站起身，对着经过自己身旁的杜琳说道。

杜琳转过身，看着她，有些不明白她指的是什么。

"我知道这种背叛，所以我离婚了。"李淑娟神色坦然地说。

杜琳惊讶地看着她，就连旁边的刘律师也扭头看向李淑娟的脸，露出诧异的表情。

这回轮到杜琳不明白了，她停下脚步，一转身，不免好奇地问："我看你跟我们不一样，你这么年轻，又这么漂亮，怎么会被出轨……"

"男人出轨跟咱们女人自身没有多大关系，只要他是那样的人，哪怕你是天仙，他也会出轨……所以杜女士，请不要将这些原因归结到自己身上，这些不是您的错，作为一个妻子，您很好。"

杜琳怔怔地看着眼前这个比自己年轻许多的女人，她突然感觉自己的内心被窥探，没错，她一直都是自卑的，为自己的年华老去而自卑，为自己的青春不再而失去底气，才会丧失安全感，想要紧紧地抓住张普仁，可换来的却是他一次又一次的背叛。

杜琳没有再说什么，径直离开了。

与杜琳谈判完，天色已经快要黑了，事情尽管进行得还算顺利，李淑娟心情却有点沉重。她想起上一段婚姻中的自己，又何尝不是患得患失。

刘律师问李淑娟去哪里，要不要送她一程？李淑娟想一个人在街上走走，拒绝了他的好意。刘律师笑笑也没强求，便驱车离开了。

李淑娟在街上走走停停，看着两旁五彩斑斓的霓虹灯，情绪有些难以言说的低落。包里的手机一阵震动，李淑娟一看，是半个多月未联系的秦绍东。她迟疑了一下，当作没有看到似的把手机重新放回包里，手机震动了一会就停了。

没多久，进来一条微信，是秦绍东发来的问候："好久没联系，最近好吗？"

李淑娟上班后，秦绍东有问过她的上班地址，但李淑娟没有说。她清楚秦绍东人很好，但正因为这样，李淑娟更不愿意去消费他的这种好，所以尽量刻意跟他保持距离，这是李淑娟唯一能为他做的。

等李淑娟逛到医院的时候，已经晚上九点了，病房里就谢冰冰一人。她全神贯注地玩着手机上的消消乐，看上去倒有之前没心没肺的样子。

"张普仁那家伙呢？"李淑娟硬生生地问。

见过杜琳之后，李淑娟对张普仁有了更深刻的意识，从之前的渣男，变成了十恶不赦的渣男。

"他明天公司还有事，就先回去了。"谢冰冰头也不抬地说。

李淑娟叹了口气，说："杜琳那个女人答应删掉视频，还有一些人肉信息的帖子、微信，同时也会发个声明，澄清事情真相。"

"真的？"谢冰冰惊喜地抬起头，把手机抛在一边，目光炯炯地盯着李淑娟。

谢冰冰真是大喜过望，她之前想的无非是杜琳能删视频。

"嗯，真的。"李淑娟点了点头，神色有些疲倦。

"谢谢你！娟子！我就知道你最好啦！"谢冰冰猛扑过去，搂住李淑娟的脖子，听完这个消息，她感觉自己的病好了一大半，多日来的担惊受怕，现在总算要告一段落了。

相比谢冰冰的欣喜，李淑娟的神情却冷静得有些吓人，但沉浸在自己情绪里的谢冰冰并没有发觉。

"冰冰，你还是离开张普仁吧。"想起杜琳的眼泪，李淑娟心里有股灼烧般的煎熬。

谢冰冰闻言，快快地放下环在李淑娟脖子上的手，低垂着脑袋，坐在床上不说话。

看到谢冰冰这样，李淑娟心里既失望又心痛，怀着满腔的心事，李淑娟极力地抑制着自己快要崩塌的情绪，推说自己还有点事得处理，便从谢冰冰的病房里出来。她要出来透透气。

第二天上午，李淑娟着手为谢冰冰办理出院手续。她将谢冰冰接出来，之前张普仁给她安排的那个小区的房子不能待了，她这是为谢冰冰好。

李淑娟希望将她暂时带回自己住那个公寓，顺便给她重新租个单间，倘是同一楼层更好，一来日后她可随时照看冰冰，闺蜜两人生活有个关照；二来也可以远离张普仁，跟他渐渐断了关系。

可是，李淑娟的好意并没有被接受，谢冰冰死活不愿意，居然口口声称张普仁回来找不到自己怎么办。看来，这傻子是不到黄河不死心啊，李淑娟更加伤心。

无奈之下，李淑娟只好感叹地说了一句："你走吧。"

她已经没有权利也没有精力去干涉和拦住那个一心要撞南墙的人。

看着谢冰冰乘上一辆的士远远地走了，李淑娟不住地摇摇头，自己回公寓去了。

明天，她得去上班了。她得走她自己的路，忙自己的生活了！

第二十五章　假日之行

清晨，金色的阳光漫过窗台，透过白色的纱帘，一道刺眼的光洒在枕边，李淑娟感觉脸上一阵滚烫，睁开眼，发现已经八点了！昨晚辗转反侧，老是睡不踏实，到了凌晨三四点才昏昏沉沉地入了睡，不想早上就睡过头了。她赶紧掀被下床，匆匆地洗漱化妆，拎上包包，就奔下楼，出门拦了一辆的士，赶往公司。

幸好赶得及时，没有迟到。总经理的办公室里没有人影，看来林总还没有到公司。像往常那样，她赶紧收拾了桌椅台柜，迅速冲泡了一杯咖啡，摆在了林绍峰的电脑旁。请了三天的假，自然堆积了不少工作，李淑娟打开电脑开始埋头处理积压的工作。

李淑娟一扭头，不知什么时候，林绍峰已经到了办公室里了。他正架起双腿，手持着瓷白的咖啡，时不时地在嘴边嘬一口，看起来十足的惬意。她便继续安心地忙着自己的事务了。

阔别几日，林绍峰还真有点想念李淑娟泡的咖啡，开过咖啡店的就是不一样。今天再度喝到了这个味道,他很是得意。不过此时,除了无所事事地品着咖啡,他的眼光,就一直落在门外忙碌的李淑娟身上。

  他远远地打量着这个认真工作的女人的侧影。这个他眼里几近完美的女人,她今天穿着一件鹅黄色毛呢,红黑格子的围巾,带着一副扁形黑框眼镜,正盯着电脑敲字;白皙的额头上,紫色发卡收敛起一道刘海儿,免得遮住视线;那一撮高翘的马尾辫扎在后脑勺上,露出细长白净的脖子,那马尾辫根扎着蝴蝶结样的粉色头绳,辫梢松散着,随着她敲击键盘的浮动而摇摇摆摆着。

  这些小小的细节,让李淑娟更显得多了一分干练。

  这时,他的脑海中闪现出刘律师对李淑娟的评价。

  与杜琳谈完以后,刘律师曾在第一时间给林绍峰打了电话,电话里刘律师除了绘声绘色地讲了李淑娟如何智取杜琳的过程,还总是把话题有意无意地落在李淑娟的身上,甚至打着开玩笑的旗号责怪林绍峰不够意思,身边放着李淑娟这么一才貌双全的女生,竟然不早点介绍。

  林绍峰心里暗骂刘律师八百遍,竟然还想跟自己抢女人!自己大费周章才把李淑娟放到了身边,什么时候轮到他刘律师了!林绍峰当时就毫不客气地撑了刘律师一顿,让他打消他那点花花肠子,刘律师大呼"见色忘义啊""重色轻友啊"之类的。

  刘律师倒也提醒了林绍峰,事不宜迟,早点下足工夫去追求李淑娟，免得梦长夜多。

作为和刘律师一样的万年单身且成熟的男人，林绍峰自然知道李淑娟有多大的吸引力，温婉秀气又带着成熟女人的韵味，这不是那些咋咋呼呼的小姑娘所能比得了的。

坐在办公室里的林绍峰回过神来，打定主意，按了一下桌面的电话，看见那边的李淑娟接起话筒，柔且清晰的声音传过来："林总？"

"你进来一下。"

"好的。"

李淑娟放下电话推门而进。

"林总，您找我？"她客气地问。

"对，公司下周一有个会议，要去海南出差几天，你准备一下，到时候和我一起去。"

下周？下周不是五一假期吗？李淑娟按下心中的疑虑，应了一声"好"。转身出门的时候，林绍峰又叫住了她："对了，冰冰还好吗？"

李淑娟停下脚步，转过身来说："哦，她情绪现在好多了，已经出院了，一直想跟林总说声谢谢，感谢您这段时间的出手帮忙。刚才我一门心思忙工作，竟也忘了跟您主动说这事了。"

谢冰冰对她来说，不是亲姐妹胜似亲姐妹，林绍峰为她做的这些，让她发自内心的感激。

"没事就好。"林绍峰柔声说道,神色很温柔。

中午,李淑娟照常与石悦她们几个一起吃饭。出乎意料的是,石悦她们并没有刨根问底问李淑娟那天去了哪里,为什么几天没有上班,这让李淑娟舒了一口气,感觉一块石头落了地。

吃饭的当儿,石悦又八卦起李淑娟不在公司的这几天里发生的事情,说李淑娟不在,没有人守着办公室,林绍峰的办公室里莺莺燕燕进进出出,好不热闹。

石悦说得眉毛飞舞,唾沫星子差点飞到对面李淑娟的碗里。不过,见跟前的这几个人都无动于衷,一点也不参与谈论,石悦嘟着嘴说了声"没劲"。可没过三秒,扒了两口饭,石悦转头又问起大家五一放假的打算。

大美说约了朋友去周边游;文雅说她打算待在家里,学习一下烹饪的技术,顺便在朋友圈看看大家被人山人海堵着的惨样,收获一下心理平衡。

"你好坏哟……"石悦戳了一下文雅,又笑嘻嘻地问对面的李淑娟:"你呢?"

李淑娟有些愕然地说:"五一?五一不是要上班吗?林总说要去海南出差,让我跟着准备资料。"

"哟呵!你比文雅还惨,文雅顶多是穷,没钱去玩,你这是竟然还要抓去当劳动力,真惨!"石悦嘴里啧啧地说着,目带同情地看着李淑娟。

"不对,我怎么没听说公司在海南有什么项目?"石悦突然又发问。

"没准是新项目呢,你这么感兴趣,回头让林总抓壮丁把你也一块抓去!"大美揶揄她。

"不不不!我就是个客服,又不是总裁助理,我才不去哩。"石悦把头摇得跟拨浪鼓似的,生怕自己真被点壮丁,三人看着她的样子哈哈大笑。

到了周一,也就是五一这天,同事们都放假了,李淑娟却不得不拉着行李箱,来到公司楼下等林绍峰。没一会,一辆黑色的车出现了,缓缓地停在李淑娟的身旁。李淑娟这才看清,里面坐着林绍峰,由一位司机开着车。

林绍峰从后座上矫捷地开门下来,一身休闲打扮,戴了一副墨镜,不像是去工作,倒像是去度假的。这样子跟一身白衬衫黑色包臀裙职业范十足的李淑娟比,显得太轻松随意了。

林绍峰二话没说,帮李淑娟把行李箱放到后备厢,李淑娟倒也没有阻拦。

待两人坐稳,林绍峰直接吩咐司机道:"去机场。"

"林总,我们公司在三亚也有项目吗?"想起昨天石悦说的话,再加上自己整理的近期工作资料里面,没有半点提到三亚项目的,李淑娟有些好奇。

"没有。"林绍峰嚼着口香糖,回答得干脆利落,他看上去心情不错。

"那……我们去海南三亚,开什么会议?"

林绍峰侧头看了一眼李淑娟,没有直接回答,而是反问道:"你五一有事吗?"

李淑娟以为他误会自己不愿意出差,赶紧澄清:"没有,我五一没有什么安排,方便的。"

"那就好。"林绍峰嘴角含笑,慢悠悠地说道:"三亚的会议临时又取消了,我们就去那里度假吧。"李淑娟以为自己听错了,不可置信地看着他,这意思分明就是不开会,没有工作,纯属跟他去三亚玩?

"林总……"

林绍峰打断她的话说:"我记得你刚才说是很方便的,三亚之行,应该没有什么为难的地方,就当你这段日子辛苦工作,公司给的福利,让你放松一次吧。还有,既然这次不是因公出差,那就没有什么'林总',你叫我绍峰吧。"

李淑娟后悔得想咬掉自己的舌头,怪只怪刚刚自己把话说死了,现在想不去都找不到借口。

林绍峰像是知道她心里所想,淡淡地提醒道:"机场快到了,现在找理由的话,也来不及了。"他的嘴角没能掩饰住那一抹得意的笑。

李淑娟无话可说,内心里只能万般无奈地自责了。

她感觉自己像是被挟持上了这趟飞机，却又不得不告诉自己，既来之则安之，既然已经这样了，不如放宽心，好好享受这次旅行好了。说起来，自己还是第一次去三亚。

　　想通了的李淑娟靠在飞机座位上，神色安定地闭目养神。旁边的林绍峰碰了碰她，李淑娟睁眼，是一盒口香糖。她摇了摇头，林绍峰看着她的样子"噗哧"一声笑了。

　　"你知道吗，你现在的样子像一位被俘虏的节食的女烈士。"林绍峰想用开玩笑的话来挑逗身旁的这个女人，希望她能给自己个好脸色。

　　李淑娟脑海中回想着刚刚自己的举动，没什么不妥啊，可见那个人是睁着眼睛说瞎话。她动手拉高身上的毯子，侧过头，决定不理他。

　　"现在是恼羞成怒之后，宁死不屈的样子哟。"林绍峰声音里带笑，调侃着李淑娟。

　　侧着头的李淑娟依旧没回他，但在毯子的掩盖下，嘴角浅浅地翘起一个好看的弧度。

　　一觉醒来就到站了，他们两人随着人群下了飞机。

　　机票、行程还有酒店都是林绍峰提前安排的。两人乘着机场出租车，一个多小时后，便来到预定好的酒店，在金碧辉煌的酒店前台，林绍峰递了一张房卡给李淑娟："你住我隔壁。"李淑娟接过，心里暗暗地松了一口气。她还想，要是他只开了一间房，那自己要怎么拒绝……想起刚才自己那些暗戳戳的小心思，李淑娟感觉一阵脸热。

"你看起来好像有点失望？"不知道为什么，离开办公室那样的环境后，林绍峰特别喜欢逗她，且没个正形，丝毫没有自己是个上司的觉悟，言语之间，像是多年的亲密朋友似的。

"我听不懂你在说什么！"被说中心事的李淑娟脸色更加绯红，她拉着行李箱往前走。

"诶！"结果却被林绍峰一把拉住，李淑娟有些愕然看着他，只见他不慌不忙，指了指另一边道："电梯在这边！"

李淑娟大窘，不得不转身。

李淑娟算是发现了，林绍峰真的很爱逗她。她言语上没理睬他，拉着行李箱掉了一个头后，向他指的地方走去。结果没走几步，又被身后的人拉住了，李淑娟无奈地回头："又怎么了？"

"其实，你刚才走的是对的！"林绍峰一脸调皮的样子说着。

"你！"李淑娟气得脸都红了，拉上箱子甩了头就走，留下林绍峰哈哈大笑。

李淑娟心里暗暗发誓，后面再也不听林绍峰的任何"好意"和"指点"了，免得自己被他来来回回地捉弄。

两人拿着钥匙，分别打开了自己的房间。

一进去，李淑娟立即对林绍峰的周到细心暗自点赞。酒店房间选得很不错，是视野开阔的海景房，里面的布局和设计装潢的格调令人轻松舒适。站在阳台，就能感受到扑面而来的海水气息。虽然都是靠海城市，但三亚跟烟火气十足的滨海市不同，这里是一望无际的沙滩和碧色的海浪，尽管是五一旅游旺季，但林绍峰挑的酒店前面有一片私人海滩，只有入住的客人才能进入，偏僻的海滩角落，远离那些杂乱的喧嚣，让人赏心悦目。

到酒店的第一件事，李淑娟就忍不住打开微信朋友圈，发了一组绝美的九宫格风景照，蓝天碧海，椰树庭院，清澈的泳池，柔软的沙滩，不像是在海南，倒像是去了美娜多。照片一发出，直接碾压朋友圈各种晒风景照的，一大批相熟的不相熟的朋友、同事，纷纷底下留言说羡慕，公司里的石悦那几个同事更是大呼后悔没去当"壮丁"！

秦绍东和袁天信这两个大男人更是发微信问她在哪，李淑娟没有明着回答，只是又发了一条朋友圈，说明自己没有出国去浪，是去海南跟领导"出差"而已，别太羡慕嫉妒恨。这总算让一群人心里平衡了一点。

李淑娟发现林绍峰很擅长做旅游攻略，他总是能很巧妙地避开同来海南过五一黄金周的那些游客，找到清静自在的地方，李淑娟只需不带脑地跟在林绍峰身后，尽情享受着难得的假期就行。

这天下午，林绍峰租了一辆车，带着李淑娟在不大的海南岛来了一场自驾游，他们不走热门的旅游景点，反而往山地、深林处跑。

林绍峰开车累了就换李淑娟接手，李淑娟笑称自己是个马路杀手，坐她的车要做好遭遇不测的心理准备。谁知林绍峰连眼皮都没有抬一下，说："我愿意跟你死在一起。"李淑娟赶紧"呸呸"他的乌鸦嘴。

两人环岛游了两天，也美美地享受了两天，无忧无虑地度过了开心的每一刻。第三天的时候，林绍峰轻车熟路地带李淑娟去品尝了当地最美味的海鲜。李淑娟忍不住发了朋友圈，石悦在底下口无遮拦地吐槽道："点赞完林总的朋友圈，点赞你的，看你们俩这潇洒劲，不像是去工作的，倒像是去度蜜月的啊。"

李淑娟恨不得撕了那小妮子的嘴，赶紧回道："瞎说啥呢！"后面加了两把流血的刀的表情符号。

话虽这么说，李淑娟还是有点心虚的，毕竟这次自己真的是来玩的，哪还有什么会议啊。她点开林绍峰的朋友圈，果然他发的内容跟自己的都很相似，甚至连图片都是从自己朋友圈直接偷过来的！这个林绍峰！

这几天下来，两人之间的关系倒是亲近了不少，在林绍峰惹自己的时候，李淑娟直呼其名也已经习以为常了。

今天是在三亚的最后一天，两人难得没有出去。林绍峰主动提出不出去跑了，表示要在酒店体验一下美好时光。李淑娟连日出去也比较累了，就没有反对。不过她并没有待在室内，而是去了室外那角偏僻的海滩。

林绍峰拿着一杯鸡尾酒,手肘向后依靠在楼底的栏杆上,盯着对面不远处正在沙滩上的李淑娟。他脸上的墨镜反着光,穿着一件白色的衬衫,下面是一条白色的五分裤,身材高大的他四肢看起来分外修长,两个结伴的女生从他身旁经过,目光偷偷地在他身上打量。林绍峰浑然不在意,他从容地走向躺在太阳伞下面的李淑娟,在她旁边的长椅上躺下来。

"你说,现在像不像这个世界就剩下我们两个人?"林绍峰特意侧过脸问。

一袭白色连衣裙的李淑娟闻言睁开假寐的双眼,见林绍峰半撑着身子,注视着她,李淑娟心里泛过一丝柔软,听着海浪声,远处的海鸥声,一种连她自己都分不清是什么的莫名情绪涌上心头,没等自己反应过来,她已经回答道:"像。"

"淑娟,这几天你玩得开心吗?"林绍峰一脸认真地问。

"开心,你安排得很好!"李淑娟实话实说,她没有必要否定和隐瞒,"我很久都没有这么放松了,林总。"她说到最后,故意笑着又加了个称呼。

"你知道吗,这个场景,我盼了好久,我也一点点地想实现它,可真实现的时候,淑娟,我又感觉好像是在梦中。"林绍峰的嗓音伴着波涛的声音,缓缓地传入李淑娟的心底。

"你……什么意思?"李淑娟突然有点紧张起来。

"这次根本没有什么会议，只是我想跟你在一起而已。"林绍峰把手枕在脑后。

李淑娟静默了一会，突然问道："我去你们公司的事，也是你故意安排的吧？"虽然之前他一直不承认。

"你猜？与其说是我刻意安排，我更喜欢另一个答案——"林绍峰故意顿了顿，以一种得意的表情，笑着说，"这是命运的安排。"

李淑娟听后也笑了，不过也没再追根究底。

沉默了片刻，李淑娟想换个话题，便说："对了，公司的事，我还没跟你道谢。"

林绍峰惊讶地问："道什么谢？"

"我知道石悦和大美她们，之所以跟我那么亲近，是你在背后帮我。"刚进公司的时候，李淑娟因为长得好看有点受排挤，后来还是石悦她们第一个接纳了她，每天邀她一起吃饭，一起下班，总算让她在公司有了几个朋友。

林绍峰一扬眉，他倒是没想到李淑娟这么心细。

"那你打算怎么谢我？"林绍峰支起的身子往李淑娟那边靠近了一点，一脸期待地看着李淑娟。李淑娟有点惊愕，这人怎么不按常理出牌啊，一般人不是都会说点"不用谢"之类的话吗，他怎么还自己主动要求回报，这人怎么这样啊！

"那你想要什么答谢？"有些紧张的李淑娟不得不反问。

林绍峰脸上嬉笑的神色收了起来,他突然变得很严肃,看着李淑娟一字一顿地说:"我想你,以身相许。"

李淑娟愣住。她的脸顿时红了起来,一时不知该怎么回应。

第二十六章　依依恋人

快乐的日子，似乎总是最短暂的。当它结束的时候，也最让人留恋不舍。

对于李淑娟来说，这趟意外的三亚之旅，尽管最初并非出自本意，结果却是她多年来比较惬意和放松的一次外出。四天的时光很快就过去了。

假期的最后一天，两人在酒店用过早餐，各自收拾着行李，准备退房。李淑娟坐在床边，手里叠着一件睡衣，叠着叠着，手不知不觉却停下了，一连好几分钟都没有动过了，像是想什么东西想入神了，直到门突然被敲响，她才回过神来。

"淑娟，好了吗？我们需要赶十点钟的飞机。"是林绍峰在门外催促。

"哦，马上就好。"李淑娟赶紧答应。

李淑娟手脚麻利地把东西塞进行李箱里，打开房门，见林绍峰已经收拾整齐站在她房门口。

"走吧。"林绍峰很自然地接过她手中的箱子，一边一个推着走，走廊不算宽敞，他眼神示意李淑娟走前面，电梯口酒店的侍者见状上前帮忙拿箱子，腾出手来的林绍峰走到李淑娟身边，牵起她垂落在身侧的手。

李淑娟很不自然地甩了一下，但没甩开，她小声道："还有人呢。"

林绍峰改握为十指相扣，他紧紧地扣住，轻笑道："怕什么，你已经是我女朋友了。"说完用指尖轻轻点了一下李淑娟的额头。李淑娟听后脸色微红，又赶紧躲了一下，却没躲开。

出了酒店门口，两人乘上一辆的士，去了机场。机票是之前预定的往返票，两人的座位也是在一起。

登上飞机后，林绍峰一点也不安分，还要伸过来一条胳膊，黏着李淑娟，紧紧握住她的手，十指相扣的那种。

李淑娟无奈，只好勉强应承着。

她不由得想起昨天在海边的那一幕，当时，林绍峰说："我想你，以身相许。"

李淑娟清晰地记得，当时她感觉自己的心"扑通扑通"地跳动起来，完全不受控制的那股陌生的情愫又翻涌上心头。李淑娟听见自己内心说："你不是一直想证明自己没有失去爱的能力吗？现在有机会，你可以试试。"但在潜意识里，她又马上否认了这个想法，她努力让自己的脸上重新挤出礼貌的笑容，用故作轻松的语气回道："别开玩笑了。"

"不是开玩笑，我很认真，淑娟，其实从我第一眼见到你的时候起，我就被你吸引了。我忍不住去靠近你，每天能看见你，喝一杯你亲手泡的咖啡，我就感觉很幸福。但是，这些远远不够，我很贪心，所以，淑娟，答应我好不好，以后让我照顾你。"林绍峰的脸慢慢靠近李淑娟，并且目不转睛地凝视着，她的一切神色，尽收眼底。他看到她脸上的慌乱，极不自然的想要逃避的双眼，眼神里的那一丝丝的犹豫。

最终，李淑娟还是果断地避开了，没有让他那张脸靠过来。

林绍峰并不催促她，他静静地等待着，温热的海风吹过，带来咸咸湿湿的味道，味道膨胀开来，化作一种春天般的绵柔，萦绕在两人身边。

"我……我是一个离过婚的女人，有过过去的女人，我们不合适。"李淑娟的话几乎是从胸膛里挤出来的，因为此刻，她感觉到自己心跳快得厉害，喘得厉害，气息涣散，甚至说不完一句完整的话。

"你觉得我是在乎这些的人吗？淑娟，你小看我。"林绍峰眼睛直直地盯着她说。

"我……"李淑娟心里一片混乱，连带着大脑，也失去了往日的冷静自持。

"淑娟，给我一次机会，就当也是给自己一次机会，好吗？"林绍峰递来殷切期待的眼神，继续说，希望眼前这个女人能心甘情愿地就范。毕竟这样的机会，这样的场景，来之不易，他需要好好把握。

"你让我想想。"说完，李淑娟像溃败的小兵那样急匆匆地落荒而逃，跑回房间，就没再出门，竟一直从下午坐到日暮。

酒店的阳台，是一片玻璃围栏，只为让人能更好地观看波澜壮阔的海景，一轮红红的落日正慢慢地沉入海面，远处点点海鸥翻飞的天边一片绯红。

"叮"，微信的提示音响了，是林绍峰发来的消息："出来吃晚饭吧，在海边，我等你。"

李淑娟握紧手中的手机，她突然明白了那股陌生的阵阵翻涌的情绪是什么，大概，就是心动吧。

这几天，林绍峰对自己无微不至的照顾，李淑娟看在眼里，或许在更早之前，他的一举一动，也慢慢融入到了李淑娟的心里了吧。既然这样，那就不应该逃避，而是应该正视它！

想明白后，李淑娟给林绍峰回了个消息，就去挑适合赴宴的衣服。

搁在桌面上的手机屏幕上，还停留在微信聊天界面上，林绍峰的消息下面，李淑娟回了简单的三个字，清清楚楚地写着"我愿意"。

客舱里的空姐报站的声音在耳边响起，飞机到了滨海机场。李淑娟回过神来，再看看旁边的林绍峰，他不知什么时候已经有了轻轻的鼾声，斜躺着睡着了。李淑娟拍醒了他。

两人提着行李箱下了飞机。

乘的士回到滨海市区的时候，刚刚下午两点半。

看时间还很早，林绍峰拉住李淑娟有些不舍，也不愿意放李淑娟回家。

"没事的话，要不，去我家坐坐？"林绍峰试探着问。

"不了，都外出好几天了，也该回家好好收拾一下。"李淑娟把手从林绍峰手里抽出来。

林绍峰见状也不好勉强，再说来日方长，也不急在这一时。

"绍峰，我们在一起的事，我想你保密。"李淑娟看着他的眼睛说。她有些担忧，要是自己与林绍峰谈恋爱的消息透露出去，在公司里，自己难免感到尴尬，估计又会引起一阵大风波。

林绍峰笑着说："好，我答应你。"

就这样，一趟三亚之行回来，李淑娟多了一个男朋友，还是自己的上司。

换而言之，她的上司林总经理多了一重身份：李淑娟的男朋友。

等林绍峰离开后，李淑娟想着一个人回去不免有些无聊，便给谢冰冰发了个微信，约她出来见个面。自从谢冰冰出院后，自己一直忙于工作,两人没见面,也没怎么联系,这都几个礼拜了,也不知道她过得好不好。

谢冰冰这次消息回得倒是挺快,两人说好了地点,李淑娟回到公寓,放下东西,随即就赶了过去。她们俩约的是临近海边的一家咖啡馆。

李淑娟到的时候,谢冰冰已经坐在二楼咖啡馆里等她了,见李淑娟进来急忙招手。

"娟子!娟子!这边!"

李淑娟走近一看,见谢冰冰穿着一身粉嫩连衣裙,头发规规矩矩地扎在脑后,脸上竟然未施粉黛,李淑娟上上下下看了一圈,确认今儿个闺蜜真的还没化妆,罕见!连眉毛都是淡淡的,但好在气色不错,脸蛋倒也红润。

"娟子,你去海南玩啦?什么情况,一个人竟然跑那么远?也不提前跟我说声,我好陪你去。"还没等李淑娟问自己,谢冰冰先开了口。

李淑娟放下包,喝了一口谢冰冰帮她点的奶茶咖啡,心里竟然不由得有点心虚,她摸了摸鼻尖,有些含糊不清地说:"也不算一个人吧……"

"是吗?还有谁?"谢冰冰果然还是从前那个谢冰冰,无论之前经历过什么挫折,骨子里的那点八卦欲都磨灭不了,在李淑娟看来,她这就叫死性不改。

"你还记得林绍峰吧，上回没来得及和你细说，"李淑娟伸出手，握着谢冰冰的手，像是在坦白，"反正他现在是我的上司，然后，这次海南之行，他也在。"

"哦——"对面的谢冰冰挤眉弄眼："什么名头的旅行啊？看来关系不一般哦！公司出差？还是其他什么？"

李淑娟觉着藏不住了，举手投降，干脆都招了："得得得！我自己说，我现在跟他在一起了，但是啊！我要说明，我们真的昨天才在一起，海南旅行这次，我以为是公司出差才答应去的。"

李淑娟以为谢冰冰会趁机挤兑或者开玩笑一番，没想到闺蜜居然又不按常理出牌，她没有笑，神情甚至难得的严肃，语气中既是为好朋友感到开心的欣喜，又是难以掩饰的羡慕，一脸认真地说："挺好的，我就说林绍峰之前就对你动心了，你还不信！娟子，你能走出这一步，尝试去接受他，我挺为你感到开心的，真的！"

接着，谢冰冰举起手中的果汁，表示自己的祝贺："我以果汁代酒，恭喜你们，希望娟子你能永远获得幸福。"

谢冰冰眉眼之间的成熟，不是装出来的，看来和杜琳的那件事对她还是有影响的。

李淑娟不想气氛变得那么沉重，故意岔开话题说："你什么时候改喝果汁了，你以前可是最喜欢美式咖啡的人。"

以前开咖啡店的时候,谢冰冰雷打不动地到店就要喝一杯香香浓浓的美式,谢冰冰还笑言,美式就是她生命的能源供给站。现在,谢冰冰居然在咖啡店喝果汁?这是怎么回事?

"这就是今天我要跟你说的一件事——"谢冰冰神色平静地看着李淑娟,稍稍停顿了一下,嘴唇微动,"娟子,我怀孕了。"

李淑娟闻言呛了一口咖啡,她难以置信地看着谢冰冰。

"谁的?"问完,李淑娟就觉得自己问了一句多余的话,除了张普仁,还能有谁的。

还没等闺蜜回应,李淑娟就一本正经地开导说:"冰冰,我以为经过上次的事,你会有所改变,最起码以为你会离开张普仁,难道你看着杜琳心里就没有一丝愧疚感吗?你不仅会被当作人人口中喊捉和唾弃的所谓的'小三',还破坏了别人的家庭,而你现在还在这条道路上不知悔改?谢冰冰,你到底要糊涂到什么时候?"

李淑娟之前忍着,顾念着谢冰冰的情绪,从来没有对谢冰冰说过这么重的话,但此刻,如果可以一巴掌打醒谢冰冰,她会毫不犹豫地这么做。

谢冰冰的眼泪唰地流下来,往常那双明亮又闪烁的大眼睛,此刻盛满了不知所措,以及一种深深的迷茫,似有委屈地说:"娟子,我不知道,我现在也好迷茫,我也痛恨自己,痛恨张普仁他欺骗我,但是我,现在真的没有办法……"

她抓紧了李淑娟放在桌面的手，指节泛白，又继续哽咽道："我也是刚发现怀孕的，我知道娟子你看不起我，觉得我是一个人人唾弃的'小三'，可是我跟你不一样，你人长得好看，聪明又有主见，现在还有自己的事业。而我呢，我早就不知道自己还能做些什么，我还在网上被人肉，被一些素不相干的人唾弃，人人都说我是'小三'，说我是'二奶'，现在除了张普仁，谁还能接受我，更何况我现在还有了孩子，我不能让他跟着我受苦，我现在已经陷入泥潭里，出不来了。"

就像温水煮青蛙，此刻的谢冰冰，这个原来天不怕地不怕的开心闺蜜，俨然已经在这沸腾的锅中，跳脱不出来了。

"这个孩子，一定要留下吗？冰冰，你……"话滑到嘴边，李淑娟又硬生生地止住，她不知道劝谢冰冰打掉那个小生命是对还是错，她不是谢冰冰，终究不能替她作决定。

李淑娟的欲言又止，谢冰冰却听懂了，她将手掌贴在自己的小腹上，那里微微隆起，却并不明显，一点看不出来孕育了一个小生命。

谢冰冰面容上浮现出几分柔情，坦然地说："淑娟，他已经三个月了，医生说他已经成型了，你知道成型是什么意思吗？就是他已经长出了手脚、眼睛，还有心跳，他是无辜的。"

李淑娟清楚谢冰冰是为肚子里的孩子辩护，但她为了闺蜜将来以后的人生，不得不冷静地给出了自己理性的分析和规劝："你要知道,即使你生下他,张普仁可能也不会离婚,到时,你给不了孩子一个正常的家庭,这对孩子,对你自己,都是一种不公平。"

李淑娟希望谢冰冰能用长远的眼光,来看待和解决眼下的这个问题。

"这些我都知道,这些日子里,我也曾反复问过自己许多遍。张普仁这个人不足为信,但对于我来说,他始终是孩子的父亲。孩子生出来有生身父亲,总比没有父亲好,即使没有公开的名分,我也认了。"此时,谢冰冰似乎超常地冷静,并说出了自己不愿堕胎的原因,"那天我在医院,医生还说,我天生子宫内壁比别人的薄很多,我要是堕胎,以后,甚至这辈子,可能再没有做妈妈的机会了。所以娟子,希望你也能理解我的苦衷,我想生下他。"

听到这里,李淑娟已经彻底说不出话了,她还能说什么呢,她什么都不能说。最后的最后,所有想说的话,都只能化作一声叹息。

"娟子,上次的事,多亏了有你帮忙,普仁也说应该好好谢谢你。"谢冰冰在李淑娟注视下,拿起身旁的一个高级手袋,上面印的logo,是国内数一数二的奢侈品牌的,谢冰冰把它推到李淑娟面前,"这是我跟普仁为你挑的礼物,希望你喜欢。"

李淑娟突然感到自己胸中一股无名火起,失望、恼怒还有心凉,她说不上来,但还是凭借理智的头脑,及时忍住了那些尖锐的话。

"我帮你,是因为你是我最好的朋友,并不是为了这些谢礼。"李淑娟淡淡地拒绝了那个大牌包包,她别过脸去,甚至没有看一眼。

谢冰冰日后注定收获不到她期许的未来,仅仅因为怀孕而选择回到张普仁身边的这个举动,就是那个崩坏的转折点,而且事情很可能会朝着最坏的那个方向急奔而去。李淑娟也只能在心里暗暗为眼前的闺蜜祈祷了,希望谢冰冰将来不要为现在的所作所为后悔。

她觉得闺蜜两人如果继续这样说下去,很可能会翻脸。

清醒的李淑娟不得不表示自己有些累了,要回家休息了。

"冰冰,拥有这些,真的会让你快乐吗?"临走前,李淑娟问她。

就像这个包包,真的能令人快乐吗?对于这些东西,即使价值连城,李淑娟向来都不怎么感冒。在李淑娟眼中,这些所谓的奢侈品,最多只能给一颗虚荣的心带来外界羡慕的眼光而已。两人的价值观显然有差异,李淑娟自然理解不了谢冰冰的生活。

谢冰冰没有回答,她也不知道怎么回答,曾经她迷失在物质的快乐里无法自拔,但她后来发现,这些东西带给自己的快乐周期越来越短。以前,她买一只大牌的口红能开心一个月;后来,她拥有一个新包包时能快乐一个礼拜;慢慢地,这种快乐的时效性越来越短，由一个礼拜，缩短到一天，甚至是一个小时。谢冰冰自己有时也发现，当她越来越容易得到这些东西的时候，快乐的阈值也逐渐增高。

物欲贪求和放纵的背后，是如涟漪般一圈一圈扩散开来的巨大空虚。

它们真的会让人快乐吗？谢冰冰确实不清楚，却也难以抵抗这种难以名状的快乐。

与谢冰冰分别后，李淑娟的心情沉甸甸的，像压了一块石头。回到家时，已经是晚上九点，那位新晋男朋友不失时机地打来了"请安"电话。听着林绍峰柔情蜜意的声音，李淑娟一时还没有从之前的角色中转换过来，呆呆地应答着，接电话就像与客户交谈那般有些生硬不自然。

林绍峰在电话里提议接她出去吃个夜宵，李淑娟赶忙拒绝了。开玩笑，累得浑身跟散架似的，只有微微起伏的胸腔示意她还活着，哪还有气力出门。

林绍峰那边只好作罢，互相道了晚安，便挂了电话。

突然新增了一个男朋友，有个人对你嘘寒问暖，而自己可以光明正大地跟他撒娇，让李淑娟有点不习惯。但同时，郁闷的心情也缓和了一点。

人嘛，作为世界上最大的群居动物，无非就是靠在一起互相取暖。尤其是女人，许多时候，总害怕一个人的孤单和寂寞，难免有一种依偎的渴望。而这种藏在骨子里的渴望,有人时不时地为你实现,在你需要的时候给你一个臂膀,或是撑起一把伞,便是值得欣慰的。

第二十七章　露馅

窗外天色尚未发白，沉沉的天幕上，那颗明亮的金星还悬挂在一钩残月旁边。

天还没亮，李淑娟在闹钟响起之前就轻松地醒来了。今天是城市上班族们假期结束后第一天上班的日子，李淑娟自然也不例外。

早上，李淑娟一来到办公室，许是自己心里有鬼，总感觉同事们拿眼偷偷地打量着她，她不由得暗自思忖，难道今天穿的衣服哪里有问题？李淑娟回到座位上，前前后后、来来回回认真检查了一遍，也没什么不妥啊。李淑娟一脸莫名其妙。一抬头，看见玻璃门那边的林绍峰对着她笑，他的嘴型在说"早"，李淑娟甜甜地笑了。

原来，今天早上，林绍峰曾出现在她楼下，打电话说是接女朋友上班。李淑娟自然没拒绝。到公司大楼车库的时候，两人特意岔开，一前一后进电梯上了楼。

午饭的时候，李淑娟没有接受林绍峰的饭约，刻意跟上司兼男朋友的林绍峰保持距离，照例还与石悦她们一起。不过，作为单独与大佬进行了一场三亚之旅的李淑娟，自然是头号被八卦的对象，石悦她们是不会放过任何可以八卦的机会的。

"听说你跟林总在一起了？"

"讲一讲，你们那几天都干什么了？"

"好羡慕啊，能跟林总一块旅游！"

刚坐下没多久，这群人的好奇心就按捺不住了，开始叽叽喳喳地八卦起来。

"噗！"李淑娟直接把刚喝进嘴里的水喷了，谁能想到，上来就这么敏感的问题，石悦她们的八卦触角真是四通八达。此刻的李淑娟很想装死，这样就能避免这个问题了。只可惜面对三四张满是求知欲的脸，李淑娟很难视而不见。

她艰难地把剩下的口水咽下去，回道："没有的事，谁说的？"

李淑娟这么随口否定，跟前又是一堆杂七杂八的声音。

"我就知道，淑娟和林总怎么会在一起呢。"

"失望，孤男寡女的，竟然没发生点什么！"

"看来，小道消息果然不靠谱。"

……

李淑娟忍着没说话，只是心虚地喝着眼前茶水，等她们的舌头都消停了，才装作很随意地问道："你们哪里听来的消息？"

"市场部咯，说是有人看见你早上在停车场，从林总的车上下来，还拍了照片发在公司的交流群里，现在整个公司已经沸沸扬扬了。"

公司的交流群里，流传偷拍照？她早上怎么没看到？

李淑娟心里一紧，赶紧掏出手机来看，可今天的群里干干净净，什么消息都没有。李淑娟暗忖，估计是他们私自建的交流群，没有公司领导的那种，自己也没有在群里。她表面只好不声张，装作漠不关心的样子。

过了片刻，看大家不信任的样子，李淑娟否定地说："谁那么无聊，大清早的偷拍总经理，我早上可是乘地铁来公司的。"

"不过，当初我看你和林总的朋友圈发的内容那么相似，我还差点信了。"石悦边吃边说道，没一会，几人便把这个话题抛在脑后。

看公司老大没有公开表示，李淑娟也没有承认，公司的风言风语传了一阵，就渐渐地被人们淡忘了。

就这样，李淑娟开始了一场"地下情"，抑或说是一场或明或暗的办公室恋情。工作中，李淑娟作为总经理秘书，除了偶尔拦拦那些没有多少具体正经事却去得很频繁的市场部女同事，其他的倒也平静。

此外，心虚的李淑娟在公司里也更加注意自己的一言一行，生怕在公司露出端倪，除了跟上司刻意保持距离，她再也没让林绍峰接她上班，就连下班约会，都把上车地点定在跟公司相隔三条街的公交站附近，林绍峰每每打趣她，说她活像个地下工作者。

在这座城市里，每个人多多少少都会有些关系远远近近的朋友，他们由此便成为我们日常生活中的点缀，或者插曲。大学同学袁天信，怎么说呢，李淑娟跟他的关系，说远不远，说近不近，谁也拎不清，他们却也隔三差五地不时联系着。不过许多时候他们也都是无关痛痒的寒暄问候罢了，但他们与贺国璋之间的瓜葛，却又显得若即若离。

这不，许久未联系的袁天信突然在微信里约李淑娟出来叙旧。搁以前离婚后单身的那段日子，李淑娟跟某个朋友会面，即使是异性朋友，一个人也就轻松地去了。如今，作为有男朋友的人，她以前的那点自由就有了约束和顾忌。不过，私下里跟异性老友相约，李淑娟还是坦诚的，她自知不能直接绕开林绍峰，也就不隐藏，以免闹出误会。

下班的时候，李淑娟与林绍峰简单地说明了一下之后，就一个人施施然地去了袁天信跟她约定的小酒馆。

关于私人空间，李淑娟与林绍峰还是很有默契，至少他们都是明智的。两人心照不宣地尊重彼此的个人隐私，况且，李淑娟也不是一个爱查岗的人。

袁天信很早就到了，看见身穿深色职业装正从橘黄灯光下走过来的李淑娟，不禁愣了一下，两人相隔小半年没见面，他对这个女人感到有些惊讶。不过反应过来后，他不得不赶紧打趣道："淑娟你最近气色很不错啊，整个儿面若桃花的感觉，是不是有什么喜事发生了啊！"

李淑娟坐在了他对面，白了他一眼，一点不客套地说："少来，把你这些奉承都留给你那些莺莺燕燕吧，我可担不起袁大帅哥的称赞。"

"得得得！李大美女说什么都对，人好看，那说出来的话都是真理。"袁天信笑着再次恭维了一番，随即寒暄道，"最近过得怎么样？"

"挺好的，自食其力嘛，上班已经有一阵子了。老袁你呢？"李淑娟一边脱下了外套，一边说。

"我也挺好的。"袁天信摊开双手说。

"对了，什么风把你吹到这来，居然想起跟老朋友叙旧吃饭呢？"李淑娟看着服务员一样一样地往桌上端佳肴，摆盘和造型都透露出这家酒馆价格不菲的事实。托石悦她们的福，李淑娟虽然没来过，却也知道这是一家网红酒馆，朋友圈里经常有人来打卡来着，她见过这家酒馆的门面照片，也大致了解这家的特色。这个店除了各类小酒，最大的特色就是古香古色的菜肴，当然，它们的价格也跟知名度成正比。

袁天信没有急着回答李淑娟的问题，而是拿起面前那只古朴的酒瓶给李淑娟倒了一杯酒。

"尝尝,他们家的果酒,据说是祖上流传下来的酿酒手艺,甜丝丝的,很柔,喝了也不上头。"袁天信热情地介绍说,像是他自家出产似的。

李淑娟盯向杯中琥珀色的液体,鼻端果然飘来一股青梅香气。

"你今天是下血本了,我很肯定。"李淑娟抿了一小口酒,放下杯子,揣摩着说。

"没办法,受人之托啊,我又不忍心眼睁睁地见死不救。"放下酒瓶的空隙,袁天信拿眼看了李淑娟一眼,只见她脸上刚刚还带着的笑意,慢慢地收敛,眼中闪过一丝了然。她已经大致猜出了老袁的来意。

袁天信不禁暗自感慨,李淑娟的心思也太敏捷了,自己只是这么一提,她就明白了,也是,除了贺国璋,还有谁拜托自己的事情,会和李淑娟有关呢。估计如今的贺国璋也只有袁天信这么一个要好的朋友了吧。

"他,最近怎么样了?"李淑娟开口问,那个"他"自然是指贺国璋了。酒杯前的两人,不用提名提姓,已是心照不宣。

袁天信抿了一口酒,放下酒杯,有些惆怅地说:"可以说好,也可以说不好。"

见李淑娟投来疑问的眼光,他继续道:"自从跟你离婚后,国璋炒股赚了一些钱,这你也知道,你当初还让我劝他见好就收来着，我也跟他说了，让他干干正经营生，去过稳定的生活。可国璋这人，你也是清楚的，时常过于自负，总是自信地说他自有打算。不过这些日子，国璋越投越大，说来也是神了，他选的股，好几次都暴涨。现在他啊，都快被圈子里称为股神了。钱是赚了，但我觉得国璋变了不少，以前那么注意形象的人，现在胡渣拉碴的，竟然也不收拾；生活作派也变了，四处挥霍，搞得日常生活也是颠三倒四，没有一点规律。我看啊，还是少一个照顾他的女人！"

"那跟我有什么关系？"李淑娟听完，淡淡地回应，"再说，他现在有钱了，想要什么女人找不到。"

"国璋他也不是你想的那样，自从跟那个女人分开之后，他就再也没有找过对象。淑娟，大学里我们三个人，曾是关系很好的伙伴，你跟老贺的关系多甜蜜啊，我这个电灯泡，一直在旁边羡慕嫉妒恨呢。到现在，国璋心里还是有你的，前天晚上，国璋在我那喝多了又哭又闹，简直像个流落大街无家可归的孩子。说实话，看他那样子，我心里一点都不好受。国璋想让我帮他问问，你们之间，还有没有可能？"

李淑娟闭上眼睛，仿佛就能看见喝多了的贺国璋醉酒哭泣的样子。以前，他喝醉酒，总是很容易感性，抱着李淑娟不撒手，一个劲地贴在她耳边喊老婆。李淑娟稍不理他，他竟然会像小孩子一样委委屈屈地哭鼻子。每当到这个时候，母爱泛滥的李淑娟哪里还顾得上责备他,自然是细心地照顾他,抚慰他,要么帮他醒酒,要么费力地把他拖到床上,让他安安稳稳睡个好觉。

李淑娟强迫自己从回忆中抽离出来。

"没有这个可能了。"她还是克制住了已经深埋在内心的那份过往情感,尽量让自己保持理性,最终果断地回答。

李淑娟的回答,在袁天信的意料之中,今天来,他作了充分的准备。

"淑娟,你都不知道,国璋离开你以后,他一直很后悔,即使他不说,但是我们这群在一起混了好几年的兄弟,怎么会看不出?我可以拿我的人格保证,他心里,其实装的一直是你。淑娟,你们从学校一路走来不容易,又是彼此的初恋,如果可以……"

"天信,"李淑娟不忍听下去了,立即打断他的话,"真的不可能了。"

"为什么?"满腔热忱的袁天信,不知道李淑娟为何这么笃定。

"因为,我交男朋友了。"李淑娟坦白似的说完,周遭的空气随之一静。过了好半天,袁天信才反应过来她说的是什么。

"这怎么可能呢,你们离婚也没多久。"袁天信有些不大相信。

看着袁天信充满疑惑的神情,李淑娟只好解释说:"真的,我们前段时间刚在一起,因为是同一个公司的,所以很低调,我也就没有发朋友圈,也没有公开。再说,我们离婚的时间也不短了,一年多了。"

这个地球在转，世界每天都在转，每个人的脚步每天也都在移动着。世上那些纷纷扰扰的情人们，一旦分手，没有谁会在原地等谁。她李淑娟，自然也不是会在原地等贺国璋的那个人。

从李淑娟神色看，她说得很认真，看来是真的了。罢了，袁天信心里默默地念叨，国璋，我只能帮你到这了。他呼了一口气，尽量让自己表情看起来高兴一点。

"那可真是一件大喜事啊，李大美女终于遇到自己的新骑士了。淑娟，我很为你感到高兴。"袁天信说得很真诚，一改刚才的那番语气，凝重的脸色也明朗起来。无论如何，他希望李淑娟能够幸福，尽管那个男人他自己并不认识。

"谢谢。"李淑娟也很真诚地道了谢。

"不过李大美女的新骑士，是不是应该介绍给我这个老朋友认识一下？我倒很好奇，究竟是何方神圣，能摘下李美女这朵高岭之花。"袁天信是真的好奇，他想知道，究竟是谁挡了他兄弟的复合之路，击碎了他最后的期盼。

李淑娟也不是一个扭捏的人，她打开了手机相册，翻开一张自己与林绍峰的合影，递到袁天信面前。袁天信接过手机略看了一眼，只见照片里的那个男人一表人才，仅从外形来看，两人如金童玉女般，登对得很。

贺国璋啊贺国璋，这回我是真帮不上你了。袁天信不由得为老贺暗暗悲哀。

不过……照片上这个人，袁天信越看怎么觉得越有点眼熟，貌似在谁的朋友圈见过。

"淑娟，这个人我好像哪里见过，他叫什么名字？"

"天信，你搭讪女孩子的借口都用到这里来了吗？"李淑娟有些打趣地反问，随即说，"可能是以前在我的咖啡店碰到过吧，他之前也经常来，没准你们还曾打过照面。"

"不是，就是在照片上见过。"袁天信凭着自己的印象，赶紧纠正李淑娟的说法，"他这种侧着脸拍照，喜欢露出半边轮廓的，一只手搭女生肩头的拍照方式，我好像在哪里见过。就在前两天，你等等啊，我翻翻朋友圈。"

袁天信拿起自己的手机，手指划着，开始在微信朋友圈里翻了起来。

李淑娟接过自己的手机，看着手机屏幕上的林绍峰，经袁天信一提醒，之前李淑娟没有注意，现在仔细一看，林绍峰的拍照方式确实有点特别，pose 摆得很有方法，侧脸露出好看的脸部线条，仿佛是杂志上的男模一般，他很懂得把自己的长相优势留在照片上。

"呐，我找到了。"袁天信说完这句话后，就迟疑了。他没有立即把手机递给李淑娟，像是遮掩什么似的，他皱着眉头，看了李淑娟一眼，脸上透出几分不忍的神情。

"怎么了？这么神神秘秘的。"李淑娟被袁天信奇怪的举动弄得有点迷糊，直接拿过袁天信手中的手机，界面是一个女孩的朋友圈，单名一个"琳"字，文字是"很开心亲亲陪我一起过生日，祝大家也早日遇到自己的另一半哦，嘻嘻嘻嘻"，配的是六宫格，拍的是一起过生日的场景。

李淑娟的视线落在了最后两张，点开，待李淑娟看清照片的时候，她的嘴角凝固了，标志性的角度，标志性的手势，以及标志性的侧脸，一模一样的姿势，唯一不同的，是怀里抱的那个女孩。第二张则是两人亲亲的照片，男人的唇碰在女孩脸上，半边脸隐藏在阴影里，而女孩正脸对着镜头，笑得很甜蜜。

李淑娟默默地盯着照片，盯着照片里的那一对男女，一言不发。

"淑娟，你还好吧？"袁天信拿手在李淑娟面前晃了晃，语气里有些担心。

李淑娟回过神来，她把手机递还给袁天信，脸色平静如水，心潮翻涌的情绪收敛得倒是很干净。眼下，袁天信除了一张平静的脸，看不出这个女人任何不同寻常心思和态度。

"我没事，你说得没错，是他。"李淑娟绽出一个淡淡的梨涡。

"淑娟，你别这副神情，我瞅着有些害怕，第一次见被劈腿的女生这么冷静，我还宁愿你哭出来。"袁天信是真的害怕，他知道李淑娟是个冷静的人，可面对这样的情景，她竟然还能笑出来，也是奇女子一枚了。不过，李淑娟怎么这么点背啊，老是遇到一些这样的人，这样的事情。

李淑娟苦笑着，镇定了一下情绪，缓缓地说："天信，今天可能要白让你破费了。这顿饭，我不能继续陪你一起吃了，我现在想一个人静静。"

袁天信反而松了一口气，安慰地顺从说道："去吧去吧，你要是冷冷静静陪我吃完这顿饭，我才觉得不对劲呢。我绝对没想到你的男朋友会在我的朋友圈里出现。我现在能理解，你有事就先去处理吧，咱们老朋友，没那么多讲究。不过，作为朋友，我们一直都在，如果你有什么需要，尽管开口，喝酒撸串，哥们也随叫随到。"

李淑娟没客套，对袁天信笑了一下，拿上包包就走出了小酒馆。袁天信看着她在玻璃门外拦了一辆的士，很快就消失了。

李淑娟并没有直接去找林绍峰算账，问清楚怎么回事，而是径直打车回了家，给浴缸放满热水，把自己整个人泡在里面。明明是天气炎热的盛夏，李淑娟却感觉遍体生寒，只能用温暖的水把自己包起来，一种深深的悲愤与孤寂从内心深处升上来。她特别想倾诉，翻遍了整个通讯录，却不知道打给谁，谢冰冰与自己渐行渐远之后，李淑娟也失去了唯一的闺蜜。

她只是打开朋友圈，发了一条模棱两可的话："当你以为自己要登上幸福的山头时，才知道看上去那么近的山头却那么远，远到你可能永远都无法到达。"不知道这句话是谁的文章里的某个句子,还是她自己刚才的人生感悟。而这个感悟,无论是来自谁,无疑暗含着一种深深的悲伤。

一滴眼泪掉进水汽蒸腾的浴缸里。

"叮",微信提示有消息,李淑娟拿起一看,却有些失望,她以为是林绍峰发来的信息。然而,是许久未联系的秦绍东。

秦绍东,这个一直在关注和关心她的男人,从前就爱慕她的高中班长,在那条文字下面问:"你还好吗?是有什么不开心的事吗?"

过了一会,又进来一条消息:"如果你愿意,我可以当你的聆听者。"秦绍东急切地在微信里问候,尽管很短,却包含着浓浓的关心。

李淑娟默默地放下手机,没有回复,她把头慢慢下沉到水中,听着含糊不清的水中的动静,直到肺里最后一丝空气被榨干时,她猛地冲出水面。

一口气的时间里,她像是在水里做了一个梦似的,猛然被警醒了,让她迅速回到了冰冷的现实里。

李淑娟意识到了自己的孤寂与落寞,意识到不能逃避的事实,她必须要面对,从此时此刻。她想着明天该怎么到公司里,该怎样面对林总经理,其实她也没必要当面问他,甚至她想到,明天应该是她去公司提交辞职书的日子了。

第二十八章　分手

那天晚上，李淑娟特意关了手机，泡完澡的她，一个人在家里闷闷地喝了几瓶不知什么时候存下的酒，直到大约凌晨时分，才沉沉睡去。

第二天一早，上班时间已经过了半个小时，远洋公司的同事们惊讶地看到了一个匪夷所思的奇景。从未迟到、很讲原则、一直兢兢业业的李淑娟李特助，竟然迟到了，大家头一回见到她姗姗来迟地到了公司！并且，她今天似乎也有点不一样呢⋯⋯

往日总是一身职业装打扮的人，今天竟然穿了一条黑色的深V连体阔腿裤，脚下踩的是一双七寸的尖嘴裸色高跟鞋，走进办公室，细细的鞋跟扣在瓷砖地面上，一声声清脆的响声显得分外有气势。周围的同事们个个纳闷，私下里不解地嘀咕起来，今天的李特助是怎么了？不像个上班的，倒是气势十足的复仇者。

"李特助真的可柔可攻啊，这一身帅呆了。"

"何止啊，你看这气质，这傲人的派头，咱们全公司可没人比得了。"

"也不知道李特助有没有对象，平常怎么没有发现她这么好看呢！"

……

一群同事窃窃私语，李淑娟面无表情地从他们面前走过，再然后，直接略过自己的工位，推开总经理的那扇玻璃门走了进去。

刚才，办公室里的林绍峰还正奇怪呢，他晚到了公司一会儿，发现李淑娟既没有在工位上，也没有在办公室里打理，而且今天的办公桌上没有咖啡，有些纳闷的他还没来得及给她打电话，一转头看见推门而进的李淑娟，林绍峰本能地浮起一抹笑容，待看清来人装扮时，林绍峰有过几秒的困惑，转而脸上浮现出惊艳的表情。

"淑娟，你今天这一身很美，要不是在公司，我都忍不住想抱抱你。"林绍峰脱口而出地说着夸赞的话，从椅子上起身，走向她。

"谢谢，不过林总没有这个机会了。"李淑娟站着，冷冷地回答。

"对对，现在在公司，不方便，等下班我们一起去吃饭。"林绍峰走近前来，见四下无人，伸出那双不安分的手，想悄悄地环住一下李淑娟的腰。

李淑娟一个闪身，躲开了。

"怎么？还不让悄悄抱一下，你这保密工作也太严谨了。"林绍峰笑着调侃。

李淑娟冷傲地仰起头，双手交叉着放在胸前，不屑地说："是啊，我真是笨，不过论起保密工作，我哪里比得上林总您。"最后一个"您"字，她刻意地加重了语气和声调。

在辞职之前，李淑娟倒要看看林绍峰会如何狡辩，她要戳破上司一直伪装的面具，也算是在临走之前，出出这口恶气。

"淑娟，你怎么了？你说的话我怎么有点听不懂呢？"林绍峰终于察觉出不对劲。

"这句话，我应该问你。"李淑娟一字一句地说，林绍峰看出她完全是一副兴师问罪的模样。

"问我？问我什么？"林绍峰丈二摸不着头脑，更加纳闷。他暗暗思忖，最近他并没有惹这个女人生气，也似乎都是顺从她的，即使他跟其他女人鬼混的时候，他自信李淑娟不会在附近，而且压根就不知道的。然而，他终究忘了朋友圈里有人发照片这回事。

李淑娟没有多言，直接打开自己的手机，递给了林绍峰。林绍峰疑惑地接过，待他看清楚手机里的图片内容时，脸色微变，但他反应也很快，急忙辩解道："哦，这是那天和朋友们吃饭，一起拍了几张照，还有好多人也在现场。"

李淑娟就知道他会那么说,一张和其他女生的合影,当然不代表什么,还好那天她叫袁天信把那个女生的朋友圈内容截图,一起发给她了。

"是吗?"李淑娟冷笑了一声,紧盯着林绍峰的眼睛反问道,一点点地在撕破这个男人的嘴脸,"但是据我了解,情况并不是这样吧,她说你是她的男朋友。"

林绍峰脸色变了几变,但还是不承认地为自己辩驳:"根本没有这回事,我跟她只是普通朋友,见过几面而已,你从哪里听的这些奇奇怪怪的话?"

李淑娟有些失望,面对铁证如山的事实,都这样了,这个男人还能抵死不承认,这样狡辩的他,和当初的贺国璋是多么的相似啊。原本李淑娟开始接受他时,还以为他会不一样,是个值得托付终生的优质男,但最终还是失望了。

他们正式交往后仅仅几个月的时间,就被她发现了狐狸尾巴。

"我本来想给彼此留点情面,不想闹得那么难堪,可你让我太失望了。你看看这张呢,她发朋友圈说你是她男朋友,还有你们俩接吻的照片,看时间,是我们在一起没多久之后。林绍峰,你还要怎么狡辩?"李淑娟清醒地质问道,胸口激烈地起伏着。

林绍峰哑然,他走近李淑娟身边,牵起她的一只手,压着声音道:"淑娟,这里是公司,这个事情,我们晚点再谈好吗。事情不是这样的,当时我可能有点喝醉了,不是很清醒,回去我跟你再解释好不好？"

"不用了！"李淑娟拨开林绍峰的手，退后两步说，"我今天，就是来跟林总辞职的！这份工作，我觉得我不能胜任，还请林总另聘贤能，这是辞职信。"

她从包里抽出一页折过的纸，扔在了林邵峰的办公桌上。那封简短的辞职信，是她进公司之前在楼下打印好的。

林绍峰意外地看着她，没想到她居然这么决绝，却又不想这么轻易地放弃："淑娟，你这是在威胁我吗？另外，我希望你冷静下来，工作是工作，情感是情感，我希望你不要混在一起。"

"面对你这样的上司，你觉得我还会为你做事吗？"李淑娟狠狠地反问。

李淑娟冷冰冰的态度，最终让林绍峰面子上有些挂不住，同时他也有些恼怒，何况这还是在公司，他的角色，除了男友，还是李淑娟的上司。在这个公司里，还没有任何一个员工敢用这样的态度对待他。

"淑娟，你冤枉我了，不过在我跟你把这件事解释清楚之前，你能不能先别走，好吗？"林绍峰有些无奈地挽留。

"别拿你那肮脏的心思揣测我！若要人不知，除非己莫为，别以为朋友圈里是安全的，这样的事情，迟早会被人发现！"

威胁对李淑娟来说，根本不管用，林绍峰很明白，李淑娟正在气头上，现在不是争执的好时机，何况在公司这样人多嘴杂的地方，他没有接受辞职信，神情却温和了不少，他用轻柔的嗓音说："淑娟，这样吧，今天我给你放假，你先回去休息冷静一下，晚点我去找你好吗？"

"我想我说得够明白了，我的意思是，我今天是来辞职的，而且以后与林总没有任何关系，就当是没有相识过。当然这些日子里，还要谢谢林总的照顾，再见。"李淑娟说完，转身出门，林绍峰喊住了她："淑娟！"

李淑娟下意识地回头看向了他，林绍峰蹲着身子半跪着，乞求地说："淑娟，这件事情是我不对，我承认，但我是真的爱你，你要相信！"

"就像你说的，你或许是爱我的，但是也不妨碍你爱别人，对吗？"李淑娟说完这句话，傲然地拉开门出去了，只留下一个决绝的背影。

办公室里，林绍峰愣在了原地。

李淑娟走出了办公室，那些同事们像是刚才议论什么，连忙纷纷低头，装作紧张工作的样子。

李淑娟毫不在意，回到自己的工位上，收拾了东西，带上了个人物品，跟谁也没打招呼，径直走进了下楼的电梯，从公司离开了。临走的时候，办公室的同事们抬头打量了她几下，自然，有些人不明白这个刚刚入职没多久，深得林总欣赏的美女特助，怎么就这样走了。石悦几个人在座位上，担忧地看着李淑娟，却没敢上前。

踏出了大厦，站在马路边，李淑娟一下子感觉轻松了许多。此时，她的内心里没有任何伤感，头顶上灿烂的阳光照得她的脸庞通红，却也十分暖和。

李淑娟拦了一辆的士，跟司机说了自己的住址。她平静地斜躺在座位上，一座座高楼大厦、一道道葱郁的林荫树从她眼前划过，仿佛电影里面的镜头快速地飞逝。

再一次回到了无业状态，接下来的这段空闲日子，李淑娟不知道自己要去哪里散散心。上次遭遇背叛离婚的时候，她曾背着行囊四处旅行，但这次她已经没有这个心性了，只感觉满身的疲惫，甚至懒得动弹。

她选择了暂时窝在家里，这也不失为调养身心的办法。

刚分手的那几天，林绍峰时常发微信，或打电话，试图跟她解释。李淑娟不耐烦了，索性拉黑了他，并且删掉他的所有联系方式。到了周末，他开车来到了李淑娟楼下，一连等了两天，希望能有个当面沟通的机会，结果李淑娟连面都没有露。

没有看到李淑娟，林绍峰甚至怀疑她是不是不住在这里了。

等不到李淑娟的林绍峰，只好驱车离开，后来再也没有来过这里。

以前失恋的时候，有谢冰冰陪在身边，现在，谢冰冰已经怀孕，自顾不暇，李淑娟也没什么朋友，只能一个人待在家里独自疗伤。

秦绍东不知道从哪里听到风声,时常发几个笑话给李淑娟,也不多言语,估计是哪里转载来的笑话,李淑娟默默看看,从来没有回复过。

不过说实话那段时间,那几个笑话段子,他的那些简短的问候,却也成了李淑娟的灰色天空里难得的亮光。

第二十九章　永诀

在刺眼阳光的照耀下，日子似乎过得飞快。整个炎热的夏天，转眼间，已经接近了尾声。

不知不觉天气开始渐渐转凉，滨海闷热的天气总算得到缓解。前段日子里，李淑娟调养好了身心，感觉自己再不出门就要发霉了，于是便重新找了一份工作，是一个事业单位，岗位是行政秘书。这个新单位跟原来的公司完全是两种风格，双休，准点下班，工资不高，但养活她自己也是绰绰有余了。

这天，她在住处附近的公园晨跑回来，打开电视一边看新闻，一边准备早餐。电视里正在播报最近国内股市的动荡，许多大的证券公司显示连续几天跌停，形势十分严峻。李淑娟原本对股票之类的没什么兴趣，但是一看到股市，她不知怎么就想到了贺国璋。因为她认识的所有人里面，只有贺国璋一直在炒股。

李淑娟留心看完新闻，暗自思忖着，如果股市大变动，不知道贺国璋的情况好不好。之前好几次，她让袁天信劝他趁早收手，但李淑娟知道，按贺国璋的性格，怕是不拿这种劝告当回事。

尽管如今他们这对前任夫妻已经没什么瓜葛了，平时也没什么交往，但毕竟两人有过过去，即使作为路人提醒一下，也是应该的。至少他一个人安稳地过生活，也是她所希望的。她想了想，还是决定跟袁天信打个电话，问问贺国璋的情况。

电话接通，袁天信像是刚从睡梦中醒来，强忍着呵欠跟李淑娟说话。

"我早上看到新闻说最近股市大跌，贺国璋……那边还好吧？"

"我说啥事呢，大早上的把我吵醒！"袁天信含糊地说，"前几天他说不太好了，我也担心着，然后昨天还特意跟他打了个电话。"

"他怎么样了？"李淑娟急切地打断他。

电话那边传来有些抱怨的声音："他没接啊，后来晚上我又给他打了一个，还是没接。"

李淑娟有些着急地问："那你有没有去找他呢？或者问问他的朋友？"

"唉！"袁天信叹了一口气，他也有些担心好友，所以也没心情跟李淑娟开玩笑，"你也知道，自从国璋炒股之后，天天深居简出、昼伏夜出的，除了偶尔跟我联系一下，基本很少跟别人联系，我最近一次见他，还是上次跟他喝酒那次，说起来我们也好几月没见了。"

"那你再打听打听，去他家里看看。"李淑娟催促道。

袁天信满口应承地表示："行，我一会去看看，你也别着急，国璋炒股精着呢，说不定前几天熬夜，然后现在在哪个地方睡得昏天暗地的。"

希望如此，李淑娟在心里暗暗地说。

临挂断前，那边老袁又补了一句说："看来，一日夫妻百日恩，到底你还是很关心贺国璋的嘛，而且这个城市里，也许只有你最关心他了，要不……"

真是啰嗦，没等对方说完，李淑娟赶紧挂掉了电话。

挂完电话，李淑娟看着手机黑名单里躺着的那个号码，不知怎么，她一阵犹豫。其实不用存它，这么多年，这个号码早就烂熟于心，就像有些东西，刻在心底，就算你再怎么刻意忘却，还是会留下烙印。李淑娟的手指在拨出键上顿住了，或许袁天信说得对，他只是熬夜看股之后睡得太熟了，尽管这样安慰自己，李淑娟心里的不安，却像涟漪一样一圈圈地扩大。

中午时分，袁天信打来电话，传来了一个不好的消息。他说自己赶去理想家园小区贺国璋的家里敲门，才得知房子前段时间被转卖给了别人，贺国璋不在那里住已经有一段时间了。

李淑娟听完惊呆了，理想小区的住所，是当初自己与贺国璋的家。那是两人在结婚前奋斗了不少日子，才决心买下来的。离婚后，自己搬出来，房子留给了贺国璋，不到万不得已，贺国璋应该是不会卖了那套房子的，更何况，他在更早之前已经把老家的房子卖了。

完全出乎意料，这个消息比她和袁天信两人原本想象得要糟，李淑娟心里不禁担心起来。

"你说，国璋会不会有事啊？"李淑娟声音有些飘，她了解贺国璋，袁天信也是了解的，卖房就意味着贺国璋真的遇到了麻烦。

"你先别急，我再去问问朋友，现在关键是先找到国璋，我一有消息马上告诉你。"

挂了电话的李淑娟发了几分钟呆，往日的恨意与埋怨，现在已经变得不重要了。她拿出手机拨打那个号码，她期许着，能听到一声耳熟的"喂"，然后自己定要狠狠地说他一通，问他为什么不接电话，为什么卖房子。李淑娟的心提到了嗓子眼，还没等她开口说话，对面传来冰冷的女声："您拨打的电话暂时无法接通，请稍后再拨！"

李淑娟的心，渐渐下沉。

没有人知道贺国璋在哪里，甚至包括他的父母。李淑娟试探性地给二老打去了电话，电话那头似乎很惊喜接到李淑娟的电话，絮絮叨叨地说了半天，还在电话里问李淑娟，国璋最近在忙什么，都没怎么打电话回家。

临挂电话，贺国璋的母亲说："淑娟，我知道以前是国璋不对，知道你们离婚，我和你爸也狠狠地骂了国璋一顿，你就看在我们两个老骨头的面子上，差不多行了，你就原谅国璋吧，好吧？"

李淑娟想说这不是原不原谅的问题，他们两个已经离婚了，已经没有关系了；再说离婚不是小孩子过家家，怎么就能"差不多行了"，解释的话到了嘴边，李淑娟又忍住了。作为老一辈，他们觉得夫妻一辈子就应该牵绊在一块，所以他们对孩子离婚的事也一直理解不了。

李淑娟含糊地应付了几句，然后心事重重地挂了电话。

袁天信那边，也仍旧是一无所获。李淑娟打电话问了，依旧说是不见人影。

贺国璋，你究竟在哪里？从前这个她连面都不愿意见的男人，过去式的"老公"，现在她却希望他能立即出现在眼前，或能接通电话，只要他没什么事，那她也就安心了。

两天没睡好的李淑娟感觉自己迷迷瞪瞪，后脑勺一阵抽痛，两只眼睛下面更是一片明显的黑眼圈。这几天，能问的朋友都问过了，没有人知道贺国璋在哪里。她几乎快疯了。她自己也不清楚，为什么这个时刻会如此关心曾经伤害自己那么深、已经毫无瓜葛的男人。

第三天，李淑娟的身子终于撑不住，感冒了。早上起来头晕嗓子疼，摸了摸额头才发现有些滚烫，李淑娟在微信群里跟公司请了假。她自行吃了一粒感冒药，又沉沉地睡过去了。

一片迷雾昏暗中，四周泛起了滚滚的烟雾，寂静，空旷，李淑娟孤单地行走着，有一种迷失其中的感觉。

"滴答"，一滴水声在她耳边响起，李淑娟感觉莫名的寒冷。"有人吗？"她轻声问，并下意识地拢紧了身上的衣服。

回答她的只有一片寂静。

就在李淑娟准备再次询问的时候，有个声音突然叫了她的名字："淑娟。"

李淑娟猛然回头，她看见贺国璋的身影自远处，缓缓地向她走来，眉眼还是她熟悉的样子，身上穿的衣服还是她从前为他置办的，但好像又有点不同。

贺国璋的样子看起来很是狼狈。

李淑娟大喜，急忙向他跑过去："国璋，你这几天都跑哪去了？我们一直找你找不到！"

贺国璋的身影似乎若即若离，脸上却露出久违的笑说："我这不是在这嘛。"

"你是不是发生什么事了？你有事情可以跟我们说，天信很担心你。"李淑娟说得有些不自然，即使在梦里，她也记得，自己与贺国璋已经形同陌路。

贺国璋的身影依旧有些飘忽，温柔地问："那你呢？你也担心我吗？"

李淑娟似乎怕被他看出心思，侧过脸躲开他的视线："你还没回答我的问题，你这些天，到底去哪了？"

"没去哪。"对方的声音有些苍老。

"算了，我也不想问你了，你没事就好，反正你也经常骗我。"想起往事，李淑娟有点伤感。

"以后不会了。"贺国璋深深地看着李淑娟的脸，"淑娟，以后你要好好照顾自己，我不在了，要勇敢点，去过自己想要的生活。"

"你这话什么意思？"李淑娟感觉他话里不对劲，急切而大声地问，"什么叫作以后你不在了？你要去哪里？"

"去很远的地方，以后都回不来了。淑娟，你能关心我，就代表你原谅我了，是吗？"贺国璋用低沉的嗓音地问，似乎这是他人生中最关心的问题。

"去哪里？你要去哪里？"李淑娟紧紧盯着眼前的贺国璋，看见他脸上闪过一抹悲伤。

"淑娟，你原谅我了吗？"对方再一次问道。

"你要去哪？"李淑娟没有回答，反而大喊地反问他。

脚下原本平坦的地面，突然剧烈地晃动起来，眼前的贺国璋开始离她越来越远。李淑娟惊恐地看见贺国璋脚下的地面，一条巨大的裂缝像怪兽的口子一样张开，顷刻之间，岩石滚落，天摇地动！

"国璋危险，你快往我这边跑！"李淑娟双手放在嘴边，冲贺国璋大喊。

贺国璋站在原地，一步都不曾挪动，他一脸平静，只看着李淑娟的脸。

"快跑啊！"李淑娟一边焦急地喊，一边往贺国璋那边跑去，想把他拉过来，未承想没跑几步，脚下抖动得更加厉害，整个世界仿佛马上就要崩塌了。突然，她双目睁圆，看见贺国璋像一只在半空中被射中的鸟，直直地掉进那条漆黑的口子。

李淑娟心胆俱裂地大喊："贺国璋！"

随着石块下落的贺国璋，那嘴唇似乎无声地张合着，看口型，分明是："你原谅我了吗？"

"贺国璋！"李淑娟猛然从床上惊醒，原来是一场噩梦！她坐在床上，稍稍放松了些，但心脏还是激烈地跳动着，仿佛要跳出胸膛，她大口大口地喘着气，拿过床头柜的水一口气喝完。

怎么会做这样的梦？李淑娟拿过手机一看，刚好十一点整，看来自己整整昏睡了四个小时，一上午没吃东西，可并不感觉饿。

她习惯性地打开手机，翻着朋友圈，粗略地浏览着，这时一行字扎进她的眼球，那是一个朋友发的，记不清是什么时候的朋友，上面说："刚刚有个男人从玉浦路的德铭大厦31楼跳下来了，现在警察已经把道路封了，据说是因为炒股失败，可惜啊，还那么年轻！"

一股不祥的预感涌上李淑娟心头，她不由自主地点开了视频，只见一个男人在楼顶徘徊了几秒，不知谁的手机镜头对着楼顶的男人拉近，尽管只有一个模糊不清的影子，但李淑娟几乎可以断定，那就是贺国璋啊！那个身高，那个神态，那个跟自己曾经相爱了七年的男人，就算是毁了容，李淑娟也能一眼看出来！她紧紧地捂住自己的嘴巴，心里不停地默念"不要不要"，可上天并没有听到她的祈祷，视频里那个男人纵身一跃，周围楼下的群众一阵惊呼。

"啪！"手机掉落在地上，李淑娟放大的瞳孔里，眼泪慢慢地流淌出来。

她怔在原地。眼泪悄无声息地打湿了胸前的被子。

然而，不知过了多久，等她自己反应过来时，才发现自己正在街道上奔跑。

初秋的天气，已经有一股沁入骨髓的寒冷，两旁的观光树有些已经掉光叶子了。于是在这个落叶凋零的秋季，路过的人们看见一个穿着夏天白睡裙的女人，披头散发，发疯似的在街上狂奔，估计是跑得太急，脚上只剩了一只拖鞋。李淑娟毫无察觉，直到路人拦住了她。

"小姐！小姐！你需要帮忙吗？"

"玉浦路，玉浦路……"她的嘴里下意识地吐出这个地名，谁也不知道什么意思。李淑娟仿佛灵魂被抽空，木然地站在街道喃喃自语，一张清秀的脸上早已经是泪痕交错。周围的路人越围越多，李淑娟身上除了一件睡衣，空无一物，没有人知道她是谁。

"该不是精神有问题，瞒着家人跑出来的吧。"

"看她这么年轻，长得还挺好看的，也不知道怎么了。"

"造孽哦，脚都出血了。"

"估计是受什么刺激了……"

……

周围一片嘈杂，人们七嘴八舌地围着她絮叨。李淑娟的脑袋里一片模糊，感觉周围的景象渐渐失真，然后旋转起来，最后两眼一黑，她的身体不受控制地向后倒去。

她太累了，她再也坚持不住了。

围观的群众随之发出一阵惊呼。这时人们开始混乱起来，有人在散去，有人在打电话，而后有人抬起她沉重的身体。但这一切情景，躺在地上毫无知觉的李淑娟，作为被路人瞩目和议论的对象，却什么也不知道了。

第三十章　最后的告白

李淑娟再次醒来的时候，发现自己在医院的病床上，白色的天花板，白色的床单，空气中弥漫着一股消毒水的味道。

李淑娟睁着眼，静静地躺着，渐渐意识到之前发生的事，贺国璋的自杀，以及自己发疯般做的蠢事……要是现在这一切只是刚才自己沉睡时的一场梦该多好啊。可惜，护士的声音让她回到了残忍的现实。

"哎，你醒了？"旁边正要过来换药的小护士惊喜地叫出声。

"你在街上晕倒了，路边有人把你送医院来了，你记不记得？你家人呢？可以通知你家人来一下。"

李淑娟嘴皮动了动，突然发现自己喉咙痛得厉害，只能发出"嘶嘶"几个单音节。这几天她因为过度劳累，身体虚弱，加上情绪波动太大，导致感冒，嗓子发炎，眼下说话很是困难。

"你说什么？"护士把耳朵靠近她嘴边。

"手……机……"李淑娟的嘴里挤出了两个字。

护士这才反应过来:"哦哦,你要手机是吧,等一下啊,我给你找一个。"

没几分钟,护士像旋风一样跑回来,给李淑娟塞了一个手机。李淑娟抬起手,拨了一个号码,示意护士接听。

小护士声音噼里啪啦的,跟倒豆子似的:"你好,你是李淑娟的家属吗?她在路上晕倒了,被送来医院……对,滨海第三人民医院,住院部三楼301……对,好的,那你马上过来吧。"

小护士给李淑娟量完体温又出去了,李淑娟轻轻闭上眼,眼角一颗硕大的泪悄然滑落,没入枕头。

没半个小时,袁天信就到了,他接到医院电话以后,就火速赶了过来。

"淑娟!你怎么样了?"袁天信走到病床前问。

"国璋他……"李淑娟断断续续地说,似乎又是在询问什么。

袁天信闻言双目微垂,眼中泛红:"你知道了?国璋他……遗体已经送到殡仪馆了,也通知了他父母,他们正在赶来的路上。"

李淑娟心中的最后一根救命稻草,断了。她忍不住"呜呜"地哭出声。

"为……什么?为什么……要……这么做?"她强忍着喉咙的疼痛,像是在质问,又像是在痛惜,可惜那个对象现在不在自己跟前,而且永远地离开了这个世界。

"国璋他从炒股开始,一直就没停过,就像是上了瘾似的,我说过多少遍都不管用,我每次跟他喝酒时都劝他见好就收,可他就是不肯罢手。上个月他就开始在亏钱,把以前赚的都赔回去了,后来,积蓄也搭进去了……国璋却仍旧死不悔改!上上个礼拜,国璋想赌一把大的,就火速把自己那套房子卖了,还找朋友借了许多,他把全部的钱都投进去了,结果亏得血本无归,最后想不开……"说到好友,袁天信又怒又悲痛,怒的是他不听劝告,最后甚至像懦夫一样离开;悲痛的是,从此他从这个人世消失了,消失得无影无踪。

两人静默无言地坐了一会,袁天信像是突然想起了什么,从包里拿出一封信。

"这信是国璋留给你的,在他离开前,曾寄了一份快递给我,我也是在他走后才收到的,你看看吧……国璋那边肯定还有一堆事情等着处理,我先走了,你多保重。"

袁天信走后,李淑娟呆呆地看着手中的信,封面是苍劲有力的字体,上面写着"给吾爱淑娟"。李淑娟一点点拆开信封,里面是一页纸,展开信纸,是一封手写信,可能是在他决定离开前就写下的。

淑娟:

没想到最后与你告别,竟会是这种方式,我最终像个懦夫一样，逃跑了。还记得以前，我许诺要一生一世地照顾你，以前我活着的时候，没能做到，现在，我更做不到了，原谅我的一再失言。

遇见你，是我一生中最幸福也最幸运的事。我知道，我做错了事，我伤害了你，我没能好好珍惜，但是请你相信，我这辈子最后悔的事，就是做了背叛你的事，跟你离婚，失去你后，让我懂得了很多。只可惜，我再也没有机会挽回了。

你让天信劝我不要再炒股了，我很高兴，这说明你还在乎我对不对？还愿意跟我在一起是吗？以前，我们在一起的时候，没有多少钱，我们过过很多苦日子，租过菜市场旁边的小房子，试过一日三餐都是泡面的日子，一年到头你也难得买两件衣服，可你从来没有抱怨过。尽管后来离婚，但我特别想补偿你，让你过上自己想要的生活，不用为了柴米油盐而奔波，这是支撑我走下去最大的信念。我以为我快要成功的时候，没想到老天爷跟我开了一个玩笑。我想我永远不可能再拥有你了，我也没有这个资格了，我现在就是一个比穷光蛋还穷的人，我真的接受不了这样的结局。非常抱歉，我守护不了你了。

我们分开之后，我去找过你，就是那年春节，你没有回家，而我也时常躲在你家楼下，我没勇气约你见面，但总想看看你过得好不好，我看见一个男人时常跟你送东西，看见你穿个拖鞋就下楼了，有时候你会邀他上楼去坐坐，我心里嫉妒极了，后来我特意去打听了那个男人，知道他叫秦绍东，他是一个正直靠得住的男人，以后有他照顾你，我很放心。我曾经那么想再次拥有你，所做的一切都是希望以后你能再给我一个机会，但现在，一切都晚了。

  我希望我走了以后，你可以忘记我，好好过自己的生活。我的心愿，就是你幸福开心地过完这一生。

国璋 留

  那页信纸已经被她的泪水打湿了，有些黑色的字迹已经有些漫漶开了。

  "你怎么这么傻！你怎么早不跟我说！"看到最后，李淑娟把信贴在胸口，哭得上气不接下气。有些人错过，就真的是一辈子，再也没有挽回的可能。何况现如今，她与贺国璋，已是阴阳两隔，今生再无交集，连碰个面都不可能了。

  贺国璋的父母从外地赶来滨海，姐姐姐夫也来了，袁天信在那边帮着料理后事。李淑娟原本因为感冒发烧，又呛了冷风，再加上忧思过重，高烧断断续续不见好，直接转成了肺炎，在病床上躺了大半个星期。

  袁天信抽不出时间过来照顾她，就给谢冰冰打了电话，谢冰冰临近产期，肚子大得像吹胀的气球，笨重不方便，只好给李淑娟的高中同学秦绍东打电话。秦绍东有些讶异,但也没多问,当晚就收拾东西,来到了医院。最近这些天,都是秦绍东细致入微地在医院里照顾着李淑娟。

贺国璋去世的消息传开以后,李淑娟的微信已经炸了,时常有人发微信问是不是真的,甚至还有人逼问贺国璋的死是不是跟他们离婚有关系。接着,朋友圈里更是铺天盖地转发贺国璋自杀的消息,那些表示惋惜的、震惊的,甚至是为了吸引眼球的朋友圈,李淑娟只要打开就能看见贺国璋的生前照片——他们俨然在朋友圈为他开了一场追悼会!

甚至有越来越多的新闻报道发出来,标题多是"男子炒股破产惨遭老婆抛弃,不堪重负跳楼自杀"之类,他们转发到朋友圈、微信群,越来越多的人参与到贺国璋自杀原因的讨论当中,他们的大学同学,说起李淑娟,纷纷鄙夷不止,甚至毫不避讳地在班级群里、朋友圈里讨论这件事情。在不明所以的网络舆论的传播下,事情真相渐渐被掩盖了,李淑娟被钉在耻辱柱上,遭受一些键盘侠的口诛笔伐,遭受一波波的舆论谩骂。

网上这些四处纷飞的消息,李淑娟只要一看到,就会心神不宁,一种深深的委屈憋在肚里,却又无可奈何。

为了不再刺激李淑娟,秦绍东把她的手机收了,不让她接触这些。

得知贺国璋出殡消息的那天，李淑娟不顾医生和秦绍东的阻拦，执意要去送他最后一程。天愈加凉了，又下了一场小雨，秦绍东给李淑娟裹上了厚厚的黑色线衫，一张莹白的小脸瘦得只剩巴掌大，下巴尖得吓人。秦绍东开着车，李淑娟一言不发地坐在副驾驶，眼神呆呆地看着挡风玻璃外面，就像是没有生气的娃娃。

贺国璋的墓地选在南山园，那里背靠森林公园，倒是个清净的好地方。因为职业的缘故，贺国璋生前朋友多，交际广，南山园前面停了一排的车，大家都赶过来送他最后一程。李淑娟下车的时候，秦绍东搀扶着她，路上相见一些熟悉的朋友，也会点头致意，劝她节哀。

灵堂内，贺国璋的父母佝偻着背，两人仿佛一下老了十几岁，贺母哭得不能自已，贺国璋的姐姐在一旁安慰她。

李淑娟一踏入灵堂，所有人的目光都望向她，以及旁边的秦绍东。

李淑娟示意秦绍东放开自己的手臂，她强忍着阵阵不适，走向贺母他们。

"爸，妈，我来晚了。"

贺母猛地抬头，双眼中迸出一股强烈的仇恨。李淑娟心下一惊，还没有来得及反应，只见贺母一个箭步向前，一挥手，李淑娟就感觉自己脸上挨了一下，脸上登时火辣辣的，力度大到让她一个趔趄，差点摔倒在地。

李淑娟错愕地捂住脸，灵堂内的人都被这突然的举动吓得愣住了。

贺母手指着她，厉声大吼："不要叫我妈！你不配！你个恶毒的娼妇！就是你逼死了国璋！你还敢来，你！"

袁天信率先反应过来，他急忙上前，架住了贺母再次想要挥动的手："阿姨，你冷静一点，这件事跟淑娟没有关系！"

"怎么没关系！要不是她跟国璋离婚！要不是她一直跟国璋置气，国璋怎么会走上绝路！就是这个恶毒的贱人！你要给我儿子偿命！"贺母疯了一般向李淑娟扑过来，灵堂内的人赶紧上前拦住了。

秦绍东刚才站在李淑娟身后，这会儿已经来到她的身边，扶着她的胳膊，急忙问："你没事吧？"

李淑娟脸上五个鲜红的指印清晰可见，让秦绍东很是心疼。

而李淑娟根本顾不上其他，她被一巴掌打蒙了，她有点不明白，之前对她和蔼慈祥的二老，今天却变了一副面孔，一副扭曲、愤怒、甚至恨不得要吃了她的表情。

"妈，国璋去世我也很难过，妈……"李淑娟低泣着，委屈地说。李淑娟只是想解释清楚，但还没说出口，就被眼前的贺母给打断了。

"住嘴！你不配叫他的名字，你要是真的有心，就应该跟国璋一样去死了！这个时候，还带个男人一起，假惺惺地来！你安的是什么心！"

"伯母慎言！据我所知，您儿子的死，是因为沉迷炒股破产造成的，跟淑娟一点关系都没有，您怎么能说这样的话！"秦绍东终于忍不住站了出来，挡在李淑娟面前。

"绍东！你不要说话！"李淑娟急忙阻止，她想向前跟贺母解释清楚，却被贺家大姐挡住了。

"你还是走吧，你还嫌这里不够乱吗！"

"大姐，我只是想送送国璋最后一程。"李淑娟还是固执地想要坚持。

"不用了！"贺家大姐满脸不屑，冷漠地拒绝道，"你已经不是我们贺家的媳妇，那就跟你没有关系了。你走吧，我们这里不欢迎你！"

袁天信拉过李淑娟，把她带出灵堂外，劝说："他们失去国璋，情绪不是很稳定，刚才的事你不要放在心上，清者自清，我们都清楚国璋的死跟你没有关系。不过你在这里没有一点好处，还是先回去吧，免得起争执，也让国璋走得安心点。"

这时，秦绍东也跟着出来了。袁天信给秦绍东使了一个眼色，便回到灵堂去了。

然而，刚才面对这么一群人的谩骂和指责，李淑娟感觉自己几乎像个千古罪人，自责、委屈、悲伤、遗憾、痛苦、悔恨……这些情绪侵袭她的整个身心。她木然地跟着秦绍东往前走，秦绍东满是担忧地看着脸色愈加苍白的她，每走一步，她都有些摇摇欲坠。秦绍东小心翼翼地陪着她。

"淑娟？"秦绍东轻轻地唤她。

李淑娟没有反应，脸上的眼泪一滴滴地落在衣襟上。

"我真的是罪人吗？真的是我害死国璋的吗？"李淑娟喃喃自语。

"不是的，"秦绍东安慰道，"他的死跟你没有任何关系。你千万不要多想，先回医院养好病再说。"

秦绍东搀扶着她上了车，离开了灵堂，离开了是非之地，车向医院平缓地驶去。

秦绍东眼下唯一要做的，就是待在医院里，守候着自己珍爱多年的可怜女人，照顾好她的身体，期待她能早日康复。

第三十一章　归山

心想事成,总是人们一厢情愿的主观愿望;而事与愿违,往往是砸在我们身上的客观现实。

李淑娟的病,并没有朝着秦绍东希望的方向发展。

这天回到医院,经检查,李淑娟的病情又加重了。当天晚上,李淑娟突然陷入昏迷,甚至还被送进了重症监护室。医生说李淑娟在下意识地抗拒治疗,很可能是因为某种强烈的愧疚心理导致的,这种心理抗拒甚至带着惩戒自己的意味。

好在李淑娟原本的身体底子不错,昏迷了一天后,总算悠悠地醒来了。感觉到一阵刺眼的光芒,她揉了揉自己的眼睑,看见了趴在床边的秦绍东,脑袋一侧贴着床单,衣服还是那天去灵堂时的黑色外套,看来他这几天都守在这。

李淑娟一阵愧疚,她微微一动,察觉到的秦绍东立马惊醒了。

他抬头看见醒过来的李淑娟,喜出望外,立即关切地问:"淑娟，你终于醒了！你睡了一天了，你饿不饿？我给你弄点吃的？"

李淑娟轻轻地摇了摇头："我不饿，就是有点渴。"

"你等我！"秦绍东起身，快步走了出去。

不一会儿，他端来了一杯水，里面还插着吸管。李淑娟喝了一口，水温刚刚好。温水流过干渴的喉咙，她感觉舒服多了。

"谢谢你，绍东，这几天一直在照顾我。耽误你这么久，你该回去上班了吧？"李淑娟记得，他也是个经理。

秦绍东把水杯放在床头桌子上，熟练地往李淑娟背后垫了一个枕头，他淡淡地说："我已经辞职了。"

"辞职？"李淑娟有些吃惊。

"嗯，反正我早就想辞职，现在终于下定决心了，挺好的。"秦绍东说得风轻云淡，但李淑娟猜测，他多半是为了不让自己有愧疚心理，所以才故意这么说。

"其实，"李淑娟略微停顿了一下说，"你不用对我这么好，也不用一直为我付出这么多。"

秦绍东看了她一眼，执拗地说道："没有什么用不用的，我愿意，而且是心甘情愿。再说，我们俩从上学到现在都认识那么久了，你该清楚我的为人，你就别难为情了。"

李淑娟想起贺国璋在信里说的话，关于秦绍东的那些话。

"又在想那些事？"秦绍东看着李淑娟皱起的眉头，竟生出了想把它抚平的冲动。

李淑娟低头不语。

"其实，你不用放在心上，他的死，真的跟你没有关系，况且你即使愧疚一辈子，也不能改变什么。我相信，如果他在天上看着，他肯定希望你好好地生活，幸福地活下去，连带着他那份，而不是看你自责、封闭自己，还这么伤害自己。"秦绍东说完，定定地看着她。

看她依旧愁眉不展的样子，秦绍东继续安慰说："还有他们说的那些话，其实都不是真的，他们刚刚失去亲人，只是需要一个宣泄口，都是一些无心的话，所以你也不要放在心上。"

李淑娟突然感觉自己的内心一阵深深的触动，他说得很对，即使没有看到那封信，这个男人和国璋说得一样。她一颗长久惶恐漂泊的心，突然找到依靠一般，感到一种难言的幸运。

李淑娟多日的伪装被击得粉碎，她双手捂着脸，抽泣声从指缝中透出来。

过了片刻，等到那声音止住了，她才开始慢慢地讲起话来，像是在自我反思和总结似的："我这些天，一直在想，如果我当初能忍忍不跟他离婚，如果我当初没有那么决绝，再也不愿意给他一丁点机会，如果我在他开始炒股的时候就去阻止，或者退一步答应跟他复婚的话，是不是就不会发生这样的事。或许他妈妈说得对，就是我，就是我害死了他……"

"淑娟，淑娟！"秦绍东急忙摇着她，不让她陷入其中，"不是这样的，当初和他离婚，你没有错，后面那些，都不关你的事。每个人都要为自己的行为负责，对自己的生命负责。"

"可是，我真的累了，我每天睁开眼，满脑子都是这些事情，我做不到不去想，不去看，我该怎么办……"李淑娟压抑了这么久的情绪，突然爆发。

秦绍东一动不动，只是用自己的双手，紧紧握住李淑娟的双手。"淑娟，我们离开这里吧，开始新的生活，好吗？"

秦绍东终于说出了心里话。而这个想法，其实早在半年多前就萌生了，或者具体说，在春节期间就已经产生了，因此那会他几乎每天过来给她送家乡特产，送食物。后来，当他看到李淑娟，自己心爱的女人，周围时常有其他男人纠缠或欺骗时，他就更加希望有朝一日能带她离开这个城市，不愿她在这个城市里一个人继续辛苦地奔波打拼。而如今，看着她面临种种打击后的糟糕状态，他实在于心不忍，也更加坚定了自己的想法，便脱口说出了那句话。

李淑娟没有回应，秦绍东一脸真诚地继续说："我们找一个清静的地方，就我们两个，没有那么多消息，没有那么多纷纷扰扰，没有先前的朋友圈。如果你想离开，我就带你走。"

李淑娟像是陷入了一阵沉思，半晌后，才微微点了点头。

秦绍东激动地抱住她，轻轻地吻了吻她的额头。

时光的车轮不断地向前行驶着，每个人都在这趟列车上，穿过不同的季节。转眼间，已是一年以后的夏天。

"叮铃铃铃！叮铃铃铃！"一串急促的电话铃声响起，电话的主人急急地从外面的庭院奔过来。

"喂？"李淑娟接起了电话。

"是我，袁天信！"

"哦，天信啊！"李淑娟眯起眼睛，开心地笑了。

"你说你们，去乡下就算了，朋友圈音信全无也算了，竟然连手机都不用了！每次打电话给你都靠缘分，联系你一次，比联系美国总统还要难！"

看来怨气已积压很久了，袁天信一开口就喋喋不休！

"你也知道，我们在乡下，信号不好，手机也就不好用了。"面对连珠炮式的责怨，李淑娟只好含糊地解释说。

袁天信在电话里笑着反驳道："拉倒吧，你当我不知道啊，你们只是去乡下，又不是去月球，怎么就不好？中国还没有哪个乡下信号差到用不了手机的！"

被说中的李淑娟有些不好意思地笑了，她急忙打了一个哈哈："被你发现了，实在是我们现在养花种菜种果树的，手机不方便带在身上，慢慢地也就习惯。现在觉得没有手机、没有朋友圈的生活也挺好的。你要是有空，来我们这里玩啊，我跟绍东都欢迎你，就当度假散心，而且这边景色还是不错的。"

"你们现在过上了惬意的田园生活，我可就没有那么轻松了，大城市里的搬砖狗，唉，说多了都是泪啊。"袁天信在电话那端，可怜兮兮地说着。

"少来，我看你明明是舍不得外面的花花世界。"李淑娟跟着打趣说。

"那是，你以为谁都跟你俩似的，那么放得下，说离开就离开！"

想起当初，李淑娟也有些感慨，秦绍东直截了当地把车和房子都卖了。他拿着银行卡，来跟李淑娟说这些的时候，李淑娟都要惊呆了。现在想想，这里也挺好的，秦绍东的家乡，本来就是一座旅游小镇，依山傍水，秦绍东直接拿卖房的钱，包了一片山，种茶树。

"话说回来，看到你能从过去中走出来，过得平静，生活如此惬意，我很欣慰。"袁天信很认真地感慨道。

李淑娟坦率地说："嗯，这一年，我们这里挺安静的，整个身心完全放松，我觉得很好。"

"对了，你们俩啥时候结婚啊？"袁天信大嗓门地问。

"快了，大概年底吧，到时候你要来参加我们婚礼吗？"李淑娟手握电话，谈起婚期，笑得很是甜蜜。

"哈哈哈哈，肯定来啊，上刀山下火海，我都必须要来参加！"袁天信在电话里像是发誓似的。

"那好，给你留位置！"李淑娟停顿了一下问道，"还有，你最近有冰冰的消息吗？她过得怎么样了？"

袁天信听完叹了一口气，也不打算瞒李淑娟："前段时间，谢冰冰的事情又在朋友圈传了一段视频，她带着一岁的女儿跪在杜琳小区的门口，说是求杜琳离婚，给她们母女一条生路。"

李淑娟心下一紧："那张普仁呢？"

"这个不知道，张普仁当时没有露面。她的事情，我们已经管不了了，毕竟当初是她自己选的。"

李淑娟尽管心情有些沉重，但也明白这是事实。与袁天信挂了电话之后，李淑娟走到院子里，远远地看见秦绍东戴了一顶农夫帽，猫着腰，查看新种的茶树。

见李淑娟向这边走来，秦绍东直起腰，向她喊道："谁的电话？"

"袁天信！"李淑娟也大声回应道。

"他又怎么了？"秦绍东对那个叫袁天信的男人隔三差五地来电话感到有些不满，尽管李淑娟解释过很多遍了，秦绍东还是跟护食的小鸡似的，一说到袁天信就急。李淑娟看着他吃醋的小样子，觉得又好气又好笑。

"他问我们婚礼是在什么时候，他要来参加婚礼！"越走越近的李淑娟把双手环在嘴边，故意对着秦绍东的耳边大声地喊道。

"那还差不多，叫他准备好份子钱，骚扰我老婆这么多年，也应该叫他出点血！哼！"秦绍东故意加重语气说。

李淑娟忍不住大笑起来："你这是故意报复吧！"

秦绍东直起身，恰好一阵风吹过，吹掉了秦绍东头顶的草帽，他大手一挥，一把将李淑娟环在怀里，李淑娟赶忙拍他的手臂："赶紧放开，小心人看见！"

"这哪里有人，我看你就是害羞！"

"行行行，是我害羞行了吧！放开！"

"不放！"

"小心我咬你！"

"那你咬啊！"

"秦绍东！"

"叫老公！"

"想得美！"

……

金色的阳光下，投下一对相拥的影子。

微风沙沙，送来阵阵沁人心脾的茶香。

这片葱郁的茶园，在湛蓝晴空的映衬下，与两个嬉闹的身影和一阵直冲云霄的欢笑，构成一幅美妙动人的画。画里画外，是平平淡淡又无限深情的爱。

图书在版编目（CIP）数据

你好，朋友圈/王洁著. -- 上海：上海文艺出版社，2023
ISBN 978-7-5321-8509-2
Ⅰ.①你… Ⅱ.①王… Ⅲ.①长篇小说－中国－当代
Ⅳ.①I247.5
中国版本图书馆CIP数据核字(2022)第239528号

发 行 人：毕　胜
策　　划：江　晔
责任编辑：解文佳
封面设计：白砚川

书　　名：你好，朋友圈
作　　者：王　洁
出　　版：上海世纪出版集团　上海文艺出版社
地　　址：上海市闵行区号景路159弄A座2楼 201101
发　　行：上海文艺出版社发行中心
　　　　　上海市闵行区号景路159弄A座2楼206室 201101 www.ewen.co
印　　刷：崇明裕安印刷厂
开　　本：1240×890　1/32
印　　张：15.125
插　　页：2
字　　数：285,000
印　　次：2023年1月第1版　2023年1月第1次印刷
Ｉ Ｓ Ｂ Ｎ：978-7-5321-8509-2/I · 6710
定　　价：59.00元
告 读 者：如发现本书有质量问题请与印刷厂质量科联系　T: 021-59404766